KB246349

현대시의 고전 텍스트 수용과 변용

박경수

국학자료원

차 례

제2부 현대시의 구비문학 수용과 변용

제3부 고전시론의 근대성과 시학의 맥락

제4부 현대시의 컨텍스트와 상호텍스트성

■ 머리말

문학에서 전통이란 무엇인가? 엘리엇(T. S. Eliot)이 「전통과 개인의 재능」(1917)에서 작가의 개성이란 전통 속에서 발견되는 것이며, 개성은 전통과의 상호작용을 통해 진정한 가치를 발휘한다고 했던 말이 새삼 떠올려진다. 그렇다. 문학에서 전통은 그 자체 고정적이거나 불변하는 것이 아니다. 전통은 개성을 만나 새롭게 갱신되고, 그 개성은 다시 전통으로 흡수되고 축적된다.

필자는 오랫동안 우리 문학, 좀 더 한정해서 말하면 한국의 현대시에서 문학적 전통을 발견하는 일에 몰두해 왔다. 특히 현대시에서 민요의 형태, 리듬, 구조, 정서, 주제 등을 탐구하기 위한 일련의 노력을 펼쳤다. 민요는 우리 시가의 전개과정에서 다양한 시가 갈래를 형성했던 문학적 전통의 원류이면서 원천으로 작용해 왔다고 생각했기 때문이다. 우리 시의 근대적 전환 과정에서도 민요와의 만남이 이루어졌던 것은 물론이다. 우리 시의 근대적 전환이 서구시의 영향으로만 설명될 수 없는 까닭이 여기에 있다. 그런데 근대 이후 우리 시와 민요의 만남은 반드시 문학적 전통을 갱신하는 방향으로 나아가기만 한 것은 아니었다. 김소월과 같은 개성 있는 시인을 만나는 일이 흔치 않았기 때문이다.

현대시에서 문학적 전통을 발견하는 일은 민요를 통해서만 이루어졌던 것은 아니다. 문학적 전통은 다양한 문학적 갈래를 통해 축적되어 왔기 때문이다. 현대시는 향가, 고려 속가와 경기체가, 시조, 가사, 잡가, 판소리, 민요, 무가 등은 물론이고, 신화, 전설, 민담, 고전소설 등 실로 다양한 문학 갈래와 대화하고 교섭하는 과정을 거쳐 왔다. 현대시는 이러한 고전문학 갈래의 텍스트와 대화하고 교섭하는 과정에서 다양한 변화를 추구해 왔다.

그런데 문학적 전통 속에서 이루어진 현대시의 다양한 변화에 주목한 연구는 기대만큼 폭넓게 이루어지지 못했다. 이런 사정에는 고전문학과 현대문학으로 전공이 갈려있는 우리의 학문 풍토 탓이 클 것이다. 특히 현대문학의 경우, 서구문학의 유입과 영향을 중시하는 이식사관이 고전문학과 현대문학 사이의 단절감을 더 크게 했다. 오늘날 문학의 근대성 논의는 식민주의의 이식사관을 극복하는 방향으로 진행되고 있지만, 문학의 '근대성'과 '전통성'을 상호 대립적인 것이란 생각에서 여전히 벗어나지 못했다고 말할 수 있다. 문학의 '전통성'과 '근대성'은 상호 대립적인 것이 아니라 상호 대화적인 관계에서 파악해야 하며, 이들의 대화적 관계에서 문학 전통의 갱신과 변화가 이룩된다. 그리고 문학 전통의 갱신과 변화가 순차적 시간에 따라 단선적으로 진행되는 것이 아니라 얼마든지 시간과 공간을 초월하여 이루어질 수 있다는 점을 유의해야 한다.

이 책은 크게 4장으로 구성되어 있다. 제1장은 현대시에서 고전시가 텍스트의 수용과 변용이 어떻게 이루어졌는지를 고찰하기 위한 장이다. 비록 고전시가 중 제한된 텍스트를 대상으로 한 것이지만, 향가 「제망매가」, 고려 속가 「가시리」, 「청산별곡」, 「만전춘 별사」, 경기체가 「한림별곡」을 패러디한 현대시 작품들을 찾아서 패러디의 유형과 담론 변화를 집중 검토하되, 그 일반화를 위한 이론적 모색을 했다. 제2장은 근·현대시에서 구비문학 텍스트의 수용과 변용을 논의하기 위한 장으로, 근·현대시에서 민요와 설화의 수용에 따른 양식과 담론의 변화를 구체적으로 파악하는 논의를 펼쳤다. 특히 현대시에서 민요 「아리랑」을 수용한 작품들과 논개 설화를 인유한 시작품들을 차례로 검토한 다음, 서정주의 시에서 여성인물 설화의 수용과 그 의미를 탐구하고자 했다. 제3장은 고전시론에서 근대적 인식을 포착하면서, 이의 시학적 계승과 시적 실천의 모습을 파악하기 위한 장이다. 이를 위해 특히 조선 후기에 대두한 천기론(天機論)이 갖는 근대적 성격에 주목했으며, 그것이 김소월의 시론을 통해 재인식되는 동시에 구체적 시 작품을 통해 형상화되는 면모를 살폈다. 그리고 마지막 제4장에서는 현대시의 컨텍스트(context)와 상호텍스트성(intertextuality)을 검토하는 자리를 마련했다. 현대시의 고전 텍스트 수용에 관한 논의의 장은 아니지만, 현대시에 나타나는 다양한 텍스트의 수용 양상을 파악하기 위한 전제에서 현대시의 컨텍스트로서 '현해탄'이란 역사현실의 구체적 경험 공간을 수용한 시작품들을 대상으로 시적 형상화와 담론의 다양한 양상을 살폈으며, 현대시의 상호텍스트성을 시 교육의 차원에서 검토하는 논의를 추가로 보탰다.

이 책에 모아진 글들을 살펴보니 10년이 넘은 글들도 포함되어 있다. 일정한 주제를 가지고 집중 탐구한 저서가 되지 못하고, 그동안 이곳저

곳 산발적으로 발표한 논문들을 엉성한 대로 뼈대를 만들어 모아놓은 책이라 내놓기 부끄러운 점이 많다. 이런 못난 책을 어려운 출판사 사정에도 불구하고 기꺼이 받아준 국학자료원에 깊은 감사를 드린다. 그리고 논문이니 책이니 하며 가정사에 별로 도움이 되지 않는 일들로 늘 바쁘다는 핑계를 대었던 가족들에게 정말 미안하고 정말 고맙다. 이 책이 부끄럽지만 그래도 여러분들에게 진 신세를 조금이라도 갚는 일에 보탬이 되었으면 좋겠다.

2011년 8월 5일

우암동 서재에서 필자 씀

제1부

현대시의 고전시가 패러디

현대시의 고전시가 패러디 양상과 담론

Ⅰ. 서론

패러디(parody)란 기본적으로 이미 존재하는 텍스트에 대한 모방적 독서로부터 그것에 대한 비평을 거치면서 새로운 문학 텍스트를 생산한다. 이런 점에서 패러디는 텍스트의 역사를 재인식하면서 동시에 새로운 텍스트의 역사를 만들어가는 한 방법론이 된다. 현대시에서 고전시가를 패러디하는 일은 따라서 고전과 현대 사이의 대화를 구축하면서 고전시가에 대한 재인식을 통해 새로운 시의 역사를 써가는 일이 된다. 이 글에서 고전문학과 현대문학의 연속성을 파악하는 작업의 일환으로 현대시에서 고전시가를 패러디한 작품들에 관심을 가지는 까닭은 고전시가와 현대시 사이의 접점 내지 대화의 통로가 패러디에 의해 마련된다는 보기 때문이다.

그런데 패러디를 보는 관점은 한결같지 않다. 패러디는 기존 문학의 언어, 형식, 갈래에 대한 '기생적' 문학으로 문학의 위기적 징후를 보여준다고 비판적으로 파악되기도 한다.[1] 대표적인 패러디 비판론자인 제임슨(F. Jameson)은 패러디 대신 패스티쉬(pastiche)란 용어를 쓰면서, 그것은 후기 산업자본주의 사회에서 더 이상 새로운 것이 불가능한 상황에서 모방적 재생산 또는 복제의 문학을 보여주는 것에 불과한 것으로 본다.[2] 사실 패러디란 원전이나 그 대상 장르에 의존하기 때문에 기생적 본성과 모방적 성격을 갖는다.

패러디에 대한 비판적 인식과 달리, 패러디는 원전이나 그 대상 장르에 단순히 의존하는 것에 그치지 않고 새로운 지적 통찰에 의한 대립과 갈등상을 보여주는 것으로 긍정되기도 한다. 바흐찐(M. Bakhtin)에 따르면, 패러디는 기존의 공식적인 언어와 장르에 대한 비공식적 언어와 장르의 대립·갈등상이며, 또한 정치적 사회적인 것으로 대화성을 갖는다고 본다.[3] 허천(L. Hutcheon) 역시 패러디는 패러디하는 대상을 역설적으로 통합하면서도 동시에 이에 도전하기 때문에 일정한 '아이러니의 거리를 가진 모방'의 형식으로 규정하고,[4] 거기에는 보수적 충동과 변혁적 충동이 혼합되어 있다고 파악한다. 이런 관점에서 "패러디는 단순히 문학적 호기심이나 기이성에 따라 이루어지는 주변적 문학 갈래가 아니라 문학적 체계의 역동성을 표현해온 진지한 장르인 것이다."[5]

---

1) J. Barth, 공미리 역, 「고갈의 문학」, 김욱동 편, 『포스트모더니즘의 이해』, 문학과지성사, 1990, 103~118쪽.

2) Fredric Jameson, 임상훈 역, 「포스트모더니즘과 소비사회」, 김욱동 편, 『포스트모더니즘의 이해』, 문학과 지성사, 1990, 241~264쪽. 제임슨은 이 글에서 패스티쉬(pastiche)라는 용어를 사용하면서 이를 풍자적 충동이 불가능한 상황에서 등장하는 공허한 패러디에 불과한 것으로 보았다.

3) 바흐찐은 카니발화 된 문학의 한 형식으로 패러디를 들고 있다. 패러디를 포함한 카니발화 된 문학은 본질적 특성상 다성적 목소리를 띠는데, 다성적 목소리의 형식과 이데올로기는 사회적 상호작용 또는 교류의 산물로 본다. 김욱동, 『대화적 상상력 ―바흐친의 문학이론』, 문학과 지성사, 1988, 162~163쪽.

4) Linda Hutcheon, 김상구·윤여복 공역, A Theory of Parody, 문예출판사, 1992, 62쪽.

이 글은 기본적으로 패러디에 관한 후자의 긍정적 관점을 취한다. 그러나 모든 패러디 시를 긍정적으로 보지는 않는다. 시의 형태나 담론에서 새로움을 획득하지 못하고 원전의 '기생적' 모방을 벗어나지 못한 작품에 관해서는 비판적 관점을 취할 필요가 있기 때문이다.

고전시가를 패러디한 현대시 작품들은 참으로 많다. 고대가요, 향가, 고려가요, 시조, 가사 등 고전시가의 갈래 범주가 넓고 각 갈래에 드는 작품들이 다양하게 존재하기 때문에 이들 고전시가의 작품들을 패러디한 작품들도 폭넓고 다양하게 존재하는 것이 사실이다. 여기에 구비시가까지 고전시가의 범주에 넣는다면, 현대시 속에서 고전시가를 패러디한 작품들을 만나기란 그리 어렵지 않다.

그런데 고전시가를 패러디한 작품들은 폭넓게 존재하지만, 이들 작품들에 관한 논의는 일부 관심 있는 학자들에 의해 이루어졌다. 고전시가를 주로 연구한 박노준이 향가와 고려가요를 중심으로 고전시가 작품들이 현대시로 어떻게 변용되었는지 지속적인 관심을 가지고 논의했다. 그 성과가 『향가 여요의 정서와 변용』[6]에 집대성되어 있다. 향가와 고려가요 작품들을 패러디한 작품들을 다양하게 찾아내어 현대시에서 변용된 측면들을 주제를 중심으로 논의했다. 박노준의 뒤를 이어 나정순이 고전시가 작품들을 패러디한 현대문학 작품들을 한층 폭넓게 찾아서 정리하는 한편 이들 '다시 쓰기'에 의한 작품들이 갖는 의의를 교육적 측면에서 밝혀보고자 했다. 이런 노력의 결과를 『우리 고전 다시 쓰기 – 고전시가의 현대적 계승과 변용』[7]을 통해 보여주었다. 이 책에서 주요 고전시가 작품들을 대상으로 현대시, 현대소설, 현대희곡 등 여러 갈래

5) Joseph A. Dane, *Parody,* Univ. of OKlahoma Press: Norman and London, 1988, 9쪽.

6) 박노준, 『향가 여요의 정서와 변용』, 태학사, 2001, 285~323쪽.

7) 나정순, 『우리 고전 다시 쓰기 –고전시가의 현대적 계승과 변용』, 삼영사, 2005, 106~149쪽, 230~243쪽.

에서 패러디한 작품들을 간략한 해설을 붙여 개괄하였다. 그리고 책의 끝부분에 고전시가 작품별로 패러디한 현대문학 작품들을 조사하여 목록으로 정리해 놓음으로써 이 분야의 연구자들이 쉽게 자료를 접할 수 있도록 했다.

고전시가를 패러디한 작품들에 관심을 보인 현대시 연구자들도 여럿 있다. 박철희의 「서동 전승의 시적 수용」,[8] 성기옥의 「공무도하가와 한국 서정시의 전통」,[9] 김준오의 「처용시학」[10] 등이 눈에 띄는 글들인데, 이들은 모두 고대가요나 향가의 시적 전통을 현대시 작품들을 통해 찾고자 했다. 구비시가인 민요를 바탕으로 창작된 현대시 작품들에 관하여 필자가 관심을 가지고 연구한 바 있고,[11] 정끝별도 패러디 시학을 정립하는 과정에서 민요 양식의 패러디 방식을 검토한 바 있다.[12] 그리고 고현철이 시조, 민요, 판소리, 무가로 폭을 넓혀 '장르 패러디'란 관점에서 이들 장르를 패러디한 현대시 작품들을 체계적으로 논의한 바 있다.[13]

그런데 민요 갈래의 패러디에 관한 논의는 비교적 활발하게 이루어졌으나, 고전시가의 다른 갈래나 작품들을 패러디한 현대시 작품들에 관한 논의는 매우 제한된 작품을 대상으로 한 성과만 집적된 편이며, 작품 사례를 충분히 검토하여 패러디 시의 양상과 의미를 깊이 있게 탐구하는 데까지 나아가지 못했다고 말할 수 있다.

이 글은 선행 연구의 성과에 힘입으면서도, 그동안 깊이 있게 천착하

---

8) 박철희, 「서동 전승의 시적 수용」, 『현대시의 전통의식』, 문학예술, 1991.

9) 성기옥, 「공무도하가와 한국 서정시의 전통」, 박노준 편, 『고전시가 엮어 읽기(상)』, 태학사, 2003, 19~44쪽.

10) 김준오, 「처용시학」, 김춘수연구간행위원회, 『김춘수연구』, 학문사, 1982, 255~293쪽.

11) 박경수, 『한국 근대 민요시 연구』, 한국문화사, 1998, 1~265쪽.
_____, 『한국 민요의 유형과 성격』, 국학자료원, 2000, 331~410쪽.

12) 정끝별, 『패러디 시학』, 문학세계사, 1997, 77~97쪽.

13) 고현철, 『현대시의 패러디와 장르이론』, 태학사, 1997, 13~193쪽.

지 못한 고전시가의 작품들을 패러디한 현대시 작품들을 대상으로 패러디의 양상과 담론(discourse)[14]을 집중 고찰하고자 한다. 이를 위해 향가와 고려 속가[15]가 현대시와 시기적으로 먼 거리에 있는 갈래이면서 고전시가와 현대시의 연속성 내지 대화 관계의 문제를 한층 긴장감 있게 파악할 수 있는 이점이 있다고 보고, 향가 「제망매가」와 속가 「청산별곡」을 패러디한 현대시 작품들을 집중 검토하고자 한다.

여기서 특별히 향가 「제망매가」와 속가 「청산별곡」을 검토의 대상으로 삼은 까닭이 있다. 「제망매가」의 경우, 10구체 사뇌가 형식의 작품으로 서정성이 높은 대표적 향가 작품이라는 점, 시가의 부대설화와 분리하여 독자적인 작품으로 패러디의 대상이 된다는 점, 보편적 주제로서의 '죽음'을 형상화하고 있다는 점, 그리고 비교적 다양한 패러디 작품들이 존재한다는 점 등을 선택의 이유로 꼽을 수 있다. 「청산별곡」의 경우, 사설과 의음이 교체 반복으로 이루어진 분련의 연장체 형식으로 고려 속가의 특징적인 모습을 잘 보여준다는 점, 그리고 자연에 대한 인식을 기반으로 서민적 정서를 담고 있다는 점, 그리고 「제망매가」의 경우와 마찬가지로 비교적 다양한 패러디 시작품들을 찾을 수 있다는 점이 선택의 중요한 이유가 되었다.

그런데 선행 갈래의 작품에 대한 패러디는 크게 보아 리듬, 형식, 특징적 언어표현 및 기법, 어조 등을 포함한 작품의 구조적 측면과 작품 내

14) 담론(discourse)이란 "특정 대상이나 개념에 대한 지식을 생성시킴으로써 현실에 관한 설명을 산출하는 언표들의 응집력 있고 자기지시적인 집합체"란 푸코(Michel Foucault)의 정의를 받아들여 사용한다. 즉 텍스트의 연속된 언술들을 통해 응집되어 드러나는 현실과 세계에 대한 관념이나 세계관, 또는 이념(ideology)를 뜻하는 것으로 본다. 이에 대해서는 『문학비평용어사전(상)』(한국문학평론가협회, 2006), 439~440쪽 참고.

15) 고려 속가(俗歌)는 좀더 정확하게 말하면 고려시대 속악가사(俗樂歌辭)를 줄여서 표현한 용어이다. 고려 속요(俗謠)라는 명칭이 많이 사용되었지만, 고려 속가란 용어가 더 적합한 것으로 보아 이를 사용하기로 한다.

적 언술에 내재하는 시적 세계관, 정서, 의미, 주제 등을 포괄하는 담론의 측면에서 이루어질 수 있다. 그리고 작품의 구조와 담론을 패러디하는 방식은 부분적 또는 전체적 모방에 의한 계승, 변형, 해체 등 다양하게 이루어질 수 있으며, 원전이 되는 작품의 담론을 긍정적 또는 비판적 또는 저항적인 관점에서 수용하는 양상으로 나타날 수 있다.[16] 이런 과정에서 원전, 즉 패러디되는 작품은 패러디한 작품과의 사이에 상당한 편차와 변화가 생길 수 있으며, 경우에 따라서는 원전과의 거리가 너무 멀어 패러디의 증거를 찾기가 매우 어려운 작품이 있을 수도 있다. 이 글에서 논의되는 「제망매가」와 「청산별곡」을 패러디한 작품들을 통해 이와 같은 패러디의 다양한 양상을 두루 파악하기는 어려울 것이다. 중요한 점은 고전시가를 패러디한 현대시 작품들을 구체적으로 파악하여 논의하면서 패러디의 양상을 가능한대로 파악하고, 해당 패러디 작품들이 갖는 의의와 의미가 무엇인지 진지하게 고찰하는 일이다.

Ⅱ. 향가 「제망매가」의 패러디 양상과 담론

1. 향가 「제망매가」의 성격

향가 「제망매가」는 『삼국유사』 감통 제7 '월명사 도솔가조'에 수록되어 있는데, 경덕왕대에 월명사(月明師)가 죽은 누이를 위해 제(祭)를 올리며 지은 작품이다. 10구체 사뇌가 형식이면서 삶과 죽음에 대한 인식을

16) 페쇠(M. Pêcheux)는 지배적 이데올로기에 대한 주체 구성의 세 가지 반응기제에 따라 담론 양식을 구분한 바 있다. 즉 지배 이데올로기에 순응하는 주체들의 양식을 동일화(identification) 담론, 저항하는 반항적 주체들의 양식을 반동일화(counter-identification) 담론, 그리고 순응하는 동시에 저항하는 주체들의 양식을 비동일화(disidentification) 담론이라 했다. D. Macdonell, 임상훈 역, 『담론이란 무엇인가(Theories of Discourse)』, 한울, 1992, 49~56쪽.

종교적 승화로 이끌어나간 서정적 노래로 향가 중에서 「찬기파랑가」와 함께 시적 성취가 높은 대표적 작품에 속한다. 그동안 이 작품에 대한 여러 분의 해독이 이루어졌지만, 작품 의미의 해석에서 이견이 거의 없는 편이다. 논의의 편의상 김완진의 현대어 해석을 제시하면 다음과 같다.

생사(生死)길은
예 있으매 머뭇거리고
나는 간다는 말도
못다 이르고 어찌 갑니까
어느 가을 이른 바람에
이에 저에 떨어질 잎처럼,
한 가지에 나고
가는 곳 모르온저.
아아, 미타찰에서 만날 나
도(道) 닦아 기다리겠노라.[17]

위의 「제망매가」는 1-4행, 5-8행, 9-11행으로 크게 3단락으로 구분해 볼 수 있다. 화자와 청자의 관계를 고려한 시의 어조를 보면, 1-4행은 청자 지향, 5-8행은 화제 지향, 9-11행은 화자 지향의 복합적 어조로 이루어져 있다.[18] 이러한 3단락 구성에서 첫째 단락에서 제기되는 죽음에 대한 인식론적 성찰이 두 번째 단락으로 연결되면서 공간적이고 시간적인 자연심상에 비유되어 정서적으로 고양되었다가, 마지막 세 번째 단락에서 종교적인 구도의 정신으로 승화된다고 본다.[19]

「제망매가」는 이와 같이 비교적 탄탄한 시적 구성과 수준 있는 시적

---

17) 김완진, 『향가해독법연구』, 서울대학교 출판부, 1980, 127쪽.

18) 김승찬, 『신라향가론』, 부산대학교 출판부, 1999, 231~236쪽.

19) 구본기, 「「제망매가」의 시적 구성과 의미」, 백영정병욱선생10주기추모논문집 간행위원회, 『한국고전시가작품론1』, 집문당, 1995, 123~132쪽.

비유를 갖춘 한 편의 서정시로 평가받아 왔다. 현대시에서 이 향가를 패러디하는 배경에는 삶과 죽음에 대한 보편적 인식의 문제를 시적 오브제로 취하고 있다는 점뿐만 아니라 향가의 한 작품으로 높은 시적 성취를 보여준다는 점을 주목했기 때문이라고 본다. 패러디되는 원전은 잘 알려진 작품으로 문학적 탁월성을 보여주는 경우가 일반적이기 때문이다. 패러디는 그만큼 저명한 작품에 대한 모방적 욕망으로부터 발생된다.

2. 원전의 차용과 담론의 계승

『삼국유사』에 수록된 향가 14수는 모두 부대설화와 연결되어 있다. 「제망매가」 역시 이 노래를 짓게 된 배경설화가 앞에 놓여 있고, 다시 노래의 뒷부분에 이 노래를 지은 월명사(月明師)의 뛰어난 피리 솜씨와 향가 작시의 솜씨를 말하는 설화를 붙이고 있다. 설화와 노래를 분리하지 않고 본다면, 「제망매가」는 설화+노래+설화의 연합체로 구성되어 있는 셈이다.

다음 박희진(1931~)의 시 「제망매가」는 설화+노래+설화의 연합체로 구성된 향가의 기록 형태까지 패러디한 작품이다.

> 월명(月明)은 국선(國仙)이자 승려였다./향가에 능했고 피리를 잘 불었다.//한번은 달밤에 피리를 불며/사천왕사(四天王寺) 앞 큰길을 가는데.//달이 감동하여 가기를 멈추었다/월명은 크게 이름을 드날렸다.//일찍이 죽은 누이를 위해 제를 올리고/제사 지냈을 때 그런 향가를 지었으니.//죽느냐 사느냐의/갈림길이 눈앞에 홀연히 다가섬에 두려워져서/나는 갑니다란/말도 못하고 가 버렸느냐/어느 가을 이른 바람에/여기저기 떨어지는 잎과도 같이/한 가지에 나고서도/가는 곳을 모르다니/아으 극락정토에서 만나게 될 걸 믿고/도를 닦아 기다리련다//그러자 문득 광풍이 일어/지전(紙錢)을 서쪽으로 휘몰아 갔다./실은, 바람이 지전을 불어/저 세상 가는 누이의 노자(路資)로 삼게

하였던 것.

—박희진, 「제망매가(祭亡妹歌)」[20]

위의 시에서 1-4연은 『삼국유사』의 '월명사 도솔가조'에 기록된 설화의 진술 내용을 시로 다시 풀어 놓은 부분이고, 제5연은 「제망매가」에 대한 시인의 현대어 해석을 바탕으로 한 시 부분이며, 마지막 제6연은 다시 설화의 진술 내용을 시의 형태로 풀어 놓은 부분이다. 여기서 원전 향가의 앞뒤에 놓인 설화의 기록을 이 시에서 재배치하고 있기는 하지만, 기본적으로 설화+노래+설화의 기록 형태를 그대로 모방하고 있다. 이뿐만 아니라 현대어로 해석한 향가 「제망매가」를 그대로 끼워넣고 있기 때문에, 이 시는 시대적 배경과 인물을 가감 없이 그대로 채용하고, 삶과 죽음 분리에 대한 갈등을 불교에의 귀의를 통해 승화하고자 하는 주제의식도 변화 없이 그대로 수용하고 있다. 원전의 철저한 반복, 재현에 의한 패러디 작품으로 원전의 담론을 동일하게 보여주고 있다. 향가가 소멸된 시대에 향가를 재현해 보임으로써 역설적으로 '낯설음'에 의한 관심을 끌 수 있다고 생각할 수 있으나, 모방적 재생산에 의한 작품으로 새로울 것이 없는 작품으로 비판받을 소지가 더 많다.

다음 여영택(1923~)의 시 「월명의 누이」도 원전 향가를 패러디한 작품이다. 이 시는 월명사와 누이의 남매간 피붙이 의식, 불교에의 귀의 등을 시상을 이끌어가는 중요한 골격으로 삼고 있다. 이 점에서 원전 향가의 시상 전개와 담론을 계승하고 있는 작품이다.

끝까지 따를 듯이 바람바람 자국소리
돌여울에 깨어지는 보름달 소리땜에
처진 오랍아!

---

20) 박희진, 『연꽃속의 부처님』, 도서출판 만다라, 1993, 254쪽.

머리 깎고 출가하시며
죽살이가 꿈이라던 말씀
귀에 되남기고 갑니다.
남매는 한 뿌리 가지
부처님도 가는 길.

—여영택, 「월명의 누이」 전문[21)]

그런데 위의 시는 시적 화자를 누이로 하고 청자를 월명사로 한 점에서 향가 「제망매가」와 다른 어조를 취하고 있을 뿐만 아니라, 월명사는 "바람바람 자국소리"와 "보름달 소리"와 같은 잡념 때문에 이승에 처진 존재이고, 누이는 월명사보다 먼저 "부처님도 가는 길"을 간 것으로 설정되어 있다. 궁극적으로는 "남매는 한 뿌리 가지"라는 의식과 불교에의 귀의를 주제로 하고 있지만, 이처럼 화자와 청자의 관계와 입장을 변화시키면서 원전과 구별되는 작품을 보이게 된 것이다.

김인육(1963~)의 시 「다시 부르는 제망매가」도 여영택의 시와 유사한 측면을 가진 작품이다. 이 시는 원전 향가의 시대적 배경과 시적 발상, 그리고 시의 정서를 상당 부분 그대로 채용하고 있다는 점에서 원전을 계승한 작품이다. 그렇지만 시적 정서의 호소력을 높이기 위해 시의 어조를 단일화하고, 시적 소재를 다양화함으로써 원전과의 차별화를 꾀한 작품이다. 작품을 보자.

누이야/오늘은 한나절 내내/사천왕사(四天王寺) 뒷산 솔숲에서/접동새가 울더니/십리 밖 네 무덤까지 연분홍 복사꽃이 흩날리고/꽃비를 따라 나도 어디론가 자꾸만 가고 싶어/분분한 낙화에 발이 저렸다//번뇌의 끝은 어디쯤인가/오늘도 네 생각으로 달이 돋고/너를 보내는 몇 줄 진혼제문을 엮는 동안/적적하여라, 새벽을 알리는 닭소리 한 번 울리지 않고/축시를 넘어선 월명리 하늘에 별빛이 우련 성기다

21) 여영택, 『어릿광대, 너네들은 모른다』, 도서출판 그루, 1983, 37쪽.

//속연을 저어하며 피리를 불며/나무 관세음/나무 아미타/바라밀다
발원하노니/계림의 복사꽃이 얼마를 더 피고 져야/오고 가는 행적에
내가 아프지 않겠느냐/사바의 연들이 다 법(法)으로 맑아지겠느냐//
서천으로 가는 고운 달빛에 젖어/원왕생 합장한 손끝이 밤새 시린데
/누이야/너는 달그림자 밟고 용케 피안에 당도했느냐.

—김인육, 「다시 부르는 제망매가(祭亡妹歌)」 전문[22]

위의 시는 원전 향가과 관련된 부대설화에 나오는 사천왕사, 월명리 등 지명을 작품의 시적 배경으로 차용하고, 죽은 누이에 대한 그리움을 불교적 귀의로 극복한다는 점에서 향가 「제망매가」의 담론을 계승하고 있다. 그러나 이 시는 화자와 청자의 대화적 관계에 의한 인식보다 시적 화자의 심정을 청자인 누이에게 일방적으로 전달하려는 청자 지향의 시라는 점에서 원전 향가와 다르다. 그리고 '죽음'과 죽은 누이에 대한 '그리움'의 정서를 접동새, 복사꽃, 닭소리, 별빛, 달빛 등 다양한 자연심상을 빌어 나타냄으로써 정서적 분위기를 한층 고양하면서 정서적 호소력을 높였다고 볼 수 있다.

이상과 같이 향가 「제망매가」의 여러 구성적 요소와 담론을 모방적으로 차용한 패러디 시가 원전과 구별되는 변화 있는 구성이나 새로운 담론을 보여줄 경우 원전과 차별화된 작품으로서의 의의를 갖출 수 있지만, 그렇지 못하면 모방적 재생산을 벗어나지 못한 작품이 되기도 하는 것이다.

3. 원전의 선택적 수용과 담론의 전환

원전을 패러디하되, 원전을 구성하는 소재, 리듬, 형태, 어조, 정서, 표

22) 김인육, 『다시 부르는 제망매가』, 시선사, 2004, 31~32쪽.

현법, 주제 등 여러 요소 중에서 선택적으로 특정 요소를 패러디하면서 원전의 담론을 새로운 시 텍스트의 문맥에 알맞게 전환(conversion)[23]시켜 개성적인 시 세계를 구축하고자 하는 경우이다.

박제천(1945~)의 시 「월명(月明)」을 예로 들어 이 점을 살펴보자.

> 한 그루 나무의 수백 가지에 매달린 수만의 나뭇잎들이 모두 나무를 떠나간다./수만의 나뭇잎들이 떠나가는 그 길을 나도 한 줄기 바람으로 따라나선다./때에 절은 살의 무게 허욕에 부풀은 마음의 무게로 뒤쳐져서 허둥거린다./앞장서던 나뭇잎들은 어디론가 사라지고 어쩌다 웅덩이에 처박힌 나뭇잎 하나 달을 싣고 있다./에라 어차피 놓친 길 잡초더미도 기웃거리고 슬그머니 웅덩이도 흔들어 놀 밖에/죽음 또한 별것인가 서로 가는 길을 모를 밖에.
>
> ―박제천, 「월명(月明)」[24]

위의 시는 향가 「제망매가」처럼 죽음을 화제(話題, topic)로 한 작품이다. 그렇지만 화자와 청자의 관계 구도가 사라지고, 나뭇가지에서 떨어지는 낙엽의 이미지만 선택적으로 취하여 죽음에 대한 시적 화자의 태도를 표명하고 있다. 그러면서 시적 화자의 죽음에 대한 태도는 향가의 경우와는 상당히 다르다. 향가 「제망매가」에서 죽은 누이에 대한 그리움과 슬픔의 정서, 그리고 삶의 허무감을 종교적 구원에 의해 극복하려는 의지적 태도가 죽음의식과 연결되어 있다면, 이 시는 "죽음 또한 별것인가"의 언술에서 짐작하듯이 죽음에 대한 경건성이나 진지성을 배제한다. 죽음이란 "수만의 나뭇잎들이 떠나가는 그 길"로 이미 예정되어

---

23) 리파떼르(M. Riffaterre)는 시의 텍스트를 생산하는 방법에는 크게 확장(expansion)과 전환(conversion)의 두 가지 방법이 있다고 했다. 이에 관해서는 M. Riffaterre, 유재천 옮김, 『시의 기호학』(민음사, 1989), 83~129쪽 참조.

24) 박제천, 『세번째 별』, 고려원, 1983, 26쪽.

있는 길이다. 이미 운명론적으로 결정되어 있는 것이니 "허욕에 부풀은 마음의 무게"로 허둥댈 필요가 없다. "따라 나선다", "에라", "어차피", "~밖에" 등의 언술이 말하듯, 예정된 길, 그러나 알 수 없는 길에 운명적으로 몸을 맡길 뿐이다. 이 시의 화자는 이처럼 운명론적 체념에 의해 죽음의 심각성을 넘어서고자 한다.

다음 이성선(1941~2001)의 「산시(山詩) · 60 —제망매가 운」 역시 향가 「제망매가」에 나타난 화자와 청자의 관계 구도를 버리고, 가을 낙엽의 이미지를 죽음의식과 연관시켜 노래한 작품이다.

> 늦가을 길을 가다가/길에/가득한 소리/이제는 나뭇잎이/어떤 것은 여기 떨어지고/오늘은 저기/떨어지고//좀 전에 푸르게 흔들리는 것/지금은 붉은색/갈색을 상처가 나서/엎드려 땅을 껴안거나/등을 대고 누워 세상을 쳐다보고 있네.//그러나 무엇이 차이인가/잎이 돋아나고 흩어지는 것/먼저 떨어지고 늦게 떨어지는 것//여기와 저기//그분 피리의 구멍이/어떤 것은 빨리 닫히고/또 어떤 것은 늦게 닫히고/하늘 금의 이 현은 일찍 울리고/저 현은 늦게 울리고//우주 큰 연주 속에 이어지는 가락들.
>
> —이성선, 「산시(山詩) · 60 —제망매가 운」[25]

원전 향가에서 죽음에 대한 시간적 선후와 이승과 저승 사이의 공간적 분리를 매우 중요하게 인식하고 있는 것과는 달리 "먼저 떨어지고 늦게 떨어지는 것//여기와 저기"에 대한 차이를 무화시키고자 한다. 그런데 이 시간과 공간의 차이를 무화시키는 깨달음은 불교적 귀의를 통해 이루어지는 것이 아니라 "우주 큰 연주 속에 이어지는 가락들"과 같이 표현했듯이, 우주적 초월에 의해 이루어진다는 점도 원전과의 중요한 차이이다.

---

25) 이성선, 『현대시학』 제27권 4호, 현대시학사, 1995, 31쪽.

송정란(1957~)의 시 「신제망매가」도 "한 잎 이파리로 피었다 진" 낙엽의 이미지를 통해 죽음에 대한 인식론적 성찰을 보여준다는 점에서 원전 텍스트와 상통하는 면을 갖는다. 그러나 원전과는 달리 죽음에 대한 인식 주체가 월명사가 아닌 시적 자아 자신이며, 시적 자아는 월명사를 매개로 죽음에 대한 깨달음을 얻고 있다. 작품을 보자.

> 초겨울 산행길에서 월명(月明)을 맞닥뜨리다/벗은 나뭇가지가 가리키는 손끝 세상/황망히 자취도 없이 모습을 감춘 이파리들//내 삶의 자취도 저렇듯 흔적 없이/한 잎 이파리로 피었다 진 자리/뿌리째 뽑혀 버린 채 사라져버린 빈 하늘//누누히 썩어가는 발 아래 낙엽을 보며/빈 손 빈 마음을 새삼스레 들여다본다/싸늘한 바람 한줄기 뒤통수를 치고 가고
>
> —송정란, 「신제망매가」 전문[26)]

이 시의 화자인 '나'는 초겨울 산행길에서 월명사를 만난다. '나'는 월명사가 가리키는 "손끝 세상"을 통해 죽음에 대한 깨달음을 얻는다. 여기서 "손끝 세상"은 "황망히 자취도 없이 모습을 감춘 이파리들"과 "뿌리채 뽑혀 버린 채 사라져버린 빈 하늘"과 "누누히 썩어가는 발 아래 낙엽"이 보여주는 세계이다. 시적 자아는 이 세계를 통해 죽음의 세계란 결국 "빈 손 빈 마음"의 세계, 즉 허무이거나 무상(無常)의 세계임을 깨닫게 된다. 원전에서 삶과 죽음의 분리를 초극하려는 시적 자아의 의지적인 태도는 사라지고, 월명사를 매개로 한 선(禪)적 깨달음을 통해 허무 또는 무상을 인식한다는 것이 이 시의 주제이며, 원전으로부터 전환된 죽음 담론을 보여주는 것이다.

이상 박제천, 이성선, 송정란의 시를 통해 검토했듯이, 원전의 여러 요소를 선택적으로 패러디하면서 원전의 죽음 담론을 새로운 텍스트의

---

26) 송정란, 『허튼 층 쌓기』, 도서출판 고요아침, 2003, 80쪽.

문맥에 맞추어 전환하면서 운명론적 체념, 우주적 초월, 인생 무상과 같이 죽음에 대한 새로운 담론을 창출하기도 했다.

4. 원전의 환골탈태와 담론의 재문맥화

고전시학의 용어를 빌어 원전을 패러디하는 방식을 말한다면, 원전 작품의 형식과 문장구조는 그대로 두고 어휘를 변화시키는 환골법(換骨法)과 원전의 시상을 취하되 새로운 형식과 문장구조로 표현하는 탈태법(奪胎法)으로 크게 구분할 수 있다.[27] 그런데 실제 작품에서 환골과 탈태가 동시에 일어나는 경우가 많아서 두 방법을 엄격하게 구분하기 힘들다. 고전시가를 패러디한 현대시에서도 시의 형태와 문장구조뿐만 아니라 시상에서도 많은 변화를 동반한 작품들이 있다.

다음 김석규(1941~)의 시 「신제망매가」를 보자.

> 슬프다, 피지도 못한 봉오리 돌개바람에 꺾이었으니/너는 한 번도 배꼽을 내놓지 않았고/손톱에 물감칠을 하지도 않았으며/삼백예순 닷새 그 많은 날 하루도 틈이 없어/광안리나 해운대 바닷가에도 나가지 않았으니/깜박거리는 흐릿한 불빛 아래 밤 늦도록/재봉틀 앞에 붙어 앉아 촘촘히 꽃다운 나이만 박더니/하늘의 어느 자리인들 여기보다 못 하랴만/늦은 밤 돌아와 식은 밥 찬물에 말아먹는 이승/알겠다. 이슬 타고 내리는 별빛은 밤새도록 부르는 소리임을
>
> —김석규, 「신제망매가」[28]

김석규의 위 시는 봉제 일을 하며 힘겹게 살아가다 죽음을 맞이한 한

27) 강명관, 「고전시학과 패러디」, 김준오 편, 『한국 현대시와 패러디』, 현대미학사, 1996, 293~301쪽 참조.

28) 김석규, 『태평가』, 빛남, 2001, 20쪽.

어린 여직공의 비극적 죽음을 애도하고 있는 작품이다. 원작의 제목과 이승과 저승의 공간적 구분, 그리고 시의 화자가 죽은 누이를 애도하고 있다는 기본 시상을 원작에서 취했다고 하겠지만, 원작에 깃든 종교적 요소를 완전히 배제하고 있을 뿐만 아니라 삶과 죽음의 인식을 매개하는 낙엽의 심상도 없다. 그러면서 이 시는 과거의 역사적 공간과 시간에서 벗어나 당대의 현실적 사건을 소재로 하여 죽음의 문제를 형상화하고 있다. 아울러 원전과 달리 죽음에 대한 승화된 인식을 담아내는 것이 아니라 죽음 자체의 비극성을 구체적 사건을 통해 서술하면서, 현실적 삶의 모순을 비판적으로 겨냥하고 있다. 말하자면 죽음의 극복이 아니라 죽음의 심각성을 당대 사회현실의 문맥에서 구체화함으로써 죽음에 대한 실제적 문제인식의 담론을 보여주고 있는 것이다.

기형도(1962~1989)의 다음 시도 김석규의 시와 매우 유사한 면모를 보여주는 작품이다.

> 누이야/네 파리한 얼굴에/철철 술을 부어주랴//시리도록 허연/이 영하의 가을에/망초꽃 이불 곱게 덮고/웬 잠이 그리도 길더냐.//풀씨마저 피해 날으는/푸석이는 이 자리에/빛 바랜 단발머리로 누워 있느냐.//헝클어진 가슴 몇 조각을 꺼내어/껄끄러운 네 뼈다귀와 악수를 하면/딱딱 부딪는 이빨 새로/어머님이 물려주신 푸른 피가 배어나온다.//물구덩이 요란한 빗줄기 속/구정물 개울을 뛰어 건널 때/왜라서 그리도 숟가락 움켜쥐고/눈물보다 찝찔한 설움을 빨았더냐.//아침은 항상 우리 뒷켠에서 솟아났고/맨발로도 아프지 않던 산길에는/버려진 개암, 도토리, 반쯤 씹힌 칡./질척이는 뜨물 속의 밥덩이처럼/부딪히며 하구로 떠내려갔음에랴.//우리는/신경을 앓는 중풍병자로 태어나/전신에 땀방울을 비늘로 달고/쉰 목소리로 어둠과 싸웠음에랴.//편안히 누운/내 누이야./네 파리한 얼굴에 술을 부으면/눈물처럼 튀어오르는 술방울이/이 못난 영혼을 휘감고/온몸을 뒤흔드는 것이 어인 까닭이냐
>
> —기형도, 「가을 무덤 —제망매가」[29)]

기형도의 위 시는 불의의 사고로 죽은 셋째 누이의 죽음에 대한 시인 자신의 경험을 반영한 작품으로 알려져 있다. 이 시가 남매간 혈육의 정을 매개로 죽은 누이를 위한 일종의 진혼곡이라는 점에서 향가의 「제망매가」와 상통한다. 그러나 향가 「제망매가」가 죽음의 극복을 지향하고 있다면, 이 시는 죽음에 이른 과정과 죽음 자체의 비극성을 구체적으로 부각시키고 있다. "숟가락 움켜쥐고/눈물보다 찝질한 설움을 빨았더냐", "질척이는 뜨물 속의 밥덩이", "신경을 앓는 중풍환자로 태어나/전신에 땀방울을 비늘로 달고" 등의 언술이 환기하듯이, 누이의 불행한 죽음은 태생적인 병고와 가난과 소외의 고통 때문에 맞이한 죽음이다. 말하자면 이승에서 맺힌 한을 쉬 버릴 수 없는 죽음이다. 그런데 이 죽음은 '나'의 죽음까지 예고한다는 점에서 더 심각하다. "어머님이 물려주신 푸른 피"를 누이와 함께 나눈 '나'는 삶의 병고와 가난과 소외의 고통도 함께 했기 때문이다. 이 시의 마지막 연에서 "네 파리한 얼굴에 술을 부으면/눈물처럼 튀어오르는 술방울이/이 못난 영혼을 휘감고/온몸을 뒤흔드는 것이 어인 까닭이냐"고 절규하고 있는 것은 그만큼 화자 자신도 죽음을 깊이 예감하고 있었기 때문일 것이다.

5. 원전의 역전과 담론의 비판

패러디는 원전을 모방하면서도 원전을 비판하고, 때로는 원전의 담론을 역전시킨다. 다음 이향아(1938~)의 「신곡조 향가 —제망매가」는 원전의 모방적 요소를 많이 남기고 있지만, 그 모방적 요소들을 새로운 작품의 문맥 속에서 융화시키면서, 원전의 담론에 의존하면서도 원전의 담론을 비판하는 이중성을 보여주고 있다. 이런 점에서 이 작품은 페쇠(M. Pêcheux)가 말한 비동일화(disidentification)의 담론을 보여주는 작품이다.[30]

29) 기형도, 『사랑을 잃고 나는 쓰네』, 솔출판사, 1999, 28~30쪽.

오라버님 도 닦아 올릴 때/나는 수미산 꼭대기 물을 길어요/꽃구름 피어나는 물바가지, 지개 얹히는 샘터,/오라버님 기도하는 입김/애닯아 나는 물 한 방울 흘리지 않아요./우리가 거기 함께 있을 때/뼈와 피를 나눈 한단 가지의 잎사귀로 나부끼고 있을 때/오라버님, 당신은 오직 한 사람/가장 가깝게 출렁이는 파도/외로움을 울부짖을 가장 쉬운 말,/내가 그 곁에 있을 때 기대고 살던/땅 위에 두고 온 진실,/七海 건너 오실 날 기다리지 않아도./되어요./미타찰에 만남은 大王의 뜻./도 닦아 원없이 사랑하세요. 오라버님./해 아래, 눈부신 고통/소금가루 날리는 땅의 황토 바람을.//나를 제사하는 그리운 밥상머리/끈끈한 향내를 방황하면서,/당신 품에 접혀 있던 저 노잣돈. 아직도 남아 있는 세상의 온기./나직한 연민의, 곡진한 소원의,/도닦는 당신의 울음과도 같은..../서풍에 떠 흐르게 놓아 보내요./당신에게 나 보이려고 소리 소리쳐요./오라버니,/보세요 보세요. 나 여기 있어요

—이향아, 「신곡조 향가 —제망매가」 전문[31]

이향아의 위 시는 우선 담론을 형성하는 화자와 청자의 관계를 원전과 정반대로 설정하고 있다. 향가 「제망매가」와 달리, 이 시의 화자는 죽은 누이이며 청자가 이승에 남아 있는 '오라버니'이다. 화자와 청자의 관계 역전은 이승과 저승을 보는 관점의 역전까지 동반된다. 이 시의 화자는 "그리운 밥상머리", "아직도 남아있는 세상의 온기"라고 표현했듯이, 이승에 대한 그리움을 강하게 표명하고 있다. 따라서 이승에서의 정진과 기도로 죽음을 극복하려는 노력은 헛된 일이다. 시의 화자는 "오라버님 기도하는 입김/애닯아 나는 물 한 방울 흘리지 않아요"라고 했다. 오라버니의 기도를 죽은 누이 쪽에서 도리어 애처롭게 생각하고 염려한다. 그러면서 화자인 누이는 "미타찰에 만남은 대왕의 뜻/도 닦아 원없

30) D. Macdonell, 앞의 책, 49~56쪽 참조.

31) 이향아, 『껍데기 한칸』, 오상사, 1986, 107~108쪽.

이 사랑하세요"라고 하며, 오라버니의 기도가 이승에서의 원 없는 사랑을 위한 것이어야 한다고 역으로 권고하고 있다. 이런 점에서 이 시는 원전의 담론을 모방하면서도 원전의 담론을 비판하는 특징을 보인다. 원전과 같이 죽음을 소재로 하되 정진과 기도로 죽음을 초월하려는 어떠한 노력도 헛된 일로 보고, 죽음의 세계보다 이승에서 이루어지는 현실의 삶을 더 긍정하고 있다.

Ⅲ. 속가 「청산별곡」의 패러디 양상과 담론

1. 속가 「청산별곡」의 성격

속가 「청산별곡」은 『악장가사』에 전문, 『시용향악보』에 1장 부분이 실려 전하는 작자 미상의 작품이다. 전체 8장으로 구성되어 있는데, 각 장마다 사이에 "얄리얄리 얄랑셩 얄라리얄라"의 여음이 들어 있다. 사설과 여음이 교체, 반복되는 이런 형태적 구성은 선후창으로 부르는 민요에서 쉽게 찾을 수 있다는 점에서 이 노래의 민요적 성격을 추정할 수 있다. 그리고 이 노래의 여음이 후대에 민요 「아리랑」의 여음으로 정착된 것으로 보면서, 본래 특별한 제목이 없던 노래인데, 궁중의 속악으로 편입하는 과정에서 노래 이름을 붙이고 8장으로 추린 것으로 추정하기도 한다.[32)]

이 노래는 시적 배경인 '청산'과 '바다'를 어떻게 보느냐에 따라 해석이 크게 달라진다. 일찍이 조윤제는 이 노래를 "어떤 실연에서 세상을 비관하여 한 많고 쓰라린 속세를 버리고 차라리 청산에 파무처 머루와 다래를 따먹으며 여생을 보내리라 하였다"[33)]고 보았으며, 박병채는 "생

---

32) 조동일, 『한국문학통사 2』(제3판), 지식산업사, 1994, 158~161쪽.

의 고뇌를 노래하되 체념적 애조 속에 자위적 해학이 있고, 낙천적 생활의 일면이 있고, 유연한 정조가 넘쳐 흐르고 있다"[34]고 파악했다. 이후 이 노래에서 '청산'과 '바다'를 선비들이 세속에서 물러나 찾는 이상적인 자연 공간으로 보고자 한 관점이 지배적이었다.

그러나 이와 달리 정병욱은 이 노래를 '적극적 현실참여의 노래'라고 규정하고 "고민 속에 허덕이는 고려 지식인들이 순간적 향락 추구의 한 표현으로 '술 노래'를 부른 것"[35]으로 해석하기도 하고, 신동욱은 "삶의 터전으로서의 농토를 잃고 유랑하며 생활했던 고려시대의 민중이 그들의 슬픔을 다소간은 체념적으로 또는 자포자기의 태도로 혹은 자조적으로 노래했을 것"[36]으로 보았다. 그런데 노래의 주체를 고려 지식인으로 보기보다 민중 자신들로 본 견해가 더욱 설득력을 가진다고 하겠는데, 필자 역시 고려 후기의 잦은 전란 등으로 마을에서 살기 어렵게 된 유랑민들이 힘들게 연명하면서 자신들의 처지를 노래한 것이 「청산별곡」이라 본다. 따라서 이 노래에서 '청산'과 '바다'는 속세를 벗어난 이상적, 낙천적 공간이 아니라 고려 민중들이 힘들게 살아가는 유랑의 공간으로 보고자 한다.

그런데 현대 시인들이 속가 「청산별곡」을 패러디할 때, 이 노래를 '청산'과 '자연'의 해석과 관련하여 어떤 성격의 노래로 파악하여 취하는지에 따라 패러디 시의 성격도 달라질 수밖에 없다. 대체로 현대 시인들은 속가 「청산별곡」에서 '청산'과 '자연'을 속세에서 벗어난 이상적, 자연적 공간으로 해석하는 관점을 취하고 있는 것으로 나타나는데, 그것은 이

---

33) 조윤제, 『조선시가사강』, 을유문화사, 1958, 148쪽.

34) 박병채, 『고려속요의 어석연구』, 선명문화사, 1973, 216쪽.

35) 정병욱, 『한국고전시가론』, 신구문화사, 1977, 105~113쪽.

36) 신동욱, 「<청산별곡>과 평민적 삶의식」, 김열규 · 신동욱 편, 『고려시대의 가요문학』, 새문사, 1982, 36쪽.

들 시인들이 교육을 통해 받았던 학습경험과 지식이 작용되었기 때문으로 판단된다. 그러면 구체적으로 현대시에서 속가 「청산별곡」이 어떠한 양상으로 패러디되었는지 살펴보자.

2. 원전의 선택적 수용과 담론의 계승

윤곤강(1911~1949)은 향가와 고려가요에 누구보다 앞서 관심을 가지면서 이들 시가의 시상이나 가락을 이용한 작품들을 다수 창작한 시인이다. 시집 『피리』(정음사, 1948)에는 옛 가락에 맞추어 쓴 작품들이라 하여, 각 작품의 아래에 향가나 속가의 구절을 부분적으로 옮긴 다음 해당 구절의 시상이나 가락을 활용한 작품을 14편이나 실었다. 다음 두 작품도 이러한 시 쓰기의 연속선상에서 쓴 작품들로, 모두 속가 「청산별곡」의 시상과 가락을 활용한 작품들이다.

> ① 살어리 살어리 살어리랏다/그예 나의 고향에 돌아가/내 고향 흙에 묻히리랏다//고운 손길 한 번 못 만져본/애 타는 시름 덧없이 보내고/나는야 잃어버린 땅 찾으러/사랑보다 더 큰 사랑에 몸바쳤어라//투구 쓰고 바위 끝에 서서/머언 하늘 끝 내어다 보면/화살이 빗발치는 싸움터 나를 불렀어라/불맞은 호랑이처럼 나는 내달았어라//날아드는 화살이 가슴에 맞는가 했더니/화살이 아니라 한 마리 제비였어라/비비배 비비배배…… 제비는 몸을 뒤쳐/내 어깨를 스치며 날아갔어라
>
> —윤곤강, 「살어리」 4장

> ② 살어리 바닷가에 살어리/나문쟁이와 조개랑 먹고/시원한 바닷가에 살어리//아리따운 조개의 꽃/외딴 섬 바위 기슭에/부디치는 물결소리 들으며//밀물 냄새 풍기는 물거품에/날개 적시며 적시며, 갈매기처럼/펄펄 날아돌며 희게 희게 살어리//아득한 머언 바다 바라보며/아침이나 낮이나 저녁이나/휘파람 불며 불며 살어리//바닷물

우헤 돌팔매 쏘면서/내 마음 희게 빛나도록/조약돌 던지며 던지며 살어리

—윤곤강, 「바닷가에서」 전문[37)]

이상에서 ①은 8연으로 구성된 속가 「청산별곡」을 8장으로 확장한 장시이다. 속가의 여음은 채택하지 않고, "살어리 살어리랏다"의 구절과 3음보의 리듬을 패러디하여 활용한 작품이다. 전체 8장에서 각 장마다 고향을 떠나 숱한 세파를 헤치며 살아온 시인의 삶의 내력을 각 단계별로 풀어서 노래했다. 여기서 속가의 '청산'은 '고향'으로 대치되면서, 고통스런 삶의 자리나 공간과 대립되는 곳으로 인간의 원초적 회귀본능과 연결된 이상적 공간으로 형상화되어 있다.

②의 시 「바닷가에서」는 속가 「청산별곡」의 후반부에 해당하는 '바다'편을 패러디한 작품이다. ①보다 속가의 사설과 가락을 더 적극적으로 활용하면서, '바다'의 공간을 "돌팔매 쏘면서/내 마음 희게 빛나도록" 살아가는 유년의 순수를 회복하는 이상적 공간으로 코드화되어 있다. 속가의 '바다'를 피안의 이상향으로 읽었던 셈인데, 그만큼 원전의 담론을 계승하는 입장에서 씌어진 작품이다.

신석초(1909~1976)의 시도 윤곤강의 시와 같은 패러디의 관점을 보여주는데, 다만 그것이 속가의 여러 작품들을 혼성모방하고 있다는 점에서 차이를 보인다. 즉, 신석초의 시집 『바라춤』에 실린 「서사」는 속가 「청산별곡」에 주로 의탁하고 있지만, 「동동」, 「정과정」, 「만전춘 별사」 등 여러 속가의 구절들을 혼성모방하고 있다. 여기서는 「청산별곡」과의 상호텍스트성(intertextuality)이 드러나는 부분만 보기로 한다.

묻히리란다. 靑山에 묻히리란다./靑山이야 변할이 없어라./내몸 언

37) 이상 윤곤강, 『살어리』, 시문학사, 1948, 33~35쪽, 128~129쪽.

제나 꺾이지 않을 無垢한/꽃이언만,/깊은 절 속에, 덧없이 시들어 지느니/생각하면, 갈갈이 찢어지는 내 맘/서러 어찌 하리라.//묻히리란다. 靑山에 묻히리란다./나는 혼자이로라. 찔레 얽어진/숲 사이로 표범이 불러 에우고,/재올리 바라ㅅ소리 뷘山을 울려/쩡쩡 우는 山울림과, 밤이면/달 피해 우는 杜鵑이 없으면,/나는 혼자이로라.

―신석초, 「서사(序詞)」 중에서[38]

위에 인용한 시는 속가 「청산별곡」에서 청산에서의 고독한 삶을 표현하고 있는 제4연인 "이링공 뎌링공 ᄒᆞ야/나즈란 디내와숀뎌/오리도 가리도 업슨/바므란 ᄯᅩ 엇디 호리라"란 구절의 시상을 집중 차용하고 있다. 그러나 속가의 청산에서 피력되는 고독감이 삶의 터전을 잃고 청산으로 내몰림으로써 겪는 고달픔과 비애감을 동반하는 것인데 비해, 이 시에서의 고독감은 청산과 일체화됨으로써 위로 받고 치유될 수 있다. 이 시에서 시적 자아는 심각한 고독감에서 "덧없이 시들어지"고 "갈갈이 찢어지는"는 마음의 고통을 겪고 있다. 이런 시적 자아의 상대적 고독감과 그 고통은 영원히 변하지 않는 영속성의 상징공간인 '청산'과 일체화됨으로써 해소될 수 있다는 것이다. 신석초도 윤곤강과 같이 속가에서의 청산이나 바다를 현실의 고통에서 벗어날 수 있는 피안의 세계로 읽으면서, 그 피안의 의미를 시인의 정신적 지향과 결부시켜 형상화하고자 했음을 알 수 있다.

다음 최정례(1955~)의 시 「사슴이 장대에 올라」는 속가 「청산별곡」에서 다양한 해석을 낳고 있는 7연의 "가다가 가다가 드로라/에졍지 가다가 드로라/사ᄉᆞ미 짒대예 올아셔/奚琴을 혀거를 드로라"란 구절을 집중 패러디하면서도 전체적인 시상을 재해석하여 수용하고 있는 작품이다.

---

38) 신석초, 『바라춤』, 통문관, 1959, 7~8쪽. 본문 중 '재올리'는 시인의 사후에 재간행된 시집 『바라춤』(융성출판사, 1985)에서 '제올린'으로 수정된 바 있다.

> 빨래줄에 빨래가 날고/사슴도 줄을 타고 함께 뛰었지/그때만 해도/사슴이 장대에 올라 해금을 켜는 걸/들었지/듣다가 듣다가/항아리 속으로 저녁이 뛰어들어/술을 익혔지/처마가 기울고 들판이 기울어/함께 들었지/그때만 해도/유월은 목단하고/매화는 파랑새하고/연애했지/복사꽃 뜬 냇물이/알을 낳던 시절이었지/알이 말을 낳고 말이 또 알을 낳고/그때만 해도/왕은 알에서 나왔지/왕도/사슴이 장대에 올라 해금을 켜는 걸/들었지/듣다가 장대에 올라 함께 울었지/그때만 해도/얄리 얄리 얄랑성은 있었지/얄라리 얄라가 있었지
>
> —최정례, 「사슴이 장대에 올라」 전문[39)]

위의 시는 "사ᄉᆞ미 짒대예 올아셔/奚琴을 혀거를 드로라"의 구절에서 '짒대'를 '장대'로 해석한 것을 받아들이는 한편 문맥의 뜻을 가능한 문자 그대로 받아들여서 사슴이 장대에 올라 해금을 켜는 상황을 상정하고 있다.[40)] 그러면서 이러한 불가능한 상황을 합리화하기 위해 시간적 배경을 "알이 말을 낳고 말이 또 알을 낳고"하는 신화적 시간으로 소급시키고 있다. 이런 신화적 시간에서 사슴은 줄을 타고, 장대에 올라 해금도 타며, 왕도 해금 소리를 듣고 함께 울었다는 것이다. 여기서 속가 「청산별곡」의 구절을 축자적으로 해석한 것의 타당성 여부를 떠나서, 해당 속가의의 구절을 부분적으로 패러디하면서 추구한 시적 상상력의 세계가 자연과 자연, 자연과 인간, 자연과 사물이 상호 조응(correspondence)

---

39) 최정례, 『붉은 밭』, 창작과비평사, 2001, 68~69쪽.

40) 김완진은 이 구절을 "사슴으로 분장한 이가 높은 장대에 올라 해금을 켜며 뭇구경군들의 환성을 받고 있는 장면"을 말한 것으로 풀이했다. 김완진, 「청산별곡의 '사슴'에 대하여」, 『문학과 언어』, 탑출판사, 1982, 37쪽. 정병욱은 이와는 달리 사슴이 짐대 위에 올라 해금을 켠다는 것은 상상조차 할 수 없다고 하여 기적을 뜻하는 것으로 보았다. 정병욱, 『한국고전시가론』, 신구문화사, 1977, 111쪽. 임주탁은 '짒대'를 '장대'로 해석하기 어렵다 하고, 짐대(幢竿)이거나 돛대(檣)로 보고 비문화적인 것을 문화적인 것으로 바꾸는 공간으로 보고자 했다. 임주탁, 「청산별곡의 독법과 해석」, 『한국시가연구』 제13호, 한국시가학회, 2003, 81~82쪽.

하는 신화적 상징의 세계라는 점이다. 이러한 세계인식은 기본적으로 속가 「청산별곡」에서의 자연을 피안의 이상향으로 보는 관점을 계승하는 한편 이를 더욱 확장, 심화한 것으로 볼 수 있다.

이상에서 살펴본 윤곤강, 신석초, 최정례의 시는 속가 「청산별곡」의 구절이나 여음을 선택적으로 수용한 패러디 작품으로, 속가에서 자연을 속세와 대립되는 피안의 세계나 이상향의 세계로 보는 관점의 담론을 계승하면서 각 시인별로 추구하는 이상적 세계를 그려내고자 한 것이다.

3. 원전의 환골탈태와 담론의 전환

김석규(1941~)의 「청산별곡」은 제목을 빼고 보면 속가 「청산별곡」의 패러디 흔적을 찾기가 쉽지 않다. 속가의 공식적 표현이나 여음의 개입이 전혀 없다. 그렇지만 속가 「청산별곡」과 같이 산, 바다, 사슴, 물 등의 자연 이미지가 중심을 이루고, 삶의 적막감과 고달픔의 정서가 이 시에도 강하게 배어 있다는 점에서 속가와 연결될 수 있는 연결 고리를 찾을 수 있다.

> 산그늘 내려와 마당귀 다 젖을 때/군불 때는 푸른 연기 슬퍼라/적막한 하늘 한 채 그대로 걸려 있는/풀잎의 처마 끝에 사슴의 무리/더 어두워지기 전에 소금 한 주먹 퍼담고/금강모치 버들개 열목어 둘러앉는 맑은 밥상머리/새소리 물소리 바람소리 보면서 따라 왔지만/억새도 칡넝쿨도 아래로 가는 길 파묻었으니/달도 없는 그믐밤을 누가 오겠는가/물소리 일찍 베고 누워 먼 바다에 가 닿으면/온 밤을 흩어지는 고래 울음 소리/앞산도 중중하고 뒷산도 첩첩하니 일어나면 시름이여/산봉우리 마다 구름이 내려와서 다 베어 먹고/실없이 부려놓고 가는 잡동사니들/개 짖는 마을의 발가락도 환희 보이는/바람 지나는 빈 들에 우렁이 껍질
>
> —김석규, 「청산별곡」 전문[41)]

이 시에서 '자연'을 터전으로 살아가는 삶은 심각한 적막감과 시름의 상태로 표명된다. "적막한 하늘 한 채 걸려 있는" 첩첩산중에서 시적 자아는 "달도 없는 그믐밤을 누가 오겠는가"라고 자조하는 심정을 드러내고, 결국은 "바람 지나는 빈 들에 우렁이 껍질"만 황량하게 남은 상태의 적막한 공간으로 자연을 묘사하고 있다. 이런 적막감과 자조적 심정은 원전 속가 2연의 "우러라 우러라 새여/자고 니러 우러라 새여/널라와 시름한 나도/자고 니러 우니노라"와 4연의 "이링공 뎌링공 ᄒᆞ야/나즈란 디내와손뎌/오리도 가리도 업슨/바므란 ᄯᅩ 엇디호리라"에서도 강하게 드러나는 바이다.

김석규의 시가 속가 「청산별곡」의 시상 전개와 정서를 차용하되, 그것을 현재적 삶의 맥락 속에서 환골탈태했다고 말할 수 있다. 그리고 속가 「청산별곡」을 청산의 삶을 예찬한 것이 아니라 청산의 삶이 갖는 비극성을 아프게 노래한 작품으로 읽는다면, 이 시는 속가 「청산별곡」에서의 '청산'이 갖는 실제적 의미를 현재적 삶의 차원으로 전환하여 이를 반성하게 하는 작품으로 그 위상을 정할 수 있다.

4. 원전의 비평과 담론의 해체

박남철(1953~)은 황지우와 함께 1990년대 이후 대표적인 패러디스트로 활동한 시인이다. 그는 기존 시인들의 시뿐만 아니라 연설문, 광고, 만화, 기사 등 비시적 대상으로 인지되어 온 것들까지 과감하게 패러디하면서 기존의 형태와 담론을 자신의 관점에서 비평하고 또한 해체한다. 그러면서 원전이 지닌 엄숙주의나 물신주의의 담론을 비판하고 해체함으로써 자본주의 사회의 모순을 풍자하는 방법론적 전략으로 삼는다. 다음 작품을 보자.

---

41) 김석규, 『태평가』, 빛남, 2001, 26쪽.

① 1

청산이 소리쳐 부르거든/나 이미 떠났다고 대답하라./기나긴 죽음의 시절,/꿈도 없이 누웠다가/이 새벽 안개 속에/떠났다고 대답하라./청산이 소리쳐 부르거든/나 이미 떠났다고 대답하라./흙먼지 재를 쓰고/머리 풀고 땅을 치며/나 이미 큰 강 건너/떠났다고 대답하라. [양성우, 「靑山이 소리쳐 부르거든」, 『靑山이 소리쳐 부르거든』(실천문학사, 1981)].

2

양성우의 단순해 보이는 「靑山이 소리쳐 부르거든」의 율격에는 고려속요 「靑山別曲」 이래의 단순하지만은 않은, 유구한 ―지리한 민족 정서에 대한 가열한 부정의 의식과 반항의 정신이 아울러 깃들어 있다.

'살어리 살어리랏다 청산에 살어리랏다
멀위랑 ᄃᆞ래랑 먹고 청산에 살어리랏다'

또는

'가다니 배부른 도긔 설진 강수를 비조라
조롱곳 누로기 ᄆᆡ와 잡ᄉᆞ와니 내 엇디ᄒᆞ리잇고'와 같은
도피와 체념과 명정의 세계를 박차고 솟아오르는, 튀어나
가는 결단한 '나'의 의지를 보여주고 있는 것이다.

―박남철, 「靑山이 소리쳐 부르거든」[42]

②

살어리 살어리랏다 資本에 살어리랏다/머리랑 다리랑 먹고 資本에 살어리랏다/얄리 얄리 얄랑셩 얄라리 얄라//우러라 우러라 새여 자고 니러 우러라 개여/널라와 시름 한 나도 자고 니러 우니노라/얄리 얄리 얄라셩 얄라리 얄라//가던 새 가던 개 본다 믈 아래 가던 개

---

42) 박남철, 『용의 모습으로』, 청하, 1990, 27~28쪽.

본다/'중과' 오일레밍(oil-lemming) 가지고 믈 아래 가던 개 본다/얄리 얄리 얄라셩 얄라리 얄라//이링공 뎌링공 ᄒᆞ야 나즈란 디내와숀뎌/오리도 '중개'도 업슨 바므란 쏘 엇디 호리라/얄리 얄리 얄라셩 얄라리 얄라//어듸라 던디던 돌코 누리라 마치던 돌코/돌도 黃金도 업시 마자셔 우니노라/얄리 얄리 얄라셩 얄라리 얄라//살어리 살어리랏다 利子에 살어리랏다/남의 자기 굴조개랑 먹고 利子에 살어리랏다/얄리 얄리 얄라셩 얄라리 얄라//가다가 가다가 드로라 에졍지 가다가 드로라/金犬이 짒대에 올아셔 신시사이저를 혀거를 드로라/얄리 얄리 얄라셩 얄라리 얄라//가다가 ᄇᆡ브른 참나무통에 설진 깡소주를 비조라/조롱곳 알코올이 ᄆᆡ와 잡ᄉᆞ와니 내 엇디ᄒᆞ리잇고/얄리 얄리 얄라셩 얄라리 얄라

—박남철, 「자본에 살으리랏다」에서[43)]

이상에서 ①의 시는 제1장 부분에서 양성우의 잘 알려진 시 「청산이 소리쳐 부르거든」을 그대로 옮겨온 다음 출전까지 친절하게 밝혀 놓았다. 그리고 제2장에서는 양성우의 시를 속가 「청산별곡」과 연관지어 비평하는 언술로 채워 놓았다. 제목은 양성우의 시 제목과 같다. 제1장과 제2장을 합쳐 보면, 결국 양성우의 시를 앞세워서 속가인 「청산별곡」의 중심 담론을 비판하고자 한 의도를 가지고 이중의 패러디를 했음을 알 수 있다. 그런데 시인은 속가 「청산별곡」을 "도피와 체념과 명정의 세계"를 노래한 것이라 보았고, 그 근거로 「청산별곡」의 제1연과 제8연의 구절을 옮겨 왔다. 그러면서 양성우의 시는 속가의 3음보 리듬을 활용하면서도, 속가의 지리한 민족정서에 반항하고 부정하는 정신을 힘 있게 담았다는 것이다. 실제로 양성우의 「청산이 소리쳐 부르거든」의 시가 1980년대 민중가요로 개작되어 널리 불리어졌음은 잘 알고 있는 바이다. 그렇지만 속가 「청산별곡」의 중심 담론을 자연도피와 현실체념으로 본 것이 담론 해체를 위한 자의적인 해석으로 문제될 수 있고, 양성우

43) 박남철, 『자본에 살으리랏다』, 창작과비평사, 1997, 127~128쪽.

의 시를 3음보 리듬을 활용했다고 보는 관점도 수용하기 어렵다.

②의 시는 원작을 풍자적으로 패러디한 작품의 전형을 보여준다. 사설과 여음이 중첩되면서 전체 8장으로 구성된 속가 「청산별곡」의 형태와 문장 구성 방식을 그대로 가감 없이 패러디했다. 그러면서 핵심적인 어휘들을 모두 바꾸어 놓았다. 청산 → 자본(資本), 멀위 → 머리, ᄃᆞ래 → 다리, 새 → 개, 잉무든 장글 → 중과 오일레밍, 리도 괴리도 → 돌도 황금(黃金)도, ᄂᆞᄆᆞ자기 → 남의 자기, 사슴 → 금견(金犬), 바다 → 이자(利子), 술 → 깡소주 등으로 철저히 자본주의의 속물화된 대상들과 연관된 어휘들로 전복시킴으로써, 자본주의의 물신 숭배와 속물근성을 비판하는 작품으로 변모시켜 놓았다. 고전시학의 환골법을 잘 보여주는 이러한 패러디는 의도적으로 원전과의 비평적 거리를 가지게 함으로써 원전의 중심 담론을 희화화하고, 당대의 현실을 풍자하는 전략으로 삼는다. 물론 이 시는 제2부에 해당하는 '2. 콘체른사우르스'가 붙어져 완성된다. 현대사회에서 거대자본을 가진 독점재벌이 '콘체른사우르스'처럼 문어발식으로 확장되는 자본주의의 현실을 풍자, 비판하기 위한 연장선에서 속가 「청산별곡」을 패러디한 것이다.

이상과 같이 박남철의 시는 속가 「청산별곡」의 중심 담론을 자연도피와 현실체념으로 보고, 속가의 담론에 내재한 중세 도학주의의 관념론이 갖는 허상을 무너뜨리고자 했으며, 「청산별곡」의 조어법을 의도적으로 비틀어 패러디함으로써 물신 숭배와 속물주의에 물든 현대 자본주의 모순을 풍자하고자 했다.

Ⅳ. 결론

고전 텍스트는 당대의 시간 속에 정지하고 있는 것이 아니라 끊임없는 해석과 비평의 과정을 겪으며 지속된다. 패러디는 바로 고전 텍스트에 대한 해석과 비평이 부단히 이루어지는 과정에서 새로운 텍스트를 생산하는 방법론적 장치이자 이념이 되기도 한다. 이 글은 패러디의 성격을 이와 같이 규정하고, 고전시가를 패러디한 현대시 작품들을 주목하여 고찰하면서, 현대시에서 고전시가를 패러디한 양상과 담론의 특징을 밝히고자 했다. 단, 고전시가를 패러디한 현대시를 효율적으로 논의하기 위해 고전시가 중에서도 향가 「제망매가」와 속가 「청산별곡」에 한정하여, 이들 작품을 원전으로 삼아 패러디한 현대시 작품들을 집중 고찰했다.

먼저, 향가 「제망매가」를 패러디한 현대시는 크게 4가지 유형으로 구분하여 그 특징을 파악할 수 있었다. 첫째는 원전의 형태와 시상을 포괄적으로 차용하면서 원전의 담론과 동일화된 담론을 계승하고 있는 경우이다. 박희진, 여영택, 김인육의 시가 이 경우에 해당했는데, 원전을 차용한 패러디 시가 원전과 구별되는 변화 있는 구성이나 새로운 담론을 보여줄 경우 원전과 차별화된 작품으로서의 의의를 가지게 되지만, 그렇지 못하면 모방적 재생산의 한계를 벗어나지 못함을 확인했다. 둘째는 원전의 여러 요소를 선택적으로 패러디하면서 원전의 죽음 담론을 새로운 텍스트의 문맥에 맞추어 전환한 경우이다. 박제천, 이성선, 송정란의 시가 이에 해당되었는데, 각기 운명론적 체념, 우주적 초월, 인생무상과 같이 죽음을 극복하기 위한 새로운 담론을 창출하여 개성적인 시세계를 구축하고 있었다. 셋째로 원전의 형태와 문장구조, 시상의 전개방식 등을 환골탈태하여 당대 사회현실의 맥락에서 죽음 담론을 구체화하고 있는 경우이다. 김석규와 기형도의 시가 이에 해당했다. 넷째로 원전의 형태와 구성방식을 패러디하되 이를 역전시키는 동시에 원전의 담론에 의존하면서도 원전의 담론을 비판하는 이중성을 보여주는 경우로 이향아의 시를 살폈다.

다음으로 속가 「청산별곡」을 패러디한 현대시는 크게 3가지 유형으로 구분할 수 있었다. 첫째, 속가 「청산별곡」의 구절이나 여음을 선택적으로 수용한 패러디 작품으로, 속가에서 자연을 속세와 대립되는 피안의 세계나 이상향의 세계로 보는 관점의 담론을 계승하고 있는 경우이다. 윤곤강, 신석초, 최정례의 시가 이에 해당했다. 둘째로 원전의 형태나 구성 방식에서 크게 탈피하여 당대 사회현실의 맥락에서 실천적 담론을 구체화한 시로 김석규의 시작품을 통해 확인했다. 그의 시는 속가 「청산별곡」의 시상 전개와 정서를 차용하되, 속가 「청산별곡」에서의 '청산'이 갖는 실제적 의미를 현재적 삶의 차원으로 전환하여 이를 반성하게 하는 작품이었다. 셋째 원전을 비평하면서 원전의 중심 담론을 해체하고자 한 시로 박남철의 시가 있었다. 그의 시는 속가 「청산별곡」의 중심 담론을 자연도피와 현실체념으로 보고, 속가의 담론에 내재한 중세 도학주의의 관념론이 갖는 허상을 무너뜨리고자 했으며, 「청산별곡」의 조어법을 의도적으로 비틀어 패러디함으로써 물신 숭배와 속물주의에 물든 현대 자본주의 모순을 풍자하고자 했다.

고전시가를 패러디한 현대시 작품들은 시의 형태와 담론에서 일부 고답성을 벗어나지 못한 경우도 있었으나, 대체로 시적 전통을 현대적 맥락에서 재인식하면서 새로운 시의 형태와 담론을 창출하는 데 기여했음을 확인하는 성과를 거두었다. 비록 이 논의의 성과가 향가 「제망매가」와 속가 「청산별곡」를 패러디한 현대시에 한정된 것이지만, 고전시가의 다른 작품에 관한 패러디 시의 논의에도 유용한 입각점을 제공할 수 있을 것으로 생각한다. 앞으로 고전시가의 다양한 작품들을 대상으로 한 현대시와의 접점과 대화적 관계를 모색하는 논의가 확대되기를 기대한다.

현대시의 고려 가요 패러디의 양상과 담론

Ⅰ. 서론

모든 텍스트는 텍스트가 생산된 당대의 시간 속에서만 해석되고 비평되는 것이 아니다. 텍스트가 수용되는 과정이 지속되는 한 끊임없는 해석과 비평의 과정을 겪는다. 그런데 텍스트에 대한 해석과 비평은 단지 텍스트를 수용하는 차원에서 끝나지 않고, 새로운 텍스트를 생산하는 역동적인 과정으로 전환되기도 한다. 패러디(parody)는 바로 기존 텍스트에 대한 해석과 비평의 과정에서 기존의 텍스트를 바탕으로 새로운 텍스트를 생산하는 역동성을 보여주는 문학적 방법론이자 이념이 된다.

물론 패러디는 기존 문학의 언어, 형식, 갈래에 대한 '기생적' 문학으로 문학의 위기적 징후를 보여준다고 비판적으로 파악되기도 한다.[1] 패러디에 관한 대표적 비판론자인 제임슨(F. Jameson)은 패러디 대신 패스티

---

1) J. Barth, 공미리 역, 「고갈의 문학」, 김욱동 편, 『포스트모더니즘의 이해』, 문학과 지성사, 1990, 103~118쪽.

쉬(Pastiche)란 용어를 사용하면서, 그것은 후기 산업자본주의 사회에서 더 이상 새로운 것이 불가능한 상황에서 모방적 재생산 또는 복제의 문학을 보여주는 것에 불과한 것으로 보았다.[2] 실상 기존 텍스트나 선행 갈래를 모방한 패러디 문학이 새로운 형태나 담론을 구축하지 못하고, 베끼기의 차원에 떨어진 '기생적' 문학으로 존재하는 것도 전혀 부인하기 어렵다는 점에서 패러디에 관한 비판적 관점도 일정 부분 타당성을 지닌다.

그렇지만 대부분의 패러디 문학은 선행 텍스트나 그 대상 갈래와의 관계에서 새로운 지적 통찰을 보여주는 것으로 긍정적으로 파악된다. 허천(L. Hutcheon)은 패러디에 관한 긍정적 관점을 토대로 패러디가 패러디하는 대상을 역설적으로 통합하면서도 동시에 이에 도전한다는 이중성을 가진다는 점에서 패러디를 일정한 '아이러니의 거리를 가진 모방'의 형식으로 규정하고,[3] 거기에는 보수적 충동과 변혁적 충동이 혼합되어 있다고 파악한 바 있다. 이에 의하면 "패러디는 단순히 문학적 호기심이나 기이성에 따라 이루어지는 주변적 문학 갈래가 아니라 문학적 체계의 역동성을 표현해온 진지한 장르인 것이다."[4]

이 글은 이상과 같이 패러디를 보는 긍정적 관점을 취하면서, 현대시에서 이루어진 고전시가의 패러디 중에서도 고려 가요를 대상으로 한 패러디 양상과 의미를 고찰하고자 하는 목적에서 진행된 것이다. 그런데 이 글에서 고전시가를 패러디한 현대시 작품들에 특별한 관심을 가지는 까닭은 고전시가와 현대시 사이의 접점 내지 대화의 통로가 패러

---

2) Fredric Jamesos, 임상훈 역, 「포스트모더니즘과 소비사회」, 김욱동 편, 위의 책, 241~264쪽. 제임슨은 이 글에서 패스티쉬(pastiche)라는 용어를 사용하면서 이를 풍자적 충동이 불가능한 상황에서 등장하는 공허한 패러디에 불과한 것으로 보았다.

3) Linda Hutcheon, 김상구 윤여복 공역, *A Theory of Parody,* 문예출판사, 1992, 62쪽.

4) Joseph A. Dane, *Parody,* Univ. of OKlahoma Press: Norman and London, 1988, 9쪽.

디에 의해 마련된다고 보면서, 고전시가를 패러디한 현대시 작품들이 고전시가에 대한 재인식을 통해 새로운 시의 역사를 생성하는 장을 구체적으로 보여주고 있다고 보았기 때문이다. 여기에 고려 가요는 비교적 다양한 작품들로 이루어진 고전시가의 갈래라는 점, 현대시와는 상당한 시간적 격차를 가진 갈래로서의 변별성을 뚜렷이 가진다는 점, 그리고 무엇보다 다른 고전시가의 갈래에 비해 현대시에서 고려 가요를 패러디한 작품들이 비교적 다양하게 존재한다는 점에서 특별히 주목된 것이다.

그런데 지금까지 고려 가요를 패러디한 현대시 작품들에 관한 논의는 매우 부진했다고 말할 수 있다. 박노준이 고전기가에 관한 논의를 확장하는 차원에서 향가와 고려가요를 변용한 현대시 작품들에 관하여 관심을 가지고 논의한 바 있다. 그 중에 고려 가요를 변용한 현대시 작품들로 윤곤강, 신석초의 시를 중점적으로 살펴본 다음, 「정석가」, 「쌍화점」, 「가시리」, 「정과정」을 각각 패러디한 이건청, 이희중, 홍신선, 박상배의 시를 논의하면서 고려 가요가 현대시의 위상에서 다양하게 변용되었음을 밝히고자 했다.[5] 박노준에 이어 나정순이 고대가요, 향가, 고려 가요, 민요, 가사 등 고전시가 갈래의 전반에 걸친 주요 작품들을 각각 원전으로 삼은 현대문학 작품들을 폭넓게 찾아서 정리하는 한편, 이들 '다시 쓰기'에 의한 작품들을 개별적으로 논의하면서 고전시가의 현대적 계승과 변용을 통한 작품의 의미를 파악하고자 했다.[6] 여기서 고려 가요 「가시리」, 「청산별곡」을 현대문학 작품으로 계승, 변용한 작품들을 중점적으로 논의한 다음, 「정읍사」, 「쌍화점」, 「한림별곡」을 '다시 쓰기'한 주요 사례들에 관하여 간략한 논의를 붙였다. 이외 필자가 현대시에서 고전

5) 박노준, 「속요, 그 현대시로의 변용」, 『향가 여요의 정서와 변용』, 태학사, 2001, 285~323쪽.

6) 나정순, 『우리 고전 다시 쓰기 ―고전시가의 현대적 계승과 변용』, 삼영사, 2005, 106~149쪽, 230~243쪽.

시가를 패러디한 양상과 담론의 특징을 파악하기 위한 일환으로, 향가 「제망매가」와 고려 속가(俗歌)[7] 「청산별곡」을 패러디한 현대시 작품들을 집중 고찰한 바[8] 있다.

이상에서 보듯이, 고려 가요를 패러디한 현대시 작품들에 관한 논의는 최근 들어서야 이루어졌다고 하겠으며, 그것도 매우 제한된 속가의 작품들을 대상으로 한 것이다. 고려 가요를 패러디한 작품들의 사례를 충분히 찾아서 검토하지 못했을 뿐만 아니라 개별 작품들에 대한 논의도 패러디의 다양한 양상과 작품의 의미를 깊이 있게 천착하는 데까지 나아가지 못했다고 말할 수 있다.

이 글은 선행 연구의 성과를 수용하면서도, 고려 가요를 패러디한 현대시 작품들을 폭넓게 찾아서 패러디의 다양한 양상을 검증하고, 해당 작품이 원전과 어떤 담론(discourse[9])의 차이를 보여주는지 집중 고찰하고자 한다. 다만, 논의의 효율성을 높이기 위해 고려 가요의 전 작품들을 대상으로 하기보다 비교적 잘 알려진 작품들을 대상으로 하되, 앞선 연구에서 검토한 「청산별곡」을 제외하고, 「가시리」, 「만전춘 별사」, 「한림별곡」의 세 작품만을 대상으로 한 패러디 작품들을 집중 논의하고자 한다. 고려 가요 중에서 「가시리」와 「만전춘 별사」는 각각 남녀의 이별과 사랑을 노래한 대표적인 작품이라 할 만하고, 「한림별곡」은 다른 고

---

7) 고려 속가(俗歌)는 좀 더 정확하게 말하면 고려시대 속악가사(俗樂歌辭)를 줄여서 표현한 용어이다. 고려 속요(俗謠)라는 명칭이 많이 사용되었지만, 고려 속가란 용어가 더 적합한 것으로 보아 이를 사용하기로 한다.

8) 박경수, 「현대시의 고전시가 패러디 양상과 담론」, 『국제어문』 제38집, 국제어문학회, 2006. 12.

9) 담론(discourse)이란 "특정 대상이나 개념에 대한 지식을 생성시킴으로써 현실에 관한 설명을 산출하는 언표들의 응집력 있고 자기지시적인 집합체"란 푸코(Michel Foucault)의 정의를 받아들여 사용한다. 즉 텍스트의 연속된 언술들을 통해 응집되어 드러나는 현실과 세계에 대한 관념이나 세계관, 또는 이념(ideology)를 뜻하는 것으로 본다. 이에 대해서는 『문학비평용어사전(상)』(한국문학평론가협회, 2006), 439~440쪽 참고.

려 가요와 구별되는 이른바 '경기체가'의 대표적인 작품이면서 양반의 호사적 취미를 표현한 작품이라는 특수성이 고려되었다. 논의는 위에 언급한 작품의 순서대로 하되, 패러디 시의 유형을 잘 파악할 수 있는 주요 작품들을 대상으로 한다.

그런데 현대시에서 고전시가를 패러디한 양상과 담론의 특징을 파악하고자 한 필자의 앞선 연구에서 패러디의 유형을 크게 다섯 가지로 설정하여 살핀 바 있다. 선행 갈래의 작품에 대한 패러디는 크게 보아 형태적 측면[10]과 담론적 측면의 양면에서 이루어질 수 있는데, 실제 패러디 작품에서 두 측면의 상호 연관과 연계는 다양하게 나타날 수 있다. 앞선 연구에서 제시한 바, 패러디의 다섯 가지 유형과 그 특징을 보이면 다음과 같다.

① 원전의 차용과 담론의 계승: 원전의 형태를 큰 변화 없이 차용하면서 동시에 원전의 담론을 긍정적으로 수용한 이른바 동일화(identification)의 담론[11]을 보여줌으로써 원전의 지배적 담론을 계승하고 있는 패러디의 유형이다.

② 원전의 변용과 담론의 계승: 원전의 형태를 차용하되, 이를 새로운 시의 문맥에서 부분적으로 선택하거나 변형하여 활용하지만, 새로운 담론을 생산하기보다 원전의 담론을 긍정적으로 수용하여 계승하는 패러디의 유형이다. ①의 유형과 담론의 차이는 없으나 형태적 차원에서 변별성을 가진다.

---

10) 여기서 형태(form)란 작품의 내적 질서와 외적 모습을 이루는 리듬, 형식, 특징적 언어 표현과 기법, 어조, 사상의 전개 방식 등을 포괄하는 용어로 사용했음을 밝혀둔다.

11) 페쇠(M. Pêcheux)는 지배적 이데올로기에 대한 주체 구성의 세 가지 반응기제에 따라 담론 양식을 구분한 바 있다. 즉 지배 이데올로기에 순응하는 주체들의 양식을 동일화(identification)담론, 저항하는 반항적 주체들의 양식을 반동일화(counter-identification) 담론, 그리고 순응하는 동시에 저항하는 주체들의 양식을 비동일화(disidentification) 담론이라 했다. D. Macdonell, 임상훈 역, 『Theories of Discourse(담론이란 무엇인가)』, 한울, 1992, 49~56쪽.

③ 원전의 변용과 담론의 전환: 원전의 형태를 차용하되, 이를 새로운 시의 문맥에서 변용하여 수용하는 동시에 원전의 담론을 전환(conversion)[12]하여 새롭게 문맥화 함으로써 새로운 담론을 보여주는 패러디의 유형이다. ②의 유형과 형태적 측면의 차이는 없으나 담론상의 차이를 보여준다. 이 경우 패러디 시의 담론은, 페쇠의 담론 양식을 참고하면, 원전의 지배적 담론에 순응하면서도 저항하는 주체들의 양식인 비동일화의 담론에 상응하는 것으로 볼 수 있다.

④ 원전의 변용과 담론의 실재화: 원전의 형태를 새로운 시의 문맥에서 변용하는 것과 동시에 원전과 다른 새로운 담론을 보여준다는 점에서 ③의 유형에 속할 수 있으나, 특별히 사회현실의 맥락에서 사회적 실천을 추구하는 담론을 보여주고 있는 경우이다. 원전의 담론을 사회적 맥락에서 현재화 또는 실재화하고 있는 패러디의 유형이라 할 수 있다.

⑤ 원전의 해체와 담론의 비판 : 원전의 형태를 모방적으로 차용하거나 변용하지만, 원전의 형태를 역전 또는 해체시켜 원전의 지배적 담론을 비판하거나 풍자하고 있는 패러디의 유형이다. 원전의 형태를 모방적으로 차용할 경우, ①의 유형과 유사하게 보일 수 있으나, 그것이 원전의 담론을 비판하기 위한 전략에 의한 것이라는 점에서 커다란 차이를 가진다. 그리고 담론의 측면에서 ③ 또는 ④의 유형에 포괄되는 것으로 볼 수도 있겠으나, 원전의 형태적 변용이나 원전의 담론 비판이란 두 측면에서 변별되는 것으로 보는 편이 적절하며, 페쇠가 말한 반동일화(counter-identification)의 담론 양식에 상응한다고 볼 수 있다.

현대시에서 고전시가를 패러디한 양상은 이상의 다섯 가지 유형으로 어느 정도 파악될 수 있을 것으로 본다. 물론 고전시가를 패러디한 작품

---

12) 리파떼르(M. Riffaterre)는 시의 텍스트를 생산하는 방법에는 크게 확장(expansion)과 전환(conversion)의 두 가지 방법이 있다고 했다. 이에 관해서는 M. Riffaterre, 유재천 옮김, 『시의 기호학』(민음사, 1989), 83~129쪽.

의 사례를 한층 폭넓게 조사하여 고찰하거나 패러디의 유형을 다른 관점에서 유형화한다면, 위의 다섯 가지 유형은 조정되거나 재설정될 수도 있을 것이다. 이에 관한 후속 논의가 이어지기를 기대하지만, 일단 이 글에서는 고려 가요를 패러디한 실제 작품들을 가능한 대로 찾아서 논의하되, 기본적으로 패러디의 다섯 가지 유형을 전제로 하면서도 또한 이를 검증하는 방식으로 논의를 전개하고자 한다.

Ⅱ. 속가 「가시리」의 패러디 양상과 담론

1. 속가 「가시리」의 성격

고려 속가 「가시리」는 『악장가사』에 가사의 전문이, 『시용향악보』에 가사의 제1장과 그에 해당하는 악보가 실려 전해지는 작품이다. 그런데 『시용향악보』에 '귀호곡(歸乎曲)'이란 제목 아래 붙은 '속칭 가시리'라는 기록을 참고할 때, 이 속가는 본래 지방의 민요로 불렸던 것인데 점차 전승이 확대되는 과정에서 '가시리'라 칭하게 되었고, 다시 고려 궁중의 속악가사 즉 속가로 개편되는 과정에서 '귀호곡'이라는 제목이 붙여진 것으로 추측할 수 있다. 이런 점에서 『악장가사』에 올려진 전문을 보면, 속가 「가시리」가 민요적 성격과 속가로 개편된 성격의 이중성을 지니고 있음을 알 수 있다. 전문을 보자.

가시리 가시리잇고 나는
ᄇᆞ리고 가시리잇고 나는
위 증즐가 大平聖代

날러는 엇디 살라ᄒᆞ고
ᄇᆞ리고 가시리잇고 나는

위 증즐가 大平聖代

잡ᄉᆞ와 두어리 마ᄂᆞᄂᆞᆫ
선ᄒᆞ면 아니올셰라
위 증즐가 大平盛大

셜온님 보내ㅇ、ㅂ노니 나ㄴ、ㄴ
가시ᄂᆞᆫᄃᆞᆺ 도셔오셔서 나ᄂᆞᆫ
위 증즐가 大平聖代

전체 4연으로, 각 연이 중첩된 연장체(聯章體) 형식을 보여준다. 「서경별곡」, 「청산별곡」, 「정석가」 등 고려 속가에 흔히 보이는 전형적 형식이다. 그런데 각 연이 3행으로 구성된 가운데, 1-2행과 3행이 서로 호응되지 않는다. 각 연의 1-2행을 중심으로 보면, 사랑하는 임과 이별의 상황에 직면한 화자가 떠나는 임에 대한 애절한 심정을 호소하고 있다. 그런데 각 연에서 3행을 이루는 "위 증즐가 大平聖代"는 이른바 충신연주지사(忠臣戀主之詞)로서의 언술을 보여주고 있다. 이처럼 각 연의 1-2행과 3행 사이에 보이는 언술의 불일치는 그 자체 「가시리」의 이중적인 성격을 보여주는 것으로 파악할 수 있다. 즉 1-2행은 본래 민요로 불렸던 노래의 사설이며, 3행은 궁중의 속악가사로 개편되면서 태평성대를 노래하는 후렴구로 편입된 것으로 볼 수 있다.

속가 「가시리」에서 일단 후대에 편입된 것으로 보이는 후렴구를 제외하고 보면, 남녀 사이 이별의 정한을 노래한 것으로 보는 데 큰 이견은 없는 듯하다. 물론 이때 남녀 관계를 임금과 신하의 관계로 바꾸어 해석하면, 신하가 임금의 사랑을 잃지 않으려는 마음과 충정을 호소하는 노래로 볼 수 있다. 그리고 이 노래에 상정된 이별의 상황을 몽고 침략 이후의 혼란한 사회 속에서 빚어진 남녀가 가족의 비극적 파탄과 연관된 것으로 본다면,[13] 단순히 이성(異性) 사이에 빚어진 이별의 문제로만 보는 것은 지나치게 협소한 해석이라 할 수 있다. 또한 이 노래의 주제를 이별의 정한으로 보는 통설을 부정하고, 고려 시대 홍복원 등의 반란으로 말미암아 서북 제성이 몽고에 귀부하는 일이 일어나면서 당시 수도 지역인 강화지역에 있던 사람들이 태평성대에 대한 희망을 노래한 것으로 보는 입장도 있다.[14]

그렇지만 「가시리」가 남녀 이별의 정한을 직설적이지만 호소력 있게 노래한 작품이라고 긍정적으로 보는 입장이 강하다. 제1연에서는 임과 이별하는 슬픔을, 제2연에서는 이별에 대한 두려움을, 제3연에서는 이별에 대한 아쉬움을 제4연에서는 임과의 재회에 대한 기대를 노래한 것으로 본다. 이처럼 이별에 대한 슬픔 → 두려움 → 아쉬움 → 기대로 이어지는 심정의 변화는 이별에 대한 보편적 감정의 기복을 보여주는 것으로, 그만큼 정서적 호소력을 강하게 지닌다고 말할 수 있다.

이제 「가시리」를 패러디한 현대시로 관심을 돌려보자. 「가시리」는 「동동」, 「정읍사」, 「청산별곡」, 「사모곡」과 더불어 비교적 많은 패러디의 대상이 된 속가라고 할 수 있다.[15] 대체로 패러디되는 원전은 잘 알려진 작품으로 문학적 탁월성을 보여주거나 보편적인 관심사를 담고 있는 경우가 일반적인 점에 비추어 보면, 「가시리」는 문학적 탁월성보다는 인간의 보편적 관심사인 사랑과 이별의 문제를 환기하는 고전 작품이기 때문에 자주 패러디의 대상이 된 것으로 생각된다. 문제는 「가시리」의 형태와 담론을 현대시의 새로운 문맥에서 어떻게 직조하면서 새로운

13) 임종욱 엮음, 『우리의 고전시가1』, 나무아래사람, 2002, 138~139쪽.

14) 임주탁, 『고려시대 국어시가의 창작 전승 기반 연구』, 부산대학교 출판부, 2004.

15) 나정순, 앞의 책, 319~355쪽에 「고전시가 다시 쓰기 작품 목록」이 붙어 있다. 이 목록을 참고하면, 고려 속가 중에서 「가시리」는 「동동」, 「정읍사」, 「청산별곡」, 「사모곡」과 함께 가장 많이 패러디되었음을 알 수 있다.

면모를 보여주는가 하는 점이며, 이 점이 바로 패러디 시를 논의하는 주된 관심사가 될 것이다.

2. 「가시리」의 패러디 양상과 담론의 특징

속가 「가시리」를 패러디한 현대시 작품들을 여러 시인의 시에서 찾을 수 있다. 고은의 「가시리 마당」, 박산매의 「가시리야 가시리」, 박진섭의 「가시리」, 이승하의 「가시리」, 홍신선의 「중답 무명씨 부인」 등이 「가시리」의 패러디 작품으로 주목된다.16) 이들 작품을 서론에서 전제한 패러디의 유형에 입각해 보면, 대체로 원전의 형태를 부분적으로 차용하여 새로운 작품의 문맥에서 변용하고 있는 작품들이 많은 가운데 원전의 담론을 계승하는 경우, 원전의 담론을 전환하는 경우, 원전의 담론을 실재화하는 경우로 나누어진다.

먼저 원전의 형태를 현대시의 새로운 문맥에서 변용하되, 원전의 담론을 계승하고 있는 패러디 시로 박산매의 「가시리야 가시리」를 들 수 있다.

> 일렁일렁 푸른바다/물을음소리/너가 바로 나일레/가시리야, 가시리//애틋해라. 가시리./서러워라, 가시리,/한강물 다 펴낸들/너가 오랴./지는 해/다시 뜬다고/너가 오랴./가시리야, 가시리.//이별은 美의 創造라고 누가 말했나./그 말 거짓말이,/가시리야, 가시리.//벼랑끝 바위틈에/외솔배기/괴벗은맘/나는 망부석/가시리야, 가시리.
>
> —박산매, 「가시리야 가시리」 전문17)

---

16) 나정순, 앞의 책, 337~338쪽에 속가 「가시리」를 '다시 쓰기'한 현대시 작품으로 본문에 언급된 작품 외에 여러 작품들이 목록으로 올려져 있으나, 상당수의 작품은 패러디 시로 보기 어렵다고 판단하여 패러디 시의 논의에서 제외됐다.

17) 박산매, 『저승에 뜬 보름달』, 월간문학출판부, 2003, 44~45쪽.

전체 4연으로 구성된 연장체의 형식, 각 연의 끝에 붙은, "가시리야, 가시리"란 반복 구문, 그리고 비교적 규칙적인 율격의 구성 등이 속가 「가시리」와의 친연성을 구체적으로 드러내면서, 이 시가 「가시리」를 패러디한 작품임을 바로 알게 한다. 그렇지만, 이별의 사설과 태평성대를 기원하는 후렴구를 합성한 속가 「가시리」의 형태와는 확연히 다른 것으로, 오히려 속가에서 사용된 이별의 사설로 후렴구처럼 사용함으로써 새로운 문맥화를 시도했다고 말할 수 있다.

이 시는 원전인 「가시리」의 형태를 변용하고 있지만, 원전의 담론을 적극 수용하고 있다는 점에서 원전과 동일화된 담론을 보여준다. 속가 「가시리」의 이별 담론이 임과의 이별에 대한 서러움과 원망의 감정을 직접적으로 토로함으로써 이별에 대한 가식 없는 감정을 보여주듯이, 이 시도 "애틋해라, 가시리", "서러워라, 가시리"라고 하며 직접적 감정을 토로함은 물론 "'이별은 미의 창조'라고 누가 말했나/그 말 거짓말이,/가시리야, 가시리"라고 하면서, 이별에 대한 어떤 예찬도 부정한다. 말하자면, 속가 「가시리」의 담론을 적극적으로 수용하는 전제에서, 이별과 만남에 대한 선적 깨달음을 노래한 한용운의 시 「님의 침묵」의 한 구절을 의도적으로 인용하면서도 이를 부정하는 언술을 사용함으로써 이별의 애절함을 더욱 강하게 직조하고 있는 것이다. 그러나 이 시는 바로 직설적인 감정 토로에 의한 흥분된 언술 때문에 오히려 「가시리」의 담론에 매몰되거나 거기서 벗어나지 못하고 만 한계를 보여주었다고 말할 수 있다.

고은의 「가시리 마당」과 이승하의 「가시리」는 원전의 형태적 변용과 함께 담론의 전환을 통한 현대시의 새로운 국면을 보여준다는 점에서 주목을 끈다.

① 달밤 휘영청하누나/대숲머리 대나무/지계작대기/지계작대기/활 되어휘누나/마을 복판 큰 마당/품앗이 보리바심도/자발떨이 들깨떨이도/다 지나 가을밤이라/이 집 저 집/아낙 나오고/붉은 댕기 시악시 나와/보름달 아이 배다가/그믐같이 눈멀다가/덩실덩실 춤추누나/가시리 가시리잇고/가시리 가시잇고/덩실덩실 춤추누나/네 것 내 것 어디 있나/우리 마당 큰마당에/네 것 내 것 다 버리고/우리 한 무리 춤추누나

—고은, 「가시리 마당」에서[18]

② 그대는 바다입니까/밤마다 머리맡에/그리움의 파도 소리 철썩입니다/잠 못들어 지새이는 나날/내 이제 바다가 보이는 언덕에 묻히면/그대 내게 밤이나 낮이나 달려오겠지요/나는 위 증즐가 대평셩ᄃᆡ//그대는 하늘입니까/해맑은 낮빛으로/멀리서만 바라보는 안타까움입니까/기다림이 쓰라린 날/내 이제 탁트인 산마루에 묻히면/우리 서로 원도 한도 없이 볼 수 있겠지요/나는 위 증즐가 대평셩ᄃᆡ//그대는 구름입니까/이리저리 떠돌다가/눈물 뿌리고 사라지는 역마살입니까/우리 살아 마지막 만나는 날/내 그예 강에다 몸 누이면/비로 오시는 그대 늘 맞을 수 있겠지요/나는 위 증즐가 대평셩ᄃᆡ//그대는 대지입니까/ 네 계절을 다스리는/모성의 시름입니까/이 산하 꽃 다지는 날/내 비로소 씨앗이 되어/그대 품에 오오래 묻힐 것입니다/나는 위 증즐가 대평셩ᄃᆡ

—이승하, 「가시리」 전문[19]

위에서 먼저 ①의 고은의 시 「가시리 마당」을 보자. 속가 「가시리」와의 상호텍스트성을 분명히 확인할 수 있는 표지로 작품의 중간에 삽입된 "가시리 가시리잇고"는 시의 화자가 임으로부터 이별의 고통을 일방적으로 당하는 순간에 직면에 있음을 알리고 드러낸다. 말하자면 이별의 비극적 상황을 알리는 시적 상황의 표지이면서 시적 화자의 정신적

---

18) 고은, 『새벽길』(개정판), 창작과비평사, 1993, 74~75쪽. 본래 이 작품은 「가시리 마당」이란 제목으로 발표되었으나, 개정판을 내면서 「가시리」로 고쳐졌다.

19) 이승하, 『사랑의 탐구』, 문학과지성사, 1987, 98~99쪽.

고통을 드러내게 하는 조건으로 기능한다.

그러면 이 시에서 "가시리 가시잇고"의 반복 구문은 어떤 시적 기능을 하는가? 사실 이 시에서 반복 구문을 제외한다고 해도, 시적 상황이나 시적 화자의 조건이 바뀌지 않는다. 이 시는 가을 추수를 끝낸 보름달 밤을 배경으로 펼쳐지는 한 바탕 축제의 마당을 흥겹게 노래하고 있다. "우리 마당 큰마당에/네 것 내 것 다 버리고/우리 한 무리 춤추누나"라고 했듯이, 추수를 끝낸 사람들이 큰 마당에 모여 신명나는 춤으로 혼연일체가 되는 세계를 묘사하고 있다. 이별의 고통이 아니라 축제를 통한 만남의 기쁨을 노래하면서도 묘하게 속가 「가시리」의 구절을 패러디 하고 있는 작품이 고은의 「가시리 마당」이다. 여기서 시인은 왜 신명나는 만남의 장을 노래하는 이 작품에 이별을 노래하는 "가시리 가시리잇고"의 반복 구문을 패러디했을까? 이를 긍정적으로 본다면, 신명나는 축제의 장에서 만남과 이별은 분리되지 않고 극적으로 통합될 수 있다는 역설의 미학을 시인이 의도적으로 추구하기 위해 속가 「가시리」의 구문을 패러디했다고 볼 수 있다. 그러나 이를 비판적으로 본다면, 속가 「가시리」의 반복 구문 삽입은 전체 작품의 문맥과 부조화를 보여주는 것으로 오히려 시의 정서적 효과를 반감시키는 작용을 한다고 말할 수 있다.

②의 이승하의 시 「가시리」는 속가 「가시리」를 패러디하면서 이별을 영원한 만남으로 승화시키고 있는 작품이다. ①과는 달리, 속가 「가시리」의 각 연에 붙은 후렴구를 "나는 위 증즐가 대평셩듸"로 패러디하고 있고, 전체 구성도 4연으로 연속되는 연장체 형식을 보여준다. ①보다 속가와의 상호텍스트성이 한층 두드러진다. 그렇지만 이 시 역시 이별을 노래하듯 하면서도 결국은 영원한 만남을 이루는 행복감을 노래하는 것으로 귀결된다는 점에서 상황적 역설을 보여준다.

②에서 시작 화자인 '나'는 '그대'로 호칭되는 시적 청자에게 영원한

만남을 희구하는 소망을 나타내고 있다. 그런데 이 시에서 의인관적 세계관에 따라 인간적 대상처럼 호명되는 '그대'는 각 연마다 바다, 하늘, 구름, 대지로 바뀌는 자연적 대상으로 설정되어 있다. 그러면서 각 자연적 대상은 처음부터 '나'와 정서적 일체감을 이루지 못하고, 서로 분리되어 있다는 의식에 따라 바다는 그리움, 하늘은 기다림, 구름은 눈물, 대지는 모성의 시름으로 정서적인 갈등을 표출하는 것으로 표상된다. 이처럼 이 시는 '나'와 '그대', 인간과 자연 또는 자아와 세계의 분리의식으로부터 비롯된 정서적 갈등을 상정하고 있다는 점에서 속가의 「가시리」와 상통한다. 그러나 이 시에서 인간과 자연의 분리의식은 곧 영원한 만남에 대한 소망적 사고로 이어진다. "내 이제 바다가 보이는 언덕에 묻히면/그대 내게 밤이나 낮이나 달려오겠지요", "내 이제 탁 트인 산마루에 묻히면/우리 서로 원도 한도 없이 볼 수 있겠지요" 등과 같이, '나'는 '그대'와의 영원한 만남을 위한 자리를 소망한다. 이는 인간의 육신을 영원히 자연에 넘겨줌으로써 자연과의 영원한 일체를 이루고자 하는 소망을 나타낸 것으로 읽힌다. '나'와 '그대', 곧 인간과 자연의 일체화를 통한 영원한 만남이 결국, "나는 위 증즐가 대평셩뒤"로 마무리되듯이, 정신적 행복감과 기쁨으로 승화된다는 것이 이 시가 속가 「가시리」를 패러디하면서도 새롭게 창출한 담론인 것이다.

속가 「가시리」의 형태적 요소를 새로운 시의 문맥에서 변용하되, 이를 당대의 사회적 맥락과 연관시켜 원전의 담론을 현재적 관점에서 실재화하고 있는 패러디의 유형도 찾을 수 있다. 박진섭의 「가시리」와 홍신선의 「증답 무명씨 부인」이 이 유형에 해당하는 작품들이라 할 수 있다. 여기서 박진섭의 「가시리」[20]는 속가 「가시리」의 2연인 "날러는 엇디 살라 "의 구절을 패러디의 핵심 요소로 삼은 시로, "나날이 늘어만 가

20) 박진섭, 『달개비같은 누이야』, 도서출판 삶과 꿈, 1998, 104쪽.

는 무덤들을/바라보며 살란 말인가"라고 했듯이, 시적 자아보다 먼저 생활을 떠난 사람들이 늘어가는 현실 앞에서 "내 주위는 공백하구나/모두가 떠나갔구나"라고 하며 자조 섞인 한탄을 보여주는 작품이다. 그리고 홍신선의 시 「중담 무명씨 부인」은 여러 모로 주목을 끄는 작품이다.

아직은 돌아갈 수 없습니다
潛風한 베란다 밑
입도 코도 뭉개진
냉이꽃 몇이
極小한 낯바닥 참혹하게 깨트려 웃는
이곳을 버리고
부인, 훌쩍 돌아갈 수는 없습니다.

비록 내 이십세기쩍 사람으로 손에 쥐고 쓰던 기교와 생각은 낡아가지만 샛바람에 꼬치꼬치 말라가는 적막의 뒷 등짝이 뼈 앙상하게 드러나 보이지만 서류 가방에 출근날 퇴직연금, 그리고 우수바발을 뒤죽박죽 쑤셔넣고 구차하게 떠돌다 묵는, 묵다 떠도는 이곳 출장은 얼른 끝날 일이 아닙니다.

그러나 날 가려 헛것인 노래를 서말지기 볍씨로 담가놓고
쭉정이처럼 띄워서 서럽디 서럽게
흘러 넘기는 그대의 나날,
자는 듯이 엎어진 햇볕들을 젖혀보면
혀 빼물고 먼지처럼 부서져 내리는
그 허탈들을 압니다

가시는 것처럼 돌아오라
가시는 것처럼 돌아오라
쉿된 목소리가 술 깨인 새벽이면
빈 거실에서 저 혼자 두서너 번 머리 부딪쳐 뒹굴기도 하지만
슬하의 갓난 풀싹이 어금니를 빠드득 가는 소리

뒷세상의 어린 骨肉들에게
두 무릎 베어주고
독약처럼 마음 쓰다듬어 주고 앉은
나는 아직 돌아갈 수가 없습니다. 부인.

—홍신선, 「증답 무명씨 부인」[21]

위의 시는 고전시학의 용어를 빌어 말한다면, 원전의 시상을 취하되 새로운 형식과 문장구조로 표현하는 탈태법(奪胎法)[22]에 의한 작품이라 할 수 있다. 속가 「가시리」의 제4연인 "셜온님 보내ᄋᆞᆸ노니 나는/ 가시ᄂᆞᆫ ᄃᆞᆺ 도셔오쇼셔"에 내재한 시상을 패러디의 근간으로 삼았다. 그러면서 이 시는 "가시는 것처럼 돌아오라/가시는 것처럼 돌아오라"라고 변형한 반복 구문을 작품의 가운데 위치시키면서도, "아직은 돌아갈 수 없습니다"의 구문을 서두와 종결 부분에 배치함으로써, 속가 「가시리」와는 전혀 다른 구성을 취하고 있다.

이 시는 남성 화자인 '나'가 가상적 청자로 '부인'을 설정하여 "가시는 것처럼 돌아오라"는 부인의 요청에 대한 답신의 형식을 취하고 있다. 속가 「가시리」에서 여성 화자가 남성 청자에게 애절하게 호소하는 방식의 담화 구성이 이 시에서는 역전되어 있는 셈이다. 남성 화자가 차분하고 논리적인 어조로 여성 청자인 '부인'에게 설득조로 말하며 이해를 구하고 있기 때문이다.[23] 이 시의 3연에서 부인은 "날 가려 헛것인 노래를 서말지기 볍씨로 담가놓고/쭉정이처럼 띄워서 서럽다 서럽게" 나날을 보내고 있고, "혀 빼물고 먼지처럼 부서져 내리는/그 허탈"에 실망하며

21) 홍신선, 「증답 무명씨 부인」, 『현대시학』, 현대시학사, 1995. 5.

22) 강명관, 「고전시학과 패러디」, 김준오 편, 『한국 현대시와 패러디』, 현대미학사, 1996, 293~301쪽.

23) 박노준, 앞의 책, 311쪽에서도 이 점을 잘 지적한 바 있다.

지내고 있다. 나는 그런 부인의 사정을 잘 알면서도 "가시는 것처럼 돌아오라"는 종용에도 "아직 돌아갈 수가 없습니다"라고 하며 이해를 구하고자 한다. 사실은 이 시의 2연과 4연에서 드러나지만, 나는 "꼬치꼬치 말라가는 적막의 뒷 등짝이 뼈 앙상하게 드러나" 보이는 초라함에 "쉿된 목소리가 술 깨인 새벽이면/빈 거실에서 저 혼자 두서너 번 머리 부딪쳐 뒹굴기도" 하면서 궁색하게 지내고 있기 때문에 집으로 속히 돌아가야 할 처지이다. 그러나 나는 아직 돌아가지 못한다고 말한다. 1연에서 보듯이, 나는 베란다 밑의 냉이꽃 몇 송이를 가꾸는 기쁨을 버릴 수 없고, 2연의 표현처럼 "서류 가방에 출근날 퇴직연금, 그리고 우수바발을 뒤죽박죽 쑤셔넣고 구차하게 떠돌다 묵는" 현실을 쉽게 벗어날 수 없기 때문이다. 이렇듯 홍신선의 시는 속가 「가시리」의 이별 담론을 현재적 시점으로 전환하는 동시에 시적 자아가 일상생활 속에서 겪는, "가야 하지만 가지 못하는" 처지의 아이러니를 흥미롭게 문맥화한 작품이라고 말할 수 있다.

이상에서 검토했듯이, 속가 「가시리」를 패러디한 현대시 작품들은 대체로 원전의 형태를 부분적으로 차용하되 이를 새롭게 변형하여 문맥화 하면서, 원전 담론을 계승하거나, 전환하거나, 실재화하는 등 크게 세 가지 패러디의 양상을 보여주었다.

Ⅲ. 속가 「만전춘 별사」의 패러디 양상과 담론

1. 속가 「만전춘 별사」의 성격

「만전춘 별사」는 『악장가사』에 전하는 작가 미상의 속요로 「쌍화점」과 더불어 이른바 '남녀상열지사'를 노래한 대표적인 속가의 작품으로 잘 알려져 있다. 조선조의 사대부들이 한문으로 지은 악장인 「만전춘사」와 구별하기 위해 노래 이름을 「만전춘 별사」라고 했던 것으로 추측한다.[24]

이 노래는 결사에 해당하는 "아소님하 원대평생애 여힐ᄉᆞᆯ 모ᄅᆞ ᄋᆞᆸ새"를 독립된 연으로 보면, 전체 6연으로 구성된 작품이다. 각 연의 노래가 의미상 일관된 흐름을 형성한다고 보는 관점[25]과 유기적인 통일성을 보여주기보다는 각각 독립된 노래가 악곡의 편제에 따라 결합한 것이라고 보는 관점이 있다. 전체적으로 남녀간 사랑의 감정을 노래하고 있다는 점에서 의미상 공통되는 흐름을 짚어볼 수 있겠으나, 각 연의 노래 형태가 상당한 편차를 보인다는 점에서 처음부터 정연한 짜임새를 갖춘 노래로 보기는 어렵다.[26] 특히 6연 중에서 제 3연은 정서가 지었다는 「정과정곡」의 사설과 일치하고 있는데, 당시 궁중에서 속악가사를 재편하는 과정에서 편입된 것으로 추정하기도 한다. 작품을 보자.

어름우희 댓닙자리 보와 님과나와 어러주글 만뎡
어름우희 댓닙자리 보와 님과나와 어러주글 만뎡
情둔 오ᄂᆞᆳ밤 더듸 새오시라 더듸 새오시라
耿耿孤枕上에 어느ᄌᆞ미 오리오

---

24) 장경남, 「만전춘 별사」, 숭실고전문학연구회 편, 『작품으로 읽는 우리문학』, 태학사, 1993, 84쪽.

25) 성현경, 「<만전춘 별사>의 구조」, 『고려시대의 언어와 문학』, 형설출판사, 1975. 이후 박노준, 김학성 등도 「만전춘 별사」에서 연과 연의 의미상 연결이 자연스러운 것으로 파악한 바 있다.

26) 김쾌덕, 「<만전춘 별사>의 민요적 성격과 시적 화자」, 『고려 노래 속가의 사회배경적 연구』(국학자료원, 2001), 322~365쪽에서 「만전춘 별사」는 작자 문제, 애정 표현 방식, 각 장의 편성 방식 등에서 민요적 속성이 강한 점으로 보아 본래 민요로 불렀던 여러 사설들이 누군가에 의해 취사선택, 편집되었다고 보았다. 이와 달리 형식상의 불일치와 내용상의 정연함을 함께 가진 작품이라는 견해도 있다. 이임수, 「여요 <만전춘>의 문학적 복원」, 『문학과 언어』 제2집(문학과 언어연구회, 1981), 119~138쪽에서도 「만전춘 별사」는 형식상으로 편련(編聯)해 놓은 것이지만 내용상으로 정연함을 볼 수 있다고 했다.

西窓을 여러ᄒᆞ니 桃花ㅣ 發ᄒᆞ두다
桃花ᄂᆞᆫ 시름업서 笑春風ᄒᆞᄂᆞ다 笑春風ᄒᆞᄂᆞ다

넉시라도 님을 ᄒᆞᆫᄃᆡ 녀닛景 너기다가
넉시라도 님을 ᄒᆞᆫᄃᆡ 녀닛景 너기다가
벼기더시니 뉘러시니잇가 뉘러시니잇가

올하 올하 아련 비올하
여흘란 어듸 두고 소해 자라온다
소콧 얼면 여흘도 됴ᄒᆞ니 여흘도 됴ᄒᆞ니

南山애 자리보와 玉山을 벼여누어 錦繡山 니블안해 麝香각시를 아나누어
南山애 자리보와 玉山을 벼여누어 錦繡山 니블안해 麝香각시를 아나누어
藥든 가ᄉᆞᆷ을 맛초ᄋᆞᆸ사이다 맛초ᄋᆞᆸ사이다

아소 님하 遠代平生애 여힐ᄉᆞᆯ 모ᄅᆞᄋᆞᆸ새

고려 가요 중에서 가장 노골적인 애정을 노래한 작품이 「만전춘 별사」이다. 제1연은 얼음 위에서 댓잎자리를 깔고 사랑을 나누다 얼어 죽어도 좋다고 하면서도 정든 밤이 늦게 새기를 바라고 있다. 죽음도 마다하지 않는 뜨거운 애정을 노래했다. 제2연은 임이 오지 않는 밤에 잠을 이룰 수 없다는 하소연을 담으면서, 창 밖에 핀 도화에 자신의 처지를 빗대어 표현했다. 제3연은 넋이라도 함께 하겠다고 한 맹세를 믿었지만 결국 자신을 버린 임을 원망하고 있다. 제 4연은 물오리와 여울, 그리고 소(沼)의 삼자 관계의 비유적 표현을 통해 남성의 방탕과 이를 비난하는 여성, 그럼에도 태연하게 자신의 행위를 합리화하는 남성과의 어긋난 사랑을 보여준다. 제 5연은 임과의 감미로운 사랑을 다시 나누고자 하는 소망을

나타내고 있다. 끝으로 제 6연은 이별 없는 영원한 사랑을 연주지사(戀主之詞)로 마무리한 것으로 궁중의 악곡으로 편제될 당시 편입된 것으로 추측된다.

이상과 같이 「만전춘 별사」는 각 연마다 남녀의 사랑에 대한 화자의 다양한 감정적 반응을 노래하고 있는 속가이다. 그러나 이 속가를 패러디한 시는 「만전춘 별사」가 각 연의 상이함에도 불구하고 전체적으로 남녀의 사랑을 진솔하게 노래한 작품이라는 공통된 인식을 기반으로 시 창작의 새로운 방향을 모색한 것으로 보인다.

2. 「만전춘 별사」의 패러디 양상과 담론의 특징

속가 「만전춘 별사」는 윤곤강과 신석초의 시에서 다른 고려 가요와 함께 혼성모방의 형식으로 패러디된 바 있지만,[27] 독립된 작품으로 패러디 된 경우도 여럿 찾을 수 있다. 이들 중 김석규의 「만전춘 별사」, 박경석의 「고모의 만전춘(滿殿春)」, 이근배의 「사향(麝香) 그리고 황사(黃砂)」, 이형기의 「신 만전춘」이 서로 변별되는 패러디의 양상을 보여주고 있다. 차례대로 작품을 보자.

먼저 김석규의 「만전춘 별사」는 속가 「만전춘 별사」의 제 1연인 "어름우희 댓닙자리 보와 님과나와 어러주글 만뎡/情둔 오늀범 더듸 새오시라 더듸 새오시라 더듸 새오시라"의 구절을 변형하여 집중 패러디한 시이다.

오동지 섣달인들 어떠랴

---

27) 신석초의 시 「서사」(『바라춤』,통문관, 1959)와 윤곤강의 시 「빛을 기리는 노래」(『빛을 기리는 노래』, 정음사, 1981)에서 「만전춘 별사」가 「청산별곡」이나 「이상곡」, 「서경별곡」, 「동동」 등과 함께 혼융된 형태로 패러디된바 있다. 이에 점에 관해서 박노준, 앞의 책, 290쪽, 296쪽에서 간략하게 언급된 바 있다.

물침대 등짝 서늘하고
오리털 이불 두둑하니
얼음 우에 댓닢자리 대신
삐쭉삐쭉 모난 돌멩이
한소쿠리 펴담아 깔아놓고
삐거덕 삐거덕 요분질 칠 때
짧은 밤 어찌 더디 새랴

—김석규, 「만전춘 별사」 전문[28]

속가 「만전춘 별사」에서 남녀 사이의 애정의 농도를 가장 뜨겁게 보여주는 대목을 찾는다면 그것은 제5연보다 제1연에서 찾을 것이다. 그것은 제1연이 죽음을 무릅쓴 얼음 위에서의 정사(情事)를 보여주고 있기 때문이다. 위의 시는 기본적으로 이와 같은 생각의 바탕 위에서 속가 「만전춘 별사」의 제1연을 특별히 패러디했다고 볼 수 있다. 따라서 이 시도 남녀의 뜨거운 사랑에 대한 탐닉을 시적 문맥으로 끌어들이고 있다. 이런 점에서 속가와 김석규의 시 「만전춘 별사」는 담론의 동일성을 보여준다.

그런데 두 작품이 주는 정서적 반향은 서로 다르다. 속가에서 남녀의 사랑이 얼음 위를 배경으로 죽음도 무릅쓰는 것으로 강렬하고 뜨거운 사랑으로 전달되지만, 이 시에서 이루어지는 남녀의 사랑은 뜨겁기는커녕 천박하게 느껴진다. 이는 남녀가 사랑을 나누는 장소에 얼음 대신 모난 돌멩이가 깔려 있지만, 그곳은 "물침대 등짝"과 "오리털 이불"이 주어진 자리로 변모되어 있기 때문이다. 이런 자리는 비록 밀애를 나누는 현대적인 공간이지만, 남녀의 진실한 사랑이 펼쳐지는 얼음 위의 댓잎자리보다 못한 부정의 공간으로 받아들여지게 된다. 김석규는 바로 이런 부정적 감정이 독자에게 일어나기를 기대하면서 현대의 타락된 성애

28) 김석규, 『태평사』, 도서출판 빛남, 2001, 66쪽.

를 묘사하는 「만전춘 별사」를 의도적으로 쓴 것인지도 모른다. 그러나 시적 감동이 속가보다 오히려 떨어진다는 점에서 그 의도는 성공적이었다고 말하기 어렵다.

이근배의 시 「사향 그리고 황사」는 속가 「만전춘 별사」를 새로운 시의 문맥에서 효율적으로 변용하면서, 속가인 남녀의 사랑 담론을 자연 사랑의 담론으로 전환시키고 있는 작품이다.

> 저 산 보아라//겨우내 가슴 안에 달궈 온/麝香 덩어리 불붙여/천지간 암컷 수컷 죄다 불러들여/둥기둥 울음보 떠뜨리는 저 산 보아라/蜀나라 못가고 돌아왔다더냐/영월땅 淸泠浦에 갇힌/우리 端宗 새가 되었다더냐/울음 울면 울었지/피는 왠 피 뚝뚝 흘려/이 산 저 산 진달래는 피는 것이냐//사랑 한번 잘도 놀았구나/산도 나지막한 산 묏등 골라/동지 섣달에 눈자리 펴고/달이야 뜨건 지건/드러낸 맨살 칼바람에/베어지건 얼어지건/그래 사랑 한번 잘도 놀았구나//…(중략)…//어긴 슬픔을 보아라/저 산들 웃음바다 넘쳐도/안으로 출렁이는 눈물을 보아라/꼭두서니 계집애 잘도 눕더니/눈자리 칼바람에도 시린 줄 모르더니/어긴 줄 알고서야/남의 일 아닌 줄 알고서야/머리 풀고 천지사방 흩어져/萬絲로 하늘을 가리는 구나//새로 짝 맞추면 좋겠네/이 봄 낮으막 한 산 묏등 올라/麝香든 가슴 맞추었으면 좋겠네/새라는 새 꽃이라는 꽃 불러놓고/사랑짓 그칠 줄 몰랐으면 좋겠네/다시는 여의지 않았으면 좋겠네/에잇 에잇 에잇/어기고 나서 봄 한철을 우네
>
> —이근배, 「사향 그리고 황사」에서29)

이 시는 이미 "원가의 이미지와 정신을 수용하고 확장시켜서 새롭게 단장해 놓은 '신만전춘별사'"라고 칭해지면서 "생동하는 봄날의 이미지를 격렬한 사랑으로 연결시켜서 새로운 애정의 방식을 미학적으로 부각시켰다"30)는 찬사를 받은 작품이다. 분명 이 시는 이러한 찬사를 동반한

29) 이근배, 「사향 그리고 황사」, 『현대시학』, 현대시학사, 1995. 5.

해석을 받을 만한 값을 지녔다고 본다.

이 시에서 원전의 이미지와 시상은 작품의 부분을 연결하는 역할을 하면서도 전체의 문맥으로 확장되고 있다. 원전에 있는 '사향'의 이미지는 이 시에서 "사향 덩어리 불붙여/천지간 암컷 수컷 불러들여"라고 했듯이 애정을 유혹하는 동시에, "사향 든 가슴 맞추었으면 좋겠네"라고 하여 애정의 밀도를 높이고 있다. 여기다 "동지 섣달에 눈자리 펴고/달이야 뜨건 지건/드러낸 맨살 칼바람에/베어지건 열어지건/그래 사랑 한 번 잘도 놀았구나"는 구절은 원전의 제 1연을 효과적으로 끌어들여 변용한 부분이라 하겠는데, 생명 탄생을 위한 대자연의 원초적 사랑을 느끼게 하면서도 '어긴 슬픔'으로 치달을 수 있는 애정의 위험성과 연결되는 이중적인 맥락을 형성한다.

이 시는 이처럼 원전의 이미지와 시상을 이중적 맥락으로 활용함으로써 전체적으로 시적 역설(poetic paradox)을 조성하고 있다. 사향에 불붙여 사랑을 유혹하면서도 "황사로 하늘을 가리는구나"라며 위반적인 사랑이 갖는 위험성을 경계한다. 그리고 "사랑 한 번 잘도 놀았구나"라며 거침없는 사랑의 열정에 흥을 더하면서도 "어긴 슬픔을 보아라/저 산들 웃음바다 넘쳐도/안으로 출렁이는 눈물을 보아라"고 훈계를 한다. 이렇게 이 시는 사향과 황사, 겨울과 봄, 새와 꽃, 웃음과 울음, 사랑짓과 어긴 슬픔 등 여러 요소를 대립하는 문맥에 놓으면서 상호 긍정과 부정을 거쳐 궁극적으로는 "다시는 여의지 않는" 영원한 사랑을 추구한다. 속가 「만전춘 별사」에서의 남녀 사랑의 담론을 이 시에서는 대자연의 생명 탄생을 위한 애정 담론으로 전환하여 새로운 정서적 감동을 이끌게 했다.

다음 박경석의 「고모의 만전춘」을 보자. 원전의 형태를 부분적으로 차용하여 새로운 시의 문맥에서 적절히 활용한다는 점에서 앞서 언급한

30) 박노준, 앞의 책, 318~319쪽.

두 작품의 경우와 유사하지만, 원전의 담론을 현재적 상황의 맥락에서 실재화한다는 점에서 다른 작품들과 구별되는 패러디의 유형을 보여준다.

> 비오리야, 비오리야,
> 색시 고운 비오리야.
> 늪이 얼면 여울에서 노는,
> 어려서 본 비오리야.
>
> 고모님은 우리 宗家의 고명딸이다.
> 족두리를 쓰고 육례 치르고
> 어엿한 조강지처로 호적에 앉혔다.
> 시앗을 보면서 섶자리였다.
> 박빙의 조바심으로 새벽을 기다렸다.
> 한 번 본 고모부는 바람이었다.
> 머리 얹히고 떠나는 바람,
> 떠나가기만 하는 바람……
> 고모님 늪은 닫힌 門.
> 녹을 줄 모르는 얼음이었다.
> 일부종사 질긴 끈이 삶을 묶었다.
>
> —박경석, 「고모의 만전춘(滿殿春)」에서[31]

속가 「만전춘 별사」에서 "올하 올하 아련 비올라"로 시작되는 제4연을 패러디한 구절을 앞세워 고모의 불행했던 삶을 이야기하는 실마리로 삼았다. 이 시에서 '비오리'는 고모의 "머리 얹히고 떠나는 바람, 떠나기만 하는 바람"인 고모부와 동일시된다. 바람기 때문에 일찍 조강지처를 버린 고모부는 늪을 버리고 여울에 노는 비오리와 같은 존재이다. 그래도 고모는 "일부종사 질긴 끈"에 얽매어 집안을 떠나지 않았다. 어느새 고모의 '늪'은 얼음처럼 차갑고 단단하게 닫힌 문과 같았다.

---

31) 박경석, 『아내의 잠』, 민음사, 1987, 86쪽.

이 시는 속가 「만전춘 별사」의 제4연을 잘 활용하면서 그와 합치되는 고모의 이야기를 홍미롭게 풀어냈다고 말 할 수 있다. 그만큼 원전의 구절과 담론을 새로운 시의 문맥에서 활용하여, 고모의 불행한 삶에 대한 이야기로 잘 전환시킨 작품이다.

이형기의 시 「신 만전춘」도 원전의 담론을 현재적 상황의 맥락에서 실재화하고 있는 패러디 작품이다. 박경석의 시와는 달리 이 시는 원전의 제1연을 집중 패러디한 작품이다. 작품을 보자.

얼음우에 댓닢자리 보아
님과 나와 얼어 죽으려고
한겨울 이 밤 더디 새라 했더니
그리하여 가슴 저리는 사랑노래
애절한 꿈으로 하나 남기려 했더니
아서라 말어라
때는 바야흐로 지구 온난화시대
거대한 그 온실 안에서는
아무데도 얼음이 얼지 않는구나
아희야 댓닢자리 치워라
님과 나와 택시 잡아타고
포근한 러브호텔 침대로 가리니

—이형기, 「신 만전춘」 전문[32)]

위의 시는 속가 「만전춘 별사」의 제1연을 큰 변화 없이 패러디하면서 시작하고 있다. 이 시의 화자는 속가의 원전처럼 얼음 위에서의 뜨겁고 강렬한 사랑을 꿈꾸고 있기 때문이다. 이런 점에서 원전의 노래는 이 시의 표현처럼 "가슴 저리는 사랑노래"일 수밖에 없다. 시의 화자는 바로 "가슴 저리는 사랑"을 애절하게 꿈꾼다. 그러나 이런 꿈은 이내 사라지

32) 이형기, 『죽지 않는 도시』, 고려원, 1994, 43쪽.

고 만다. 5행의 "아서라 말어라"부터 급격하게 어조가 바뀌면서 시의 화자가 처한 상황 인식으로부터 애절한 꿈을 접게 된다. 그것은 "지구 온난화시대/거대한 그 온실 안에서는/아무데도 얼음이 얼지 않는구나"라는 현실상황에 대한 인식 때문이다. 얼음이 얼지 않는 온실의 현실에서 더 이상 뜨겁고 강렬한 사랑은 존재할 수 없다는 상황 인식은 일종의 역설이다. 시의 화자는 이런 역설적 상황인식으로부터 "아희야 댓잎자리 치워라"며 가슴 저리는 사랑을 포기하게 된다. "포근한 러브호텔 침대"의 자리는 얼음 위의 댓잎자리처럼 뜨겁고 강렬한 사랑을 나눌 수 없는 자리라고 생각하기 때문이다.

이 시는 속가 「만전춘 별사」를 패러디하면서, 속가가 불렸던 시대처럼 더 이상 "가슴 저리는 사랑"을 나눌 수 없는 현실을 비판하고 있는 것이다. 원전의 사랑 담론을 오늘날의 사랑 세태를 비판하는 담론으로 활용했다고 말할 수 있다.

이상에서 속가 「만전춘 별사」를 패러디한 네 시인의 작품을 통해, 앞서 논의한 「가시리」를 패러디한 현대시의 경우와 같이, 원전의 형태를 변용하며서 원전의 담론을 계승하거나 전환하거나 실재화를 도모한 시를 살펴보면서 패러디 시의 세 가지 유형을 거듭 검증해 보았다. 속가 「만전춘 별사」가 현대시에서 좀 더 다양한 폭에서 패러디될 수 있는 여지를 남기고 있는 것으로 생각된다.

Ⅳ. 경기체가 「한림별곡」의 패러디 양상과 담론

1. 경기체가 「한림별곡」의 성격

고려가요 「한림별곡」은 고종 때 한림의 여러 선비가 지은 것으로 추

정되고 있다.[33]

이 작품은 각 장마다 당대 사대부들이 생활 속에서 애호했던 사물이나 취향과 관련된 것들을 경(景)이라 하고, 모두 8가지 경을 읊고 있다. 제1장은 문인들이 장기를 가진 글, 제2장은 서적, 제3장은 서체와 명필, 제4장은 명주, 제5장은 꽃, 제6장은 악기와 음악가, 제7장은 산과 누각, 제8장은 추천놀이로 구성되어 있는데, 각 장마다 사대부들이 애호한 사물이나 취향들을 하나씩 일정하게 나열한 다음 "위~景긔 엇더ᄒᆞ니잇고"를 붙여 마무리하고 있다. 작품의 1, 2장을 예로 들어 작품의 구체적인 모습과 성격을 알아보기로 하자.

元淳文 仁老詩 公老四六
李正言 陳翰林 雙韻走筆
沖基對策 光鈞經義 良經詩賦
위 試場ㅅ景 긔 엇더ᄒᆞ니잇고
(葉) 琴學士의 玉笱文生 琴學士의 玉笱文生
위 날조차 몃부니잇고

唐漢書 莊老子 韓柳文集
李杜集 蘭臺集 白樂天集
毛詩尙書 周易春秋 周戴禮記
위 註조쳐 내 외ᄋᆞᆫ 景 긔 엇더ᄒᆞ니잇고
(葉) 太平廣記 四百餘券 太平廣記 四百餘券
위 歷覽ㅅ景 긔 엇더ᄒᆞ니잇고

이상에서 보듯이, 제1장은 당대의 이름난 문인들이 잘 하는 시문들을

33) 김동욱은 「한림별곡」이 작품에 나오는 금의(琴儀)의 문하생 8명이 고종 3년(1216년) 5월에 최충헌이 연 시주연악(詩酒宴樂)에서 창작된 것으로 추정한 바 있다. 김동욱, 「한림별곡에 대하여」, 『속 고려가요의 연구』, 이우출판사, 1980, 125~132쪽. 작품의 창작시기에 대해서는 다른 이설도 있어서 김동욱의 견해를 확정하기 어렵지만, 금의의 문하생들에 의해 창작되었다는 주장은 설득력을 가진다.

하나씩 들어 열거하면서 이들을 자랑하는 기쁨을 노래하고 있고, 제2연은 중국의 유명한 시문집과 역사서, 경서 등을 열거한 다음 이들을 읽는 기쁨과 자랑스러움을 노래하고 있다.

그러면 이와 같은 「한림별곡」의 세계를 어떻게 볼 것인가. 우선 갈래적 측면에서, 이 작품이 당대 사대부들이 가진 이념과 가치관을 반영한 것으로, 즉 작품 외적 세계의 개입에 의한 자아의 세계화가 이루어진 교술갈래의 특징을 잘 보여주는 것으로 파악되기도 했다.[34] 그러나 이 작품에 나타난 애호적 사물과 취향들은 단순히 작품 외적 세계의 반영만으로 볼 수 없고, 거기에는 사물을 취사선택하는 작자의 미학적 판단이 개입되어 있다는 것이다. 이뿐만 아니라 "위~景긔 엇더ᄒᆞ니잇고"와 같은 후렴구에서도 감정적 표출이 강하게 드러난다는 점에서 서정적 성격을 배제할 수 없기 때문에, 교술과 서정이 혼합된 갈래로 경기체가를 파악하는 견해[35]가 한층 설득력을 지닌다.

다음으로 위의 1, 2장을 예로 들어 형태적 특징을 보면, 「한림별곡」은 전반부에 해당하는 4행과 '엽(葉)'으로 표시된 2행이 붙어 각 장은 전반부+후반부(엽), 즉 전대절과 후소절이 결합된 형식으로 전체 6행으로 구성되어 있음을 알 수 있다. 그리고 1, 2행은 대체로 3~4음절로 된 음보, 3행은 부분적으로 3음절도 보이지만 주로 4음절로 된 3음보의 리듬을, 그리고 '엽'의 부분은 4음 4음보의 규칙적인 리듬을 보이고 있다. 전체적으로 음절의 규칙성까지 동반된 정연한 짜임새를 갖추고 있다.

이와 같은 경기체가의 형식은 이 「한림별곡」을 시작으로 고려 말부터 조선조인 16세기 이전까지 상당 기간 지속되면서 사대부들에 의해 향유되었다. 그리고 이 「한림별곡」은 한림의 사대부들이 사석에서 지

34) 조동일, 「경기체가의 장르적 성격」, 『학술원논문집』 제15집, 대학민국학술원, 1976.

35) 김흥규, 『한국문학의 이해』, 민음사, 1986, 115~118쪽.

은 노래였다가 궁중의 연향 음악으로 공연되었던 것으로 파악되는데, 『고려사』 악지의 속악조에 들어 있지만, 송사(宋詞)에 영향을 받은 사의 변형이나 변주곡으로 불렀던 것으로 보아 속악조에 넣은 것으로 이해한다.[36)]

「한림별곡」에 나타난 호사적인 풍류와 취향은 관점에 따라 해석을 달리 할 수 있다. 사대부들의 퇴폐적, 향락적 생활을 반영한 것으로 비판적인 입장에서 해석할 수도 있고, 사대부들의 득의에 찬 생활의욕을 참신하고 발랄하게 노래했다고 긍정적인 해석[37)]을 할 수도 있다. 그러나 이 작품에 나타난 사물과 취향 등이 당시 사대부들이 직접 체험한 세계가 아니라 이상적인 삶으로 상상한 세계를 앞당겨 체험한 것들을 자신감 있게 펼쳐 보여준다는 견해[38)]도 있다. 현대시에서 「한림별곡」을 패러디하는 입장도 기본적으로 이 작품을 어떤 관점에서 보느냐에 따라 달라질 수 있음은 물론이다.

2. 「한림별곡」의 패러디 양상과 담론의 특징

「한림별곡」을 패러디한 현대시 작품은 고려 가요의 다른 작품들에 비해 상대적으로 매우 적은 편이다. 고려 속가로 잘 알려진 한글 작품들과 달리 이 작품은 경기체가란 또 다른 갈래에 속해 있다는 점, 작품의 주요 구문이 한문으로 되어 있다는 점, 대중적인 서민의 노래가 아니라 사대부들이 향유했던 노래라는 점, 그리고 형태적인 정연함과 규칙성을 고답적인 것으로 이해할 수 있다는 점 등에서 쉽게 패러디될 수 없는 요인을 지니고 있다고 볼 수 있다. 그래서인지 이 작품을 패러디한 현대시

36) 임종욱 엮음, 앞의 책, 250~252쪽.

37) 이명구, 『고려가요의 연구』, 신아사, 1973, 103~112쪽.

38) 박노준, 「한림별곡의 선험적 세계」, 『고려가요의 연구』, 새문사, 1990, 34~61쪽.

로 김석규의 「속 한림별곡」과 임보의 「수석경기체가(壽石景幾體歌)」만 찾을 수 있었다.[39)]

임보의 「수석경기체가」부터 보기로 하자.

> 書架 左便은/淸風 峻石을//書架 石便은/玉泉 原石을//앞에는/ 舟陽烏石 土坡를/뒤에는/石谷 秋色 井石을/심었더니//밤이면/漢水의 물소리가/水의 강바람이/錦水의 안개 냄새가/그리고/平原과 山頂/湖水와 溪谷들이/서로 얼려/淸寒陋室이 온통/山이요 江이 되니/위 景幾何如!//世上은 나를 가난하다고 하나/나는 皇帝로다/千里 江山이 내 胸中에 잠겼나니/나는 皇帝로다/ 위 太平聖代!/ 위 景幾何如!
>
> —임보, 「수석경기체가」 전문[40)]

위의 시가 꼭 고려 가요 「한림별곡」을 패러디한 작품이라고 말하기 어렵다. 제목에서 보듯, 특정한 경기체가의 작품을 패러디했다기보다 경기체가란 갈래 일반을 패러디한, 이른바 '장르 패러디'의 작품으로 볼 수 있기 때문이다. 물론 그렇다고 「한림별곡」과 무관한 작품이라고 볼 수도 없다. 「한림별곡」이 경기체가의 효시가 되는 작품이면서 동시에 이를 대표하는 작품으로 널리 인식되어 있다는 점에서, 임보의 위 시는 고려 가요 「한림별곡」과 가장 가까운 근친관계를 가진다고 말해도 틀리지 않을 것이다.

임보의 위 시는 여러 가지 점에서 「한림별곡」 내지 경기체가와의 친연성을 보여준다. "위 景幾何如!"란 구절은 두 작품이 상호텍스트의 관계를 이루고 있다는 점을 가장 쉽게 확인하는 표지이다. 그리고 중요 시

---

39) 「한림별곡」이란 제목으로 발표된 고정희의 시(『이 시대의 아벨』, 문학과지성사, 1983, 78쪽)가 있으나, 확인 결과 이 시는 한림 가신 임을 생각하는 작품으로 제목만 '한림별곡'으로 고려 가요 「한림별곡」을 패러디한 작품으로 볼 수 없었다.

40) 임보, 『산방동동(山房動動)』, 한국문화사, 1984.

어가 한자 어휘로 이루어졌다는 점, 그리고 전체적으로 정연한 형식을 취하고 있다는 점도 「한림별곡」 내지 경기체가와 상통하는 점이다. 무엇보다 이 시가 서가의 전후좌우에 놓은 수석들에 대한 특별한 취향을 드러내면서, 수석을 통해 보는 진경의 아름다움과 기쁨을 노래하고 있다는 점은 이 시가 「한림별곡」과 가장 가까운 관계 속에 놓일 수 있음을 드러내는 것이다. 이미 살펴보았듯이, 「한림별곡」은 당대 사대부들이 그들의 호사적 생활과 취미를 하나씩 열거하며 그것들에 심취한 즐거움과 기쁨을 노래한 작품이기 때문이다.

임보의 위 시는 이상과 같은 점에서 「한림별곡」 내지 경기체가의 형태를 잘 활용하는 한편 이의 담론을 적극 수용하여 수석 예찬을 위한 담론을 보여주는 작품으로 볼 수 있다.

그런데 김석규의 「속 한림별곡」은 임보의 시와 다른 패러디 시의 유형을 보여준다. 작품을 먼저 보자.

> 한림학사들이 모두 모여 노는 곳에 나도 가리라.
> 사호 진주 자수정 루비 사파이어 마노 에메랄드 오발 비취 다이아몬드 공작석 장미석 토파즈 호안석
> 주렁주렁 매달고
> 한림학사들 꽃놀이 하는 곳에 가리라.
> 샤넬 코티 지방쉬 르갈리옹 로제갈레 카르방 장파뚜 랑벵 로베르 피게 뤼씨 알를롱 가퓌시 크리스티앙디오르 마르셀로샤 오데콜론
> 철철 넘치도록 뿌리고
> 한림학사들 술잔치 하는 곳에 가리라.
> 럼 꼬냑 리큐르 위스키 부랜디 와인 샴페인 칵테일 드라이진
> 혀가 부러지도록 마시고
> 한립학사들 풍월 읊는 곳에 가리라.
> 롤스로이스 다이믈러 건비엄 트라이엄프 메르세데스벤츠 포르셰 폭스바겐 비엠웨디카웨 비크 캐딜락 시보레 크라이슬러 포드 임페리얼 링컨 미큐리 폰티악 페라리 피아트 시트로엔 르노 시아브 볼보

볼가
　삐까뻔쩍 눌러 타고
　한림학사들 과거 보는 곳에 가리라
　말보르 바이스로이 켄트 팔리아먼트 필립모리스 라아크 충통비
마일드 세븐 지탄느 셀렘 파알몰 체스터필드 러키스트라이크 카멜
겔베소르트 카알톤 에딘버러 쿠을 던힐
　줄줄이 몰고
　한림학사들 노름하는 곳에 가리라.
　말티스 푸들 퍼그 치와와 요크셔테리어 포메라니언 포인터 코거
스파니엘 그레이하운드 셰퍼드 복서 도베르만핀세르 진돗개 차우차
우 도사 스피츠 불독
　덜레 덜레 줄에 끌고
　한림학사들 그네 뛰는 곳에 가리라
　한림학사들 모두 모여 노는 곳에 나도 가리라.

—김석규, 「속 한림별곡」 전문[41]

김석규의 위 시는 고려 가요 「한림별곡」을 현대의 사회현실의 맥락에서 패러디하여 다시 쓴 작품이라 할 수 있다. 이 시의 화자는 고려 시대의 '한림학사들'을 현대의 시간 속에 끌어들인다. 이들은 더 이상 고려 시대의 득의에 찬 선비들이 아니다. 고가의 보석, 외제의 고급 향수, 술, 자동차, 담배, 애완견 등이 이들이 추구하는 세계를 반영하듯이, 이들은 고가, 고급, 외제로 된 것들만 가치 있는 삶을 보장한다는 속물적 관념에 사로잡힌 인간들이다. 여기에 시의 화자는 "한림학사들 모두 모여 노는 곳에 나도 가리라" 한다. 속가 「쌍화점」의 각 연에서 반복되는 "그자리에 나도 자라 가리라"는 구절을 변형한 언술을 의도적으로 사용한 것이다. 「쌍화점」이 당대의 타락한 세계상을 보여주는 작품이라면, 타락한 세계에 동참하는 의식을 담은 구절을 현대의 타락한 세계에 대한 동참

41) 김석규, 앞의 책, 68~69쪽.

의식을 나타내는 언술로 적절하게 변형하여 사용한 것이다.

그런데 속물적 인간들로 희화된 '한림학사들'의 세계에 대한 시적 화자의 동참의식 표명은 사실 반어적인 것으로 이해하는 것이 타당하다. '한림학사들'이 노는 곳, 꽃놀이 하는 곳, 술잔치 하는 곳, 풍월 읊는 곳, 과거 보는 곳, 노름하는 곳, 그네 뛰는 곳은 결코 선망할 수 없는 타락한 세계와 부정적 가치의 세계를 표상하기 때문이다. 따라서 이런 세계에 시의 화자가 "나도 가리라"고 하는 발언의 이면에는 그와 같은 태도가 얼마나 어리석은 일인지 잘 알고 있는 현명한 화자가 숨어 있다고 보아야 한다. 이렇게 보면, 이 시의 전체가 반어적 어조와 언술로 이루어져 있음을 알게 된다. 겉으로는 대단하게 보여도 선망의 대상이 되는 인물들로 그려진 '한림학사들'과 이들과 같은 부류에 들고자 선망하는 시의 화자는 사실상 속물적 가치만을 추구하는 어리석은 존재인 알라존(Alazon)적 인물들이다.[42] 결국 이 시는 세속적 선망의 세계라 할 수 있는 현대의 타락한 세계와 이를 선망하는 세속적 인간들을 희화하고 비판하기 위하여 고려 가요의 「한림별곡」을 끌어들인 것이다.

이런 김석규의 시는 원전의 형태를 변용하면서 특별히 원전의 담론을 당대 사회현실과의 맥락에서 현실적이고 실천적인 의미를 갖도록 담론을 재구성하고 있는 패러디의 유형에 속한다. 말하자면 이 시는 원전의 환골탈태를 통해 원전의 담론을 실재화함으로써 당대의 사회현실을 비판하는 현대 패러디 시의 특징적인 모습을 보여주고 있는 것이다.

Ⅴ. 결론

고전 텍스트에 대한 끊임없는 독서의 과정은 텍스트에 대한 새로운

42) 김준오, 『시론』(제4판), 삼지원, 2000, 307~308쪽.

해석과 비평을 낳은 과정이면서 동시에 새로운 텍스트를 생산하기 위한 과정이 되기도 한다. 패러디는 바로 이 과정에서 고전 텍스트에 대한 모방적인 욕망과 비판적인 의식을 융합하여 새로운 텍스트를 생산하기 위한 방법론적 기법이나 이념적 장치로 기능하게 된다. 이 글에서 필자는 이러한 패러디의 성격을 전제하고, 고려 가요를 패러디한 현대시 작품들을 주목하여 고찰하되, 필자의 앞선 논문에서 검토한 바 있는 「청산별곡」을 제외하고 「가시리」, 「만전춘 별사」, 「한림별곡」을 패러디한 현대시에 한정하여 논의를 전개했다. 고려 가요 중에서 특별히 이들 세 작품을 대상으로 한 까닭은, 앞의 두 작품이 각각 남녀의 이별과 사랑을 노래한 대표적인 작품이라 할 만하고, 나머지 「한림별곡」은 고려 가요의 다른 작품들과 달리 이른바 '경기체가'의 대표적인 작품이면서 사대부의 특별한 취향을 표현한 작품이라는 특수성이 고려되었기 때문이다.

그리고 현대시에서 고려 가요의 패러디 양상을 구체적으로 파악하기 위해, 필자의 앞선 논문에서 제시한 바 있는 패러디의 다섯 가지 유형을 전제로 삼았다. 이 다섯 가지 패러디 유형은 ① 원전의 차용과 담론의 계승, ② 원전의 변용과 담론의 계승, ③ 원전의 변용과 담론의 전환, ④ 원전의 변용과 담론의 실재화, ⑤ 원전의 해체와 담론의 비판으로 정리된다.

속가 「가시리」를 패러디한 현대시 작품으로 고은의 「가시리 마당」, 박산매의 「가시리야 가시리」, 박진섭의 「가시리」, 이승하의 「가시리」, 홍신선의 「증답 무명씨 부인」 등이 있었다. 이들 작품들은 ②~④의 세 가지 패러디 유형을 보여주었는데, 박산매의 「가시리야 가시리」는 ②의 유형, 고은의 「가시리 마당」과 이승하의 「가시리」는 ③유형, 박진섭의 「가시리」와 홍신선의 「증답 무명씨 부인」은 ④유형에 해당되는 것으로 파악되었다. 이 중에서 고은의 「가시리 마당」은 원전의 반복 구문

삽입이 오히려 전체 문맥과의 부조화를 이루는 문제점을 보여준 반면, 이승하의 「가시리」는 "위 증즐가 大平盛大"의 여음구를 잘 활용하여 새로운 담론을 창출하는 면모를 보여주었다. 그리고 홍신선의 「중답 무명씨 부인」은 속가 「가시리」의 이별 담론을 현재적 시점으로 전환하는 동시에 시적 자아가 일상생활 속에서 겪는, "가야 하지만 가지 못하는" 처지의 아이러니를 흥미롭게 문맥화한 작품으로 주목되었다.

속가 「만전춘 별사」를 패러디한 현대시로 김석규의 「만전춘 별사」, 박경석의 「고모의 만전춘(滿殿春)」, 이근배의 「사향(麝香) 그리고 황사(黃砂)」, 이형기의 「신 만전춘」을 찾을 수 있었다. 이들 작품 역시, 속가 「가시리」를 패러디한 경우처럼 ②~④의 세 가지 서로 변별되는 패러디의 유형을 보여주었다. 먼저 김석규의 시 「만전춘 별사」는 원전의 제1연을 특별히 패러디하면서, 남녀의 뜨거운 사랑을 지향하는 원전의 담론을 계승하고 있다는 점에서, ②의 유형에 해당되는 작품이었으며, 이근배의 시 「사향 그리고 황사」는 원전을 새로운 시의 문맥에서 효율적으로 변용하면서, 남녀의 사랑 담론을 자연 사랑의 담론으로 전환시키고 있는 작품으로 ③의 패러디 유형을 잘 보여주었다. 박경석의 「고모의 만전춘」과 이형기의 「신 만전춘」은 ④의 패러디 유형을 보여주었는데, 전자는 원전의 제4연을 패러디하면서 이와 합치되는 고모의 불행한 삶에 관한 이야기로 연결시킨 작품이었으며, 후자의 시는 김석규의 경우처럼 원전의 제1연을 집중 패러디한 작품이지만 원전의 사랑 담론을 오늘날의 사랑 세태를 비판하는 담론으로 바꾸고 있었다.

끝으로 경기체가인 「한림별곡」을 패러디한 현대시로 김석규의 「속 한림별곡」과 임보의 「수석경기체가(壽石景幾體歌)」만 찾을 수 있었다. 임보의 시는 「한림별곡」 내지 경기체가의 형태를 수석 예찬을 위한 새로운 시의 문맥에서 효과적으로 활용하되, 사대부들이 추구한 고상한 취향의 세계를 적극 수용한 작품이었다는 점에서 ②의 유형에 들었다. 이와 달리 김석규의 시는 현대의 타락한 세계와 이를 선망하는 세속적 인간들을 희화하고 비판하기 위하여 고려 가요 「한림별곡」을 끌어들인 작품이었다. 원전의 환골탈태를 통해 원전의 담론을 실재화하는 ④의 유형에 해당하는 패러디 시의 특징적인 모습을 보여주었다.

고려 가요의 세 작품을 대상으로 한 현대의 패러디 시는 아쉽게도 패러디의 다양한 유형을 충분히 보여주지는 못했다. 특히 원전을 해체하면서 담론을 비판하는 ⑤의 유형을 찾을 수 없었다. 물론 패러디 시의 논의 영역을 고려 가요의 다른 작품들을 패러디한 작품들까지 확대한다면 사정은 달라질 것이다. 앞으로 고려 가요의 다른 작품들을 포함하여 고전시가의 전반에 걸친 패러디 시로 논의가 확대되어 고전시가와 현대시가 만나는 접점 내지 대화적 관계를 모색하는 노력이 활발히 이루어지기를 기대한다.

제2부

현대시의 구비문학 수용과 변용

한국 근대 민요시의 형성과 전개 양상

Ⅰ. 민요시, 노래 양식의 추구와 서정시

1920년대 이후 시가의 일대 경향으로 대두한 민요시는 기본적으로 민요란 서정 갈래의 노래 양식을 바탕으로 형성, 전개된 창작시이다. 따라서 민요시는 민요에 토대를 둔 '서정성'을 무엇보다 중요한 시적 속성으로 삼는다. 물론 민요시 전체가 서정시의 갈래에 한정되는 것은 아니지만, 민요시를 '민요조 서정시'[1]란 용어로 지칭하는 경우, 그것은 민요시가 서정성에 토대를 두고 형성된 역사적 갈래임을 분명히 부각시켜 준다.

민요시는 본래 노래로 부르는 민요에 대한 인식을 전제로 한다. 민요시란 용어를 처음 쓰기도 한 김억(金億)은 그의 번역시집 『잃어버린 진주』(1924)의 서문에서, 서정시의 한 갈래로 '민요시(Chanson, Song)'란 항목을

1) '민요조 서정시'란 김용직에 의해 먼저 사용되었다. 김용직, 『한국근대시사 · 상』, 학연사, 1986, 308쪽. 이 용어의 타당성에 관한 검토는 박경수의 『한국근대시민요연구』(한국문화사, 1998), 28~30쪽 참조.

설정하고, 음조(音調)를 고르게 배열하여 음악적인 무드가 있는 시를 민요시로 규정한 바 있다.2) 그가 민요시를 지나치게 형식화된 기준에 따라 재단하고 있다고 비판할 수 있지만, 민요시의 주된 성격을 노래 형식에 두면서 자유시와 변별하고 있다는 점은 주목된다. 1920년대 이후 많은 시인들은 김억처럼 시에서 음악적인 요소를 복원함으로써 전통적인 시 형식을 마련하고, 자유시와 변별되는 진정한 우리시를 찾을 수 있다고 생각했다. 이들은 시와 노래, 민요와 민요시를 거의 동일시하거나 구별하지 않으면서, 음악적 요소의 복원을 통한 새로운 우리시 찾기 운동을 제창했던 것이다. 그것이 바로 근대 초창기 자유시에 대한 안티테제로서의 민요시였다.

> 오늘까지의 우리네 신시운동은 실패라 보는 것이 타당하겠지요. 시가란 음악에다가 의미만 붙인 문자의 나열인데 신시에는 음악적 요소가 적었지요. 또 난삽하고 (…중략…) 이것은 「리듬」이 잘 째이지 안은 때문과 용어가 평명치 못한 것과 시형이 잘 자리 잡히지 못한 때문이겠지요.3)

위의 글은 자유시에 입각한 신시운동이 실패했다고 전제하고 그 주된 실패의 원인이 리듬을 제대로 살리지 못한 데 있었다고 진단하고 있다. 따라서 새로운 시는 음악적인 요소를 회복함으로써 '파편화된 리듬'의 한계를 지닌 자유시를 극복할 수 있다는 생각을 가지게 되고, 그 대안으로서 민요시를 주장하게 된 것이다.

그런데 민요시와 관련한 음악성의 추구는 상당한 오류와 한계점을 안고 있었다. 특히 김억은 음악과 같은 음향의 배열 효과를 시에서 달성하고자 했는데, 그것은 언어의 외형적 배열 즉 음절수의 일정한 규칙성을

2) 김억, 『잃어버린 진주』, 평문관, 1924. 8, 23~27쪽.

3) 「문사방문기-파인 김동환 편」, 『조선문단』 제4권 제3호(1927. 3).

지키는 이른바 '격조시(格調詩)'의 주장으로 귀착되었다. 민요시를 주장하면서도, 우리 민요의 다양한 운율과 형식을 제대로 파악하지도 못한 채 그것을 음절수의 규칙성에 입각하여 창작되는 한시나 일본시의 운율을 의식한 것 자체가 모순이고 잘못이다.

실제 민요시 중에는 김억의 격조시 주장처럼 음절수의 규칙성을 따르고 있는 작품들이 상당수에 이른다. 음수율의 형식적 원칙들을 고수하는 것으로 기대한 시의 음악성이나 정서적 효과를 거둘 수 없음에도 불구하고, 당시 많은 시인들은 시의 율격이 음보 내의 외형적 언어질서에만 있는 것이 아니라, 행 나아가 시 전체의 질서에 의미가 상관됨으로써 마련된다는 점을 충분히 인식하지 못했다. 그 결과 민요시의 상당수는 개성적인 율격으로 진전되지 못하고 포에지(poésie)를 상실한 정형시로 귀착하는 결과를 보여 주었다.

그런데 모든 민요시 작품이 고답적인 시 형식을 보여 주는 정형시를 이루는 것은 아니었다. 일정한 음보율을 보이는 작품이라도 음보 내의 음절수를 자유롭게 가감하고 있는 작품들도 있고, 여기서 더 나아가 시의 정서나 분위기에 알맞게 음보 분할을 여러 시행에서 다채롭게 시도함으로써 시 형식의 독창적인 미학을 보여 주는 작품들도 있다. 김소월(金素月)의 민요시는 이런 점에서 주목되는 작품들이다.

나 보기가 역겨워
가실 때에는
말업시 고히 보내드리우리다

寧邊에 藥山
진달래꽃
아름 따다 가실 길에 뿌리우리다
가시는 걸음걸음

놓인 그 꽃을
사뿐히 즈려 밟고 가시옵소서

나 보기가 역겨워
가실 때에는
죽어도 아니 눈물 흘리우리다

—「진달래꽃」 전문

김소월의 시 「진달래꽃」은 7 · 5조의 음수율을 보이는 작품이 아니다. 부분적으로 7 · 5조의 율격을 보이고 있는 것은 사실이나, 저 2연의 "寧邊에/藥山/진달래꽃//아름 따다/가실 길에/뿌리우리다"에서 보듯이, 음절수의 일정한 규칙성을 벗어나고 있다. 김소월을 민요시인, 전통시인이라 부르면서, 일본의 기본 율격인 7 · 5조로 김소월 시의 율격을 파악한다는 것 자체가 모순이다. 김소월의 위 시는 3음보의 율격으로 파악되는 작품으로, 음보의 분할을 시행에서 변화 있게 보여줌으로써 시적 긴장과 이완의 정서적 효과를 나타내고자 했다고 보는 편이 타당하다.

다음 김소월의 시 「왕십리」는 여러 시행에서 다양한 음보 배치를 보여줌으로써 또 다른 시의 운율을 보여준다.

비가 온다/
오누나//
오는 비는/ 올지라도/ 한 닷새/ 왔으면 좋지.//
여드레/ 스무날엔/
온다고 하고//
초하루/ 朔望이면/ 간다고 했지.//
가도 가도/ 往十里/ 비가 오네.//

—「往十里」 부분
(이상에서 /은 음보 경계, //은 음보군의 경계 표시임)

위의 시는 2음보, 3음보, 4음보를 각 시행에서 자유롭게 배치하고 있다. 말하자면 행을 기준으로 한 음보 배열의 단조로움에서 벗어나 음절수와 음보를 적절하게 조정하고 있다. 이러한 작품을 통해 근대 민요시가 고답적인 정형시의 한계를 벗어나 근대시로서의 새로운 위상을 모색하고자 했음을 확인할 수 있다.

Ⅱ. 우리시 찾기의 정신적 토대와 조선주의

근대 민요시는 자기표현 또는 주관적 감정의 고양된 표현이라는 서정시에 대한 주관성[4]을 강조하는 인식에 토대를 두고 있다. 그런데 서정시의 주관성은 낭만주의 시학과 불가분의 관계를 맺고 있지만, 근대 민요시의 경우 개인적 주관으로서의 개성의 추구보다는 집단적 개성으로서의 민족성의 탐구와 연결되어 있는 것이 특징이다. 이는 근대 민요시가 이른바 '조선주의'의 문학적 탐구의 한 방식으로 추구되었다는 것을 의미한다.

> 우리 시단에 발견되는 대개의 시가는 암만하여도 조선의 사상과 감정을 배경한 것이 아니고, 엇지 말하면 구두를 신고 갓을 쓴 듯한 창작도 번역도 아닌 작품입니다.[5]

위의 글에서 "구두를 신고 갓을 쓴 듯한 창작도 번역도 아닌 작품"이란 과도기적 단계에서 쓴 자유시를 지칭한다. 특히 서구시의 모방에 의한 초기 자유시가 "조선의 사상과 감정을 배경한 것"이 되지 못했다는

4) 디이터 람핑, 장영태 역, 『서정시: 이론과 역사』, 문학과지성사, 1994, 93쪽.

5) 김억, 「조선심을 배경 삼아」, 『동아일보』(1924. 1. 1).

비판적 인식은 우리시에 대한 정체성 찾기로 나아가면서 이른바 '조선심'을 바탕으로 한 시, 즉 민요시를 주장하는 근거가 되었다.

물론 우리시의 정체성을 찾기 위한 조선주의의 추구는 당시 '조선심', '조선혼', '향토애' 등을 시에 담을 것을 주장하는 것으로 나타났는데, 문제는 그러한 주장이 얼마나 실천적 의의까지 담보할 수 있었느냐 하는 점이다. 다음 김억의 시를 보자.

능라도(陵羅島)의 실버들엔
보슬비가
밤새도록 어느 때에
내려왔는고

잎을 말려 떨리랴고
모란봉(牧丹峯)의
갈바람은 며칠이나
불었는고,

대동강(大洞江)에도 한복판
뜬 배 우엔
이내 몸의 눈물비가
내리누나

—「설은 노래」 전문

김억의 위 작품에서 "능라도, 모란봉, 대동강"과 같은 구체적인 지명이 등장하지만, 그렇다고 작품이 현실의 구체적 배경과 연관된 체험을 형상화하고 있는 것은 아니다. 작품을 통해 환기되는 설움의 애상적 정서는 현실적 삶에 대한 경험적 사실로부터 비롯되는 것이 아니라, '보슬비 → 갈바람 → 뜬 배'로 자연현상과의 단순한 매개적 관계에서 전이되어 나타나는 매우 막연한 향토서정에 불과하다. 이처럼 김억의 시에 형상화되었다는 '조선심'은 역사적 삶이나 당대의 역사 현실로부터 견인되는 민족적 정서나 현실인식과 연결되지 못하고 자연에 대한 막연한 감정으로 표출되고 있음을 알 수 있다.

김억, 주요한(朱耀翰) 등에서부터 한정동(韓晶東), 유도순(劉道順), 이학인(李學仁), 김태오(金泰午) 등 시인들에 이어진 민요시 작품들 역시 조선주의를 표방한 여러 주장과 연결되어 있지만, 작품의 실제는 낭만적 애상의 세계나 목가적 서정의 세계를 노래하는 경우가 대부분이다. 시의 개성적 인식으로부터 비롯된 초개인적 힘과 혼의 탐구가 '조선심' 또는 '조선혼'의 주장을 근간으로 한 민요시의 형식으로 나타났지만, 능동적인 역사인식이나 적극적인 현실인식을 기반으로 삼지 못하고 주관적인 감정과 정서를 토로하는 시에 머물고 말았다.

Ⅲ. 민족현실의 각성과 전통시의 맥락

1920년대 이후 민요시가 조선주의에 입각한 개인적 감정의 세계나 추상적 현실만을 그려낸 것은 아니었다. 때로는 항일민요의 민중적, 민족적 공감대를 적극 활용하면서 당대의 역사현실에 대한 성찰을 통해 민족적 정체성을 바람직한 방향에서 고양하고자 했다. 여기에 항일민요 「아리랑」은 민족 사이에 은밀하게 불리면서 민족시가로서의 줄기찬 생명력을 가지는 한편 민요시 창작의 중요한 원동력이 되기도 했다.[6]

그리운 저 江南 두고 못감은
三千里 물길이 어려움인가

6) 이에 관해서는 박경수, 「민요 「아리랑」의 근대시 수용 양상」, 『한국 민요의 유형과 성격』(국학자료원, 1998), 365~410쪽 참조.

이발목 상한지 오램이라네

그리운 저 江南 언제나 갈까
九月도 九日은 해마다 와도
제비가 갈 제는 혼자만 가네

그리운 저 江南 건너가려면
제비떼 뭉치듯 서로 뭉치세
상해도 발이니 가면 간다네
　　아리랑 아리랑 아라리요
　　아리랑 江南을 어서 가세

—김석송, 「그리운 강남(江南)」 부분

위 작품에서 '강남'은 시인이 꿈꾸고 염원했던 이상적인 삶의 세계, 그리고 이에 나아가서 민족적 삶의 이상이 투영되는 동경의 세계를 상징한다. 그런데 그리운 강남을 두고도 못가는 암담한 상황을 제시하면서 시적 자아를 심각한 국면에 놓이게 한다. 그렇지만 시적 자아는 희망을 꺾고 좌절하는 것이 아니라 "그리운 저 江南 건너가려면/ 제비떼 뭉치듯 서로 뭉치세/ 상해도 발이니 가면 간다네"라며 어떤 고난이 닥쳐도 민족이 뭉치면 희망을 실현할 수 있음을 비유적으로 표현하고 있다. 여기에 "아리랑 아리랑 아라리요/ 아리랑 江南을 어서 가세"의 후렴구는 민족적 염원의 실현의지를 한층 강력하게 환기하는 구실을 한다.

다음 양우정의 민요시 「낙동강(落東江)」(『중외일보』, 1928. 11. 13~11. 16)은 일제강점기의 민족적 고난상을 총체적인 시각에서 형상화한 장편 민요시이다. 다음은 이 시의 마지막 연이다.

落東江은 七百里
沃野千里엔

낫서른 사람들만
모여서 드네
십리만석 보고는
죄다 남 주고
이 땅의 백성들은
다 쫓겨가네
　에-헤루 흐르는
　落東江물아
　언제까지 너만은
　흐를 것이냐

이 시는 우선 사설과 여음을 주고받는 민요 선후창의 형식을 이용한 민요시 작품이다. 여기서 '낙동강'은 민족의 고난과 역경을 상징하는 '눈물'의 강으로 표상되어 있는데, 서두부터 이런 '눈물'의 강이 태백산 골짜기에서부터 칠백리나 된다고 해서 이 나라 전체가 고난과 역경에 시달리고 있음을 말했다. 후렴은 각 연마나 변화 · 반복되면서 민족의 고난상에 대한 시적 화자의 여러 가지 심정을 환기시키고 있다. 시 「낙동강」은 이렇게 '눈물'의 역사를 간직한 낙동강의 주변적 삶을 공간적 이동에 따라 들추어 비추면서 일제하 민족이 겪는 여러 고난상을 파노라마처럼 엮은 다음, 마지막 연에서 민족의 고난상에 대한 총괄적 문제제기와 함께 그 극복의지를 표명하고 있다.

일제강점기에 발표된 민요시는 민요 「아리랑」을 비롯하여 여러 종류의 민요에 토대를 두고 창작되면서 당대 역사현실에 대한 구체적 인식과 함께 민족적 일체감의 정서를 표현하고자 했음을 알 수 있다.

Ⅳ. 민중현실의 비판과 시적 리얼리티의 성취

근대 민요시는 한편 1920년대 후반부터 1930년대로 넘어가면서 리얼리즘의 경향을 강하게 띠는 작품들로 모습을 바꾸기도 한다. 민요시의 서정성이 경우에 따라 사회·역사적 관심과 연결되면서 사회성을 고양하는 쪽으로 나아갔던 셈이다.

1920년대 중반 이후 사회성을 고양하는 민요시 작품들이 집중적으로 발표되었다. 민요시가 김억, 주요한 등 이른바 국민문학파의 조선주의 추구와 연관된 시운동으로만 전개된 것이 아니라 1920년대 초기부터 김석송처럼 리얼리즘의 경향을 선호한 시인의 개인적 취향에 따라 창작되기도 하다가 점차 집단적 경향을 띠기도 했다. 특히 카프(KAPF)가 결성된 1925년 이후에는 프로문학파 진영에서도 프로시의 이념적 과잉을 극복하기 위해 대안적 시 형식으로도 논의되고 또한 창작되었다. 물론 이들 민요시 중에는 이념적 편향성 때문에 시의 자율적 미학을 제대로 확보하지 못하고 있는 작품들이 많은 것이 사실이다. 그러나 이런 미학적 한계에도 불구하고 이들 민요시는 사회성의 고양과 함께 시의 리얼리즘을 확보하려는 새로운 국면을 보여준다는 차원에서 주목할 가치가 있다.

김동환과 양우정은 카프에 가담하면서 본격 민요시를 썼고, 김석송, 정노풍, 허삼봉 등은 개인적 문학 취향에 따라 상당수의 민요시 작품들을 발표했다. 김동환의 다음 시 「아리랑 고개」를 보자.

천-리 천-리 삼천리에
그립든 동무가 모여든다
　아리랑 아리랑 아라리요
　아리랑 고개로 어서 넘자(이하 후렴 생략)

서울-장안엔 술집도 많다
불평-품은 이 느는 게지

꽃이-안 폈다 죽은 나문가
뿌리는 살았네 꽃 피겠지

약산-동대의 진달래꽃도
한 폭이 먼저 피면 따라 피네

삼각산 넘나드는 청제비 봐라
정성만 있으면 어딜 못 넘어

―김동환, 「아리랑 고개」 전문

시 「아리랑 고개」는 3음보 2행의 사설에 후렴을 붙이는 민요 「아리랑」의 일반적 형식을 활용하되, 일제강점기 민중현실의 모순적 상황을 비판적으로 형상화하면서 민중의 연대의식에 의한 결집을 통해 현실극복의 의지를 비유적 문맥으로 고취하고자 한 작품이다.

오리명 나리명 노래 불으며
이산 고개 타고 넘고 마흔두 해 반
지게 목닥 뚜다리고 울음 울었네
지게 목닥 뚜다리고 한숨 쉬었네
서른세 해 장가들어 내 살림 살릴려고
그것만 고대하고 살어왔더니
점쟁이도 이 세상엔 못 믿을레라
홀아비로 남의 집에 머슴살이로
다리 굽었네 허리 굽었네 에헤야-

―양우정, 「나뭇군」 전문

위 양우정의 시 「나뭇군」은 '어사용' 또는 '산타령'이라 하는 민요에 비견되는 작품이다. '어사용'은 나뭇군이 산에 나무를 하러 가서 지게목발을 두드리면서 자신의 신세를 처량히 노래하는 민요인데, 이 시도 기본적인 발상에서 '어사용'과 동일하다. 홀아비 신세에 늦도록 장가도 못 가고 남의 집 머슴살이를 하는 딱한 처지를 직접적으로 노래하고 있다. 그러면서 머슴살이를 하게 된 딱한 처지가 본질적으로 일제하 민중현실의 모순과 당착에서 비롯되었음을 은근히 비판하는 목소리를 민요 '어사용'의 형식과 가락을 이용해서 나타내었다.

의주라 압록강 푸른 물 우에
나날이 흘러가는 뗏목 우에다
헤매는 몸을 싣고 바다로 가면

일본이라 만주라 돌아다닌들
부를 곳 잃은 살림 뒤쫓긴 인생
어느 곳 찾어간들 학대받는 몸

저 갈대로 출렁넝 흘러가련만
그래도 기를 쓰고 살고보자는
제 마음 제가 본들 모질다 인생

—정노풍, 「압록강(鴨綠江) 가에 서서」 부분

정노풍의 위 시는 일제강점기 유이민의 현실을 담고 있는 이른바 '유민시'의 성격을 지니는 작품이기도 하다. 이역땅 만주나 일본 둥지로 뚜렷한 희망도 없이 유랑하는 이들의 처지와 심정을 '떠나가는 이'를 화자로 삼아 표출하고 있다. 일제하 유이민의 삶을 노래한 정노풍의 민요시가 비록 시적 형상력을 충분히 확보하지 못하고 있는 한계가 있지만, 감상적 애상에 빠지지 않고 시적 현실의 구체성과 리얼리티를 획득하고 있다는 점에서 의의를 가진다.

이상 논의된 민요시 작품들은 민요시가 낭만주의 세계인식의 테두리에 갇혀 있었던 것이 아니라, 역사현실에 대한 체험적 진실을 '노래' 형식을 통해 정서적 공감대를 유도하는 방식으로 표현하면서 나름대로 시적 리얼리티를 확보해 가고자 했다는 점에서 일정한 의의를 지닌다.

현대시의 민요 아리랑 수용 양상

Ⅰ. 서론

옹(Walter J. Ong)에 의하면, '말'로 이루어지는 구술은 문자가 생겨난 이후 끊임없이 '글'로 된 기록문화와 상호 교섭하는 것은 물론이고, 오늘날에는 라디오, TV, 컴퓨터 등 각종 전파매체와 연결되어 새로운 문화 양태를 이루고 있다. 그는 문자 이전 문화의 구술성을 '일차적인 구술성(primary orality)'이라 하고, 오늘날 고도화된 기술문화와 연결되어 나타나는 구술성을 '이차적인 구술성(secondary orality)'이라고 했다.[1] 이런 점에서 구비문학 연구는 일차적인 구술성뿐만 아니라 이차적인 구술성까지 포함한 연구로 연구 영역을 확장해야 바람직하다.

그런데 구비문학은 기록문학과 상호 교섭하는 가운데 기록문학을 수용하여 자체 변화하기도 하지만, 기록문학으로 수용되어 때로는 기록문학의 창조적 변화에 크게 기여하기도 한다. 우리의 많은 고전문학 유산

---

1) 월터 J. 옹(저), 이기우 · 임명진(역), 『구술문화와 문자문화』, 문예출판사, 1995, 22쪽.

중에는 이렇게 구비문학과의 상호 교섭을 통해 이룩된 작품들이 매우 많다는 것은 이미 잘 알고 있는 사실이며, 현대의 문학예술 영역에서도 구비문학은 새로운 문학예술 형성의 중요한 밑거름이 되어 왔다.

이 글에서 갖는 관심은 민요 아리랑이 현대문학의 창조적인 영역에서 어떻게 수용되고 또한 창조적인 요소로 작용하였는지, 그리고 그 결과 이룩된 문학 작품의 의미와 의의는 무엇인지에 관한 것이다. 그런데 현대문학의 다양한 갈래에서 민요 아리랑의 수용 양상을 살피는 일은 오랜 기간 집중적인 관심을 바탕으로 연구를 축적해야 충분한 성과를 거둘 수 있는 일이다. 그런데 필자의 연구 역량이 소설, 희곡, 수필 등에까지 폭넓게 미치지 못한다는 점을 솔직히 시인하면서, 현대시 전공의 범위 내에서 논의의 대상과 폭을 좁힐 수밖에 없다. 그래야 민요 아리랑이 현대시에 수용되고 또 변용된 양상을 구체적인 사례를 통해 집중적으로 고찰할 수 있기 때문이다.

필자는 민요 아리랑이 일제 강점기의 근대시에 수용된 사례를 일차 검토할 기회를 가진 바 있다. 즉, 「민요 「아리랑」의 근대시 수용 양상」[2]에서 민요 아리랑을 수용한 시(이를 '아리랑계 민요시'로 명명) 16편[3]을 찾아서, 이들 시가 형성된 민요 기반과 담론 구성의 양상을 살폈다. 그 결과 이들 시는 19세기 말과 20세기 초에 폭넓게 확산된 유흥적인 노래인 잡가 아리랑타령과 일제 강점기에 항일비판의 노래로 은밀히 불리던 근대민요 아리랑에 기반을 두고 창작되었다는 점, 따라서 전자의 시가 운명론적 체념과 정한을 토로했다면 후자의 시는 농촌현실의 비판과 문

2) 박경수, 「민요 「아리랑」의 근대시 수용 양상」, 『한국민요학』 제3집, 한국민요학회, 1995, 1~42쪽. 이 글은 이후 박경수, 『한국 민요의 유형과 성격』(국학자료원, 1998)에 재수록되었다.

3) 근대시에서 민요 아리랑을 수용한 시 작품들은 당시에 조사한 16편 외에 이후의 자료 조사 과정에서 추가로 더 찾을 수 있었다. 향후 추가 작품을 포함하여 기존 논의를 보완할 기회를 갖고자 한다.

명풍자, 계급모순의 현실 비판과 민중의식 구현, 민족 주체의식과 해방 의지의 표출 등으로 다양한 담론을 보여주었다. 그러나 이들 시는 이른바 본조아리랑에 해당하는 서울(또는 경기) 아리랑의 범주를 넘지 못하고, 민요 형식의 재생산에 머물러 근대시로서의 새로움과 역동성을 제대로 발휘하지 못한 한계를 지니고 있었다.

그러면 광복 이후의 현대시에서 민요 아리랑을 수용한 시는 어떤 새로운 모습과 창조적 상상력을 보여주었는가? 이 점에 대해서 김열규가 일찍이 관심을 가지고 주목할 만한 논의를 펼친 바 있으며,[4] 필자도 현대시 작품을 두루 조사하여 민요 아리랑의 현대시 수용과 그 변용 양상을 개괄적으로 살핀 바 있다.[5] 여기서 민요 아리랑의 현대시 수용을 재론하는 것은 물론 필자의 기존 논의에 바탕을 두면서, 새롭게 조사한 시 작품들을 추가하여 논의하는 한편 좀 더 치밀한 논의를 통해 민요 아리랑의 역동적이고 창조적인 수용 양상을 파악하기 위해서이다.

광복 이후 민요 아리랑의 전승 상황은 일제 강점기에 비해 크게 달라졌다. 일제 강점기에 아리랑은 '위험한 사상'만큼 '위험한 노래'였다. 김산(金山)의 증언에 따르면, 1920년대만 해도 '위험한' 「아리랑」을 부르다 옥고를 치른 사람이 여럿이었다 한다.[6] 아리랑에 대한 탄압은 이뿐만이 아니었다. 김동환의 시 「아리랑 고개」가 수록된 시집 『시가집』과 역시 민요 아리랑이 작품의 끝에 붙은 현진건의 단편 「고향」이 수록된 『조선의 얼굴』이 일제에 의해 발행금지 처분을 당하기도 했다.[7] 일제는 아리랑에 대한 탄압과 함께 아리랑을 일본식 음률로 바꾸거나 일제의 정책

---

4) 김열규, 「아리랑과 문학」, 『아리랑… 역사여, 겨레여 소리여』, 조선일보사, 1987, 239~280쪽.

5) 박경수, 「구비문학과 문예창작」, 『구비문학연구』 제23집, 한국구비문학회, 2006, 7~19쪽.

6) Kim San and Nym Wales, 조우화 역, 『아리랑 *Song of Ariran*』, 동녘, 1984, 31~32쪽.

7) 『신동아』(1977년 1월호)의 부록으로 발간된 『일제하의 금서 33권』의 목록에 따르면, 시집 『시가집』과 단편집 『조선의 얼굴』을 포함한 20여 종의 문학도서들이 치안을 이유로 금서 처분을 당한 것으로 나타난다.

을 선양하는 아리랑으로 조작하기도 했다. 그렇지만 광복이 되면서 아리랑은 일제의 감시를 피해 아리랑을 은밀하게 부를 필요가 없어졌다. 아리랑은 민족의 험난한 역정과 고난을 이겨낸 노래, 즉 '민족의 노래'로 인식되면서 누구나 자유롭게 부를 수 있는 노래가 되었다. 이런 과정에서 특히 '본조아리랑'은 아리랑 전체를 대표하는 노래이면서 한국의 민요를 대표하는 노래로 인식되기에 이르렀다. 그리고 지역에 따라 고유하게 불렀던 아리랑도 광복 이후 그 끈질긴 생명력을 회복하면서 지역 공동체 사이에서 소중한 문화유산으로 재인식되기에 이르렀다.

민요 아리랑은 서정, 서사, 극, 교술 등 다양한 갈래 교섭을 통해 서정 갈래 자체로 머물러 있는 것이 아니라 서사, 극, 교술 갈래로의 전환을 이루는 일들이 지속적으로 일어났다. 특히 문학에서 민족과 민중 논의가 활발히 진행되었던 1980년대 이후 '아리랑'이나 '아라리'의 명칭이 붙은 시, 소설,[8] 희곡[9] 등이 집중 발표되었고, 각 지역 공동체에서 자기 지역의 문화를 되살리려는 노력 속에 각 지역 아리랑에 기반을 둔 '아리랑 축제'[10]가 개최되고 있다. 민요 아리랑이 단순히 노래로서 고정되어 있

---

8) 1980년대 이후 '아리랑' 또는 '아라리'의 명칭을 붙여 발표된 주요 소설(동화 포함)을 보이면 다음과 같다. 이동철의 「아리랑공화국」(1985), 이청준의 「해변아리랑」(1985), 현기영의 「아리랑」(1986), 이문열의 「구로아리랑」(1987), 노규원의 「아리랑」(1988), 이슬기의 동화 「솔뫼산 아리랑」(1988), 오승돈의 「아라리별곡」(1990), 송숙영의 「강남아리랑」(1990), 손창호의 「바람은 아무도 잠재울 수 없다: 원제 동경아리랑」(1990), 윤홍길의 「밟아도 아리랑」(1991), 유순하의 「아리랑」(1991), 최정주의 「아리랑」(1993), 한승원의 「아리랑별곡」(1999), 조정래의 「아리랑」(2003), 김주영의 「아라리 난장」(2003), 양해동의 「서간도아리랑」(2004), 류원무의 「아리랑 열두 고개」(2005), 윤두병의 「아리랑의 날개: 잃어버린 영혼을 찾아서」(2007), 배영수의 「독도아리랑」(2010) 등.

9) 1980년대 이후 '아리랑'의 명칭을 붙여 발표된 희곡과 뮤지컬 작품은 다음과 같다. 김명곤의 「아리랑」(1986), 이하륜의 「아리랑정선」(1980), 김진희의 뮤지컬 「아리랑 아리랑」(1988), 유현종 작 김지일 각색의 창극 「아리랑」(1990), 박용구의 무용극 「Dance Korea 아리랑 수첩」(1995) 등.

10) 현재 매년 개최되고 있는 아리랑축제로 서울 성북구의 '아리랑축제', 강원도 정선의 '정선아리랑제', 전남 진도의 '진도아리랑축제', 경남 밀양의 '밀양아리랑축제'가 있다.

는 것이 아니라 바야흐로 아리랑문화의 시대를 열고 있다고 해도 과언이 아니다.

이제 현대시로 관심을 돌려보자. 현대시 속에서 '아리랑' 또는 '아라리'의 명칭을 시의 제목으로 단 작품들은 찾기란 그리 어렵지 않다. 현대에 들어 민요 아리랑이 전승의 활기를 되찾아 민족의 노래로 널리 불리는 가운데 많은 시인들이 민요 아리랑을 직접 수용했거나 그것을 염두에 두고 창작한 시작품들이 그만큼 많다는 이야기이다. 이들 시작품들 중에는 민요 아리랑과의 상호텍스트성(intertextuality)을 쉽게 간파할 수 있는 작품도 있지만, 어떤 점에서 민요 아리랑과의 연계성을 가지는지 쉽사리 파악하기 힘든 작품도 있다. 그리고 민요 아리랑으로 불리는 삶의 세계가 무척 넓고 다양하듯이, 현대시로 읊어지는 세계도 매우 다양하게 형상화되어 나타난다. 시인에 따라 자기정체성을 확보하기 위해서 또는 시세계를 새롭게 구축하기 위해서 민요 아리랑을 상상력의 중요한 원천이나 매개체로 활용했다고 말할 수 있다. 그런데 이들 작품들 중에 민요 아리랑의 명성에 기대어 명칭만 '아리랑'을 붙인 채 전근대적인 형식에 여전히 갇혀 있는 작품들은 없는지 진지하게 성찰해 보는 것도 이 글에서 가지는 관심사의 하나이다.

Ⅱ. 현대 서정시의 지역 아리랑 수용과 변용

1. 정선아리랑의 수용, 그 공감과 거리

지역 아리랑은 크게 본조아리랑인 경기아리랑을 제외하고 정선아리랑, 진도아리랑, 밀양아리랑 등으로 구분할 수 있다. 이중 정선아리랑이 아리랑 중에서도 가장 넓은 소리권역을 가진 것으로 알려져 있다. 영월,

정선, 평창 등 강원도 전역과 경기도 서북부, 충북 일대, 경북의 동북부 등에서 폭넓게 전승되는 아리랑이 정선아리랑이다.11) 3박자의 느리고 긴 가락으로 부르는 정선아리랑은 때로는 애절한 하소연으로 들리기도 하고, 때로는 현실의 고난을 비장한 마음으로 이겨내려는 생의 몸부림으로 느껴지기도 한다. 그리고 민요 아리랑의 일반적 속성이지만, 정선아리랑으로 부르는 노래 사설은 일정하게 제한되어 있는 것이 아니라 "아리랑 아리랑 아라리요/아리랑 고개고개로 날 넘겨주게"라는 여음을 넣으면 어떤 내용의 사설이든 부를 수 있는 것이다.

정선아리랑이 폭넓은 지역에서 전승되었던 사정과는 달리 일제 강점기의 시에서 정선아리랑의 수용 자취는 드러나지 않았다. 그렇지만 광복 이후, 지역 아리랑이 지역의 문학예술과 문화의 중요한 성장 동력으로 재인식되는 가운데, 특히 정선아리랑은 시인에게 문학적 정체성을 확보하고 시적 상상력을 펼치는 데 중요한 문학적 원천과 바탕이 되었다.12)

먼저 정선아리랑(아라리)을 시로 집중 창작한 경우를 보자. 정선 출신의 신승근(1952~) 시인이 시집 『그리운 풀들』(둥지, 1989)을 엮으면서 「정선아라리」 연작시 9편을 발표했으며, 같은 지역 출신인 남지연(1953~) 시인이 역시 「정선아라리」 연작시조 40편을 시집 『내 인생 밭을 매면』(문학동해안시대연구소, 1991)에 올려서 발표한 바 있다. 또한 정선 출신으로 정선아리랑 연구자이자 시인인 진용선(1963~)은 「정선아리랑 학교」의 연작시 등 정선아리랑을 바탕으로 창작한 일련의 시를 모아 『아라리 정선아라리』(여명, 1992)를 발행했으며, 강릉 출신으로

11) 강등학, 「정선아라리의 민요생태와 문화적 의미」, 『한국민요학』 제23집, 한국민요학회, 2008. 8, 269~271쪽.

12) 정선아리랑을 수용한 현대시 작품을 파악하는 데 다음의 책에서 많은 도움을 받았다. 진용선, 『정선아라리』, 집문당, 1993, 185쪽; 나정순, 『우리 고전 다시 쓰기』, 삼영사, 2005, 354~355쪽.

정선에서 초등학교 교사를 했던 박세현(1953~) 시인은 시집 이름을 아예 『정선아리랑』(문학과지성사, 1991)이라 붙이고, 정선의 풍속과 풍경, 그리고 그곳 사람들의 생활상을 섬세한 서정으로 읊어냈다.

여기서 정선아리랑에 누구보다 관심이 깊었던 진용선의 시 「정선아리랑 학교」부터 읽어보자.

> 이놈아 아라리 좀 해봐
> 다그쳐도 서툰발로 도망치던
> 세살배기 아들 하림이도
> 솥뚜껑 두드리며 불렀다
> 아무도 가르치지 않았는데
> 쩡쩡 산울림에 귀익어
> 아리랑 아라리요
> 아리랑 고개를 잘도 넘어가는
> 아라리를 불렀다
>
> —진용선, 「정선아리랑 학교」에서13)

민요 정선아리랑은 억지로 배워서 부르는 노래가 아니다. 정선, 아니 강원도의 삶 속에서 자연스럽게 우러나오는 소리가 정선아리랑이다. 그러니 정선아리랑을 배울 학교가 어디 따로 필요하겠는가. 굳이 정선아리랑을 배우는 학교가 있다면 그것은 삶의 터 자체가 학교이다. 위 시의 표현처럼 아무도 가르치지 않았는데 "세살배기 아들 하림이도/솥뚜껑 두드리며" 부르는 소리가 정선아리랑이다. 진용선은 이런 정선아리랑의 자연스러운 생태를 시를 통해 말하고 있다. 이런 점에서 진용선의 위 시는 민요 정선아리랑에 밀착되어 있다.

신승근의 시 「정선아라리」는 이와 다른 차원에서 민요 정선아리랑을 만나게 한다.

---

13) 진용선, 『아라리 정선아라리』, 여명출판사, 1992.

아우라지 강뚝에 와서
굽이치는 물이 되어 휘돌아보라
가슴부터 하얀 자갈밭에 와서
맨발의 바람되어 머물러 보라
슬픔이 풀어져 안기는 산덜미로
그리움만 자욱하게 걸리는 숲으로
기우뚱 기우뚱 떠메가는 바람소리
하늘소리, 땅소리, 물소리를 들어서
검은 산 그리메에 처박아 보라.

—신승근, 「정선아라리」 일부[14)]

아우라지는 강원도 정선군 여량면에서 골지천과 송천이 합쳐져지는 지명이기도 하지만, 두 강물이 합치듯 '어우러진다'는 뜻을 가진 강원도 방언이기도 하다. 정선아리랑은 이 아우라지 뱃사공이 뗏목을 저으며 물소리, 바람소리와 함께 강원도 방언으로 풀어내는 소리이다. 위의 시에서 화자는 바로 아우라지 뱃사공이 불렀던 정선아리랑을 물, 바람, 숲이 어우러진 소리로 환기시키고자 한다. 그러나 그것은 자연과의 일체감에서 빚어지는 심미적 세계가 아니라 "슬픔이 풀어져 안기는 산덜미"와 "그리움만 자욱하게 걸리는 숲"으로 이끄는 비극적 서정의 세계와 만나게 한다.

정선아리랑의 사설들은 때로 인간의 본능과 욕정을 노래하기도 하지만, 삶의 고난에서 오는 푸념과 넋두리를 비극적 서정으로 풀어내는 것이 대부분이다. 그런데 위의 신승근의 시는 정선아리랑과 같은 비극적 서정을 읊고 있지만, 아쉽게도 그것은 삶의 구체성과 분리되어 시적 감동으로 충분히 다가오지 않는다. 박세현의 다음 시 「아라리」는 이런 점에서 신승근의 시와 차별성을 갖는다.

---

14) 신승근, 『그리운 풀들』, 둥지, 1989.

왜정 때 징용나간 낭군은 여태 그만이구요
사변통에 군대나간 맏이도 여태 그만이지요
하나 남은 핏줄마저 탄굴에서 달랑 그만이랍니다
묵밭 같은 얼굴로 살아가는 마음을 뉘라 알리요
가을밭에 수숫잎처럼 와삭대는 마음을 뉘라 알리요

—박세현, 「아라리」 전문[15)]

시 「아라리」는 서정의 형식에 이야기, 즉 서사를 농축하고 있다. 이 시의 화자는 일제 말기의 2차 세계대전과 6.25전쟁을 거치며 남편과 맏아들을 잃고, 하나 남은 자식마저 정선의 탄광에서 사지로 보낸 여인이다. 그런데 이런 여인의 기구한 삶의 이야기는 정선아리랑의 일반적 사설 구성 방식과 달리 이 시에서는 5음보 5행으로 변주되고 있다. 민요 정선아리랑은 일반적으로 4음보격 2행씩 구성된 사설을 여음을 사이에 두고 부르는 방식[16)]을 취한다. 물론 정선아리랑이 모두 그렇게 불리는 것은 아니다. 엮음아라리로 부르는 민요에서는 5음보격으로 된 사설이 얼마든지 가창될 수 있다.[17)] 시인은 4음보격 2행씩 구성된 민요의 고답성에서 일단 벗어나서 시의 서술성을 가능한 확보할 수 있는 범위에서 엮음아라리의 창법을 수용하여 5음보격 5행으로 사설을 확대했다. 그러면서 이 시는 정선아리랑의 반복적 리듬을 따르는 한편 민요의 공식화된 반복적 병행구문(parallelism)을 활용하고 있다는 점에서 정선아리랑과의 거리를 좁히고 있다. 이 점이 이 시의 특징이면서 아리랑의 율문 형식

---

15) 박세현, 『정선아리랑』, 문학과지성사, 1991, 26쪽.

16) 강등학은 정선아리랑의 율격을 3음보격과 4음보격 모두를 기본적인 율격구조로 인정하기도 하지만(『정선아리랑의 연구』, 집문당, 1988, 82쪽), 4음보격의 비중이 더 크다고 생각한다.

17) 강등학에 의하면, 엮음아라리는 창자가 필요한 만큼 사설을 촘촘히 엮어 나가다가 후반에 가서 긴아라리의 가락으로 되돌아오는 형식으로 구연된다고 한다. 강등학, 위의 책, 175쪽.

을 크게 벗어나지 못했다는 한계로 받아들여질 수도 있다.

정선에서 태어났거나 정선에서 살았던 시인들이 정선아리랑을 시로 다시 지어보겠다고 하는 욕망을 가지는 것은 사실 매우 자연스럽다. 그들은 누구보다 정선아리랑을 많이 들으면서 자랐고 또 정선아리랑을 잘 알고 있기 때문이다. 그런데 노래로 부르지 못하는 현대시에서 정선아리랑을 시로 다시 쓴다는 것은 자칫하면 정선아리랑의 소리가 주는 감동에 미치지 못하고 오히려 정선아리랑의 틀 속에 갇혀버릴 위험이 있는 것이다. 문학은 전통의 재인식과 발견을 통해 갱신되고 재창조되는 것을 요구한다면, 정선아리랑을 수용한 시는 정선아리랑에 젖줄을 대면서도 새롭게 갱신된 시적 지향을 보여줄 필요가 있다.

정선아리랑은 사실 정선 출신 시인들만의 전유물일 수가 없다. 정선 출신은 아니지만 많은 시인들이 정선아리랑을 시로 재탄생시키는 일을 했다. 고은, 권달웅, 김선굉, 나해철, 문인수, 박희준, 백우선, 신경림, 이상무, 이병욱(시조), 이영애, 장세현, 함성호, 홍오선(시조), 황금찬 시인 등이 정선아리랑을 모태로 한 시나 시조를 발표한 바 있다. 이들 시인의 시 중에서 고은과 나해철 시인의 시를 본보기로 삼아 차례대로 살펴보자.

정선아리랑 아우라지 강물에
거룻배 하나 떠 있다고
어찌 여기만 이 세상이냐
가는 데마다
가는 데마다
사람들은 세상 하나씩 가지고 살면서
다른 세상도 하나씩 가지고 있다가 버리는구나

정선아리랑 아리아리랑
내 극빈으로는 세상 하나하나 버릴 것도 없이

초라한 그림자 데리고 서울로 간다.

—고은, 「정선아리랑」 전문[18]

위의 시를 쓴 고은 시인은 전북 군산 출신이다. 민요의 소리권으로 말하면 그는 진도아리랑이 불리는 남도소리 권역에서 유년시절을 보냈던 시인이다. 그런 그가 시 「정선아리랑」을 남겼다. 우선 이 시는 제목과 달리 정선아리랑과의 상호텍스트성(intertextuality)을 찾아내기가 쉽지 않다. 제목과 작품 중에 '정선아리랑'이란 용어가 있기 때문에 민요 정선아리랑을 쉽게 연상하게 되지만, '아우라지'란 지명 외에는 직접적인 연결고리를 찾기는 어렵다. 그런데 이 시는 아이러니컬하게도 정선아리랑의 여음이 아니라 진도아리랑으로 불리는 "아리아리랑"의 여음이 들어있다. 시인이 시를 쓰면서 진도아리랑에 대한 선체험이 이 시를 쓰는 데 부지불식간에 개입되었다고 말할 수 있다.

고은의 시 「정선아리랑」을 좀 더 찬찬이 살펴보자. 김열규가 이 시를 꼼꼼하게 읽은 후 이 시에는 세 부류의 인간 존재가 있다고 이미 짚은 바 있다.[19] 즉, "아우라지 강물에/거룻배 하나" 가지고 있는 아우라지 뱃사공이 한 부류이고, "세상 하나씩 가지고 살면서/다른 세상도 하나씩 가지고 있다가 버리는" 사람들 —이들은 도시에서 모든 것 가지고 살다가 이곳 아우라지에 와서 마치 '다른 세상'인 도시는 버린 듯 하는 사람들이 다른 한 부류이며, "세상 하나하나 버릴 것도 없"는 극빈한 '나'가 마지막 한 부류이다. 이 시는 이들 서로 다른 부류의 인간들이 아우라지의 세계에서 보이는 삶의 간극을 포착하면서, 시의 화자는 '이 세상'인 아우라지 뱃사공이나 가진 것 많은 도시 사람들의 부류와도 구별되는 정신의 '극빈'과 초라함을 인식하고 있다. 그러나 이 겸손한 시적 자아의 인식은

18) 고은, 『조국의 별』, 창작과 비평사, 1984, 147쪽.

19) 김열규, 앞의 책, 252~253쪽.

따지고 보면 시적 화자가 아우라지 뱃사공과는 '다른 세상'에 사는, 서울 손님에 지나지 않는다는 점에서 상당히 과장되어 있다. '이 세상' 버리고 싶어도 버리지 못하고 극빈하게 살아가는 주체가 시적 자아가 아니라 오히려 아우라지 뱃사공이기 때문이다.[20] 따라서 이 시는 '정선아리랑' 이란 제목을 달고 있지만, 엉뚱하게 끼어든 진도아리랑의 여음과 다소 과장된 자기 겸손이 정선아리랑과의 정서적 연대를 느끼지 못하게 하는 요인으로 작용한다.

민요와 시 사이의 지나친 거리에 의한 부조화는 전남 나주 출신의 의사 시인인 나해철(1956~)이 쓴 「정선아라리요」에서도 드러난다.

절대 못 죽는 질긴 숨결
바위 틈 흐르는 물에
쓰디쓴 넋으로 띄우면
정선에 가 닿나요
아리랑 아리랑 아라리요

산골각시 물 따라 흐르는
서슬푸른 고운 한이
서리처럼 맺혀 얼면
살 저민 내 님
새벽빛 산불로 오실
정선에 가 닿나요
아리랑 아리랑 아라리요.

—나해철, 「정선아라리요」 일부[21]

---

20) 이런 점에서 고은의 시 「정선아리랑」은 신경림의 시 「아우라지 뱃사공—정선에서」(『달넘새』, 창작과비평사, 1985)와 매우 대조적이다. 신경림의 시에서 "산과 물이 지겨워 아우라지 뱃사공의 아내는/제 아들딸 두고 대처로 떠났다. /아우라지 뱃사공은 산과 물이 싫다./산과 물을 좋아하는 대처 사람이 싫다./…(중략)…/아우라지 뱃사공은 그들이 보는 세상의 눈이 싫다./정선아라리의 구성진 가락이 싫다."고 한 아우라지 뱃사공의 역설적 탄식이 오늘날의 현실에서 오히려 진솔하게 느껴진다.

위의 시 「정선아라리요」는 민요 정선아리랑의 여음을 부분적으로 차용하면서 각 연의 끝에 반복적으로 붙이고 있기 때문에 민요 정선아리랑과의 상호텍스트성을 쉽게 파악할 수 있다. 그렇지만 정선아리랑이 대체로 체험적 구체성을 토대로 임과의 사랑이나 이별을 시적 자아의 상대적 처지와 관련하여 노래하고 있는 사정과는 달리, 이 시는 임에 대한 그리움으로 정한에 사무친 시적 자아가 원혼의 귀향을 꿈꾸고 있다. 그리고 시적 자아의 사무친 그리움은 물과 불의 자연심상을 통해 절절하게 호소되고 있지만, 그것은 체험적 진실성보다는 추상적 사변(思辨)에 의한 독백으로 일관하고 말았다.

정선아리랑의 시적 수용이 민요 형식의 단순한 차용으로 성공적인 시를 만드는 것은 아니다. 정선아리랑의 리듬, 정서, 주제의식 등에 대한 충분한 공감을 바탕으로 하되, 그것은 오늘날의 삶과 역사에 대한 구체적 인식과 연결되도록 하면서 시의 미적 근대성을 새롭게 모색하고자 할 때 바람직한 민요의 시적 변용을 이룩할 수 있다는 점을 이상 검토한 시작품들을 통해 확인할 수 있다.

2. 진도아리랑의 수용과 시적 정체성

진도아리랑은 육자배기토리의 남도민요로 진도를 비롯하여 호남 전역에서 널리 불리는 아리랑이다. 20세기 초엽부터 널리 불리게 된 이 진도아리랑은 세마치장단이나 3분박 중모리장단 등에 맞추어 비교적 흥겹게 부르는 노래이다. 특히 "아리아리랑 쓰리쓰리랑 아라리가 났네/아리랑 응응응 아라리가 났네"라는 여음을 부를 때 저절로 어깨를 들썩이게 되고 흥겨움에 빠지게 된다.

정선아리랑에 미치지는 못하지만 진도아리랑을 수용한 현대시 작품

21) 나해철, 『동해일기』, 청사, 1987, 114~115쪽.

들도 여럿 찾을 수 있다. 진도 출신의 시인이자 소설가인 박상률(1958~)이 62편의 「진도아리랑」 연작시를 묶어서 『진도아리랑』(시와시학사, 2002)이란 시집을 내었으며, 해남 출신의 시인 김준태(1948~)의 「진도아리랑」, 광주 출신의 시인 곽재구(1954~)의 「대동세상 —진도아리랑」, 그리고 경북 영양 출신이지만 김선굉(1952~) 시인이 발표한 연작시 「진도 아리랑 1, 2」도 눈에 드는 작품이다.[22] 김준태와 박상률의 시를 통해 진도아리랑이 현대시에 수용된 모습을 보자.

①
막걸리 마신 힘인지 돌을 던진다
떨어지는 곳마다 흙냄새 흘러넘쳐
솜저고리 소매 걷어 올려 녹두 따는 처녀야
녹두를 따다가 버선발로 엎어지면
일으켜 주는 시늉하며 껴안아 보리라
추렴판에 고기 한 점 더 집어삼키다가
입씨름 끝에 오리나무 몽둥이 맞아
집어삼킨 한 점을 다시 토해 놓고서
녹두잎 푸르름 같은 너를 보러 왔다야
하늘 흐르는 천 갈래 만 갈래 햇살은
이젠 우리 것이 아닌 남의 것이란데
속눈썹 이슬 맺혀 고개 숙이긴 왜 숙여
전쟁통에 방아쇠 징 박힌 이내 손도
환장하게 부드러운 연보라 그대 옷고름
녹두콩 스민 듯한 적삼 속을 파고 들어
첫날밤 황촛불처럼 가만히 꺼져버리면
솜저고리 소매 내리고 달아나는 처녀야.

—김준태, 「진도아리랑」 전문[23]

---

22) 김선굉 시인은 「아리랑을 위한 서시」, 「정선아리랑」 연작시 12편, 「밀양아리랑」 연작시 3편, 「진도아리랑」 연작시 2편을 발표했다. 이들 작품들은 모두 시집 『아픈 섬을 거느리고』(둥지, 1988)에 실려 있다.

②
너는
천년 고향의 풋풋한 사내의
등짝에 척 들러붙어
두엄도 져 나르고
똥장군도 져 나르고
나뭇짐도 한 짐, 아니면
장에 갔다 돌아오는 뒷집 가시내
냇가 건네줄 때 태워준
지게, 지게의 짝이 되어
당당히 고향을 받치고 있어야 해
시멘트 바닥에
뾰족한 너의 다리 뭉그러지기 전에
어서 고향 지게 앞에 돌아가
맨땅에 너의 발을
힘있게 디뎌봐
육자배기 한 장단
너의 발끝에 걸쳐 봐

—박상률, 「지게작대기 -진도아리랑 · 24」 전문[24)]

①의 시 「진도아리랑」은 진도아리랑 특유의 여음이 개입되어 있지 않은 점, 2행씩 분절되지 않고 가사처럼 연속체로 구성된 점 등이 진도아리랑과의 상호텍스트성을 파악하기 어렵게 한다. 그러나 이 작품이 담고 있는 농촌 청년과 처녀의 풋풋한 사랑 이야기는 진도아리랑에서 노래되는 남녀 연정의 사설과 쉽게 접맥된다.

이 시의 화자이기도 한 농촌 청년은, "막걸리 마신 힘", "흙냄새", "방아쇠 징 박힌 이내 손" 등의 표현이 암시하듯이, 척박한 현실에서 온갖 고생을 하면서도 꿋꿋하게 흙을 지키며 살아가고 있는 건강한 청년상을

23) 김준태, 『참깨를 틀면서』, 창작과비평사, 1977, 100쪽.
24) 박상률, 『진도아리랑』, 한길사, 1991.

보여준다. 그리고 농촌 청년의 상대이면서 시적 청자로 설정된 처녀는 "솜저고리"를 입고 "속눈썹 이슬 맺혀 고개 숙이"고, "부드러운 연보라 그대 옷고름"을 맨, 아직은 수줍음을 떨치지 못하는 청순한 여성의 이미지로, 한국 농촌의 순박한 여성상을 전형화하고 있다. 이처럼 이 작품은 농촌 현실의 애환을 바탕에 깔고 있으면서도, 이를 건강하고 순박한 농촌 청년과 처녀의 사랑으로 승화시키고 있는 것이다. 진도아리랑을 비롯한 민요 아리랑이 남녀의 사랑과 이별, 그리고 그 정한의 맺힘과 풀림을 노래하고 있듯이, 이 작품 역시 남녀의 연정과 정한을 진솔하게 노래하고 있다.

박상률 시인은 유년시절 고향 진도에서 숱하게 들었을 진도아리랑의 가락을 현대시로 되살리는 한편 진도의 역사와 진도 사람들의 삶을 곡진하게 담아냄으로써 시인의 개성적인 시세계를 구축하고자 했다. 「왕무덤재 —진도아리랑 · 18」에서 삼별초의 비극적인 최후와 연결되어 있는 진도 고유의 지명 '왕무덤재'를 시적 소재로 삼으면서, 역사의 재인식을 통해 민족의 넋과 한을 진도아리랑으로 풀어내고자 했으며, 위 ② 의 시 「지게작대기 —진도아리랑 · 24」에서는 지게작대기를 의인화된 청자로 설정하여 고향의 삶에 대한 강한 애착심과 향수를 불러일으키도록 했다. 말하자면 이 시에서 지게작대기는 단순한 토속적 소재가 아니다. "당당히 고향을 받치고" 있던 지게작대기는 고향의 지킴이이고 고향의 자존심으로 상징화되어 있다. 그러면서 힘든 삶의 역정에서도 "육자배기 한 장단"에 지게목발을 발끝에 걸치고 두드리며 온갖 시름을 노래로 털어내었던 바로 그 진도아리랑에 다름 아니었다. 이 시가 진도아리랑의 여음이나 사설 구절을 직접 차용하고 있지는 않지만, 지게작대기에 대한 시적 발상은 진도 사람들이 고향의 '맨땅'을 지키며 힘들게 살아오면서 겪었던 삶의 온갖 애환을 진도아리랑으로 풀어내었던 것과 묘하게도 조우되고 있다고 말할 수 있다.

여기서 아리랑을 수용한 현대시는 아리랑으로 불렀던 상투적 사설과 가락에 더 이상 연연해 할 필요는 없다. 당연히 새롭게 짓는 아리랑의 시는 오늘날 우리들이 겪는 삶의 애환과 갈등을 담아내고 풀어내면서 호소력 있는 작품으로 독자들에게 감동을 주도록 해야 한다. 그렇지만 아리랑을 수용한 시는 아무래도 도시의 차가운 '시멘트 바닥'에서 부르는 노래와 어울리지 않는다. 아리랑이 '맨땅'의 노래였던 것처럼, 아리랑을 수용한 시도 '맨땅'의 힘과 기운을 받은 노래일 때 한층 더 호소력을 가질 것이다. 그래야 우리의 원초적이고 집단적인 정서와 심혼에 자극을 주는 고향의 노래, 역사의 노래, 민족의 노래가 되는 아리랑의 시가 되지 않을까 한다.

3. 아리랑 시의 확대와 재창조

정선아리랑, 진도아리랑, 밀양아리랑을 수용하여 시를 창작한 경우처럼, 지역 고유의 아리랑을 적극 수용하여 자신의 시적 정체성을 확보하고자 하는 시인도 있지만, 아리랑을 수용하여 새로운 지역 아리랑을 시로 창작할 수도 있다. 김희철의 「제주 아리랑」은 이러한 예의 좋은 보기이다.

> 가지 맙서 가지 맙서게
> 날 내부렁 가지 맙서.
>
> 살아도 ᄒᆞᆫ 배 타곡
> 죽어도 ᄒᆞᆫ 배 타야주
> 날 내부렁 가젠 햄수광.
> ᄋᆞᆯ마 ᄋᆞ성 폭낭엔 폭이 익곡
> ᄇᆞ람도 자젠 허는디

그냥 가불젠 햄수광.

재열도 부르당 부르당
가슴 터지곡 등 멜라지는디
혼즌 가 불 거우꽈.

가지 맙서 가지 맙서게
가키글랑 나도 둘앙 갑서.

—김희철, 「제주 아리랑」 전문[25)]

이 시는 민요 아리랑에서 흔히 채용되고 있는, 이별하는 임을 붙잡고 애원하는 사설을 제주 방언으로 전환하고 있는 작품이다. 우선적으로 관심을 끄는 점이 현대시에서 익숙한 표준어를 사용하지 않고 의도적으로 제주의 방언을 시어로 사용하고 있다는 점이다. 시의 언어를 '낯설게 하기'의 미학적 전략으로 삼았기 때문이기도 하지만, 제주의 토속적 정서를 효과적으로 나타내면서 제주 특유의 민요가 갖는 언어적 정체성을 의도적으로 확보하고자 한 것으로 파악된다. 김희철의 「제주아리랑」은 제주 방언의 특색 있는 사용과 시적 상상력을 통해 제주에 없던 아리랑을 현대시의 위상에서 새롭게 창작했다고 말할 수 있다. 이런 점에서 이 시는 독자성을 지니며, 시인의 시적 정체성을 마련하는데 일조를 했다.

곽재구 시인의 「전장포 아리랑」, 「곡수 아리랑」은 아리랑을 수용한 지역 아리랑 시의 또 다른 확대를 보여준다. 시 「전장포 아리랑」을 보자.

아리랑 전장포 앞 바다에
웬 눈물 방울 이리 많은지
각이도 송이도 지나 안마도 가면서
반짝이는 반짝이는 우리날 눈물 보았네

---

25) 김희철, 『끝나지 않는 제주 아리랑』, 다층, 2000, 29쪽.

보았네 보았네 우리나라 사랑 보았네
재원도 부남도 지난 낙월도 흐르면서
한 오천 년 떠밀려 이 바다에 쫓기운
자그맣고 슬픈 우리나라 사람들 보았네
꼬막 껍질 속 누운 초록 하늘
못나고 뒤엉킨 보리밭길 보았네
보았네 보았네 멸치 덤장 산마이 그물 너머
손가락만 스쳐도 울음이 베어나올
서러운 우리나라 앉은뱅이 섬들 보았네
아리랑 전장포 앞 바다에
웬 설움 이리 많은지
아리랑 아리랑 나리꽃 꺾어 섬그늘에 띄우면서

—곽재구,「전장포 아리랑」전문[26)]

위의 시에서 '전장포'는 전남 신안군 임자도의 한 조그만 포구이다. 그런데 여기서 전장포는 임자도의 조그만 포구에 한정되지 않는다. "아리랑 전장포"로 아리랑과 전장포는 동일시되고 있을 뿐만 아니라, 시의 화자가 "'반짝이는 반짝이는 우리나라 눈물 보았네/보았네 보았네 우리나라 사랑 보았네"라고 했듯이, 전장포는 우리나라를 환유(換喩, metonymy)한다.[27)] 따라서 전장포의 눈물이 우리나라 눈물이고, 전장포의 사랑이 우리나라 사랑이다. 이 우리나라의 눈물과 사랑은 "한 오천 년 떠밀려 이 바다에 쫓기운/자그맣고 슬픈 우리나라 사람들"로 "꼬막 껍질 속 누운 초록 하늘"이기도 하고 "못나고 뒤엉킨 보리밭길"이기도 하다. 여기서 전장포는 오랜 세월 속에 떠밀리고 쫓기며 살았던 우리나라 사람들의 슬픈 역사이며 자연이다. 사실 아리랑도 그랬다. 민요 아리랑은 그 자

26) 곽재구,『전장포아리랑』, 민음사, 1985.

27) 이때의 환유는 제유(提喩)를 포함하는 개념이다. 엄격히 말하면 부분이 전체를 대신하는 제유(提喩)에 해당한다.

체 서정의 노래이지만, 그 노래에 내밀하게 농익은 사설들은 우리의 삶과 역사의 애환이 놓인 서사를 응축하고 있을 뿐만 아니라 우리의 자연 생태의 만화경을 보여주고 있는 것이다. 시 「전장포 아리랑」은 이런 점에서 지역의 아리랑을 확대하면서 현대시로 재창조된 것이다.[28)]

현대시에서 사실 정선아리랑, 진도아리랑 하며 굳이 지역을 갈라 시의 특성을 말하는 것은 민요 아리랑의 수용적 특성을 편의상 말하기 위한 것에 지나지 않을 수도 있다. 오늘날 현대시는 개방성과 자유로움을 특징으로 한다고 할 때, 아리랑을 수용하더라도 그것이 특정 지역의 아리랑에 제한될 필요는 없다. 아리랑은 지역을 떠나서 이미 민족의 대표적인 민요로 인식되고 있기 때문이다. 여기서 아리랑을 수용한 정공채(1934~2008)의 「아리랑」, 강은교(1945~)의 연작시 「아리랑」, 문정희(1947~)의 「새 아리랑」을 차례대로 살펴보자.

아무리 잘 살아도 제 마음 속일 수야
아무리 못 살아도 제 八字 버릴 수야

아리랑 아리랑 아라리요
아리랑 고개를 넘어간다

해 뜨면 꽃 볼 거냐
달 뜨면 님 볼 거냐
아리랑 아리랑 긴 아리랑.

발목이 삔 새는 날개쭉지 내리고
힘 꺾인 장사는 어깨쭉지 내리네.

---

28) 시인이 고향이나 특별한 장소 체험을 민요 아리랑의 가락이나 정서로 나타내고자 한 경우로 정덕자의 시집 『부산아리랑』(세종출판사, 2001)을 추가로 들 수 있다. 그러나 시 작품이 아마추어리즘에서 크게 벗어나지 못한 것으로 판단하여 논의의 대상에서 제외했다.

아리랑에 스리랑
스리랑에 아리랑
人生도 열두 고개 잔별도 많구나.

—정공채, 「아리랑」 부분[29)]

위의 시는 아리랑의 수용 모습이 현저하게 드러나는 작품이다. 어떤 아리랑이 수용되었는가를 굳이 따진다면, 작품의 구절에 있는 '긴아리랑'을 참조한다면 경기긴아리랑을 바탕으로 창작한 작품이라 말할 수 있다. "아리랑 아리랑 아라리요/아리랑 고개로 넘어간다"는 경기긴아리랑의 전형적인 여음을 여러 형태로 변화시켜 활용하고 있을 뿐만 아니라 아리랑 사설의 중요한 특징인 반복적 대구 형식과 관용어구(formula)를 활용하거나 차용하고 있다. 그리고 이 시는 각편(version)이 비유기적으로 불리는 아리랑의 특성을 온전히 물려받아 한 가지 주제로의 집중을 보여주지 않고 있다. 이런 점에서 이 시는 아리랑에 방불한 또 다른 아리랑을 현대시 작품으로 창작했다고 하겠다. 그러나 고려 말 이규보(李奎報)나 최자(崔滋)가 비판했던 용사론(用事論)을 참고하여 말한다면, 이 시는 민요 아리랑을 환골탈태(換骨奪胎)한 단계를 충분히 벗어났다고 보기 어렵다. 이규보나 최자는 시인은 용사의 기교주의에서 벗어나 본질적으로 시인의 개성을 추구하는 신의(新意)를 표현한 시가 되어야 한다고 했다.[30)] 이런 견해는 현대시에도 적용될 수 있다. 민요 아리랑을 수용한 시가 아리랑의 단순한 모방에 머물러서는 안 되며, 궁극적으로 시인의 개성적인 관점과 표현을 추구한 신의의 시가 되어야 바람직하다고 말할 수 있기 때문이다.

강은교의 「아리랑」 연작시 중에 「아리랑 —지렁이의 노래」, 「아리랑 —돌 노래」의 경우를 보자.

---

29) 정공채, 『아리랑』, 오상출판사, 1986, 109~110쪽.

30) 전형대 외, 『한국고전시학사』, 홍성사, 1979, 74~82쪽.

①
지렁이가 흐느끼네
눈물도 없이
눈물도 없는 발 아래서
어둠 덮어쓴
시간의 아이들이 흐느끼네

지렁이의 살은
산의 숨이네
지렁이의 껍질은
산의 뼈이네
잡풀에 누워 별들은
속절없이 바람에 날리고

—강은교, 「아리랑 —지렁이의 노래」 중에서

②
우는 돌이 자꾸 모여들고 있네
모래알도 껴안아
잡풀도 껴안아
갈까부다 이제 갈까부다
바람이 소리치네 우는 돌 향해
힐끗힐끗 소리치네
개울이 강물이 되듯이
강물이 바다가 되듯이
오늘은 비
눈물 쏟으며
천지사방 어둠 낳으며

—강은교, 「아리랑 —돌 노래」 중에서[31)]

강은교의 「아리랑」 연작시는 지렁이, 돌, 소나무, 머리카락, 혼맞이, 가랑잎 등 미물이거나 무관심의 대상에 관심을 표명하면서 한 가지씩

31) 이상 ①, ②는 『우리시대의 한국문학 · 16』, 계몽사, 1991에 수록되어 있음.

섬세한 관찰을 하고 있는 특징을 보인다. 위의 두 시는 속절없이 그리고 발도 없이 기어가고 있는 지렁이와 바람과 비, 그리고 끊임없이 흐르는 개울물에 부대끼고 있는 돌을 포착하고 있다. 그런데 언뜻 보아서 이 시의 이름을 왜 '아리랑'이라 했는지 알기 어렵다. 민요 아리랑의 여음이나 사설의 수용 흔적도 드러나지 않는다. 그럼에도 왜 아리랑 이름을 달고 아리랑을 떠올리게 하는 것일까? 그것은 바로 지렁이와 돌과 같은 미물에 대한 관심, 그 소외된 존재들의 흐느낌을 시인은 일심동체가 되어 사랑과 호소로 노래하고 있기 때문일 것이다. 아리랑이 장삼이사(張三李四)의 서민들이 부르는 노래이고, 소외된 그들의 심사를 표출하는 노래였듯이 이 시도 소외된 미물들의 아리고 쓰린 존재성을 노래하고 있는 것이다.

문정희의 시 「새 아리랑」도 강은교의 시처럼 소외된 존재들의 한을 노래한다는 점에서 상통하는 점이 있다. 그러나 이 시는 소외된 존재들에 대한 시선이 폭넓게 확대되면서 궁극에 가서는 "허리 구부리고 울던 흰옷들의/쓰라린 사랑"을 노래하는 것으로 맺어진다.

기를 쓰고 피어나는 이 땅의 풀들
저 눈 밝은 것들은 알랴

떠나는 발자국이 님인 것을
돌아오지 않는 것이 님인 것을
그래서 더 보고 싶은 것이
우리 님인 것을
아리랑 고개로 넘어간 님을 기다리며
밭고랑처럼 길고 긴 생애를 사느니

세상에는 없는
고무신 같은

된장국 같은
백자 항아리 같은
기막힌 이 사랑을 누가 알랴

……(중략)……

홀로 푸른 하늘 바라보면서
푸른 하늘 굽이굽이 새겨둔 서름
바라만 보아도 말갛게 차오르는 눈물

질경이 같은
엉겅퀴 같은
뙤약볕 같은
어지럽고 슬픈 살냄새
허리 구부리고 울던 흰옷들의
쓰라린 사랑이여

천굽이로 살아나는
아리랑이여

—문정희, 「새 아리랑」에서[32)]

이 시에서 '님'은 다분히 민족을 내포한다. "허리 구부리고 울던 흰옷들"에서 이 점이 분명해지지만, 임과의 사랑과 연결된 비유적 이미지들, 예컨대 고무신, 된장국, 백자항아리, 질경이, 엉겅퀴, 뙤약볕 따위가 민족의 자연 생태를 그대로 드러내는 것들이기 때문이다. 시인은 이 민족의 자연 생태를 보여주는 이미지들을 서러움과 눈물로 얼룩지는 "기막힌 이 사랑"의 작은 분신들로 보지만, 그러나 그것들은 "천굽이로 살아나는/아리랑"처럼 질기고 모진 삶에 대한 애착을 보여주는 것으로 매우 소중하게 형상화되고 있다. 따라서 이 시에서 "아리랑 고개로 넘어간

32) 문정희, 『어떤 사랑에게』, 미래사, 1996, 92~95쪽.

님"은 "밭고랑처럼 길고 긴" 고난의 생애와 역사를 견디고 살아온 민족인 것이며, 시인은 시를 통해 민족의 노래인 아리랑을 새롭게 구성해보고자 한 것이다.

이상의 시작품들에서 민요 아리랑은 새로운 지역 아리랑의 시로 구축되는 원동력이 되기도 했으며, 소외된 존재들에 대한 관심과 애정을 노래하거나, 그 시야가 확대되어 민족의 자연 생태와 끈질긴 삶의 역정을 재인식하면서 이를 서정적으로 담아내는 시로 그 생명력을 이어가고 있었다.

Ⅲ. 아리랑의 서사, 시사시의 아리랑 수용

민요 아리랑은 그 자체 서정 갈래에 속하지만, 그 속에는 우리 민족의 삶과 고난의 역사를 농축하고 있는 노래이다. 말하자면 우리 민족의 서사가 응축된 서정의 대표적인 노래가 민요 아리랑이다. 그런데 민요 아리랑은 현대의 서정시에 많은 자양분을 공급하기도 했지만, 언제든지 그 응축된 서사를 풀어놓는 서사 갈래나 극 갈래와 만나기도 했다. '아리랑'의 표제를 단 많은 소설 작품과 희곡, 영화 등이 있는 것[33]이 그것을 방증한다.

그러면 현대시의 경우에는 민요 아리랑이 서사와 만나는 경우는 없는가? 즉, 아리랑 수용의 서사시는 없는가이다. 서사시의 갈래는 아니지만, 시간의 연속성을 기초로 삶의 과정과 사건에 관심을 두면서 이야기, 즉 서사를 담은 서술시(Narrative Poetry)[34]로 이미 논의한 바 있는 김준태

33) 박민일이 아리랑과 관련된 문학, 음악, 영화, 연극, 무용, 미술, 스포츠, 문학, 지역축제, 각종 언론매체의 기사와 보도, 일상생활의 용품 등의 자료를 모아서 간행한 바 있다. 박민일, 『아리랑 자료집 1』(강원대 출판부, 1991)과 『아리랑 자료집 2』(강원대 출판부, 1993)가 그것이다.

의 「정선아리랑」과 신경림의 「아우라지 뱃사공 —정선에서」와 같은 작품들이 서술적 서정시 작품들이다. 그리고 장세현(1968~)의 「떠돌이 정선아라리」[35]는 전체 70행에 이르는 장시로 서사가 개입된 서술시 작품으로 주목된다. 이 시는 정선아리랑으로 흔히 부르는 각편 사설들을 틈틈이 개입시키면서, 정선 아우라지에서 태어나 건달로 살다 일본을 거쳐 팔도 장돌뱅이로 떠돌다가 끝내는 가마골 산골로 들어온 한 늙은 이의 생애를 1인칭 화법으로 서술하고 있다. 그런데 이 시는 인물들 사이의 갈등과 대화가 없이 1인칭 서술 주체이자 화자인 주인공의 생애와 생각을 청자로 설정된 독자에게 일방적으로 서술하고 있다는 점에서 주관성이 강한 서술적 서정시의 범주에 놓인다. 그렇지만 이 시는 민요 아리랑이 서사시로 전환될 수 있는 가능성을 보여준 중요한 작품이었다고 말할 수 있다.

아리랑의 서사시로의 전환은 송수권(1940~) 시인의 서사시 「달궁아리랑」(2010)[36]을 만나면서 비로소 구체적으로 확인하게 된다. 총 27장으로 구성된 장편서사시 「달궁아리랑」은 아리랑 서사시로 만나는 첫 작품이면서, 빨치산의 숨은 이야기를 처음으로 다룬 서사시 작품이기도 하다. 시인은 이 시에서 빨치산이 되어 지리산과 섬진강을 넘나들며 살았던 달궁 에미, 피아골 뱀노인, 노고할미의 손자 윤판이 등 실존인물들의 기구한 삶의 이야기를 전신자로서의 '나'를 통해 속속들이 전달하고 있다. 그런데 아리랑의 이야기가 왜 달궁아리랑이고 빨치산 이야기인가? 달궁은 전북 남원시 산내면에 속한 지리산의 한 작은 마을이지만, 시인은 이 달궁마을의 이야기를 하자는 것이 아니다. 달궁은 빨치산이 살았던 지리산, 아니 한반도의 환유일 뿐이다. 따라서 달궁아리랑은 지

34) 김준오, 『시론』(제4판), 삼지원, 2000, 91~100쪽.

35) 장세현, 『거리에서 부르는 사랑노래』, 한길사, 1991, 125~128쪽.

36) 송수권, 『달궁아리랑』, 종려나무, 2010.

리산 이야기이고 나아가서 한반도를 주유하며 끈질기게 버텼던 빨치산들의 이야기, 곧 우리 역사의 아리고 쓰린 이야기이다. 시인에 의하면 이 시에서 이야기하는 인물들은 남북 이데올로기와는 무관한 중음자(中陰者)들로서의 경계인(境界人)들이다.[37] 그래서 시인은 이렇게 말한다. "남북분단 대치상황에서 본다면 우리 삶도 시도 반쪽짜리 삶이라는 엄정한 현실과 미래적 한반도의 역사적 복원은 무엇인가를 물음으로 던지고, 통일한국 100년을 내다보는 중음자들의 삶으로 남은 그 극복 대안으로서 <빨치산>은 무엇인가를 물음으로 던져보는 시다"[38]라고 했다. 시인은 통일한국 그 미완의 역사에서 오히려 남북 이데올로기에 희생된 빨치산 사람들의 숨겨두고 묻어두었던 뼈아픈 이야기들을 아리랑으로 풀어내고자 했던 것이다.

서사시 「달궁아리랑」은 이렇게 시작한다.

이곳은 먼 삼한 적 하늘 밑의 집 자리
우리들 울을 쳤던 집 자리
하늘은 몇 번이나 푸르렀다 개었나
주춧돌은 또 몇 번이나 갈아 끼워 이끼 슬었나
우리 텃노래인 단동치기檀童治基 노래 속에
살아 있는 마을
노고단 반야봉에 달이 뜰 때마다 쳐다보고
집 나간 아이 기다리며 불렀던 노래
시상 시상 달궁
섬마 섬마 달궁

세상에 태어났으니 세상 구경 다하고
본분을 찾아

37) 송수권, 위의 책, 231쪽.
38) 송수권, 위의 책, 230쪽.

하늘을 섬기는 노래,
세상에 태어났으니 걸음마로
똑바로 서라는 노래

잼잼 잼잼 달궁
도리 도리 달궁

세상에 손을 쥐고 주먹을 내밀어
기고만장 기운차게 살아가라는 노래
도리를 깨달아 도리대로 살아가라는 노래

달궁마을!

이 시는 이처럼 단동치기 노래가 들리는 달궁마을 이야기로부터 시작된다. 여기서 단동치기 노래는 단군조선 때부터 아이들을 키울 때 불렀던 노래라는 시인의 각주가 별도로 붙어 있다. 그런데 이 단동치기 노래는 단순히 아이들을 어르는 동요로만 기능하지 않는다. 시의 표현대로 "기고만장 기운차게 살아가라는 노래/도리를 깨달아 도리대로 살아가라는 노래"로 달궁마을 사람들의 의지적 태도와 삶의 목표를 환기시킨다. 이와 같은 단동치기 노래는 이 시에서 중간 중간, 그리고 시의 끝부분에 개입되면서 매우 중요한 의미화의 표지로서 기능한다. 단동치기 노래만이 아니다. 사발가, 노랫가락, 달 타령, 각설이타령 등의 민요, 판소리, 무가, 그리고 구지가, 동학가사 등이 이야기의 틈틈이 끼어들면서 이야기와 혼효되어 의미화된 사설로 표현된다. 그러나 정작 제목으로 단 아리랑의 여음이나 사설이 이 시에서 드러나지는 않는다. 빨치산들의 삶의 갖가지 애환을 노래하는 것 자체가 민족의 애환을 노래하는 아리랑에 상응하는 것으로 시인은 생각했으리라.

이 시는 지리산 달궁마을에서 시작하여 빨치산 이현상을 중심으로 김지회, 지창수, 뱀잡이 노인 설창수, 조경순, 하순임 등의 이야기가 모두 끝나고, 시의 화자인 '나'는 빨치산이 살았던 지리산이 과연 우리에게 무엇인지, 무엇이었는지 의미심장하게 물으면서 마무리된다. 이 과정에서 단동치기 노래는 다시 불러지고, 빨치산의 원혼들이 잠든 지리산 달궁으로 "우리 다함께" 가자고 말하며 끝난다. 이 시의 마지막 장인 「달궁 아리랑 27」의 끝부분을 보자.

> 오늘은 뱀노인과 함께 뱀 망태를 짊어지고
> 이현상의 산처山妻 하순임이 마지막 걸었던
> 하산 길
> 불무장등 능선을 따라 내려오다가 구상나무 고사목지대의
> 큰나무 등치며 잔가지들 끝에
> 주저리 주저리 늘어붙은 나비 떼들을 만났다.
> ……(중략)……
> 아, 나비잠, 나비꿈, 나비물결, 나비들의 폭풍이여,
> 하늘이 울어도 울지 않는 산
> 오늘은 호랑나비 떼 잠 깨워
> 훨훨 나비물 뿌리며
> 소근개의길
> 소곤소곤 봄비 따라
> 우리 다함께 달궁 가자.

이 부분에서 시의 화자는 빨치산의 비극적인 이야기를 묻어둔 지리산 하산길에서 나비잠, 나비꿈, 나비물결의 환상을 묘사하고 있다. 여기서 빨치산의 이야기가 비극적 아름다움의 세계로 전환되는 이유에 대해서 이 시는 더 이상 말하고 있지 않다. 시인은 이 시집이 좌우 이데올로기의 이념을 뛰어넘는 시집으로 남기를 바란다고 말했지만, 여전히 지속되고 있는 남북 분단의 대치 상황에서 시인의 소망은 쉽게 실현되기 어려워 보인다.

어떻든 이 「달궁아리랑」은 아리랑 서사시의 첫 작품으로 의의를 지니면서 앞으로 또 다른 아리랑 서사시의 창작에 중요한 초석을 놓았던 작품으로 기록될 것이다. 민요 아리랑은 구비시가로서 한민족의 노래를 대표한다는 차원을 넘어서 시, 소설, 희곡, 영화, 음악, 미술 등 실로 다양한 영역의 문학예술로서 아리랑의 저력과 힘을 발산시키며 아리랑문화로서의 면면한 맥을 형성해 왔다.

Ⅳ. 결론

이 글은 민요 아리랑이 독자적인 구비전승의 노래문화를 형성하는 한편 시대와 환경의 변화에 능동적으로 반응하며 새로운 문학문화와 예술을 창조하는 토대로 기능해 왔다는 점을 전제로, 특히 현대시에서 민요 아리랑의 수용 양상과 그 의미를 살펴보았다.

광복 이전 아리랑이 본조아리랑인 경기아리랑을 중심으로 비교적 고답적인 형식의 틀 속에서 근대시에 수용되었다면, 광복 이후 아리랑은 정선아리랑, 진도아리랑, 밀양아리랑 등 여러 지역의 아리랑을 중심으로 현대시에 다양하게 수용되는 특징을 보여주었다.

첫째, 정선아리랑을 수용한 현대시 작품들을 가장 많이 찾을 수 있었다. 정선 출신이거나 정선과 연고를 가진 시인들의 시는 물론이고 정선과 직접적 연고는 없지만 여러 시인들이 정선아리랑을 수용한 시작품들을 발표했다. 시인들의 지역 사랑과 정선아리랑에 대한 문화적 연대의식이나 관심이 다른 지역 아리랑의 경우보다 높았기 때문이 아닌가 한다. 그런데 정선과 연고가 있는 시인들의 시작품들 중에서 정선아리랑의 시적 생동감과 정서를 잘 살리는 작품들이 더 많았다. 진용선의 시는 정선아리랑에 대한 생태학적 상상력을 보여주었고, 신승근의 시는 삶의 구체성과 만나지 못한 한계는 있었지만 비극적 서정의 세계를 감각적으로 잘 묘사했다. 그리고 박세현의 시는 정선의 풍속과 세태, 그리고 생활상을 노래하면서 때로는 압축된 서사로 역사적 상상력을 발휘한 작품을 시도했다. 이에 비해 정선 밖의 이방인 시인들, 이를테면 고은이나 나해철의 시에서는 정선아리랑의 리듬과 정서를 제대로 살리지 못하거나 사변적인 관념이나 환상을 보여주는 한계를 지니고 있었다. 이는 정선아리랑의 리듬, 정서, 주제의식 등에 대한 충분한 이해를 바탕으로 한 시가 그렇게 하지 못한 시보다 민요의 생동감을 더 잘 살리면서 시적 공감을 얻을 수 있음을 확인하게 했다

둘째, 진도아리랑을 수용한 시작품들도 상당수에 달했는데, 김준태와 박상률 시인의 시작품들이 특히 주목되었다. 김준태의 시는 진도아리랑을 통해 집중 불리는 남녀 연정의 사설을 구체적 삶의 현실과 결부시켜 그것을 서술적 문맥에서 재구성하여 그 맺힘과 풀림의 역동성을 잘 형상화했으며, 박상률은 진도아리랑의 여음을 적절하게 활용하면서 진도의 역사와 진도 사람들의 삶을 곡진하게 담아냄으로써 개성적인 시세계를 구축하고자 했다.

셋째, 특정 지역의 아리랑을 수용한 경우는 아니지만, 김희철과 곽재구의 시는 아리랑의 언어와 정서를 살려 새로운 지역 아리랑의 시를 창출함으로써 아리랑을 토대로 한 시적 상상력의 확대를 보여주었다. 그리고 강은교의 아리랑 연작시에서는 소외된 존재들에 대한 관심과 애정을 노래했으며, 문정희의 아리랑 시에서는 민족의 자연 생태와 끈질긴 삶의 역정을 아리랑의 가락과 정서로 담아내고자 했다.

넷째, 아리랑에 농축된 서사를 서정시의 문맥에서 되살리는 서술시 작품들도 있었지만, 서사시로의 전환을 처음으로 시도한 작품으로 송수권의 「달궁아리랑」이 주목되었다. 물론 이 시에 앞서 장세현의 「떠돌이

정선아라리」가 아리랑의 서사적 전환에 징검다리 역할을 했다고 하겠지만, 이 시는 비로소 아리랑 서사시로 만나는 첫 작품이면서 빨치산들의 숨은 이야기를 장편서사시로 풀어낸 첫 작품이기도 하다. 시인은 이 서사시가 빨치산들의 아리고 쓰린 이야기를 담아내면서 아리랑처럼 이념의 장벽을 넘어 미래의 통일한국을 꿈꾸는 시로 기록되기를 소망했다. 이 시를 통해 민요 아리랑이 현대 서정시에만 그 젖줄을 대고 있었던 것이 아니라 서사시로의 새로운 전환과 확대를 이룩할 수 있었음을 확인하게 되었다.

이상에서처럼, 현대시에서 민요 아리랑은 지역 아리랑 시로 크게 확대되고 민족시로서의 다양한 국면을 발전적으로 추구해간 성과를 보여주었다. 그렇지만 아리랑에 대한 공감을 충분히 마련하지 못한 바탕에서 아리랑의 섣부른 수용은 아리랑의 고답적 형식에 대한 집착을 보여줄 수도 있으며, 아리랑의 대중성에 지나치게 의존하여 단지 명칭만 '~아리랑'인 작품이 될 수도 있다는 점도 반성적으로 성찰할 수 있었다.

현대시의 논개 설화 수용 양상

Ⅰ. 서론

구비문학은 기록문학과 상호 교섭하는 가운데 기록문학을 수용하여 자체 변화하기도 하지만, 기록문학으로 수용되어 때로는 기록문학의 창조적 변화에 크게 기여하기도 한다. 우리의 많은 고전문학 유산 중에는 이렇게 구비문학과의 상호 교섭을 통해 이룩된 작품들이 매우 많다는 것은 이미 잘 알고 있는 사실이며, 현대의 문학예술 영역에서도 구비문학은 새로운 문학예술 형성의 중요한 밑거름이 되어 왔다.

이 글에서 필자는 논개(論介) 설화를 수용한 현대시 작품들을 집중 검토하고자 한다. 특별히 논개 설화를 선택한 까닭은 논개 설화가 부산경남지역은 물론이고 전국적으로 비교적 잘 알려진 인물 설화이면서, 논개 설화를 수용한 현대시 작품들의 사례가 비교적 풍부하면서도 다양하기 때문이다.[1] 그리고 논개 설화를 수용한 현대시 작품들에 비록 논의

1) 필자는 「논개 인유시의 양상과 의미」, 경성대 향토문화연구소 편, 『논개사적연구』(신지서

가 한정되지만, 논의의 결과와 의미는 다른 대상과 사례의 논의에도 통용되거나 응용될 수 있을 것으로 본다.

논개 설화를 수용한 현대시는 논개 설화와 관련된 사적(事蹟)을 중요한 참고의 틀로 삼는다. 말하자면 논개 사적을 참조한 논개 인유의 시작품들이다. 그런데 논개 인유시는 논개 사적이 지닌 본래의 역사적 의미를 반복하는 경우도 있지만, 인유에 의한 시 텍스트의 문맥에서 그 의미는 흔히 확대, 변형, 재생산된다. 문제는 이렇게 시 텍스트에서 재생산되는 의미이다. 이는 근본적으로 수용 또는 인유의 원천인 원텍스트, 즉 논개 설화를 어떠한 방식과 의도에 따라 참조하느냐에 따라서 텍스트의 의미는 다양하게 생성될 수 있다. 여기에 시 텍스트의 장르적 성격이나 텍스트가 생산되는 시점과 공간상의 문제가 개입되는 것은 물론이다. 논개 설화 수용의 논개 인유시를 검토하면서 주목하고자 하는 바가 바로 새로운 텍스트에서 생산되는 의미인 것이다.

Ⅱ. 논개 설화의 두 양상과 화소의 의미

논개는 역사 속의 인물이면서 역사를 초월한 인물로도 존재한다. 역사 속의 인물인 논개는 임진왜란(壬辰倭亂)이 한창이던 1593년 제2차 진주성(晉州城) 전투에서 꽃다운 나이로 의로운 죽음을 택하여 생을 마감했

원, 1996), 325~361쪽에서 민요, 시조, 가사, 근 · 현대시 작품들을 두루 조사하여, 논개 설화의 시적 형상화가 어떻게 이루어졌는지 그 양상과 의미를 파악한 바 있다. 그리고 논개 설화를 수용한 현대시 작품들을 한층 확대하되, 광복 이후 시기의 현대시 작품에 집중하여 「구비문학과 문예창작 —현대시에서의 민요 아리랑과 논개 이야기의 수용을 중심으로」, 『구비문학연구』 제23집(한국구비문학회, 2006), 131~181쪽에서 논의를 좀 더 심도 있게 하고자 했다. 이 글은 필자의 선행 논의들을 재정리하여 발표한 것으로, 일제 강점기 이후 현대시 작품만을 대상으로 하되 새롭게 조사한 작품들을 추가하여 논의의 관점을 재정립한 것이다.

지만, 역사를 초월한 인물로서의 논개는 그녀의 사후 400년이 지난 지금에 이르기까지 후세 사람들의 이야기로 끊임없이 회자되어 왔고, 또한 시, 소설, 희곡 등 많은 문학예술 작품들로 되살아났다.

먼저 구전되는 논개 이야기를 기록한 처음의 문헌은 유몽인(柳夢寅, 1559~1623)의 『어우야담(於于野談)』으로 알려져 있다. 이 이후 논개 이야기는 여러 문헌 설화집에 올려져 왔으며, 19세기 이후부터는 논개 이야기는 역사적 실기류의 기록들인 『호남절의록(湖南節義錄)』(1800), 『호남삼강록(湖南三綱錄)』(1839), 『일휴당실기(日休堂實記)』(1861), 장지연(張志淵, 1864~1920)의 『일사유사(逸士遺事)』(1910) 등으로 이어졌다.

그런데 문헌에 오른 이들 논개 이야기들은 '야담'이든 '실기'이든 역사적 사실성의 여부를 명확하게 판단하기 어렵다. 실제 논개의 죽음이 있었던 때와 가장 가까운 시기에 씌어진 『어우야담』의 기록이 역사적 사실에 가깝다고 볼 수도 있지만, 이 역시 유몽인이 진주의 현지인들 사이에 전승되는 이야기를 들어서 기록한 것이다. 그리고 '실기'류의 문헌에 기록된 논개 이야기도 서로 다른 내용을 보이고 있다는 점에서 역사적 사실의 여부를 명확하게 가리기 어렵다. 결국 야담이나 실기로 기록된 논개 이야기들은 제각기 독자적으로 존재하는 문헌설화의 이야기라고 말할 수 있다. 여기에 현대에 와서 조사된 구비전승의 논개 설화들도 있다.[2] 따라서 논개 이야기에서 어디까지 사실인지 허구인지 따지기도 어렵지만, 굳이 사실과 허구를 명확하게 가려서 논개 이야기의 시적 수용을 논의할 필요는 없다.

논개 이야기들은 다양한 기록과 구비전승의 설화로 전해지는 만큼 논개의 다양한 면모와 행적을 화소(話素, motif)로 삼고 있다. 그런데 논개의 생애와 관련된 이야기는 때로 서로 대립적인 화소를 지니기도 해서, 논

---

2) 『한국구비문학대계』에 실린 논개 관련 설화 6편을 포함한 21편의 자료를 조사, 정리하여 연구한 성과가 있다. 곽정식, 「의암 논개 전설의 연구」, 앞의 책(『논개 사적 연구』), 253~321쪽.

개의 죽음이 갖는 의미도 이야기에 따라 달리 새겨질 수 있다. 이 점을 간략히 정리하여 보이면 다음과 같다.

> ① 출생과 신분 : 논개는 (진주인이고) 진주관기로 신분이 미천하다 ↔ 논개는 전라도 장수인으로 양반 가문의 후손이다
> ② 죽음의 이유 : 논개는 진주성이 왜군에게 짓밟히자 기생의 몸인데도 몸을 더럽히지 않으려고했다 ↔ 논개는 사랑하는 이(최경회 또는 황진)가 왜군에게 죽자 원수를 갚기 위해 거짓으로 진주관기의 명부에 이름을 올려서 왜장을 죽이려고 했다
> ③ 죽음의 의미 : 논개는 왜장을 유혹하여 함께 죽음으로써 자신의 절개도 지키고 나라를 위한 충절도 지켰다↔논개는 왜장을 유혹하여 함께 죽음으로써 연인의 원수를 갚고 나라를 위한 충절도 지켰다.

이상에서 보듯이, 논개 이야기는 논개의 출생과 신분에서부터 이야기를 하는 관점이 달라진다. 논개를 신분이 미천한 진주의 관기로 보는 이야기가 일반적이지만, 논개가 양반 가문의 후손으로 태어났지만 가세가 기울어 부득이 관기가 될 수밖에 없었다는 이야기도 전승되고 있다. 기생인 논개 이야기와 기생 아닌 논개 이야기의 대립은 논개의 죽음에 관해서도 그 이유와 의미를 달리 받아들이는 이야기로 전승되어 왔다. 전자를 대표하는 이야기가 『어우야담』의 논개 이야기라면, 후자의 기생 아닌 논개 이야기는 『호남절의록』을 거쳐 『일사유사』의 문헌 설화로 이어졌다.[3] 현대에 조사된 여러 논개 설화들도 각 편에 따라 전자의 화소를 따르기도 하고 후자의 화소를 보이기도 한다.[4] 대체로 후대의 문

---

3) 『일사유사』에서는 논개가 어려서 부모를 잃고 집이 가난하여 의지할 곳이 없어 결국 기적에 떨어져 기생이 되었으며, 장수현감인 황진의 사랑을 얻은 것으로 나타난다. 또한 황진이 진양성 전투에서 순절하자 논개도 따라서 죽고자 강가 바위에 섰는데, 왜장이 술에 취해 논개를 꾀어가려 하자 왜장의 허리를 안고 바위 아래 몸을 던져 죽었다고 기록되어 있다.

4) 『한국구비문학대계』에 수록된 논개 설화를 기생인 논개 이야기와 기생 아닌 논개 이야기로 편의상 갈라서 표로 제시하면 다음과 같다.

헌 기록이나 현재와 가까운 시기에 조사된 논개 설화들 중에 후자의 화소를 담고 있는 이야기들이 많다.

Ⅲ. 현대시의 논개 설화 수용 양상과 의미

논개 설화를 바탕으로 논개의 인물됨이나 행적을 수용한 시가 작품들은 민요, 시조, 가사 전통시가 갈래의 작품들을 포함하여 근·현대시, 소설, 희곡 등에 이르기까지 상당한 정도에 이른다.[5] 현대시의 경우, 일제 강점기 때부터 발표한 논개 설화 수용 시작품들을 일별하면 다음과 같다.

① 변영로, 「논개」, 『신생활』 제3호(1922. 4).
② 한용운, 「논개의 애인이 되야서 그의 묘에」, 『님의 침묵』(회동서관, 1926).
③ 박남수, 「논개」, 『조선일보』(1927. 11. 20).
④ 노천명, 「곡촉석루(哭矗石樓)」, 『노천명시집』(서문당, 1972).
⑤ 모윤숙, 『논개』(광명출판사, 1974).
⑥ 김준태, 「논개야」, 『참깨를 털면서』(창작과비평사, 1977).
⑦ 서정주, 「논개의 풍류역학」, 『학이 울고 간 날들의 시』(소설문학사, 1982).

「기생인 논개 이야기」
『한국구비문학대계』 8-3(경남 진주시 · 진양군 편(1)), 진주시 설화 2, 진주성 싸움, 31~31쪽.
『한국구비문학대계』 8-5(경남 거창군 편(1), 거창 · 설화 43, 임진왜란 이야기, 226~241쪽.
「기생 아닌 논개 이야기」
『한국구비문학대계』 6-9(전남 화순군 편(1)), 화순읍 설화 8, 의기 논개, 48~51쪽.
『한국구비문학대계』 6-9(전남 화순군 편(1)), 화순읍 설화 13, 최경회 장군, 56~63쪽.
『한국구비문학대계』 8-3(경남 진주시 · 진양군 편(1)), 진주시 설화 20, 논개(1), 77~80쪽.
『한국구비문학대계』 8-3(경남 진주시 · 진양군 편(1)), 진주시 설화 52, 논개(2), 130~132쪽.

5) 논개 사적 관련 문헌자료의 역사적 검토, 논개 설화와 이를 수용한 시, 소설, 희곡 등에 관한 문학적 검토를 종합한 결과를 경성대학교 향토문화연구소에서 『논개사적연구』(신지서원, 1996)로 펴낸 바 있다.

⑧ 여영택, 「논개」, 『어릿광대 너네들은 모른다』(대구: 도서출판 그루, 1983).

⑨ 정동주, 『논개』(창작과비평사, 1985).

⑩ 고은, 「논개」, 『만인보』 3(창작사, 1986).

⑪ 권혁소, 「논개가 살아온다면」, 『논개가 살아온다면』(시인사, 1987).

⑫ 임종성, 「논개」, 『숨쉬는 상처』(도서출판 전망, 1999).[6]

이상에서 ⑤, ⑨는 서사시로 단행본 시집으로 출판된 것이며, 나머지는 서정시로 발표된 작품들이다.[7] 이들 작품들 중에는 논개 설화의 화소보다는 논개의 인물됨에 대한 묘사를 위주로 한 서정시가 대부분이지만, 논개 설화의 화소를 수용하되 기생인 논개와 기생 아닌 논개 이야기로 변별되는 화소의 서술성에 주목한 작품들도 있다. 이들 시를 편의상 논개의 인간상을 묘사한 시, 기생인 논개의 화소를 수용한 시, 기생 아닌 논개의 화소를 수용한 시로 구분하여 각각 해당하는 작품들을 차례대로 논의하기로 한다.

1. 논개의 인간상 묘사 : 비극성과 이중적 존재상

1) 변영로의 「논개」 : 애국적 정열과 죽음 이미지의 강력한 환기력

거룩한 분노는
종교보다도 깊고
불붙는 情熱은
사랑보다도 강하다

---

6) 이 시는 『현대시학』 제190호(1986. 5)에 처음 발표되었다. 당시에는 제목을 「논개에게」로 했으나, 시집에 수록하면서 「논개」로 고쳤다.

7) 논개 설화를 수용한 시로 최춘해의 「논개」(『연오랑과 세오녀』, 북랜드, 2002) 1편을 더 확인했으나, 이 작품은 동시로 쓴 작품으로서 다른 작품들과 구별되기에 일단 목록에서 제외했다. 그리고 논개 설화를 수용한 다수의 현대시조 작품들이 있으나 논의 대상에서 제외했다.

아, 강낭콩 꽃보다도 더 푸른
그 물결 우에
양귀비 꽃보다도 더 붉은
그 마음 흘러라

아릿답든 그 娥眉
높게 흔들니우며
그 石榴 속가튼 입설
「죽음」을 입맛추엇네!
아, 강낭콩 꽃보다도 더 푸른
그 물결 우에
양귀비 꽃보다도 더 붉은
그 마음 흘러라

흐르는 江물은
기리기리 푸르리니
그대의 꽃다운 혼
어이 안이 붉으랴
아, 강낭콩 꽃보다도 더 푸른
그 물결 우에
양귀비 꽃보다도 더 붉은
그 마음 흘러라

—변영로, 「논개」 전문

이 시는 변영로 시인의 대표적인 작품이자, 흔히 논개 하면 바로 연상되는 '논개시'의 대표적 작품이기도 하다. 이 작품의 묘미는 전체 3연의 짜임새 있는 반복적 구성을 통해 논개의 이미지를 어느 작품보다 강력하게 환기시키는 데 있다. 그것은 이 작품의 전편에서 반복적으로 환기되는 푸름과 붉음의 원색적 대비를 통해 분명하게 각인되어 나타난다. 물론 이 작품은 논개의 거룩한 희생에 대한 추모의 정을 노래하고 있다. 그러나 단순한 추모시가 아니다. 제1연에서 논개의 분노와 희생이 종교의 성스러움과 사랑의 강렬함에 비교되어 다소 관념적으로 추수되고 있긴 하지만, 이는 반복적 후렴구인 강낭콩 꽃과 양귀비꽃의 원색적 색감대비와 연결됨으로써 시각화를 통한 관념의 선명한 이미지화에 성공하고 있다. 제2연에서 이러한 관념의 이미지화는 다시 논개의 인물 형상에 연결되어 역시 원색적 색조의 대비를 통해 아름다운 풍모의 여성상을 부각시킨다. 그리고 제3연에서도 강물의 푸름과 혼의 붉음을 대비시킴으로써 원색의 색향이 주는 깊고 높은, 그러면서도 강렬한 논개의 희생적 의미를 일깨우게 한다. 이처럼 이 시는 논개의 거룩한 희생과 연관된 애국적 열정의 주제를 반복적 구성의 짜임새와 객관적 이미지의 색조대비를 통해 성공적으로 형상화함으로써 관념의 미사여구를 동원한 어떠한 작품보다 강력한 호소력을 갖게 했다. 일제 강점기의 어두운 현실에서 이 작품은 과거 역사 속에서 함몰되어 가던 논개의 거룩한 행적을 새삼 되새기고 빛을 발하게 함으로써 민족정신을 남다르게 고양해 보였던 것이다.

2) 한용운의 「논개의 애인이 되야서 그의 묘에」: 민족의식의 연대감과 자아반성

날과밤으로 흐르고흐르는 南江은 가지 안습니다
바람과비에 우두커니섯는 矗石樓는 살가튼光陰을따라서 다름질침니다
論介여 나에게 우름과우슴을 同時에주는 사랑하는論介여
그대는 朝鮮의무덤가온대 피엿든 조흔쏫의하나이다 그래서 그향긔는 썩지안는다
나는 詩人으로 그대의愛人이되얏노라
그대는어데잇너뇨 죽지안한그대가 이세상에는업고나
나는 黃金의칼에베혀진 쏫과가티 향긔롭고 애처로운 그대의當年을回想한다

술향긔에목마친 고요한노래는 獄에무친 썩은칼을 울녓다
춤추는소매를 안고도는 무서은찬바람은 鬼神나라의꼿숩풀을 거처서 써러지는해를 얼녓다
간얄핀 그대의마음은 비록沈着하얏지만 썰니는것보다도 더욱무서웟다
아름답고無毒한 그대의눈은 비록우섯지만 우는것보다도 더욱슯엇다
붉은듯하다가 푸르고 푸른듯하다가 희여지며 가늘게썰니는 그대의입설은 우슴의朝
雲이냐 우름의暮雨이냐 새벽달의秘密이냐 이슬꼿의象徵이냐
쎄비가튼 그대의손에 썩기우지못한 落花臺의남은 꼿은 부쓰럼에醉하야 얼골이붉엇다
玉가튼 그대의발꿈치에 밟히운 江언덕의 묵은이씨는 驕矜에넘쳐서 푸른紗籠으로 自己의題名을 가리엇다

……(중 략)……

容恕하여요 論介여 金石가튼 굿은언약을 저바린것은 그대가아니오 나임니다
容恕하여요 論介여 쓸쓸하고호젓한 잠ㅅ자리에 외로히누어서 씨친恨에 울고잇는것은 내가아니오 그대임니다
나의가슴에 「사랑」의글ㅅ자를 黃金으로색여서 그대의祠堂에 記念碑를세운들 그대에게 무슨위로가 되오릿가
나의노래에 「눈물」의曲調를 烙印으로찍어서 그대의祠堂에 祭鍾을울닌대도 나에게 무슨贖罪가 되오릿가
나는 다만 그대의遺言대로 그대에게다 하지못한사랑을 永遠히 다른女子에게 주지 아니할색임니다 그것은 그대의 얼골과가티 이즐수가업는 盟誓입니다
容恕하여요 論介여 그대가容恕하면 나의罪는 神에게 懺悔를아니한대도 사러지것슴니다

千秋에 죽지안는 論介여
하루도 살ㅅ수업는 論介여

그대를사랑하는 나의마음이 얼마나 질거우며 얼마나 슯흐것는가
나는 우슴이제워서 눈물이되고 눈물이제워서 우슴이됨니다
容恕하여요 사랑하는 오오 論介여

—한용운, 「논개의 애인이 되야서 그의 묘에」에서

한용운 시의 주된 특징인 역설과 아이러니로 이루어진 이 시 역시 논개를 추모하는 정을 읊은 작품이다. 그런데 이 시는 논개에 대한 일방적 추모의 언사로 이루어진 작품이 아니라 시의 화자인 '나'와 '논개'의 상호관계에 대한 인식으로 이루어져 있다. 한용운의 시에서 '나'와 '님'이 항상 짝말로 구성되듯이, 이 시도 '나'와, '님'에 상응하는 논개가 짝말을 형성하고 있다. 이 시에서 논개는 나와의 상호관계 인식에서 재조명되고 있는 것이다. 여기서 논개는 과거의 역사 속의 존재가 아니라 '천추에 죽지 않는' 시공 초월의 존재로 당대의 역사적 인간이기도 한 '나'의 존재 의미를 깨닫고 반성하게 하는 대상이자 정신적 교감의 대상으로 나타난다. 따라서 논개는 과거적 인물이면서 현재적 인물이며, 역사적 존재이면서 당대적 존재이기도 한 역설의 존재이다.

논개의 이러한 존재 역설이 주는 의미는 무엇인가. 그것은 "향기롭고 애처로운" 논개의 죽음을 새로운 역사의 시공에서 되새기는 일과 함께 '나'의 당대 역사에 대한 태도를 반성하게 하는 것이다. 이 시에서 '나'는 논개의 애인이 됨으로써 정신적 동일성을 획득하고자 한다. 이는 개인적 차원에서 고귀한 사랑의 행복감을 느끼게 하는 것이지만, 개인을 넘은 역사와 국가의 인식 차원에서 자아존재의 부끄러움과 죄의식을 느끼게 한다. "용서하여요 논개여"란 반복적 구문을 통해 이 점은 분명하게 새겨진다. 논개의 거룩한 속죄양이 있고도 일제 강점기의 불행한 현실에 처한 민족적 수치심과 죄악, 그 부끄러운 역사의 의미를 이 시는 논개

의 역설적 존재 인식과 교감을 통해 마련하고 있는 것이다.

3) 박남숙의 「논개」 : 죽음의 비극성과 정서적 동일화

壬辰의 란리 때에
바위에 떨어저서
論介의 죽은 魂이
밤이면 노래한다
애처로운 노래소리
창자를 끈는다
달밝은 밤이 되면
義岩에 걸터안저
그 노래에 박자 마처
피리를 붑니다

—박남숙, 「논개」 전문

위의 시는 1927년 당시 진주 진명학원(振明學院)생인 박남숙(朴南淑)이 투고한 시이다. 2음보의 규칙적인 리듬에 따라 짧게 쓴 작품이 당시의 대중적 리듬의식을 보여주면서 예사 수준의 글 솜씨를 보여준다고 말할 수 있다. 그런데 일제 강점기에 논개가 갖는 항일의 상징성을 염두에 두면, 논개의 의로운 죽음을 애처롭게 노래하면서 정서적 동일화를 추구하는 이 시는 조국 상실의 비극과 그에 대한 안타까운 심정을 간접적으로 토로하는 작품으로 읽을 수 있다.

4) 노천명의 「곡촉석루」 : 환유적 상상력과 비극적 존재상

노천명(1912~1957)의 시 「곡촉석루」는 논개의 인간상을 환유적 상상에 의해 비극적 존재상으로 형상화한 작품이다. 작품을 보자.

論介 치마에 불이 붙어
論介 치맛자락에 불이 붙어

論介는 南江 비탈 위에 서서
火神처럼 무서웠더란다

「우짜꼬 오매야! 矗石樓가 탄다. 矗石樓가」
마지막 지붕이 무너질 제는
기왓장 내려앉는 소리
온 晉州가 震動을 했더란다

기왓장만 내려앉은 게 아니요
고을 사람들의 넋이 내려앉았기에
飛鳳山 · 西將臺가 몸부림을 치더란다
조용히 살아가던 조그마한 마을에
이 어쩐 慘酷한 災殃이었나뇨

밀어붙인 훤한 벌판은
일찍이 우리의 낯익은 商店들이 있던 곳
할매 때부터 정이 든 우리들의 집이 서 있던 자리

문둥이가 우는 밤
晉州사 더 설게 痛哭하는 것을
晉州사 더 설게 杜鵑모양 목메이는 것을

—노천명, 「곡촉석루」 전문[8)]

위의 시는 논개가 진주기생으로 남강에서 왜장을 끌어안고 죽었다거나 하는 구체적인 이야기의 화소가 없다. 따라서 논개의 의로운 죽음과 관련된 희생정신이나 애국심 같은 주제를 이 작품에서 찾을 수 없다. 다

8) 노천명, 『노천명시집』, 서문당, 1972, 207~208쪽.

만 논개 → 촉석루 → 진주로 이어지는 환유적 상상력을 통해 논개의 두려움과 서러움이 개인사 때문이 아니라 촉석루의 화재에서 비롯된 진주의 "참혹한 재앙"과 연결되어 있음을 알 수 있다. 이 시에서 논개는 촉석루, 진주와 공간적인 인접성에서 연결되는 동시에 정신적인 차원에서 동일시되고 있다. 즉, 촉석루가 타는 일은 "논개 치마에 불이 붙"는 일이면서 동시에 "고을 사람들의 넋이 내려앉"는 일로 진주의 "참혹한 재앙"과 동일시된다.

이처럼 이 시는 "참혹한 재앙"으로 표현된 진주의 비극적 상황에 논개를 그 중심에 두고 있다. 진주가 왜 "참혹한 재앙"을 겪게 되는지에 관한 구체적인 언술은 없지만, 시인은 진주성싸움의 처절했던 역사적 비극에 대한 의미심장함을 보여주지 않는다. 논개는 곧 진주를 대표하는 인물이란 단선적인 생각에 기초하여, 진주의 비극적 상황을 효과적으로 드러내기 위해 두려움과 서러움의 인물 표상으로 논개를 설정한 것으로 보인다. 말하자면 문학작품에서 비극적 상황을 효과적으로 체현하는 한 대상으로 흔히 여성을 설정하듯이, 이 시에서는 논개를 진주의 비극적 상황을 알리고 전달하는 매개적 여성 인물로서 형상화한 것이다. 그렇지만 "무서웠더란다/했더란다/치더란다" 등 간접화법과 "－이었나뇨"와 같은 과거시제에 의한 표현들이 시작품과 독자 사이에 거리를 두게 함으로써 진주와 연결된 논개의 비극성을 독자들에게 효과적으로 호소하는 데에는 한계를 보이고 말았다.

5) 여영택의 「논개」 : 절개의 표상과 초라한 여성 이미지

여영택(1923~)의 시 「논개」는 논개의 여인상을 절개의 표상으로 형상화한 작품이다. 작품을 보자.

은가락지 금가락지 외가락지 쌍가락지 진주 남강 남빛 도라지꽃 꽃보다 더 푸른 물 아래 백미보다 더 하얀 모래 위에 상기도 살았어라.
가락지 낀 이야! 보자
절개 다져 보느냐?

—여영택, 「논개」 전문[9)]

위의 시에는 논개는 "절개 다져 보느냐?"에서 알 수 있듯이, 절개의 표상으로 묘사되고 있다. 그런데 논개를 묘사하는 상상력의 원천을 변영로의 시 「논개」에 두고 있음을 쉽게 알 수 있다. 그것은 "남빛 도라지꽃 꽃보다 더 푸른 물"과 "백미보다 더 하얀 모래"라는 구절이 변영로의 시에서 논개를 묘사한 "강낭콩꽃보다 더 푸른/그 물결"과 "양귀비꽃보다도 더 붉은/그 마음"이란 구절을 바로 연상하게 하기 때문이다. 그러나 여영택의 시가 변영로의 시 구절을 변형하여 패러디하고 있음에도 불구하고, 시가 주는 정서적 감동은 변영로의 시에 크게 미치지 못한다. 변영로의 시에서 '강낭콩꽃'과 '양귀비꽃'의 이미지가 논개의 내면적 깊이와 열정을 효과적으로 환기하고, 이 꽃과 결부된 '푸른'과 '붉은'의 원색 이미지가 갖는 대비적 색조 또한 정서적 강렬함을 심어주는 것이었다. 그렇지만 이 시에서 '도라지꽃'의 남빛과 '백미'의 흰색은 전통적인 색감을 환기하면서 조선의 단아한 여인상을 떠올리도록 한 것으로 보이나 오히려 논개의 이미지를 초라하면서도 애처로운 여인으로 그려내고 만다. 그래서 "절개 다져 보느냐?"라며 묻고 있지만, 그 절개의 의미는 변영로의 시에서처럼 강렬하게 와 닿지 않는다.

9) 여영택, 「논개」, 『어릿광대 너네들은 모른다』, 대구: 도서출판 그루, 1983, 45쪽.

6) 임종성의 「논개」 : 이중적 존재성의 감각적 환기

임종성(1952~)의 시 「논개」 역시 논개의 구체적 행적이나 모습이 작품에 수용된 자취를 찾기 어려운 작품이다. 그렇지만 논개의 인물됨이나 존재성을 철저히 자연의 이미지로 전환하여 표현하고자 한 작품으로 주목된다.

너는 새벽의 강을 건넜지.
어두운 日常의 울안을 뒤집고
흐르는 물줄기로
세상의 곤혹을 속시원히
닦아내면서
달아나는 실뱀같은 길을 따라
낯선 마을 앞을
홀로 지났지.
옷고름 같이 풀어져 내리는 붉은 설움
질끈 매어 달고
봄이 와도
돌아올 수 없는
미루나무 가지 끝
먼 나라로 가면
질경이 풀꽃은
저무는 발길을 비쳐 줄까.
강 건너 오는 바람이
네 약한 심장을 들어 올려
벼랑 끝에 밀어 부친다면
어두운 너와의 거리
말금히 지우기라도 하듯
진흙길에 쌓여
이내 불타는 눈송이들
가슴에 안고

뜨거운 울음
돌로 흙으로 눌러 앉히고
끝내 다시 돌아오기 위하여
깊은 강을 건넜지.
그리움은
내 가슴에 부딪쳐 와서
지울수 없는
血痕으로 맺히고
너는 시들지 않는 눈꽃
새파란 강의 깊이 속에서
네 모습을 길어올린다.

—임종성, 「논개」 전문[10)]

이 작품에서 논개는 '너'로 대상화되어 있으면서 구체적인 모습을 드러내지 않는다. 다만 작품의 문맥에서 "약한 심장", "불타는 눈송이", "뜨거운 울음", "시들지 않는 눈꽃" 등으로 이미지화되어 나타난다. 그런데 이러한 논개의 이미지는 모두 모순어법의 역설로 이루어져 있다. "약한 심장"에서의 연약함과 뜨거움, "불타는 눈송이"에서의 뜨거움과 차가움 또는 부드러움, 그리고 "시들지 않는 눈꽃"에서의 영원성과 순간성 등 역설에 의한 종합적 인상이 감각적으로 이미지화 되어 있는 것이 논개이다. 말하자면 논개는 연약함과 부드러움 그리고 순간의 화려함으로 사라지는 슬픔을 간직한 존재이면서 또한 그 이면에는 영원히 뜨겁게 타오르는 열정을 간직한 존재이다. 이러한 논개는 시적 자아에게 이중적 이미지로 감각화되어 형상화된다. 이를테면 "달아나는 실뱀같은 길을 따라/낯선 마을 앞을/홀로" 지나는 고독한 행려자의 모습이거나 "그리움은/내 가슴에 부딪쳐 와서/지울수 없는/血痕으로 맺"힌다고 하여 그리움에 가슴앓이를 하는 이로 묘사되고 있는 한편, "어두운 日常의

10) 임종성, 『숨쉬는 상처』, 도서출판 전망, 1999, 72쪽.

울안을 뒤집고/흐르는 물줄기로/세상의 곤혹을 속시원히" 닦아낸다고 하여 강하고 의지에 찬 모습으로 그려지기도 한다. 사실 논개의 이러한 이중적 모습은 그녀가 연약한 한 여성이자 기생 신분이었다는 점과 그럼에도 충렬의 의로운 죽음을 용감히 행했다는 이야기 자체로부터 쉽게 추상할 수 있다. 그러나 이 시는 논개의 이러한 이중적 존재성을 관념적 진술에 의하지 않고 감각적 이미지로 대상화하고 있다는 점에서 시적 성취를 이루었다고 평가할 수 있다.

이 시에서 논개는 "너는 새벽의 강을 건넜지"라는 첫 행의 구절에서 보듯, 논개는 역사적 시공이 아닌 '새벽의 강'이란 상징적 시공에 위치하고 있다. 여기서 새벽은 밤과 낮 사이의 단순한 경계를 이루는 시간이 아니라 새로운 삶의 국면을 예고하는 창조의 시간이다. 강 역시 새벽과 짝을 이루면서 죽음을 넘어서는 공간으로 재생의 의미를 지닌다. 이 점은 다음에 이어지는 시행 즉 "어두운 日常의 울안을 뒤집고/흐르는 물줄기로/세상의 곤혹을 속시원히/닦아내면서"라는 구절에서 한층 구체화되어 나타난다. '너'로 대상화된 논개가 "새벽의 강"을 건넘으로써 "어두운 日常의 울안"을 뒤집고 "세상의 곤혹"을 닦아낼 수 있게 되는 것이다. 시인은 이 시에서 논개의 이중적 존재성을 표현하면서도 일상의 어두운 울타리와 세상의 곤혹스런 삶을 과감하게 떨쳐내는 논개의 의지적 모습을 특별히 강조하고자 했다고 말할 수 있다.

2. 기생 논개의 화소 수용 : 세속적 여인상부터 영웅적 여인상까지

1) 서정주의 「논개의 풍류역학」 : 논개의 세속화와 희화화

서정주(1915~2000)의 시 「논개의 풍류역학」을 보자. 이 시는 기생인 논개가 왜장 모곡촌 육조(毛谷村 六助: 게다니 로꾸스께)[11]를 풍류로 유혹하여 의로움 죽음을 했다는 이야기를 빌미로 쓴 작품이다. 이야기로 전해지는 논개의 풍류와 죽음이 진지하고 의미심장한 행위로 이해되는 것과는 달리, 이 시에서는 철저히 희화화되거나 세속화되어 있다. 작품을 보자.

어린 계집아이 너무나 심심해서
한바탕 게걸스럽게 장난이듯이
철천의 웬숫놈 게다니로꾸쓰께 將軍하고도
晉州 南江 촉석루에 한 床도 잘 차리고,
그런 놈하고 같이 노래하며 뛰놀기도 잘 하고,
그것을 하다 보니 더 심심해져설랑
바위에서 끌안꼬 딩굴다가 퐁당!
南江 깊은 물에
强制情死도 해버렸나니,
범 냄새와 곰 냄새
마늘 냄새와 쑥 냄새
보리 이삭의 햇볕 냄새도 도도한
論介의 이 風流의 曲線의 力學—
아무리 어려운 일도, 죽엄까지도
모든 걸 까불며 놀듯이 잘 하는,
이빨 좋은 계집아이 배 먹듯 하는
論介의 이 風流의 맵시 있는 力學—
게 눈 감추듯 한
東夷의 弓大人族의

11) 논개가 안고 죽은 왜장은 귀전통치(貴田統治)로도 불리는 모곡촌 육조((毛谷村 六助)로 통설화되어 있다. 그러나 배호길(裵鎬吉)은 가등청정(加藤淸正)의 부대장인 석종노(石宗老)라고 주장한 바 있다. 배호길, 「진주 촉석루와 주논개」, 『한양』(1965. 3), 196쪽. 그런데 김문길은 일본측 자료에서 육조(六助)는 곧 육개(六介)로 임진왜란 때 전라도 양민의 코를 베어 가서 코무덤(千鼻靈社)을 만든 장본인으로 63세까지 살다 죽었다고 했다. 그리고 논개(論介)도 일본 장수들이 지어준 이름이라 했다. 김문길, 『임진왜란은 문화전쟁이다』, 도서출판 혜안, 1995, 65~72쪽. 모곡촌 육조설이 현재까지 유력한 주장이지만, 논개가 안고 죽은 왜장이 누구인가에 여러 이설이 있는 것처럼 문학작품에서도 왜장의 이름은 한결 같지 않다.

물 찬 제비 같은 이 호수운 力學이여!

—서정주, 「논개의 풍류역학」 전문[12)]

이 시에서 논개는 풍류에 물든 세속적 인간상을 보여준다. “노래하고 뛰놀기도 잘 하고”, “아무리 어려운 일도, 죽엄까지도/모든 걸 까불며 놀듯이 잘 하는” “어린 계집아이”이다. 이런 점에서 이 시는 논개가 춤과 노래 또는 풍류로 홍을 돋우는 일을 직업적으로 하는 기생임을 전제로 시적 상상력을 펴고 있다고 하겠는데, 작품의 문맥을 잘 살피면 논개는 직업여성으로서의 기생이기보다 태생적으로 유홍을 좋아하고 풍류를 즐기는 기생이란 생각이 강하게 작용하고 있다. 따라서 논개가 왜장을 풍류로 유혹하여 남강에 뛰어 내리는 행위를 “한바탕 게걸스런 장난”에서 시작하여 “그것을 하다 보니 더 심심해져설랑/바위에서 끌안꼬 딩굴다가 퐁당!” 한 “强制情死”라고 표현하고 있다. 물론 “철천의 웬숫놈 게다니로꾸스께將軍”이라 하고, “범 냄새와 곰 냄새/마늘 냄새와 쑥 냄새”, “東夷의 弓大人族”과 같이 역사인식과 연결된 민족 관념을 드러내는 표현을 부분적으로 쓰고 있지만, 그렇다고 논개와 모곡촌 육조 사이의 관계 인식이 민족 대립에 의한 긴장 관계로 의미심장하게 전달되지 않는다. 단군 이래 논개가 풍류를 즐기는 민족의 한 후예라는 의미를 암시하려는 표현을 쓰고 있지만, 논개의 풍류를 “曲線의 力學”이니 “맵시 있는 力學”이니 하면서 추켜세우고 있는 데서 고상한 아름다움보다는 관능적 세속미를 느끼게 한다. 결국 이 시는 논개를 세속적 풍류에 물든 ‘계집아이’로 철저히 속물화된 인간으로 형상화하고, 그의 죽음까지도 “한바탕 게걸스런 장난”에 의한 “强制情死”라 하여 비하하고 세속화하고 말았다. 따라서 이 시는 논개의 세속화된 삶과 죽음의 희화화를 통해 한 천박

12) 서정주, 『학이 울고 간 날들의 시』, 소설문학사, 1982, 233~234쪽.

한 여인상을 그려내고 말았다고 비판받을 소지가 있다.

2) 고은의 「논개」 : 존재 초월의 영웅적 인간상

고은(1933~)의 「논개」는 짧은 시행의 작품에서 논개를 존재 초월을 통한 영웅적 인간상으로 그려내고 있다.

살보살에게도 나라 있나니
나라 앞에서
나라 보살이 되었나니

의병 3천의 일 해내었나니
남강 흘러

—고은, 「논개」 전문[13)]

이 시는 짧은 시행만큼 그 의미도 간명하게 새겨진다. 논개가 한 아녀자이자 기생의 신분으로 몸을 희생시킨 의미를 조국애의 차원에서 노래하고 있다. 그런데 "살보살에게도 나라 있나니"라고 해서 '살보살'을 '나라 보살'로 확대, 전환하면서 조국을 위한 희생정신과 연결함으로써 논개의 죽음이 갖는 의미를 종교적 차원을 넘어서 사회적 차원으로 고양하고 있다. 그러나 이 작품은 "있나니/되었나니/해내었나니"와 같이 과거시제의 서술어를 사용함으로써 논개의 죽음이 갖는 의미를 과거적 차원에 고정시키고 말았다.

13) 고은, 『만인보 3』, 창작사, 1986, 165쪽.

3) 김준태의 「논개야」 : 현실로 호명된 논개와의 무의식적 교감

김준태(1948~)의 시 「논개야」는 무의식을 거쳐 현재화된 인물로 논개를 형상화하고 있다는 점에서 서정주와 고은의 시와 크게 다르다. 이 시가 논개 이야기의 화소 자체에 관심을 둔 것은 아니지만, "난 너를 겁탈하고 싶"다거나 "거칠은 거지들에 발가벗겨/어디론가 이끌려가버리는" 등의 표현을 통해, 논개 이야기의 수용 인식 저변에 논개를 기생으로 보는 관점이 놓여 있는 것으로 판단된다.

이 시는 전체 2부작으로 구성된 작품이다. 제1부와 제2부의 시적 상황은 다르지만, 제목에서 보듯, 시의 화자인 '나'가 논개(또는 '님')를 청자로 하여 자신의 심정을 고백하고 있다는 점에서 공통된다. 그런데 '나'와 논개는 상호 대화적 관계에 있지 않고, '나'의 논개에 대한 일방적 호소로 이루어져 있다. 여기서 '나'의 논개에 대한 관심 사항은 구체적으로 무엇이며, '나'에게 논개는 어떤 의미를 가지는가이다. 먼저 이 시의 제1부를 보자.

> 논개야 논개야
> 난 너를 겁탈하고 싶은 생각은 없어
> 대한민국의 한쪽을 옆으로 짓누르듯
> 대한민국의 가장 외딴 곳에서 엉엉 울 듯
> 너의 옆구리에 파묻힌 그날의
> 흙덩이를 물어뜯고 싶지는 않단 말여
> 우리가 가장 깊은 잠에 가라앉을 때
> 으아악! 우리의 잠속에 뛰어내리는
> 논개야 왜장도 그 누구도 껴안지 않고
> 오늘은 우리의 머나먼 잠속에서 흐느끼는 논개야
> 흐느끼다 거칠은 거지들에 발가벗겨
> 어디론가 이끌려가버리는 논개야

아아 그리운 논개야[14)]

위에서 논개는 "왜장도 그 누구도 껴안지 않고"에서 보듯이 일단 역사적 사건으로부터 상상된 존재이지만, 시의 화자는 오히려 역사적 사건을 부정함으로써 논개를 과거의 역사 속에 머물러 있게 하지 않는다. 그래서 논개는 진주 남강의 강물에 뛰어내리는 것이 아니라 "우리의 잠 속에 뛰어내리는/논개"이면서 "오늘 우리의 머나먼 잠속에서 흐느끼는 논개"이다. 말하자면 논개는 우리의 잠속, 즉 무의식에 잠재되어 있으면서 오늘의 시간으로 불러들인 존재이다. 그런데 논개는 숙명적으로 슬픔에서 벗어나지 못한다. 비록 무의식에 잠재된 이미지로 묘사되어 있지만, "거칠은 거지들에 발가벗겨/어디론가 이끌려가버리는 논개야"로 모든 것을 빼앗기고 만신창이가 되어 끌려 다니는 고통스런 모습을 보여준다. 중요한 점은 시의 화자인 '나'는 이런 논개를 그리워한다는 것이다. "난 너를 겁탈하고 싶은 생각은 없어"라고 했지만, 강한 부정이 긍정의 뜻을 가진 아이러니가 되듯이, 사실은 '나'는 논개를 겁탈하고 싶을 정도로 그리워한다. 왜 그런가? '나'와 논개는 실제로 각각 현재와 과거의 시간 속에 존재하지만, '나'는 "대한민국의 한쪽을 옆으로 짓누르듯/대한민국의 가장 외딴 곳에서 엉엉 울 듯"이라고 표현했듯이, 논개처럼 고통스런 현실에 괴로워하는 소외된 존재이다. '나'는 이 소외의 고통을 극복하고자 무의식 속으로 늘 논개를 떠올리고 오늘의 시간으로 불어들임으로써 그녀와 정신적 교감과 동일성을 이루게 된다.

이 시의 제2부는 삭막하고 막막한 현실의 상황을 더욱 강조하는 가운데 논개를 향한 시적 화자의 그리움과 사랑을 한층 더 강렬하게 호소하고 있다. 시 제2부의 일부를 보자.

14) 김준태, 『참깨를 털면서』, 창작과비평사, 1977, 91쪽.

강물도 말라붙어 모래도 죽어버려
도처에 목을 뽑던 갈대들은 사라지고
끝끝내는 아이놈의 울음마저 흐르지 않고
사랑이여 님을 향한 나의
눈물방울은 한 방울도 흐르지 않는데
어둠만 미친 듯이 미친 듯이 흐를 뿐
강 건너 불빛은 갈수록 멀어져 가네
사랑이여 오오 하이얀 옷자락의 나부낌
아직은 말라버려서는 정녕 아니 될
간절한 노래의 어깨여 노래의 어깨여
내 그대를 사방팔방으로 바라보려고
오늘은 나를 흔들 맑은 넋을 좇네 ……[15]

시의 화자는 삭막하고 막막한 현실에서 '님', 즉 논개를 애절하게 찾는다. 논개는 "오늘의 나를 흔들 맑은 넋"으로 화자의 답답한 심정을 호소할 수 있는 "간절한 노래의 어깨", 즉 '나'가 절대적으로 의존할 수 있는 사랑의 대상이기 때문이다. 제1부와 마찬가지로 논개를 비극적 현실로 불러들임으로써 '나'는 논개와 정신적 교감과 동일성을 이루게 되고, 궁극적으로 비극적 현실을 극복하고자 하는 소망을 노래하고 있다고 말할 수 있다.

4) 권혁소의 「논개가 살아온다면」 : 주체적 현존의 인물과 반성적 현실

권혁소(1961~)의 1984년 등단작이기도 한 「논개가 살아온다면」은[16] 제목이 시사하고 있는 바처럼 논개의 현재적 의미를 강조하고 있

15) 김준태, 위의 책, 92~93쪽.

16) 권혁소 시인은 『시인』 제2호(시인사, 1984)에 「논개가 살아온다면」 등의 작품을 발표하며 시단에 등장했다.

는 작품이다.

조선기생 論介가 다시 살아
한 잔 술을 따르게 된다면
허리띠를 내리고 입맞춰 온다면
벼락같은 호통을 친다면
아아 얼룩진 역사여
기생이란 기생 임금이란 임금 모두 모여라
휴전선의 원시림도 비싼 값으로 모여라
南江의 모든 물고기들이여
다시 論介를 이 땅 위에 뱉아라
진주기생 論介가 다시 살아온다면
이 얼룩진 한반도에 다시 돌아온다면
어디 왜장과만 죽어가겠는가
날 선 칼의 기생
論介가 살아온다면
아아 부끄러운 민주주의를
어찌 할거나

—권혁소, 「논개가 살아온다면」 전문[17)]

진주기생이며 '조선기생'인 논개가 다시 살아온다면이란 조건절로 시작된 이 작품은 논개를 기리고 추모하는 작품이 아니라 당대의 현실에서 논개가 어떤 의미를 지니는지 엄숙하게 묻고 있다.

이 시의 화자는 "한 잔 술을 따르게 된다면/허리띠를 내리고 입맞춰 온다면"이라 하여 논개의 관능적인 유혹을 의도적으로 앞세우고 있다. 관능적 유혹에 현혹되기 쉬운 인간의 속물근성을 경계하기 위해서이다. 시의 화자는 논개의 관능적 몸짓 다음에 이내 "벼락같은 호통을 친다면"이란 조건절로 바꾸어 인간의 탐욕을 경계한 다음 역사현실에 대한 자

---

17) 권혁소 , 『논개가 살아온다면』, 시인사, 1987, 48쪽.

각과 반성을 요구하는 목소리로 옮겨간다.

이 시에서 논개는 왜장과 함께 죽은 일제 강점기의 조선기생으로 머물러 있지 않는다. 당대의 현실에 있는 자아에게 벼락같은 호통을 치는 "날 선 칼의 기생"으로 되살아나기를 소망한다. 본래 "～ㄴ다면"의 조건절은 화자의 소망적 사고를 표현하는 방법이다. 이때 화자의 소망적 사고는 논개를 당대의 현실에 환생시키는 것에만 있는 것이 아니라 궁극적으로 "얼룩진 역사"와 "부끄러운 민주주의"에 대한 반성을 이끌고자 하는 것이다. 논개는 여기서 관능적 유혹을 하는 한갓된 기생이 아니라 이 나라의 역사를 올바른 민주주의의 길로 주체적으로 이끌고 가는 현존의 인물로 승화되는 것이다.

5) 모윤숙의 「논개」: 여성의 재인식과 신비화의 한계

모윤숙(1910~1990)의 「논개」는 여성으로서의 인간적 가치를 발견하고자 한 서사시 작품이다.[18] 이 시는 서사시 외에 총 13장으로 구성되어 있는데, 모두 2천 3백행에 이른다. 제1장부터 제6장까지는 임진왜란 당시를 전후하여 당쟁과 탐학으로 혼란했던 조선의 상황과 임진왜란 발발 이후 전란의 소용돌이에 휩싸이게 되는 과정을 그려낸 다음, 제7장부터 제13장 끝까지 1, 2차 진주성싸움을 배경으로 펼쳐지는 김시민 장군의 활약상, 그리고 논개의 의로운 행적과 죽음을 단계적으로 서사화하고 있다.

모윤숙은 이 시집의 자서에서 "인간(人間)은 난(難) 속에서 산다. 전쟁은 한 형식을 갖춘 난(難)일 뿐이다. 내부의 난(難) 속에 한 여성이 인간(人間)의 가치를 놀랍게 보여준 그 한 점을 찾아내 나름대로 '논개'를 창조해

18) 모윤숙의 「논개」는 1973년부터 『현대시학』에 13회에 걸쳐 연재한 서사시 작품으로 연재 후 단행본 시집으로 간행되었다.

본 것이다"[19]라고 했다. 여기서 "내부의 난(難) 속에 한 여성이 인간(人間)의 가치를 놀랍게 보여준 그 한 점"이란 구절과 "나름대로 '논개'를 창조해 본 것"이란 발언을 새겨볼 필요가 있다. 전자에서 이 작품이 전쟁이란 어려운 삶의 고비에서 논개가 어떻게 한 여성으로서의 인간적 가치를 보여주었는가에 창작의 의도가 있었다는 점이 드러나고, 후자에서 논개에 관한 역사적 사실을 재구하기 위한 시의 맥락보다 논개에 관한 이미지를 상상력으로 창조하고자 했다는 점을 알 수 있다.

그러면 이 시에서 강조하고자 한 "한 여성으로서의 인간적 가치"란 무엇인가? 시인은 이 점을 부각시키기 위한 연결고리로써 김시민과 논개 사이에 순수한 애정의 관계를 설정하고 있다. 기녀의 신분임에도 왜장을 껴안고 목숨을 초개같이 버리는 논개의 비장한 죽음에 대한 개연성을 일단 김시민과의 관계에서 확보하고자 한 것으로 판단된다. 말하자면 논개는 김시민이 조국을 위해 장렬하게 전사한 것을 계기로 김시민에 대한 사랑과 의리로써 자신도 김시민을 따라 조국을 위해 의로운 죽음을 맞이한다는 것이다. 이 점은 이 시의 결구를 형성하는 다음 대목에서 분명히 드러난다.

<오오! 이 마지막 밤이여!
어서 나를 몰아가다오
나의 성, 나의 사람, 시민 장군이시여!
異邦의 사나이를 껴안은 채
두 몸이 한 몸 되어
최후의 길에 올랐습니다.>

논개 관련 문학작품에서 논개의 애정 상대를 김시민으로 설정하고 있는 작품은 이 작품이 처음은 아니다. 박종화(朴鍾和)의 소설 「논개」(194

19) 모윤숙, 『논개』, 광명출판사, 1974, 1~2쪽.

6)[20]에서 이미 김시민이 논개의 애정 상대로 설정된 바가 있다. 이 소설에서 논개는 양가 출신이지만 조실부모하여 기생의 몸이 되고, 진주성에서 김시민과 인연이 되어 그를 흠모한다. 그러나 제 1차 진주성싸움에서 김시민이 전사하자 괴로워하다 제2차 진주성싸움에서 의리를 지키면서 충절을 위한 죽음을 맞이한다는 스토리로 구성되어 있다. 모윤숙의 「논개」도 이러한 박종화의 소설 「논개」의 전개과정을 매우 유사하게 따르고 있는 점으로 보아, 두 작품 사이의 수수관계를 추정해 볼 수 있다. 그런데 두 작품에서 논개와 김시민의 애정관계 설정은 역사적 사실에 기초한 것이 아니라 상상적 허구에 의한 것으로 보인다. 논개 관련 문헌 기록이나 설화에서 논개와 애정 관계를 가졌던 인물로 최경회, 황진 등이 나타나지만,[21] 김시민과 논개의 애정 관계 설정은 박종화의 소설과 모윤숙의 서사시에서만 발견된다.

그런데 문제는 논개와 김시민의 애정 관계 설정이 작품상에서 얼마나 서사적 개연성을 갖추고 있는가 하는 점이다. 이 점은 특히 모윤숙의 「논개」에서 '한 여성으로서의 인간적 가치'를 부각시키고자 한 시인의 의도와 밀접하게 연관되어 있다. 김시민의 영웅적 인간상에 상응하도록 논개의 존재를 격상시킨다면 논개의 영웅적 면모를 더욱 부각시킬 수 있기 때문이다. 그렇지만 이 시에서 논개와 김시민은 뚜렷한 계기적 사건도 없이 처음부터 순수한 애정 관계를 가진 것으로 전제하고 출발하고 있다. 거기다 논개를 지나치게 신비화하여 영웅시한 묘사는 논개의 '한 여성으로서의 인간적 가치'를 부각시키겠다는 시인의 의도와 거리

---

20) 박종화의 소설 「논개」는 『신세대』 1946년 6월호와 7월호에 발표되었다.

21) 논개가 최경회의 소첩이었다는 기록은 순조 1년(1800년)에 간행된 『호남절의록』에 나오며, 황진(黃進)의 애인이었다는 기록은 장지연이 1910년에 지은 『일사유사』에 처음 나온다. 이러한 사항은 리명길, 「의기 논개의 사적 고찰」, 『진주문화』 제14호(진주문화원, 1992), 67~82쪽 참조.

가 멀다.

이 시는 사실 서사적 골격이 매우 약한 작품이다. 논개의 행적을 중심으로 서사단락을 구분하기 힘들 정도로 작품의 서사적 화소가 충분하지 않으면서, 논개의 행위보다 논개의 인물됨에 대한 정서적 반응을 위주로 묘사하고 있기 때문이다. 그리고 이 작품은 대화적 구성을 통해 논개와 김시민 사이의 상호 의사소통을 위한 장치를 마련하고 있지만, 서로 간의 애정 관계를 신비화하면서 영웅적 면모를 찬미하는 데 일관하고 있어서 '한 여성으로서의 인간적 가치'를 제대로 살려내지 못했다고 말할 수 있다.

3. 기생 아닌 논개의 화소 수용 : 양반담론과 민중담론이 혼효된 서사

논개 설화를 수용한 현대시 작품으로 논개를 기생으로 보지 않는 관점에서 창작한 시작품으로 정동주(1949~)의 서사시 「논개」를 찾을 수 있다.

이 시는 제1장을 서시 격으로 해서 모두 11장으로 구성되어 있으며, 전체가 무려 7,000여 행에 달하는 실로 방대한 분량의 작품이다. 제1장에서부터 논개가 기생이었다는 화소를 부정하는 것에서 출발한다.

> 진주 기생 논개의
> 절개가 높다드니 굳세다느니
> 장수 노비 논개의
> 충절이 푸르다느니
> 붉다느니
> 이러쿵 저러쿵 헛소리들로
> 달콤하고 매끄러운 그러나 독 묻은 말씀들이
> 아직도 남아 있는, 차라리 철없는 오늘은
> 나는 웁니다.[22]

시인은 "사실을 사실대로" 말한다고 하면서 논개의 진실과 사랑 얘기를 쓰겠다고 적고 있다. 시집에서 "사실을 사실대로" 말하는 근거가 구체적으로 무엇인지 알 수는 없으나, 장지연의 『일사유사』에 기록된 논개 이야기의 담론을 잇고 있는 작품이라 말할 수 있다.[23] 정동주의 서사시 「논개」에 수용된 논개 이야기의 중요 화소를 보이면 다음과 같다.

> ① 논개는 전라도 장수에서 양반 가문인 주씨 집안의 자손으로 태어난다.
> ② 집안이 몰락한 끝에 최경회의 장수관아 노비가 되는 곡절을 겪는다.
> ③ 최경회의 본부인이 죽자 후처가 된다.
> ④ 제2차 진주성 싸움에서 최경회가 죽자 왜군에게 원수를 갚고 충절을 지키고자 한다.
> ⑤ 논개는 거짓으로 진주관아의 기생 명부에 이름을 올리고 왜장을 유혹한다.
> ⑥ 논개는 의암바위에서 왜장을 안고 남강에 투신하여 죽음으로써 원수를 갚는다.

정동주의 「논개」는 서시 격의 제1장과 종결 부분의 제11장을 제외하고 보면 크게 3 대목으로 나눌 수 있다. 제2장에서 제5장까지는 논개의 조부시절과 탄생, 그리고 논개가 어린 시절을 거쳐 장수관아의 급수노비가 되기 직전까지 이야기이며, 제6장에서 제8장까지는 장수관아의 급수노비에서 최경회의 후실이 되는 신분 상승의 과정을 담고 있다. 그리고 제9장에서 제10장까지는 2차례에 걸친 진주성 싸움의 전말을 이야기한 다음 논개가 기생으로 가장하여 모곡촌 육조(毛谷村 六助)와 함께 남

22) 정동주, 『논개』, 창작과 비평사, 1985, 14쪽.

23) 정동주의 논개에 관한 여러 문헌과 자료를 토대로 논개 평전을 쓴 바 있다. 정동주, 『논개』, 한길사, 1998, 19~300쪽.

강에 투신하기까지의 과정을 그리고 있다. 이러한 3부 구성에서 시인은 논개의 생애를 시간적 계기에 따라 역사적인 상상력을 동원하여 가능한 상세하게 묘사하고 서사적인 핍진성을 부여하고자 했다.

그런데 이 작품은 논개의 생애가 갖는 비극적 과정을 당대 사회의 모순구조와 연결시켜 풀어가고자 했으며, 아울러 논개의 생애가 갖는 현재적 의미를 반성적 차원에서 나타내고자 했다는 점에서 긍정적인 의의를 부여할 수 있다. 즉, 논개는 임진왜란 전후의 부패한 사회구조 속에서 몰락 양반으로 전락하여 비극적 삶을 살아갈 수밖에 없었던 인물의 전형이면서, 현재를 살아가는 우리들 삶의 모순을 반성하게 하는 인물의 표상으로 그려진다. 정동주의 「논개」는 이런 점에서 논개 이야기를 수용한 기존의 시작품들과 다른 독자성과 문학적 위상을 갖는다.

> 사랑의 사람 그대여, 그대 죽음은
> 사랑의 질문에 대한 대답입니다.
> 군색하고 어슬픈 20세기의 순결,
> 넝마처럼 까발리고 군침 흘리며
> 색감 고운 비단 속에 숨어 낄낄거리는 프리 섹스,
> 낯도깨비 수작만 같은 이력서 위에
> 높이 앉은 높은 콧대,
> 콧대 하나로 지워버리는 性의 이름,
> 돈 놓고 돈 따먹는 시집가기, 장가들기.
> 이런저런, 또 어떤 오늘날 수작으로는
> 가늠할 길 도무지 없는
> 그대 그 사랑은,
> 죽음의 손으로 쟁기질하여
> 매운 혼으로 씨를 물어
> 한 잎 한 잎 울창한 그리움으로
> 짙게 서 있는
> 늘푸른 사랑의 숲입니다.

…(중 략)…
그 사랑의 숲은
제 앞가림의 나날로 깊어져 가는,
심장은 식어가고 피는 얼어붙은
이 시대 냉병의 한 가운데서
다시금 더운 피 용솟음치게 하고,
머리만 남고 가슴은 퇴화된
이날의 얼음장 밑에서
불씨를 다스리고 있습니다. (제11장)[24]

위의 「논개」 제11장의 구절을 통해 알 수 있듯이, 이 시는 역사적 사실의 적실성을 떠나서 논개의 삶에 대한 고난과 끈기, 그리고 의로움의 행적을 통해 사랑의 진정한 의미를 되묻고 있다. 거짓과 가식, 이기적 욕망이 진정한 사랑을 가리고 값싼 사랑이 대신하는 오늘, "심장은 식어가고 피는 얼어붙은" "머리만 남고 가슴은 퇴화한" 오늘에 논개는 진정한 사랑의 의미를 되새기고 반성하게 하는 인물로 우리에게 다가오게 했다.

그런데 이 시는 논개가 미천한 신분의 기생이 아니었다는 전제에서 출발했다. 논개가 양반 가문의 후손이고 최경회 장군의 사랑을 받을 만한 조건을 갖춘 인물이었기 때문에 충절을 지키면서 애국적인 희생을 할 수 있었다는 생각이 저변에 짙게 깔려 있다. 말하자면 논개는 양반 가문의 혈통을 이었기 때문에 그녀의 사랑과 죽음의 의미도 충절과 애국의 정신으로 한층 더 설득력 있게 고양될 수 있다는 생각에서 그에 알맞은 논개 이야기를 작품에 수용한 것이다. 결국 논개의 생애를 연결하는 서사가 양반담론에 의해 구성되고, 논개의 사랑과 죽음의 의미까지도 양반담론으로 해석하도록 했다. 물론 부분적으로 부패한 현실과 현실의

24) 정동주, 위의 책, 313~314쪽.

모순에 의해 노비로 전락하는 과정에서 논개는 민중담론의 시각에 의해 그려지기도 했다. 전체적으로 양반담론과 민중담론이 혼효된 가운데 논개의 서사가 구성되었다. 이런 점에서 논개 서사가 일관성을 잃고 있다고 문제제기를 할 수 있다. 아울러 논개의 생애를 구성하는 서사의 화소를 지나치게 '사실'로 강조하여 그 사실성을 부각시키려 한 것이 군더더기의 세부적 묘사와 요설을 따르게 하는 요인이 되고, 시인의 의도를 충실히 드러낸 반면 서사적 긴장미와 박진감이 떨어지는 결점을 안게 되었다.

Ⅳ. 결론

논개 이야기는 역사상 실존했던 인물의 설화라는 점에서 사실과 허구의 이중성을 가진 이야기이다. 그런데 문헌설화나 구전설화가 한결같지 않으면서 기본적으로 논개 이야기에서 논개의 출신과 신분, 논개 죽음의 이유와 그 의미에서 서로 상반되는 화소를 가지고 있었다. 이 상반되는 이야기의 화소를 바탕으로 논개 이야기를 크게 기생인 논개 이야기와 기생 아닌 논개 이야기로 구분할 수 있었다. 그런데 현대시 작품들에서 논개 이야기의 구체적 화소보다 논개의 인간상을 주로 탐구하는 묘사 중심의 시도 있었고, 논개 이야기의 화소를 수용하면서도 논개의 인물됨과 그 행적에 관심을 둔 시도 있었다. 그러면서 후자의 논개 이야기의 화소를 수용한 시는 다시 기생인 논개와 기생 아닌 논개의 대립상에 따라 실제 시작품에서 구체적으로 어떻게 형상화하고 있는지, 그리고 그 형상화의 시각과 담론이 무엇인지 파악하고자 했다.

첫째, 논개의 인간상을 주로 탐구한 시로 변영로의 「논개」는 논개의 거룩한 희생과 연관된 애국적 열정의 주제를 반복적 구성의 짜임새와 객관적 이미지의 색조 대비를 통해 형상화한 작품이었으며, 한용운의 「논개의 애인이 되야서 그의 묘에」는 일제 강점기의 불행한 역사에 처한 민족적 수치와 죄악, 그 부끄러운 역사의 의미를 논개의 역설적 존재 인식을 통해 환기하고 있는 작품이었다. 박남숙의 「논개」는 논개의 비극적 죽음에 대한 정서적 동일화를 통해 간접적으로 민족사의 비극을 안타깝게 호소한 작품이었다. 한편 해방 이후에 발표된 노천명의 「곡촉석루」는 논개 → 촉석루 → 진주로 이어지는 환유적 상상력을 통해 비극적 상황에 대한 인식을 매개하는 존재로서 논개를 형상화한 작품이었으나, 간접화법과 과거시제의 표현들 때문에 비극적 상황의 의미심장함이 잘 드러나지 않는다. 여영택의 「논개」는 변영로의 시를 패러디하면서 논개를 절개를 표상하는 여인상으로 부조하고자 했으나, 적절한 묘사를 이룰 만한 상상력을 보여주지 못했다. 임종성의 「논개에게」는 논개의 행적이나 모습을 철저히 자연심상을 통해 묘사하면서 논개의 의지적 행위가 갖는 의미와 존재성을 자연심상에 대한 서정적 공감을 통해 나타내고자 했다.

둘째, 기생인 논개의 화소를 수용한 시로 서정주, 고은, 김준태, 권혁소의 서정시 작품들과 모윤숙의 서사시 작품을 찾을 수 있었다. 서정주의 「논개의 풍류역학」은 논개를 관능과 풍류를 추구하는 세속적 여인으로 묘사하고 그녀의 죽음도 관능과 결합하여 희화화함으로써 역사적 존재로서의 의미심장함을 배제하고 있었다. 고은의 「논개」 역시 기생인 논개 이야기에 토대로 둔 작품이지만, 서정주의 시와는 달리 논개가 '살보살'에서 '나라보살'에 이르는 존재 확대를 통해 논개의 죽음이 갖는 의미를 사회적 차원으로 넓히고자 했다. 이들 작품과 달리 김준태와 권혁소의 시는 기생인 논개의 존재성을 현실과 역사의 문맥에서 재해석하고자 했다. 김준태의 「논개야」는 무의식에 잠재된 기생 논개를 비극적 현실로 불러들임으로써 그녀와 정신적 교감과 동일성을 이루고자 하는 소망을 표현하고 있었으며, 권혁소의 「논개가 살아온다면」은 기생인 논개와 그의 죽음을 철저히 현재적 시점에서 역사를 주체적으로 반성하는 매개적 인물로 논개를 그려내고자 했다. 한편 모윤숙의 서사시 「논개」는 기생인 이야기의 화소를 시적 서사를 구성하는 축으로 삼되 여성으로서의 인간적 가치를 발견하고자 하는 시인의 의도에도 불구하고 논개의 인물됨을 지나치게 신비화시킨 한계를 안고 있었다.

셋째, 기생 아닌 논개의 화소를 수용한 현대시 작품으로 정동주의 서사시 「논개」가 있었다. 이 시는 기존 시와 다른 새로운 논개 이야기를 토대로 한 작품이면서 서사적 핍진성과 묘사의 치밀성이 돋보이는 작품이다. 그리고 논개의 사랑과 죽음이 갖는 의미를 '충'이나 '의열'에 한정하지 않고 인간성의 회복과 각성을 위한 현재적 의미를 포섭하여 추구함으로써 논개의 시적 형상화에 새로운 지평을 보여준 작품으로 평가했다. 물론 기생 아닌 논개의 이야기를 엮어가는 서사의 골격을 양반담론과 민중담론을 혼효시키고 있는 점, 이야기의 사실성을 지나치게 강조한 나머지 군더더기의 세부적 묘사와 요설화의 결점이 드러난다는 점이 문제점으로 지적되었다.

이상의 논의는 구비문학을 수용한 문예작품 일반에 관하여 극히 부분적인 사실과 성과만을 확인하는 한계를 지니고 있다. 앞으로 이와 같은 논의가 확대되어 문학문화로서의 구비문학이 갖는 다양한 차원이 폭넓고도 깊이 있게 탐구되기를 기대한다.

서정주 시의 여성인물 설화의 수용 양상

Ⅰ. 서론

설화는 '말'에 의해 구술로 이루어지는 서사이며, 이런 설화는 그 자체 끊임없는 구술의 과정을 거치면서 새로운 서사를 낳기도 한다. 그런데 설화는 자체의 유동적인 서사로만 존재하는 것이 아니라, '글'로 된 기록문화와 교섭하는 것은 물론이고, 오늘날에는 라디오, TV, 컴퓨터 등 각종 전파매체와 연결되어 새로운 문화 양태를 이루고 있다. 옹(Walter J. Ong)은 전자의 말로 전승되는 구술성을 '일차적인 구술성(primary orality)'이라 하고, 기록문화와 오늘날의 새로운 전파매체와 연결되어 나타나는 구술성을 '이차적인 구술성(secondary orality)'이라 했다.[1)]

이 글에서 갖는 관심의 한 가지는 구비전승의 설화가 기록문화와 연결된 이차적인 구술성, 특히 기록문화 중에서도 현대시와의 교섭을 통해 드러나는 구술성이다. 그런데 이때의 구술성은 구비설화가 현대시의

1) 월터 J. 옹(저), 이기우 · 임명진(역), 『구술문화와 문자문화』, 문예출판사, 1995, 22쪽.

형성에 영향을 주는 원형적 자질이나 요소에 관심을 두는 것으로, 현대시가 구비설화를 수용하면서 창조적 변화를 어떻게 이룩하느냐에 대해서는 마땅한 해명을 할 수 없는 한계를 가진다. 현대시가 어떤 구비설화를 수용하면서 문화적 동일성을 통시적 차원에서 마련하느냐 하는 점도 관심의 대상이지만, 현대시가 구비설화의 수용을 바탕으로 창의성을 어떻게 발휘하여 새로운 창조적 모델을 만들어내는가 하는 점에 더욱 관심을 두게 된다. 말하자면 이 글은 현대시의 구비설화 수용에 따른 구술성과 시인의 창의성에 모두 관심을 가지며 논의를 전개하고자 한다.

시인이 구비전승의 설화에 관심을 갖는 까닭은 시적 전통을 단순히 소재적 전통으로부터 발견하는 일만이 아니다. 구비전승은 "우리의 혼 속에 발견되는 시공을 초월한 상징 형식이요, 자기동일적인 맥(혼)인 것"[2)]이기 때문에, 구비전승이 가진 보편적인 정서와 자기동일적인 맥(혼)과 접맥함으로써 보편적인 정서와 혼을 재인식하고 나아가 자기동일성의 개성적인 세계를 창조할 수 있다. 근대 이후 이런 구비전승의 설화에 관심을 두면서 개성적인 시 세계를 가꾸고자 했던 시인을 들자면, 김소월, 김영랑, 백석, 조지훈, 서정주, 전봉건, 김춘수, 박재삼 등 여러 시인들을 떠올릴 수 있을 것이다. 그런데 이들 중에서 구비전승의 세계에 가장 집요하면서도 지속적으로 관심을 가지면서 자신의 개성적인 시 세계를 구축해왔던 시인은 서정주일 것이다. 그의 첫 시집 『화사집』을 비롯하여 『귀촉도』, 『서정주시선』, 『신라초』, 『동천』, 『질마재 신화』, 『떠돌이의 시』, 『서으로 가는 달처럼』, 『학이 울고 간 날들의 시』 등 그의 전 생애 동안 발간된 시집들에 실린 시 작품들에서 신화, 전설, 민담 등 설화와 접맥된 작품들을 우리는 쉽사리 찾을 수 있다. 그리고 그의 많은 시 작품들이 서구와 동양, 한국의 신화와 전설, 그리고 고향마을 질마

2) 박철희, 「서정주와 민간전승」, 박철희 편, 『서정주』(재판), 서강대학교 출판부, 1998, 184쪽.

재의 이야기 등에 연결된 폭넓은 설화의 세계와 만나게 한다.

이 글에서 필자는 서정주의 시에서 구비전승의 설화 수용에 관심을 가지되, 특히 여성인물 설화를 수용한 시 작품들을 집중 논의하고자 한다. 그것은 서정주의 시에서 여성인물이 시인의 무의식에 잠재된 아니마(anima)로 시인의 상상력을 자극하고 매개하는 중요한 요소로 시의 중심 이미지로 형상화되고 있기 때문이다. 따라서 여성인물 설화를 수용한 시 작품들은 서정주의 시 의식과 상상력의 특징을 구명하는 데 매우 중요한 의미를 지니게 된다.

그런데 서정주의 시에서 여성인물 설화를 수용한 작품은 한두 작품이 아니다. 여성인물 설화와 관련되어 시에 형상화된 인물은 이브(Eve), 양귀비(楊貴妃), 사소부인(娑蘇夫人), 선덕여왕(善德女王), 수로부인(水路夫人), 진성여왕(眞聖女王), 천관녀(千官女), 춘향(春香), 논개(論介), 직녀(織女), 세오녀(細烏女), 제주도 설문대 할망, 외할머니, 이생원(李生員)네 마누라 등 신화적 인물에서부터 역사적 인물, 일상의 평범한 세속적 인물에까지 다양하다. 이들 중 설화 수용의 여러 양상을 보여주면서 동시에 시인의 시 의식과 상상력의 특징을 잘 파악해볼 수 있는 몇 작품에 한정하여 논의를 전개하고자 한다.

서정주의 시 「화사(花蛇)」는 시인의 첫 시집에 수록된 작품으로, 『구약성서』의 창세기편에 나오는 아담과 이브, 즉 서양의 신화적 여성인물을 내면화하면서 시인의 초기 여성의식과 시 의식의 주요한 측면을 드러낸다는 점에서 관심을 갖는다. 다음 서정주 시의 설화 수용을 논의할 때 조명을 가장 많이 받은 작품들이 설화, 판소리, 소설로 이어지는 일련의 춘향 서사와 상호텍스트성(intertextuality)을 가지는 「추천사(鞦韆詞)」·「다시 밝은 날에」·「춘향유문(春香遺文)」일 것이다.[3] 춘향 서사와 관련한 이들

3) 서정주의 시에서 춘향 서사를 수용한 시작품으로 「통곡」(『해동공론』, 1946. 12)과 「춘향옥중가(3)」(『대조』, 1947. 11)이 더 있으나, 이 글에서는 시집에 수록된 작품만 대상으로 논의

일련의 시작품들이 춘향 서사와 어떻게 다른 시적 변용을 이루며 춘향 서사 일반의 구술성과 차별화되는지를 주목하고자 한다. 말하자면 춘향 설화 수용의 시편이 춘향 서사 일반과 차별화되는 텍스트의 특수성과 창의성에 관심을 가지지만, 신화적 여성인물로부터 역사적 여성인물을 거쳐 허구적 여성인물인 춘향과의 시적 교감이 시 텍스트에서 어떻게 이루어지는지 유의해서 논의하고자 한다. 여기에 역사적 실존과 설화의 허구성이 결합된 논개 설화를 수용한 시 「논개의 풍류역학」도 설화 수용의 또 다른 측면을 읽어낼 수 있는 작품이란 점에서 논의의 대상에 포함시킨다.

다음으로 선덕여왕 설화를 수용한 일련의 시작품들인 「선덕여왕(善德女王)의 말씀」·「우리 데이트는」·「지귀(志鬼)와 선덕여왕(善德女王)의 염사(艶史)」를 주목하고자 한다. 이들 시작품들은 시인이 시집 『신라초』에서 『삼국유사』나 『삼국사기』의 설화를 집중 탐구하며 창작했던 작품들로 시인의 변화된 시 세계를 읽어낼 수 있는 작품들이다. 특히 선덕여왕 설화 수용 시편은 설화를 매개로 이상적 사랑과 영원을 지향하는 시인의 새로운 시적 비전을 보여준다고 말할 수 있다.

마지막으로 시집 『질마재 신화』와 『떠돌이의 시』에서 고향마을 질마재의 설화를 수용한 일련의 시 「소자(小者) 이(李) 생원네 마누라님의 오줌 기운」·「알뫼집 개피떡」·「석녀(石女) 한물댁(宅)의 한숨」·「당산(堂山)나무 밑 여자들」·「단골 암무당의 밥과 얼굴」 등을 주목하고자 한다. 이들 시작품들은 구비설화의 구술성을 작품의 서술 화법으로 채용하고 있다는 점에서, 시작품의 서술적 대상들인 여성인물들이 기존 설화의 여성인물들과 달리 토속적 세계에 존재하는 일상적 인물이지만, 일상적 존재를 넘어서 신통력을 지닌 주술적 인물이라는 점에서 시인의 또 다

하기로 한다.

른 시적 지향을 읽을 수 있는 작품들이다.

그런데 설화를 수용한 현대시는 해당 설화를 시적 상상력을 펼치기 위해 중요한 참조의 틀(frame)로 삼는다. 이때 설화 수용의 시는 원텍스트로서의 설화가 지닌 의미를 반복하는 경우도 있지만, 인유에 의하든 상징에 의하든 새로운 시 텍스트의 문맥에서 그 의미는 흔히 확대, 변형, 재생산된다. 문제는 이렇게 시 텍스트에서 재생산된 의미이다. 시인은 설화를 자신의 의도와 세계관에 따라 참조할 것인데, 결과적으로 시 텍스트는 원텍스트와 달리 다양한 의미 생성이 가능하다. 여기에 시 텍스트의 장르적 성격이나 텍스트가 생산되는 시점과 공간상의 문제가 개입되는 것은 물론이다. 서정주의 시에서 여성인물 설화를 수용한 시 작품들을 검토하면서 주목하고자 하는 바가 바로 새로운 텍스트에서 생산되는 의미인 것이다.

Ⅱ. 서정주 시의 여성인물 설화의 수용 양상

1. 이브(Eve)의 신화와 「화사」 : 주체의 성적 욕망과 아니마의 상징

서정주의 첫 시집 『화사집』(1941)에 수록된 시 작품들은 시인의 청년기에 겪은 좌절과 방황, 그리고 치열한 욕망을 노래했던 작품들이다. 그리고 그것은 내면에 잠재된 무의식을 용트림하듯이 언어로 토해냄으로써 주체의 존재성과 생명의식에 대해 치열하게 고뇌하는 인간상을 보여준다. 그런데 주체의 존재성과 생명의식의 확인 과정은 주체의 무의식적 욕망을 직접적으로 드러내지 않고 타자로부터 주체를 발견하거나 주체를 타자화하는 간접화의 방식을 취하는 것으로 파악된다.

시 「자화상」에서 "애비는 종이었다"는 이런 점에서 주체의 내면에 깊

숙이 감추어두고 차마 말하지 못했던 무의식의 자연적 발로인 것이다. 자기 통제를 벗어난 이런 충격적인 발언은 사실 아버지에 대한 부끄러움이 아니라 시인 자신의 존재에 대한 것이다. 물론 주체의 부끄러움은 근원적으로 타자인 아버지와의 상상적인 동일시로부터 촉발되지만, "밤이기퍼도 오지 않었다."는 아버지의 부재에 대한 원망을 동반함으로써 다분히 외디푸스적 원죄의식[4)]이 도사리고 있음을 보게 된다.

타자로부터 발견된 주체의 존재성, 즉 부끄러움의 원죄의식은 시 「화사」에서도 잘 드러난다.

> 麝香 薄荷의 뒤안길이다.
> 아름다운 베암……
> 얼마나 크다란 슬픔으로 태여났기에, 저리도 징그라운 몸둥아리냐
>
> 꽃다님 같다.
>
> 너의 할아버지가 이브를 꼬여내든 達辯의 혓바닥이
> 소리 잃은 채 낼롱거리는 붉은 아가리로
> 푸른 하늘이다. … 물어뜯어라. 원통히 무러뜯어,
>
> 다라나거라. 저놈의 대가리!
>
> 돌팔매를 쏘면서, 쏘면서, 麝香 芳草ㅅ길
> 저놈의 뒤를 따르는 것은
> 우리 할아버지의 안해가 이브라서 그러는 게 아니라
> 石油 먹은 듯…… 石油 먹은 듯…… 가쁜 숨결이야.
>
> 바눌에 꼬여 두를까부다. 꽃다님보단도 아름다운 빛……

4) 김동근, 「서정주 시의 담론 원리와 상상력」, 『국어국문학』 제128호, 국어국문학회, 2001, 162쪽 참조.

크레오파투라의 피 먹은 양 붉게 타오르는
고흔 입설이다 …… 슴여라, 베암.

우리 순네는 스믈 난 색시, 고양이같이 고흔 입설 …… 슴여라, 베암.

―「화사」 전문[5)]

위의 시는 『구약성서』의 창세기편 제3장 23절과 24절에 나오는 아담(Adam)과 이브(Eve)의 신화를 시적 상상의 바탕으로 끌어들이고 있다. 여기서 아담과 이브는 신화에서 말하듯 모든 인류의 조상이면서 모든 남성과 여성의 상징으로 시적 자아의 무의식에 잠재된 아니무스(animus)와 아니마(anima)라고 말할 수 있다. 그런데 시적 자아의 아니무스와 아니마로서의 아담과 이브는 곧 "우리 할아버지"와 "우리 할아버지의 아내"와 동일시됨으로써 타자를 통한 주체의 동일성 인식을 이끄는 구실을 한다. 말하자면 시적 자아의 성적 정체성 인식을 매개하는 담화를 아담과 이브의 신화로부터 마련하고 있는 것이다.

그런데 이 시에서 유의해서 보아야 할 점이 아담과 이브는 더 이상 에덴동산의 존재가 아니라는 것이다. 아담과 이브는 에덴동산에서 추방된 "麝香 薄荷의 뒤안길"에 있다. 이 사향 박하의 뒤안길은 끊임없이 사탄이 유혹하는 동시에 사탄의 유혹에 이끌리는 공간이다. 사탄의 달콤한 유혹은 아담과 이브로 하여금 부끄러움의 죄의식에 빠지게 하면서도 성적 쾌감의 달콤함에 더 관능적인 집착을 하도록 한다. 따라서 이브를 유혹했던 사탄, 즉 뱀은 물리치고 싶지만 결코 물리칠 수 없는 존재로 욕망의 심연에 자리를 잡고 있다. "을마나 크다란 슬픔으로 태여났기에, 저

5) 시 「화사」는 『시인부락』 제2집(1936. 12)에 먼저 발표되었다. 시 작품의 인용은 시집 『화사집』에 수록된 것으로 했다. 다만 원문대로 표기를 하되 띄어쓰기만 현대 한글맞춤법에 따라 했다. 이하 본문에서 인용하는 시는 모두 이와 같은 방식으로 표기했다.

리도 징그라운 몸둥아리냐"고 저주하면서 돌팔매질을 하지만, "꽃다님보단도 아름다운 빛"의 꽃뱀은 시적 자아의 잠재된 성적 욕망인 리비도(libido)를 뜨겁게 달구면서 자신을 좇아오게 만든다. 이처럼 꽃뱀, 즉 '화사'는 징그러움과 아름다움의 양가성을 지닌 아이러니의 존재로 죄의식과 관능적 쾌감을 시적 자아에게 동시에 불러일으킨다.

에덴동산에서 이브를 꼬여 관능적 쾌감에 빠지게 한 뱀은 그 외형적 모습에서 남성 성기와 동일시되어 남성성을 가진 존재로 볼 수 있지만, 이 시에서 화사의 양가성은 남녀 양성이 결합된 이미지로 나타난다.[6] "너의 할아버지가 이브를 꼬여내던" 뱀은 분명 남성성을 가진 존재이지만, "바눌에 꼬여 두를까보다"고 시적 자아를 유혹하면서 관능적 욕망을 자극하는 "꽃다님같은" 뱀은 여성성을 발산시킨다. 그러면서 화사는 곧 '클레오파트라'와 '우리 순네'의 이미지와 차례로 겹쳐지면서 동일시된다. "達辯의 혓바닥"으로 이브를 꼬였던 화사가 어느새 "피 먹은 양 붉게 타오르는/고흔 입설"을 가진 '클레오파트라'와 "고양이같이 고흔 입설"을 가진 '우리 순네'로 변신한 셈이다. 여기서 시적 자아도 화사를 저주하고 혐오하며 돌팔매질을 했던 행위를 멈추고, "슴여라! 베암"하며 화사의 유혹을 도리어 요구한다. 시적 자아가 저주하고 혐오했던 화사가 '클레오파트라'와 '우리 순네'에 대한 성적 욕망을 자극할 뿐만 아니라 시적 자아로부터 부름을 받고 관능적 몸짓을 요구받는 것이다. 화사에 대한 시적 자아의 이러한 심리적 착종은 근원적으로 징그러운 몸과 아름다운 빛을 가진 화사의 양가성으로부터 촉발된 것이다.[7]

화사는 사실 시적 자아의 내면에 감추어진 양가적 욕망을 대신하고

---

6) 남진우, 「남녀 양성의 신화」, 김우창 외, 『미당 연구』, 민음사, 1994, 203~204쪽 참조.

7) 최현식은 이런 점에서 "'나'의 매혹과 거절, 순응과 거부 등 지극히 분열적인 심리 양태는 한편으로는 대상('화사')의 양가성에 의해 촉발되는 것이다."라고 적절히 지적한 바 있다. 최현식, 『서정주 시의 근대와 반근대』, 소명출판, 2003, 57쪽.

있다고 말할 수 있다. 시적 자아의 양가적 욕망은 '이브 → 우리 할아버지의 아내 → 우리 순네'로 이어지는 착하고 순한 여성을 향한 아니마의 심리와 함께 "피 먹은 양 붉게 타오르는 고흔 입설" 또는 "고양이같이 고흔 입설"을 가진 '클레오파트라 → 우리 순네'로 이어지는 매혹적 관능의 여성을 향한 아니마의 심리이다. 착하면서도 매혹적인, 고우면서도 관능적인 여성에 대한 시적 자아의 성적 욕망과 충동이 화사를 통해 대리 발산되는 것이다. 따라서 "슴여라! 베암"의 명령적 어조는 직접적으로 화사를 대상으로 한 것이지만, 사실은 시적 자아를 향한 내면적 요구를 간접적으로 표명한 것이다.

이 시는 타자인 아버지로부터 성찰된 주체의 죄의식을 낙원 추방의 이브 신화를 수용하면서 재성찰하고자 한다. 낙원에서 추방된 이브는 이미 사탄의 유혹에 넘어갔다. 신화적 신성성은 상실되고 관능적 유혹에 이끌린 원죄의 여성이 되었다. 그런데 이 이브는 다름 아닌 "우리 할아버지의 아내"로서 시적 자아와 정신적으로 연결되면서 주체의 성적 정체성을 인식하는 계기적 대상이 된다. 그것은 시적 자아가 이브의 편에서 뱀에 대한 혐오와 저주의 돌팔매질을 하는 행위를 통해 분명히 드러난다. "우리 할아버지의 아내"인 이브는 여기서 시적 자아의 여성성을 대신하는 존재이면서 무의식에 자리 잡은 이상적 여성으로서의 아니마일 수 있다. 말하자면 이브는 시적 자아의 성적 욕망이 타자화된 여성 이미지인 것이다. 그런데 이브가 사탄의 유혹에 넘어갔듯이, 시적 자아도 결국은 화사의 관능적 아름다움에 유혹되어 무의식에 잠재했던 강렬한 성적 욕망을 분출시킬 대상을 찾게 된다. 그 성적 욕망의 대상들이 매혹적인 관능을 지닌 '클레오파트라'였고 또한 '우리 순네'였다. 이들 여성들은 시적 자아의 또 다른 아니마이며, 역사와 현실의 공간에서 이브를 대신하는, 아니 이브가 현신한 여성의 이미지이며 상징인 것이다.

2. 춘향 서사와 「추천사」 등 : 주체의 운명적 아이러니와 영원한 사랑의 언술

서정주의 시 「화사」는 성경의 창세기편 신화를 시적 자아의 성적 정체성 인식과 내면의 무의식적 욕망 표출이란 담화의 시적 상징체계로 활용했다. 그런데 성경의 창세기편 아담의 신화는 오랫동안 서구인의 정신과 의식을 지배했던 신화라는 점에서 청년시절 시인이 저 서구의 정신세계로부터 정신적 자양분을 흡수하고자 했음을 직접적으로 드러내는 것이다. 국권을 상실한 시기에 민족적 정체성의 획득이 심각한 압박과 통제 속에 놓여 있던 상황에서 시인은 자연스럽게 서구의 정신세계에 대한 탐구를 통해 문학 지향의 방향을 찾고자 한 것이다.

시인은 일제 강점기 말기로 오면서 서구의 정신세계를 지향했던 태도에서 서서히 벗어나기 시작한다. 이브를 대신한 신화적 인물로 '고을나(高乙那)의 딸'(시 「고을나(高乙那)의 딸」)을 만나기도 하고, 고향마을 질마재 여인들의 '야화(夜話)'에 관심을 두기도 했다.[8] 그러나 이는 일시적이었고, 그의 문학 지향이 본격적으로 선회하기 시작한 시기는 해방 이후라고 말할 수 있다.

서정주는 『서정주시선』(1956)에 담긴 시작품들을 쓰면서 관능적인 아름다움보다 인고의 세월을 이겨낸 정신적 완숙함과 차분하면서도 청초한 아름다움을 갖춘 여성을 찾는다. 그 한 여성이 시 「목화(木花)」, 「누님의 집」, 「국화 옆에서」 등에 등장하는 '누님'이라 할 수 있다. '누님'은 시 「화사」에서 '이브 → 우리 할아버지의 아내 → 우리 순네'로 이어진 착하고 고운 아니마의 여성 이미지와 유사하다. 시인의 내면에 잠재되어 있었던 이상적 여성으로서의 아니마인 셈이다. 그러나 '누님'은 주체의 성적 대상자로 등장하지 않으며, 주체의 삶을 오히려 반성하게 하는

8) 서정주는 시 「고을나(高乙那)의 딸」을 『조광』(1939. 5)에 발표했으며, 「질마재 근동(近洞) 야화(夜話)」란 제목 아래 산문 3편을 『매일신보』(1942. 5. 13~21)에 연재한 바 있다.

존재이다. 최현식은 이런 '누님'이 "실제 경험의 대상이라기보다는 성숙한 자아를 표상하기 위해 고안된 허구의 존재"이며 "'영원성'을 존재와 삶의 원리로 완전히 내면화한 성숙한 자아의 분신"이라고 했다.[9] 충분히 동의할 수 있는 해석이다.

그런데 시인은 이즈음 시적 자아의 내면에 잠재된 또 다른 아니마라고 할 수 있는 여성을 찾는다. 이 여성이 바로 '춘향'이다. 춘향은, 잘 알다시피, 춘향 설화와 판소리, 소설 등의 고전을 통해 우리에게는 익숙한, 사랑과 정절을 상징하는 대표적 여성인물이다. 기생인 춘향이 이몽룡과의 신분적 차이에도 불구하고 당대의 질서와 관행을 어기면서 마침내 사랑을 성취한다는 점에서 춘향은 대단히 의지적인 여인이다. 삶의 고난을 겪기는 '누님'도 마찬가지지만, '누님'은 자연의 운명적 질서에 순응함으로써 기다림과 인내를 삶의 미덕으로 가꾸었던 전통적 여인상을 대변한다. 이에 비해 춘향은 당대의 질서와 관행에 저항해야만 자신이 꿈꾸었던 사랑을 성취할 수 있다.

'누님'과 춘향은 서로가 존재하는 시공이 현저하게 다르다는 점에서도 비교된다. '누님'이 경험적 현실의 시공에서 만날 수 있는 실재적 존재로 창안된 인물이라면, 춘향은 과거 속에 아니 이야기의 허구적 시공 속에 존재하는 허구적 인물이다. 그리고 '누님'이 시적 자아의 내면을 성찰하기 위한 계기적 존재로 대상화되는 인물이라면, 춘향은 스스로 주체가 되어 내면의 욕망을 자신의 목소리로 말한다. 시 「추천사」를 보자.

> 香丹아 그넷줄을 밀어라
> 머언 바다로
> 배를 내어 밀듯이,
> 香丹아

9) 최현식, 앞의 책, 148~149쪽.

이 다수굿이 흔들리는 수양버들 나무와
배갯모에 뇌이듯한 풀꽃뎀이로부터,
자잘한 나비새끼 꾀꼬리들로부터
아조 내어밀듯이, 香丹아

珊瑚도 섬도 없는 저 하눌로
나를 밀어 올려다오
彩色한 구름같이 나를 밀어 올려다오
이 울렁이는 가슴을 밀어 올려다오!

西으로 가는 달 같이는
나는 아무래도 갈수가 없다.

바람이 波濤를 밀어 올리듯이
그렇게 나를 밀어 올려다오
香丹아.

―「추천사(鞦韆詞)」 전문

위의 시에서 춘향이 그네를 타는 상황은 춘향 서사와 다르다. 춘향 서사에서 춘향이 그네를 뛰는 행위는 이몽룡을 만나는 중요한 계기가 된다. 그런데 이 시에서는 춘향이 이몽룡을 멀리 떠나보낸 후, 이몽룡에 대한 그리움을 견디지 못하여 시름을 이겨내고자 그네를 타는 상황으로 바뀌어 있다. 시적 상황이 이처럼 춘향 서사의 서술적 상황과 달라졌다. 이뿐만이 아니다. 춘향 서사의 이야기에서는 그네를 뛰는 춘향은 이도령의 시선에 의해 포착되는 수동적 존재이지만, 이 시에서 춘향은 그네를 뛰는 주체이면서 자신이 화자가 되어 적극적인 의사를 표명하고 있다. 말하자면 춘향은 대화와 행위의 능동적 주체로서 연행(performance)의 중심에 있는 것이다.

춘향은 향단이에게 그네를 밀어 올려 달라고 한다. 왜 그런가? 지금 여기의 시공에 사랑하는 대상인 이도령이 없기 때문이다. 임은 멀리 떠나고 독수공방의 현실에 춘향이 놓여 있다. "이 다수굿이 흔들리는 수양버들 나무와/배갯모에 뇌이듯한 풀꽃뎀이" 그리고 "자잘한 나비새끼 꾀꼬리들"이 있는 지상의 세계는 한때 임과 사랑을 나누었던 행복한 공간의 환유적 이미지들이다. 그런데 그 행복했던 공간에 이도령은 없고 춘향 혼자 지내야 한다. 행복의 공간에 있었던 사물들이 곁에 보일 때마다 춘향은 도리어 괴롭다. 행복했던 시공 속에 임이 없기 때문이며, 그래서 그 고통스런 현재의 시공을 벗어나고자 한다. 그러나 멀리 떠난 임을 볼 수 없으니, 마치 목말이라도 타고 멀리 떠나가는 임을 보고 싶어 하듯이 하늘 높이 오르고자 한다. 이 상승에의 욕망, 그것은 춘향의 임을 향한 영원한 사랑을 실현하고 싶은 욕망이다.

춘향은 이 상승의 공간에서 어떤 막힘도 없는 시계(視界)를 원한다. "珊瑚도 섬도 없는 저 하눌"이라야 막힘없이 언제나 임을 바라볼 수 있기 때문이다. 춘향의 이런 기대와 희망은 "채색(彩色)한 구름같이 나를 밀어 올려다오/이 울렁이는 가슴을 밀어 올려다오!"라고 했듯이, 장밋빛 꿈을 가지게 하고 마음을 설레게 만든다. 그러나 그네는 춘향의 상승에의 욕망을 실현시켜 주지 못한다. 상승한 그네는 다시 하강하기 마련이다. 춘향은 그네의 상승과 하강에 따라 흔들릴 수밖에 없고, 그에 따라 기대와 좌절, 행복과 고통, 사랑과 이별을 운명적으로 겪을 수밖에 없다. "西으로 가는 달 같이는/나는 아무래도 갈수가 없다."라는 춘향의 한계 고백은 그래서 애처롭다. 지상적 존재인 춘향의 운명적 아이러니인 것이다.

시 「다시 밝은 날에 —춘향의 말 · 2」에서 춘향의 말은 계속된다. 이제 춘향의 말을 듣는 청자는 '신령님'으로 바뀌었다. 초월적인 존재에게 춘향은 임과의 재회를 소원해 본다.

신령님….

그러나 그의 모습으로 어느 날 당신이 내게 오셨을 때
나는 미친 회오리바람이 되었습니다.
쏟아져 내리는 벼랑의 폭포,
쏟아져 내리는 소나기비가 되었습니다.

그러나 신령님….

바닷물이 작은 여울을 마시듯이
당신은 다시 그를 데려가고
그 휘—ㄴ한 내 마음에
마지막 타는 저녁노을을 두셨습니다.
그리고는 또 기인 밤을 두셨습니다.

—「다시 밝은 날에 —춘향의 말 · 2」 부분

이 시에서 춘향은 초월적 존재인 '신령님'의 현신에 의해서만 임을 만날 수 있다. 춘향의 서사에서처럼 운명을 거부하는 의지적인 모습은 드러나지 않고 있다. 춘향은 "그의 모습으로 어느 날 당신이 내게 오셨을 때" 춘향은 '미친 회오리바람'이 되고, '벼랑의 폭포'가 되고 '소나기비'가 된다고 했다. 초월적 존재인 '신령님'이 사랑하는 임으로 현신하여 극적인 만남을 하는 순간, 춘향이 느끼는 극적인 행복감과 황홀감을 '미친 회오리바람'과 '폭포'와 '소나기비'의 이미지로 표현한 것이다. 그러나 임과의 만남에서 느끼는 사랑의 행복감과 황홀경의 감정은 순간적인 것이고 영원할 수 없다. 신령님이 다시 그를 데려갔기 때문이다. 아니 운명적으로 임과 이별해야 했기 때문이다. "그 휘—ㄴ한 내 마음에/마지막 타는 저녁노을을 두셨습니다."란 구절은 임과 이별한 춘향의 심정을 인상적으로 보여준다. 마음 한 곳이 뚫린 듯한 허허로움에 타는 듯한 그리움,

그리고 다시 만날 기약조차 없는 세월의 아득함이 그대로 드러난다.

그러면 영원한 사랑을 이루려는 춘향의 욕망은 좌절되는 것인가. 아니다. 지상의 이승적 존재로 살아서 영원한 사랑을 이룰 수 없다면, 죽어서라도 저승에서 이승의 한을 풀고 영원한 사랑을 이룰 수 있는 것이다. 시 「춘향유문 ―춘향의 말 · 3」은 바로 이런 점에서 영원한 사랑을 성취하고 싶은 춘향의 유언을 들을 수 있다.

저승이 어딘지는 똑똑히 모르지만,
춘향의 사랑보단 오히려 더 먼
딴 나라는 아마 아닐 것입니다.

천 길 땅 밑을 검은 물로 흐르거나
도솔천의 하늘을 구름으로 날드래도
그건 결국 도련님 곁 아니예요?

더구나 그 구름이 쏘내기 되야 퍼부을 때
춘향은 틀림없이 거기 있을 거예요!

―「춘향유문 ―춘향의 말 · 3」 부분

위의 시는 제목을 '춘향유문'이라 했다. 춘향이 남긴 유서 형식의 시는 그만큼 죽음의 순간에 남기게 되는 비장한 마음을 담고 있다. 그런데 알다시피 춘향의 죽음이나 유서는 춘향 설화를 비롯한 춘향 서사에는 없는 일이다. 춘향과 이몽룡의 사랑이 춘향 서사에서는 행복한 결말로 끝나지만, 시인은 이승에서 끝나는 사랑이 아니라 저승에서도 계속되는 영원한 사랑을 상상했다. 이 시의 화자인 춘향은 저승이 "천 길 땅 밑"이거나 "도솔천의 하늘"이거나 어디에서든 '도련님 곁'에 있을 것이라고 말한다. 그런데 이 영원한 사랑은 물, 구름, 소나기로의 변신과 그 무한

한 순환에 의해서 가능하다. 땅 밑의 물은 구름이 되고, 구름은 다시 소나기가 되어 지상에 내리는, 자연의 순환원리는 바로 불교의 철학이자 정신인 윤회사상과 인연설에 맞닿아 있음은 물론이다. 춘향은 여기서 시인이 '영원의 지향'을 추구한 신라정신을 구현하는 시적 환유의 이미지로도 이해될 수도 있다. 신라적인 정신태의 "그 하나는 「영통(靈通)」이나 「혼교(魂交)」라는 말로써 전해져 오는 그것이고, 다른 하나는 불교(佛敎)의 삼세인연(三世因緣)과 윤회전생(輪廻轉生)이다."[10]라고 시인이 말한 바가 있기 때문이다.

그런데 춘향의 영원한 사랑을 위한 바람은 지상을 떠나고 싶은 '그네'의 상승 욕망으로도 이루어지지 못하고, 초월적 존재인 '신령님'에 대한 귀의로도 실현되지 못한다. 춘향의 몸이 지상의 이승적 존재에 묶여 있기 때문이다. 영원한 사랑의 실현은 오직 한 가지 방법에 의해서만 가능하다. 이승적 존재인 몸에서 벗어나는 일이다. 춘향은 이승적 존재인 몸에서 벗어남으로써 영혼의 자유를 얻는다. 아니 그토록 힘들게 성취했던 사랑의 행복감을 영원히 지속시키는 자유를 실현하는 것이다. 이것이 춘향의 영원한 사랑법이다. 그러나 이는 이승에서는 불가능을 전제로 한다는 점에서, 춘향의 유언에는 비장한 만큼 허무감이 내재되어 있다고 말할 수 있다.

3. 논개 설화와 「논개의 풍류역학」 : 풍류로 초극한 죽음과 세속화의 양면성

서정주는 '영원한 사랑'을 실현하는 주체로 '춘향'에 특별한 관심을 가질 때, 또 한 사람의 여성인물인 '논개'에게도 관심을 가졌다. 시인이 춘향의 연작시를 쓴 시기가 1947~1948년인데, 춘향의 연작시가 끝난 4개월 후에 시 「논개」를 『민족공론』(1948. 9)에 발표했다. 별로 시차가 없

10) 서정주, 『서정주문학전집』 4, 일지사, 1972, 283쪽.

는 시기에 시인은 춘향과 논개를 시를 통해 만난 셈이다. 그런데 시집에 수록될 때는 서로 다른 시집에 실렸다. 전자의 춘향 연작시는 『서정주 시선』(1956)에 실렸지만, 후자의 「논개」는 「논개의 풍류역학」으로 제목이 고쳐져서 시집 『학이 울고 간 날들의 시』(1982)에 수록되었다.

춘향과 논개는 설화 속에서 기생이었다는 점에서 공통된다. 그러나 춘향이 설화 속에만 존재하는 허구적 인물이라면, 논개는 역사에 실존했던 실재적 인물이라는 점에서 차이를 가진다. 또한 춘향은 고난과 역경을 이기고 사랑을 성취한 인물이지만, 논개는 임진왜란이 한창이던 1593년 제2차 진주성(晉州城) 전투에서 꽃다운 나이로 의로운 죽음을 택하여 생을 마감한 인물이다. 그런데 두 인물이 허구적 인물이냐 실재적 인물이냐의 차이는 중요하지 않다. 두 인물에 대한 이야기는 그 자체로 전승력을 가지면서 다양하게 구술되어 왔고, 또한 판소리, 가사, 민요, 시, 소설, 희곡 등 많은 문학예술 작품에서 재창조되어 왔다.[11)]

이미 서론에서도 전제했지만, 구술되는 설화와 문자로 재창조되는 시에서 두 인물의 형상화는 많은 차이를 보인다. 서정주의 시에서 춘향은 춘향 서사의 일반과 달리 영원한 사랑을 추구하는 인물로 형상화되었고, 그 영원한 사랑은 죽어서 유언으로나마 실현되기를 바란다. 그러면 논개 설화와 이를 수용한 시는 어떠한가? 춘향 설화를 비롯한 춘향 서사도 그렇지만, 논개 설화 자체도 구술의 맥락과 관점이 일정하지 않다.

논개 설화는 다양한 문헌 기록[12)]과 구비전승의 조사 자료[13)]로 전해

---

11) 논개 사적 관련 문헌자료의 역사적 검토, 논개 설화와 이를 수용한 시, 소설, 희곡 등에 관한 문학적 검토를 종합한 결과를 경성대학교 향토문화연구소에서 『논개사적연구』(신지서원, 1996)로 펴냈다. 이 자리에서 필자는 논개 설화를 수용한 민요, 가사, 시조, 시 작품들에 대한 전반적인 논의를 한 바 있다. 박경수, 「논개 인유시의 양상과 의미」, 위의 책, 325~361쪽.

12) 구전되는 논개 설화를 기록한 처음의 문헌은 유몽인(柳夢寅, 1559~1623)의 『어우야담(於于野談)』으로 알려져 있다. 이 이후 논개 이야기는 여러 문헌 설화집에 올려져 왔으며,

지고 있다. 그런데 이들 논개 설화의 텍스트들은 논개의 출생과 신분, 그리고 죽음에 대해 크게 다른 시각의 내용을 보여주고 있다. 논개를 신분이 미천한 진주의 관기로 보는 이야기가 일반적이지만, 논개가 양반 가문의 후손으로 태어나 가세가 기울어지자 부득이 관기가 될 수밖에 없었다는 이야기도 전승되고 있다. 기생인 논개 이야기와 기생 아닌 논개 이야기의 대립은 논개의 죽음에 관해서도 그 이유와 의미를 달리 받아들이는 이야기로 전승되어 왔다. 논개가 왜장을 유혹하여 함께 죽은 일에 대해 자신의 절개도 지키고 나라를 위한 충절도 지켰다는 입장이 있는가 하면, 논개의 죽음이 연인의 원수를 갚고 나라를 위한 충절도 지켰다는 입장이 있다. 전자를 대표하는 이야기가 『어우야담』의 논개 이야기라면, 후자의 기생 아닌 논개 이야기는 『호남절의록』을 거쳐 『일사유사』의 문헌 설화로 이어졌다.[14] 현대에 조사된 여러 논개 설화들도 각 편에 따라 전자의 화소를 따르기도 하고 후자의 화소를 보이기도 한다.

그러면 서정주의 시에서 논개 설화는 어떻게 수용되고, 또 어떤 인물로 형상화되고 있는가.[15] 먼저 그의 시를 보기로 하자.

19세기 이후부터는 논개 이야기는 역사적 실기류의 기록들인 『호남절의록(湖南節義錄)』(1800), 『호남삼강록(湖南三綱錄)』(1839), 『일휴당실기(日休堂實記)』(1861), 장지연(張志淵, 1864~1920)의 『일사유사(逸士遺事)』(1910) 등으로 이어졌다.

13) 『한국구비문학대계』에 올려진 논개 관련 설화 6편을 포함한 21편의 자료를 조사, 정리하여 연구한 성과가 있다. 곽정식, 「의암 논개 전설의 연구」, 앞의 책(『논개 사적 연구』), 253~321쪽.

14) 『일사유사』에서는 논개가 어려서 부모를 잃고 집은 가난하여 의지할 곳이 없어 결국 기적에 떨어져 기생이 되었으며, 장수현감인 황진의 사랑을 얻은 것으로 나타난다. 또한 황진이 진양성 전투에서 순절하자 논개도 따라서 죽고자 강가 바위에 섰는데, 왜장이 술에 취해 논개를 꾀어가려 하자 왜장의 허리를 안고 바위 아래 몸을 던져 죽었다고 기록되어 있다.

15) 서정주의 시 「논개의 풍류역학」을 포함한 논개 설화를 수용한 광복 이후 시기의 현대시 작품을 집중 논의한 바 있다. 박경수, 「구비문학과 문예창작 —현대시에서의 민요 아리랑과 논개 이야기의 수용을 중심으로」, 『구비문학연구』 제23집, 한국구비문학회, 2006, 131~181쪽, 이 글에서는 이미 진행한 「논개의 풍류역학」에 관한 논의를 수정, 보완하며

어린 계집아이 너무나 심심해서
한바탕 게걸스럽게 장난이듯이
철천의 웬숫놈 게다니로꾸쓰께 將軍하고도
晋州 南江 촉석루에 한 床도 잘 차리고,
그런 놈하고 같이 노래하며 뛰놀기도 잘 하고,
그것을 하다 보니 더 심심해져설랑
바위에서 끌안꼬 딩굴다가 퐁당!
南江 깊은 물에
强制情死도 해버렸나니,
범 냄새와 곰 냄새
마늘 냄새와 쑥 냄새
보리 이삭의 햇볕 냄새도 도도한
論介의 이 風流의 曲線의 力學—
아무리 어려운 일도, 죽엄까지도
모든 걸 까불며 놀듯이 잘 하는,
이빨 좋은 계집아이 배 먹듯 하는
論介의 이 風流의 맵시 있는 力學—
게눈 감추 듯한
東夷의 弓大人族의
물 찬 제비 같은 이 호수운 力學이여!

—「논개의 풍류역학」 전문[16)]

위의 시는 작품의 끝에 이홍직(李弘稙)이 편찬한 『국사대사전』 상권에 있는 『호남삼강록』의 논개에 관한 기록을 바탕으로 쓴 작품임을 밝히고 있다. 기생인 논개가 왜장 모곡촌 육조(毛谷村 六助: 게다니 로꾸스께)[17)]를

다시 쓴 것임을 밝혀둔다.

16) 작품의 인용은 시집 『학이 울고 간 날들의 시』(소설문학사, 1982), 233~234쪽에 수록된 작품으로 했다.

17) 논개가 안고 죽은 왜장은 귀전통치(貴田統治)로도 불리는 모곡촌 육조((毛谷村 六助)로 통설화되어 있다. 그러나 배호길(裵鎬吉), 가등청정(加藤清正)의 부대장인 석종노(石宗老)라고 주장한 바 있다. 배호길, 「진주 촉석루와 주논개」, 『한양』, 1965. 3, 196쪽. 그런데 김문길은 일본측 자료에서 육조(六助)는 곧 육개(六介)로 임진왜란 때 전라도 양민의 코를

풍류로 유혹하여 충절의 죽음을 했다는 이야기를 핵심적 요소로 수용한 작품이다. 그런데 설화로 전해지는 논개의 죽음이 진지하고 의미심장한 행위로 이해되는 것과는 달리, 이 시에서는 논개의 죽음이 풍류로 이끌어짐에 따라 진지하기보다 희화화되고 있는 측면이 있다.

이 시에서 논개는 충절의 여인이기 이전에 세속적인 인간상을 보여준다. "노래하고 뛰놀기도 잘 하고", "아무리 어려운 일도, 죽엄까지도/모든 걸 까불며 놀 듯이 잘 하는", "어린 계집아이"이다. 이런 점에서 이 시는 논개가 춤과 노래 또는 풍류로 흥을 돋우는 일을 하는 기생임을 전제로 시적 상상력을 펼치고 있다. 작품의 문맥을 잘 살피면 논개는 태생적으로 유흥을 좋아하고 풍류를 즐기는 여성이란 생각이 강하게 작용하고 있다. 따라서 논개가 왜장을 풍류로 유혹하여 남강에 뛰어 내리는 행위를 "한바탕 게걸스런 장난"에서 시작하여 "그것을 하다 보니 더 심심해져설랑/바위에서 끌안꼬 딩굴다가 퐁당!" 한 "强制情死"라는 표현하고 있다. 물론 "철천의 웬숫놈 게다니로꾸스께 장군(將軍)"이라 하고, "범 냄새와 곰 냄새/마늘 냄새와 쑥 냄새", "東夷의 弓大人族"과 같이 역사인식과 연결된 민족 관념을 드러내는 표현을 부분적으로 쓰고 있다. 단군 이래 논개가 풍류를 즐기는 민족의 후예라는 점도 암시하려고 했다. 그렇지만 논개와 모곡촌 육조 사이의 관계 인식이 민족 대립에 의한 긴장 관계로 의미심장하게 와 닿지 않는다.

이 시는 논개의 죽음을 "曲線의 力學", "맵시 있는 力學", "호수운 力學"이라 했다. 논개가 왜장을 풍류로 유혹하여 죽음을 감행한 행위를 멋지고 고상한 행위로 미화하고자 했으리라. 그렇지만 논개의 풍류와 죽

베어 가서 코무덤(千鼻靈社)을 만든 장본인으로 63세까지 살다 죽었다고 했다. 그리고 논개(論介)도 일본 장수들이 지어준 이름이라 했다. 김문길, 『임진왜란은 문화전쟁이다』(도서출판 혜안, 1995), 65~72쪽. 모곡촌 육조설이 현재까지 유력한 주장이지만, 논개가 안고 죽은 왜장이 누구인가에 여러 이설이 있는 것처럼 문학작품에서도 왜장의 이름은 한결같지 않다.

음이 시인이 의도했던 것처럼 서로 평형을 이루는, 역학의 아름다움으로 받아들여지지 않는다. “모든 걸 까불며 놀듯이 잘 하는”하는 풍류가 아무리 두렵고 어려운 죽음이라도 초극할 수 있는 것으로 받아들일 수도 있지만, 풍류를 앞세운 죽음은 자칫 그 진지함과 숭고함을 희석시킬 위험을 안게 되는 것이다. 논개는 죽음도 두려워하지 않고 왜장을 안고 초개같이 몸을 던졌다는 것이 설화의 일반 문맥이다. 이에 따라 논개의 행위는 충절로 칭송되고, 또 그 이야기는 후대로 회자되었다. 그런데 이 시에서는 논개를 풍류에 물든 ‘계집아이’로 세속화하고, 그녀의 비장한 죽음까지도 “한바탕 게걸스런 장난”에 의한 “强制情死”라 함으로써 논개의 죽음은 시인의 의도와 달리 희화화된 죽음으로 읽을 소지를 만들고 말았다.

4. 선덕여왕 설화와 「선덕여왕의 말씀」 등 : 사랑의 진정성과 영원한 사랑의 화법

서정주는 해방기의 혼란을 겪은 후 6.25전쟁 전쟁의 소용돌이 속에서 신라의 혼신들과 만나는 일에 몰두하기 시작한다. 역사적 격랑 속에서 흔들림 없는 정신적 지주를 신라정신에서 찾고자 한 것이다.

> 1951년의 전주(全州) 피난과 1952~1953년의 光州 피난 시절, 나는 내 마음 속의 어쩔 수 없는 요청으로 新羅에 관계되는 文獻을 反芻하고 貫珠 찍고 그 貫珠 찍은 것을 다시 카아드들을 만들어 베끼고 있는 일에 몰두하게 되었다.
>
> 그래서 그 貫珠 찍은 부분들에 들어 있던, 新羅의 魂身들은 내 마음 속에 붙어 들어오기 시작한 걸로 나는 안다. 영원과 무한을 허무 한 點 없는 靈魂의 大河라고 구체적으로 내게 일러준 힘으론 이 貫珠 部分 이상의 것이 아직 내 생애엔 없었다. 특히 그 낱낱이 모두가 큰 祭祀를 받기에 足한 『三國遺事』 속의 빛나는 叡智의 寓話들은 내 따분

한 피난살이의 詩精神을 安立하게 해 주었다.[18]

시인은 『삼국유사』, 『삼국사기』, 『수이전』 등 신라 관련 문헌을 통해 '예지의 우화'들을 읽고, 그것으로부터 '신라의 혼신'들을 만나면서 새로운 시정신을 정립할 수 있게 되었다고 했다. 그리고 이 새로운 시정신을 "영원과 무한을 허무 한 點 없는 靈魂의 大河"라고 표현했다. 영원과 무한의 정신세계의 탐구, 그것이 삼국유사의 설화로부터 찾게 된 이른바 신라정신의 요체임을 밝히고 있다.

그러면 시인이 탐구한 『삼국유사』 등에 전하는 설화는 어떻게 시에 수용되고, 또 형상화되고 있는가? 이미 여러 논자가 서정주의 시집 『신라초』(1961), 『동천』(1968), 『학이 울고 간 날들의 시』(1982)에 수록된 많은 작품들이 『삼국유사』 등 문헌에 전하는 설화를 바탕으로 창작되었음을 논의했다. 이 글에서는 시인이 시작품의 메타텍스트로 참고한 설화 중에서도 여성인물 설화에 관심을 두는 만큼, 이와 관련된 몇 작품을 꼽자면, 선덕여왕 · 사소부인 · 수로부인 관련 설화를 수용한 일련의 시작품들을 대표적으로 들 수 있을 것이다.[19] 이들 설화 수용 시작품들은 비슷한 시기에 발표되면서 유사한 시적 발상과 화법을 보여준다고 할 수 있는데. 이 글에서는 선덕여왕 관련 설화를 수용한 일련의 시작품들을 집중 논의하면서 여성인물 설화의 시적 수용과 그 변용 문제를 파악하는 것으로 한다.

선덕여왕 관련 설화를 시작품 형상화의 중요한 틀로 수용한 일련의 시작품들은 「선덕여왕(善德女王)의 말씀」 · 「우리 데이트는」 · 「지귀(志鬼)

18) 서정주, 「짝사랑의 역정」, 『서정주문학전집』 4, 일지사, 1972, 152쪽.

19) 박혁거세의 어머니인 사소부인 관련 설화를 수용한 시작품들은 「꽃밭의 독백 –사소(娑蘇) 단장(斷章)」 · 「사소(娑蘇)의 편지 1」 · 「사소(娑蘇)의 두 번째 편지 단편(斷片)」이며, 수로부인 설화와 관련된 일련의 시작품들은 「노인헌화가」 · 「수로부인의 얼굴 –미인을 찬양하는 신라적 어법」 · 「수로부인은 얼마나 이뻤는가」 등이 있다.

와 선덕여왕(善德女王)의 염사(艷史)」이다. 먼저 시 「선덕여왕의 말씀」을 보자.

피 예 있으니, 피 예 있으니,
너무들 인색치 말고
있는 사람은 病弱者한테 柴糧도 더러 노느고
홀어미 홀아비들도 더러 찾아 위로코,
瞻星臺 위엔 瞻星臺 위엔 그중 실한 사내를 뽜라.

살(肉體)의 일로써 살의 일로써 미친 사내에게는
살 닿는 것 중 그중 빛나는 黃金 팔찌를 그 가슴 위에,
그래도 그 어지러운 불이 다 스러지지 않거든
다스리는 노래는 바다 넘어서 하늘 끝까지.

하지만 사랑이거든
그것이 참말로 사랑이거든
서라벌 千年의 知慧가 가꾼 國法보다도 國法의 불보다도
늘 항상 더 타고 있거라.

朕의 무덤은 푸른 嶺 위의 欲界 第二天.
피 예 있으니, 피 예 있으니, 어쩔 수 없이
구름 엉기고 비 터 잡는 데 ― 그런 하늘 속.

내 못 떠난다.

―「선덕여왕(善德女王)의 말씀」 부분

위의 시는 작품 아래에 "선덕여왕(善德女王)은 지귀(志鬼)라는 자의 여왕에 대한 짝사랑을 위로해, 그 누워자는 데 가까이 가, 가슴에 그의 팔찌를 벗어놓은 일이 있다."는 주를 붙여 놓고 있다. 선덕여왕을 짝사랑한 지귀설화는 박인량(朴寅亮)이 지은 『수이전(殊異傳)』에서 '심화요탑(心火繞

塔)'이란 제목으로 전하는 이야기이다.[20] 작품의 주에서 밝혔듯이, 이 시는 '심화요탑'의 지귀설화를 핵심 화소로 수용하고 있다. 그런데 이 시는 지귀설화만 수용하고 있는 것이 아니다. 『삼국유사』 권1의 「선덕여왕지기삼사(善德女王知幾三事)」 조에 전하는 세 가지 설화에서 선덕여왕이 죽음을 예언하면서 도리천에 자신을 묻어달라고 한 이야기도 부분적으로 수용하고 있다. 이 시는 이런 선덕여왕 관련 여러 설화를 바탕으로 하되, 시의 화법을 선덕여왕 자신이 시적 화자가 되는 1인칭 화법으로, 자신의 내면을 직접적으로 말하는 방식을 취하고 있다. 이는 앞서 검토한 춘향연작시와 같은 화법이다.

위 시의 첫 연에서 형상화된 선덕여왕은 희생과 자비로 선정을 펼치는 여왕의 모습이다. "피 예 있으니, 피 예 있으니"라고 하며 자신까지 희생하는 태도를 보일 뿐만 아니라 병약자, 홀아비와 홀어미 등 모든 병약하고 궁휼한 자들에게 땔감과 음식을 나누어주는 자비를 베풀라고 말한다. 여기서 '피'는 극진한 정성이며 희생적 사랑을 상징한다고 말할 수 있다. '피'는 그 섬뜩함에서 부정적인 이미지가 되기도 하지만, 보편적으로 생명이고 사랑이며 희생의 상징적 이미지가 되기 때문이다. 둘째 연부터는 지귀에 대한 선덕여왕의 마음 속 말을 하고 있다. 지귀의 사랑이 단순히 "살(肉體)의 일"에 지나지 않는 육욕이라면, "살 닿는 것 중 그중 빛나는 黃金 팔찌를 그 가슴 위에" 올려놓지만, 그래도 어지로운 불로

20) 『수이전(殊異傳)』의 「심화요탑(心火繞塔)」 설화는 이후 『대동운부군옥(大東韻府群玉)』에 전재되었다. 이 설화의 줄거리는 다음과 같다. 신라 선덕여왕 때 지귀라는 청년이 선덕여왕의 아름다운 용모에 반하여 짝사랑하다 그만 미치고 말았다. 어느 날 선덕여왕이 행차를 하는데 지귀가 행차를 방해하다 붙들려 왔는데, 선덕여왕은 지귀를 절에까지 따라오게 했다. 선덕여왕의 기도가 끝나기를 기다리던 지귀는 그만 지쳐 잠이 들고 말았는데, 기도를 마친 선덕여왕이 와서 애처로운 모습에 팔찌를 가슴에 올려두고 왔다. 잠에서 깬 지귀는 팔찌를 보자 가슴에 불이 일어 자신을 태우고 탑까지 태웠다, 그후 지귀는 불귀신이 되어 백성들이 두려워했는데, 선덕여왕이 불귀신을 쫓는 주문을 백성들에게 지어 주었다.

떠돈다면 "바다 넘어서 하늘 끝까지" 닿는 노래로 다스리겠다는 것이다. 셋째 연은 지귀의 사랑이 진정한 사랑이라면 신라 천년의 국법도 다스릴 수 없는 법, 그 타오르는 사랑의 불길을 그대로 두라고 말한다. 이 끊임없이 타오르는 사랑의 불길, 국법도 선덕여왕도 어느 누구도 제어할 수 없는 진정한 사랑, 그것이 영원한 사랑이며, 영원을 지향하는 신라정신과 상통하는 것임은 이미 여러 논자가 지적한 바이다.21)

선덕여왕은 진정한 사랑 앞에 "내 못 떠난다"고 했다. 자신의 무덤을 "欲界 第二天"에 두라고 말하고 있다. 이 욕계(欲界) 제2천은 불교에서 유정(有情)한 중생들이 머무는 둘째 하늘로 도리천(忉利天)을 말한다고 한다. 선덕여왕은 이승을 완전히 벗어나지 못한 "구름 엉기고, 비 터 잡는" 도리천에서 진정한 사랑을 받을 수 있다는 것이다. 이런 점에서 영원한 사랑은 초월적인 사랑이 아니며, 신분의 차이를 벗어나 사랑의 진정성을 이해하는 토대 위에서 실현되는 것이다. 이 시에서 선덕여왕의 인간주의적 면모를 발견하거나,22) 서정주의 신라정신이 "현세적 삶에 대한 긍정이며 사랑이고, 또한 인간 존중의 정신을 의미한다."23)고 말한 것은 매우 적절한 지적이다.

지귀설화를 수용한 또 다른 시 「우리 데이트는 ―선덕여왕의 말씀 2」는 선덕여왕과 지귀의 사랑을 좀 더 현실적이고 현세적인 차원에서 형상화한 작품이다. 앞의 「선덕여왕의 말씀」과 같이 1인칭 화법으로 된 이 시는 설화의 수용 방식에서, 임문혁이 논의한 바에 따르면, '인물의 동일화'와 '변형'의 방식을 보여주는 것이다.24)

---

21) 서정주의 설화를 수용한 시작품들에 관한 최근의 한 논의를 들자면, 「선덕여왕의 말씀」이나 「숙영이의 나비」 등에 나타난 사랑의 방식이 신라의 불교적 내세관, 곧 영원주의 사상과 영생의 원리를 형상화하고 있다고 지적한 바 있다. 배영애, 「영원주의와 '영통(靈通)'의 시학」, 김학동 외, 『서정주 연구』, 새문사, 2005, 86~90쪽.

22) 김시태, 「서정주 시의 역설적 의미」, 조연현 외, 『서정주연구』, 동화출판공사, 1975, 358쪽.

23) 김재홍, 「미당 서정주」, 김우창 외, 앞의 책(『미당연구』), 190쪽.

그대 좋은 낮잠의 상으로
나는 내 금팔찌나 한짝
그대 자는 가슴위에 벗어서 얹어놓고
그리곤 그대 깨어나거든
시원한 바다나 하나
우리 둘 사이에 두어야지

우리 데이트는 인제 이렇게 하지
햇볕도 아늑하고
영원도 잘 보이는 날

―「우리 데이트는 ―선덕여왕의 말씀 2」 부분

이 시의 화자인 선덕여왕은 "시원한 바다나 하나" 지귀와의 사이에 두어야지라고 말하고 있다. 여기서 '바다'는 선덕여왕과 지귀 사이에 놓인, 건널 수 없는 신분 차별의 거리이거나 사랑의 장애로 보이지 않는다. '바다'라도 "시원한 바다"라고 했다. 지귀의 가슴에 타오르는 뜨거운 사랑의 불길, 그 불길은 지귀 자신을 태울 뿐만 아니라 세상을 두려움으로 몰아넣는 불귀신으로 만들었다. '바다'는 바로 이 주체할 수 없는 불길에 대응된다. 선덕여왕은 지귀의 타오르는 사랑의 불길을 '바다'로 차분히 가라앉힘으로써 지나치지 않는 사랑, 아니면 영원히 지속될 수 있는 사랑을 하기를 바라는 것이다. 그런 사랑도 "햇볕도 아늑하고/사랑도 잘 보이는 날"에 하자고 했다. 불길로 금방 타버리는 사랑이 아니라 은근하면서도 영원히 변하지 않는 사랑의 데이트를 하자는 것이다.

---

24) 임문혁, 『한국 현대시와 설화』, 계명문화사, 1996, 47쪽. 임문혁은 서정주의 시에서 설화 수용 양상을 (1) 자기체험화(인물의 동일화, 행위의 동일화), (2) 비교 · 대조, (3) 상징화, (4) 변형, (5) 인유, (6) 패러디, (7) 재구술 등으로 구분하여 파악한 바 있다(47~76쪽). 그런데 실제 시작품에서 설화 수용은 어느 한 가지 양상으로만 나타나는 경우는 드물고, 둘 이상의 양상이 복합적으로 나타나는 경우가 많다. 시 「선덕여왕의 말씀」도 '변형' 중 발췌의 방법을 사용한 작품이라 했지만(64쪽), 발췌와 인물의 동일화가 함께 이루어진 작품이라 말할 수 있다.

선덕여왕과 지귀의 사랑이 시 「선덕여왕의 말씀」에서는 이승이 아니라 저승에서 이루어지는 사랑이지만, 위의 시에서는 사랑의 시공을 이승의 현실로 전환시켜 현실적이고 실질적인 사랑의 화법을 말한 셈이다. 이 시를 두고 "신분적 차이가 주는 사회적 긴장과 종교적 맥락이 지니는 신성성을 무화시키고, '선덕여왕'과 '지귀'를 평범한 연인 이미지로 현대화시키고 있다."[25]고 한 것은 적절한 지적이다.

시 「지귀와 선덕여왕의 염사」는 앞의 두 시작품들과 달리 1인칭 화법이 아니라 3인칭 화법으로 전환된다. 작품을 보자.

늦게야 절깐에 오신 善德女王이
이 志鬼의 이 大人氣質을 살며시 理解해서
마음 속에 엔간히는 흐뭇해져 가지고
그 팔에 낀 팔찌를 가만히 벗어
그 志鬼의 잠든 가슴에 얹어 준 것도
千 번이나 萬 번이나 잘 하신 일이지.

그런데 잠에서 깨어난 고 志鬼가
제 가슴에 놓인 고 女王의 팔찔 알아보고
발끈 지랄하여 불이 터져 나자빠지다니!?
「實力인 줄 알았더니 자발없는 것이라」고
女王께선 오죽이나 섭섭했겠나?
데이트꾼들 이것만큼은 注意해야 할 일이라고.

―「지귀(志鬼)와 선덕여왕(善德女王)의 염사(艶史)」 전문

위의 시는 앞의 두 작품과 달리 서정적인 긴장감을 주었던 상징과 비유의 시적 장치는 사라지고, 산문 문체에 의한 일상적 화법을 보여준다. 원텍스트인 「심화요탑」의 지귀 설화가 지닌 구술성을 상당 부분 유지

25) 서지영, 「서정주 시의 산문성과 근대성」, 김학동 외, 앞의 책(『서정주 연구』), 618쪽.

하고 있는 서술시(narrative poetry)이다. 다만 원텍스트와 크게 다른 점을 찾자면, 시의 화자는 원텍스트의 설화적 상황에 일종의 편집자적 논평(editorial comment)를 붙이고 있다는 점이다. 말하자면 원텍스트의 지귀 설화에 논평이 끼어든 형태로, '재구술'에 부분적으로 '자기체험화'가 이루어진 작품이라고 말할 수 있다.[26)] 소설의 경우 편집자적 논평이 끼어들면 서술의 시점은 3인칭 전지적 시점이 되듯이, 이 시도 3인칭 전지적 시점을 취한다. 그런데 시적 화자의 논평이 과거로 소급되는 것이 아니라 현재적 시점에서 이루어진다는 특징을 지닌다. 선덕여왕이 지귀의 가슴에 팔찌를 내려놓은 일이 지귀의 대인기질을 잘 이해한 행위였다거나, 지귀가 여왕의 팔찌를 보고 자신의 몸을 불태운 일을 두고 "「實力인줄 알았더니 자발없는 것이라」고" 하며 자신을 제어하지 못한 무능력에 여왕이 섭섭해했다는 말들은 과거의 설화적 상황을 시적 화자가 해석한 것이다. 그리고 마지막으로 "데이트꾼들 이것만큼은 注意해야 할 일이라고" 하며 교훈적인 언술까지 덧붙였다. 선덕여왕 관련 설화를 수용한 시가 이 작품에서 산문의 구술 텍스트로 변화되면서, 시는 그만큼 긴장감을 잃고 선덕여왕과 지귀의 사랑도 고귀함과 엄숙함을 상실하고 말았다고 말할 수 있다.

5. 질마재의 여성 설화와 「소자 이생원네 마누라님…」 등 : 여성의 육체성과 신성성의 서술시학

서정주는 고향마을 질마재에 전해지는 전설, 민담, 소문 등 다양한 이야기를 이야기꾼의 입장이 되어 재구술하며 쓴 작품들을 시집 『질마재 신화(神話)』(1975)에 집중적으로 담아내고, 일부는 뒤이어 간행한 시집

26) 시 「지귀와 선덕여왕의 염사」에서 이루어진 설화의 수용 방식은 임문혁이 말한 '재구술'과 '자기체험화' 중에서 인물의 동일화가 함께 이루어진 것이라 말할 수 있다. 임문혁, 앞의 책, 47쪽, 75쪽 참조.

『떠돌이의 시』(1976)에 수록했다.

이들 질마재의 설화를 수용한 시작품들은 기존 시집에 발표된 설화 수용의 시작품들과 여러 가지 점에서 변별성을 가진다. 첫째, 시의 문체적인 측면에서이다. 설화를 수용한 기존 시작품들이 설화의 중요 화소를 상징이나 비유적 문맥에서 수용하면서 서정적인 언술의 응집성을 보여주었다고 한다면, 질마재 설화의 수용 시작품들은 구비전승의 설화가 갖는 구술성을 시작품의 언술 구조로 그대로 채용하고 있다는 점에서 차이를 가진다. 따라서 질마재 설화의 수용 시작품들은 압축적 묘사에 의한 서정성을 떠나서 산문의 서술적 문맥을 형성하게 되는 것이다. 둘째, 시의 화자가 서정적 자아에서 서술적 자아로 바뀌면서, 시의 화제가 서정적 자아의 주관이나 화제의 주인공 시점에서 형상화되었던 기존 시작품들과 달리, 서술적 자아는 가능한 작품에 개입하지 않으면서 화제의 객관적 전달과 화제 자체에 대한 흥미를 강조한다는 점이다. 셋째, 기존 작품들이 수용한 설화 속의 인물들이 대체로 신화적 인물이거나 역사적 인물로서 인물 자체가 육체적으로나 정신적으로나 선망의 대상들인 데 비해, 질마재 설화에 등장하는 인물들은 일상의 경험적 공간에 존재하는 평범한 인물들로 어떤 방식으로든 결핍이나 과잉을 보이는 비정상적 인물이 많다는 점이다.[27] 넷째로 주제적 측면에서이다. 기존 시작품들이 주체의 관능적인 욕망을 투사하거나 진정한 사랑, 영원한 사랑 등의 주제를 추구했다고 한다면, 질마재 설화의 수용 시작품들은 관능적 욕망이나 사랑 자체를 이야깃거리로 삼을지라도 그것이 갖는 대중적 감응력이나 공감, 또는 신통력을 더욱 중시하고 있다는 점이다.

여기서 질마재 설화의 수용 시작품들이 갖는 특징들을 중심으로, 이 글의 주요 관심사인 여성인물 설화를 수용한 시작품들에 관한 논의로

---

27) 최현식, 앞의 책, 242쪽에서 이 점을 먼저 지적한 바 있다.

돌아오자. 시집 『질마재 신화』와 『떠돌이의 시』에서 질마재의 여성인물 설화를 수용한 작품들로 「소자(小者) 이(李) 생원네 마누라님의 오줌기운」·「알묏집 개피떡」·「석녀(石女) 한물댁(宅)의 한숨」·「당산(堂山) 나무 밑 여자들」·「단골 암무당의 밥과 얼굴」 등을 찾을 수 있다.

> 小者 李 생원네 무우밭은요. 질마재 마을에서도 제일로 무성하고 밑둥거리가 굵다고 소문이 났었는데요. 그건 이 小者 李 생원네 집 식구들 가운데서도 이 집 마누라님의 오줌기운이 아주 센 때문이라고 모두들 말했습니다.
>
> 옛날에 新羅 적에 智度路大王은 연장이 너무 커서 짝이 없다가 겨울 늙은 나무 밑에 長鼓만한 똥을 눈 색시를 만나서 같이 살았는데, 여기 이 마누라님의 오줌 속에도 長鼓만큼 무우밭까지 鼓舞시키는 무슨 그런 신바람도 있었는지 모르지. 마을의 아이들이 길을 빨리 가려고 이 댁 무우밭을 밟아 질러가다가 이 댁 마누라님한테 들키는 때는 그 오줌의 힘이 얼마나 센가를 아이들도 할 수 없이 알게 되었습니다. ―「네 이놈 게 있거라. 저놈을 사타구니에 집어넣고 더운 오줌을 대가리에다 몽땅 깔기어 놀라!」 그러면 아이들은 꿩새끼들같이 풍기어 달아나면서 그 오줌의 힘이 얼마나 더울까를 똑똑히 잘 알밖에 없었습니다.
>
> ―「소자(小者) 이(李) 생원네 마누라님의 오줌 기운」 전문

위의 시는 우선 과거시제를 사용하고 있다. 과거에 전해 들었던 또는 과거에 시의 화자가 경험했던 이야기를 현재 시점에서 구술하고 있기 때문이다. 따라서 이런 서술 시점에서 시의 화자는 곧 서술자가 되며 서술되는 화제에 가능한 개입하지 않고 화제를 전달하는 데 치중하게 된다. 구비전승의 설화가 갖는 구술 방식이 그대로 이 작품의 구술 방식으로 채택된 셈이다. 물론 특정한 화제의 이야기를 한다는 것 자체가 화자인 이야기꾼의 화제에 대한 주관적인 선호의식이나 가치관이 작용된다

고 말할 수 있다.

이 작품에서 시인, 곧 서술자가 이야기의 화제에 대해 갖는 관심은 '이 생원네 마누라의 오줌 기운'이며, 여기에는 '마누라님'이라 했듯이 화제의 주인공에 대해 '대단하다'거나 '놀랍다'거나 하는 의식이 작용하고 있다. 이는 '이 생원네 마누라님'의 이야기를 화제로 올릴 수 있는 중요한 이유가 된다. 그런데 '이 생원네 마누라님'의 오줌 기운을 남성적인 상징으로 볼 수도 있지만,[28] 여성 주체의 입장에서 보면 여성 본연의 육체성이며,[29] 여성성이 자유롭게 발산되는 것[30]으로 오히려 찬미의 대상이 된다고 말할 수 있다. 그렇다고 「화사」에서 처럼 관능적 욕망을 부추기는 육체성이 아니다. 그것은 이 시의 서두에서 "小者 李 생원네 무우밭은요. 질마재 마을에서도 제일로 무성하고 밑둥거리가 굵다고 소문이 났었는데요."라고 했듯이, '이 생원네 마누라님'의 오줌 기운은 생명의 근원적 힘이 되기도 하는 것이다. 말하자면, '이 생원네 마누라님'의 특별한 육체적 능력은 곧 생명력으로 "무우밭까지 鼓舞시키는", 자연에 대한 감응력까지 보여준다는 점에서 비범성과 신통력을 갖추었다. 이런 점에서 '이 생원네 마누라님'은 일상적 존재이면서 평범성을 넘어서고 있다.

시 「석녀 한물댁의 한숨」과 「단골 암무당의 밥과 얼굴」은 또 다른 차원에서 비범한 육체성을 갖춘 여성을 이야기하고 있다. 작품을 보자.

①

아이를 낳지 못해 自進해서 남편에게 小室을 얻어 주고, 언덕 위 솔밭 옆에 홀로 살던 한물宅은 물이 많아서 붙여졌을 것인 한물이란 그

---

28) 문혜원, 「서정주 시의 주제적 특징」, 『현대시와 전통』, 태학사, 2003, 69쪽.

29) 윤지영, 「'여자' 모티프와 시적 화자와의 관계」, 김학동 외, 앞의 책(『서정주 연구』), 537쪽.

30) 이명희도 『질마재 신화』의 주인공들이 강인한 생명력과 여성성을 발현하고 있다고 보았다. 이명희, 『현대시와 신화적 상상력』, 새미, 2003, 79쪽.

네 親庭 마을의 이름과는 또 달리 무척은 차지고 단단하게 살찐 玉 같이 생긴 女人이었습니다. 질마재 마을 女子들의 눈과 눈썹 이빨과 가르마 중에서는 그네 것이 그 중 端正하게 이쁜 것이라 했고, 힘도 또 그 중 아마 실할 것이라 했습니다. 그래, 바람부는 날 그네가 그득한 옥수수 광우리를 머리에 이고 모시밭 사이 길을 지날 때, 모시 잎들이 바람에 그 흰 배때기를 뒤집어 보이며 파닥거리면 그것도 「한물宅 힘 때문이다.」고 마을 사람들은 웃으며 우겼습니다.

……(중 략)……

그래 시방도 밝은 아침에 이는 솔바람 소리가 들리면 마을 사람들은 말해 오고 있습니다. 「하아 저런! 한물宅이 일찌감치 일어나 한숨을 또 도맡아서 쉬시는구나! 오늘 하루도 그렁저렁 웃기는 웃고 지낼라는가보다.」고……

—「석녀(石女) 한물댁(宅)의 한숨」 부분

②

질마재 마을의 단골 암무당은 두 손과 얼굴이 질마재 마을에선 제일 희고 부들부들 했는데요. 그것은 남들과는 다른 쌀로 밥을 지어먹고 살았기 때문이라고 했습니다. 남들은 농사지은 쌀로 그냥 밥을 짓지만 단골 암무당은 귀신이 먹다 남은 쌀로만 다시 골라 밥을 지어먹으니까 그렇게 된다구요.

…(중 략)… 그러곤 자기도 역시 잠밥 먹은 귀신같이 방 안에서 평안하게 늘 실컷 자고 놀며 손발과 얼굴로 깨끗하게 깨끗하게 씻고 문지르기 때문이라고 했습니다.

—「단골 암무당의 밥과 얼굴」에서

①의 시에서 서술적 대상인 '석녀(石女) 한물댁'은 결혼을 했지만 불임 여성이다. 여성으로서 생산성을 상실했다는 것은 중대한 결함으로 볼 수 있다. 그런데 이 작품은 성적 결핍을 장애로 문제 삼지 않는다. 이는 시 「알뫼집 개피떡」에서 과부인 '알뫼댁'의 서방질이 문제되지 않는 것

과 같다. 알뫼댁은 서방질을 한다는 소문이 퍼졌어도, 그 소문은 모든 사람들이 알뫼댁의 떡맛과 떡 맵씨를 찬양함으로써 없었던 일로 되어 버린다. 이렇듯이 한물댁의 성적 결핍은 그녀의 다른 육체성이 대신 채워짐으로써 무화되어 버린다. 한물댁은 "차지고 단단하게 살찐 玉 같이 생긴 女人"이고 "눈과 눈썹 이빨과 가르마 중에서는 그네 것이 그 중 端正하게 이쁜 것이라 했고, 힘도 또 그 중 아마 실할 것"이라 했다. 어찌 보면 한물댁의 단단하고 살찐 몸과 단정한 얼굴과 실한 힘을 특징으로 하는 육체성은 여성보다 남성의 성적 특징이다. 그러나 이 육체성을 달리 보면, 여성의 몸에 남성성을 구비함으로써 한물댁은 여성 일반과 차별화되는 성적 매력과 힘을 가진 존재가 될 수 있다. 그것은 마을 사람들뿐만 아니라 동물들조차 웃게 만드는 '한물댁 힘'으로 발산된다. 더욱이 이 한물댁의 특별한 힘은 그녀의 사후에도 자연과 교통한 '솔바람 소리'가 되어 마을 사람들의 마음을 감통시킴으로써 신성성을 획득하게 되고, 그녀 역시 주술적 존재의 신격으로 고양되는 것으로 나타난다.

②의 시에서 질마재 마을의 '단골 암무당'은 이미 주술적 능력을 가진 여성이다. 그런데 이 주술적 능력은 육체성과 상호 보족적인 것으로 이야기된다. 그녀가 "두 손과 얼굴이 질마재 마을에선 제일 희고 부들부들"한 여성이 될 수 있었던 까닭은 "귀신이 먹다 남은 쌀로만" 밥을 지을 수 있는 신통력을 가졌기 때문이며, 그런 귀신 같은 밥 짓기의 능력은 또한 "방 안에서 평안하게 늘 실컷 자고 놀며 손발과 얼굴로 깨끗하게 깨끗하게 씻고 문지르기 때문"이라고 했다. 말하자면 몸 즉 육체의 능력이 밥 짓기의 능력이 되고, 밥 짓기의 능력이 다시 육체의 능력을 보증하게 된다. '단골 암무당'의 주술적 능력은 몸의 육체성과 밥의 생명성이 결합되어 완성되는 것이다.

이상에서 검토했듯이, 질마재의 여성인물 설화를 수용한 시작품들은 구비설화의 구술성을 시작품의 서술 문맥과 화법으로 채용함으로써 화제의 객관적 서술과 함께 화제에 대한 독자의 흥미와 관심을 불러일으키게 했다. 그러면서 이런 시작품들은 일상의 평범한 인물이면서도 어떤 방식으로든 결핍이나 과잉을 보이는 비정상적 여성 인물을 화제의 주인공으로 삼고 있다는 점, 그러나 그들의 결핍과 과잉이 작품 자체에서 관심의 대상이 되지 않고, 그것을 오히려 극복하고 초월하는 인물의 육체성과 신통력을 강조하고 있다는 점을 시의 중요한 특징으로 꼽을 수 있다.

Ⅲ. 결론

이 글은 현대시의 구비설화 수용 양상을 파악하기 위해, 서정주의 시를 대상으로 여성인물 설화가 시에 수용된 양상을 집중 검토한 것이다. 서정주의 시에서 여성인물은 시인의 시적 형상화에서 중심 이미지였다는 점에서, 여성인물 설화를 수용한 시작품의 논의는 시인의 시의식과 상상력의 특징을 파악하는 데 매우 중요하다. 이 글은 이를 전제로 이브 신화와 「화사」, 춘향 서사와 일련의 춘향 연작시, 논개 설화와 「논개의 풍류역학」, 선덕여왕 설화와 일련의 선덕여왕 관련 작품들, 그리고 질마재의 여성설화와 관련 시작품들을 고찰했다. 그 결과를 제시하면 다음과 같다.

첫째, 시 「화사」는 이브 신화를 시적 상상력을 펴기 위한 계기적 모티프와 상징으로 작품에 수용했다. 이 작품은 주체의 성적 욕망을 타자화된 여성 이미지로 표현했는데, 그것들이 '이브 → 클레오파트라 → 우리 순네'로 전환되었다. 그런데 이들 여성들은 주체의 무의식에 잠재된 착하고 순한 여성으로서의 아니마와 관능적이고 아름다운 여성으로서의 아니마를 모두 보여주는 양가성을 가진 아이러니의 존재였다.

둘째, 일련의 춘향 연작시는 춘향 서사의 일반과 다른 시적 상황을 설정하고, 춘향을 시적 화자이자 주인공으로 삼아 춘향의 내면의식을 토로하는 시적 의장을 보였다. 「추천사」와 「다시 밝은 날에」서는 영원한 사랑을 위한 춘향의 욕망이 '그네'를 통한 상승의지로도 이루어지지 못하고, 초월적 존재인 '신령님'에 대한 귀의로도 실현되지 못했다. 「춘향유문」에서 춘향은 이승적 존재인 몸에서 벗어나 윤회전생을 통해 영원한 사랑을 성취하고자 했다.

셋째, 논개 설화를 수용한 「논개의 풍류역학」에서는 논개의 죽음을 풍류로 이끌어진 고상한 행위로 묘사하려 했지만, 논개에 대한 희화화된 표현이 오히려 논개를 세속적 인물로 비하시키고, 그 죽음도 희화화된 죽음으로 읽혀질 소지를 만들었다.

넷째, 선덕여왕 관련 설화를 수용한 일련의 시작품들은 주로 '심화요탑'의 지귀 설화를 수용한 작품들로 시적 화자가 선덕여왕의 입장이 되어 내면심리를 형상화하고 있는 작품들이었다. 이 점에서 춘향 연작시의 경우와 유사하지만, 현실적이고 현재적인 시점에서 영원한 사랑의 의미를 구현하고자 했다. 그러나 뒤에 쓴 작품일수록 서정적 긴장감을 상실하고 산문화하여 영원한 사랑이 갖는 엄숙함도 결여하고 말았다.

다섯째, 질마재의 여성설화를 수용한 시작품들은 구비설화의 구술성을 작품의 서술 화법으로 채용함으로써 화제 자체에 대한 독자의 관심과 흥미를 모으고자 했다. 이들 시작품에서 서술적 대상인 여성들은 우선 경험적 세계에서 만날 수 있는 일상적 존재들이지만 편견의 대상이 되거나 비정상의 어떤 결함을 가진 여성들이다. 그러나 이들 여성들은 또 다른 육체성을 획득함으로써 신통력과 대중적 감화력을 갖게 된다. 말하자면 이들은 일상의 결함과 편견의 시선을 초월하는 신성성을 갖춤으로써 주술적 존재들로 격상되는 면모를 보여주었다.

이상 서정주의 시에서 여성인물 설화를 수용한 시작품들을 대체로 통시적 측면에서 계열화하여 설화의 시적 수용 양상을 고찰했다. 서정주 시의 설화 수용 문제는 물론 여기서 그칠 수 없다. 시인의 시 세계의 변화와 좀 더 밀착된 관계 속에서 설화 수용 양상을 살피는 일과 공시적 측면에서 시작품들을 계열화하여 설화 수용의 복합적인 면모를 밝힐 필요가 있다. 더 나아가서 현대시의 설화 수용에 관한 논의는 서정주와 전봉건, 박재삼, 김춘수 등 시인들의 시에서 설화 수용이 어떻게 이루어지는지 폭넓게 비교하는 논의로 확장되어야 바람직할 것이다.

제3부

고전시론의 근대성과 시학의 맥락

조선 후기 천기론(天機論)의 근대성과 민요의식

Ⅰ. 서론

주지하다시피, 조선 전기의 문학관은 그 이념적 바탕이라 할 수 있는 주자학적 세계관에 따라 문학을 도의 구현 수단으로 보는 효용론적 입장이 지배적이었다. 물론 여기에는 내부적으로 '문이관도(文以貫道)'와 '문이재도(文以載道)'로 구별되는 사장파(詞章派)와 도학파(道學派) 사이의 대립이 있었다. 그러나 사장파와 도학파의 대립에도 불구하고 16세기 이후 이황(李滉), 이이(李珥) 등의 도학파가 득세함으로써 문학은 도를 근본으로 삼아야 한다는 재도론(載道論)의 입장이 지배적인 문학관이 되었다. 그런데 조선 중기에서 후기로 나아가면서 주리론(主理論)적 입장의 성리학은 새롭게 제기된 주기론(主氣論)적 입장과 부딪쳐 심각한 내부 논쟁을 거치게 되고, 이와 함께 기존의 성리학 자체에 대한 비판적 성찰을 통해 실학(實學)이 등장하여 새로운 사상적 조류를 형성하게 되었다. 여기에 장유(張維), 김창협(金昌協), 홍대용(洪大容), 홍량호(洪良浩), 이옥(李鈺) 등 일부 사대부 시인들과 홍세태(洪世泰), 정래교(鄭來僑), 장지완(張之琓) 등 여러 위항시인(委巷詩人)들은 기존 도학파의 재도론에 이의를 제기하는 것은 물론이고 사장파의 기교주의에 대해서도 비판적 입장을 취했다. 이들은 기본적으로 시적 감정의 자연스러운 표현을 중시하고 탈규범과 반기교의 입장에서 시인의 개성을 강조하는 시관을 피력하면서 시를 쓰고자 했다. 이른바 천기(天機)는 바로 이러한 당시의 시관을 보여주는 시학의 핵심 용어라고 하겠는데, 천기론에 의해 시의 도덕적 효용성과 형식적 규범을 중시하는 중세의 시관을 극복하면서 시에 대한 인식의 근대적 전환을 꾀하고자 했다고 파악된다.1)

천기론의 대두와 함께 이루어진 근대적 시의식의 정립 노력은 물론 한시를 중심으로 독자적이고 개성적인 시세계를 구축하기 위한 것이었

---

1) 조선조 문학의 전개과정에서 시의 천기론을 논의한 대표적인 글은 다음과 같다.

①조동일, 『한국문학사상사시론』, 지식산업사, 1978.

②최웅 외, 『한국고전시학사』, 홍성사, 1979.

③김홍규, 『조선 후기의 시경론과 시의식』, 고려대 민족문화연구소, 1982.

④장원철, 「조선 후기 문학사상의 전개와 천기론」, 한국학대학원 석사논문, 1982. 11.

⑤이경수, 「위항시인의 천기론」, 송재소 외, 『이조후기 한문학의 재조명』, 창작과 비평사, 1983. 8.

⑥ 김혜숙, 「한국 한시론에 있어서의 천기에 대한 고찰(1)-(2)」, 『한국한시연구』 2-3, 한국한시학회, 1994~1995.

⑦안대회, 『18세기 한국한시사 연구』, 소명출판, 1999. 8.

이상에서 ①은 주요 문학인의 문학사상을 사상사와 연관시켜 검토하는 과정에서 관련 시인들의 천기론을 개별적으로 검토하고 있으며, ②는 고전시학을 전체적으로 다루면서 부분적으로 시의 천기론을 언급하고 있다. ③은 조선 후기의 시경론을 검토하는 과정에서 시경론과 관련된 시의 천기론을 비교적 세밀히 논의하고 있다. ④는 천기론을 사상사의 맥락 속에서 집중 논의하고 있는 글로써, 천기론 논의의 시금석이 되는 본격 논의라 할 만하다. ⑤의 글은 위항시인의 천기론을 시집의 편찬의식과 관련하여 집중 검토하고 있다. ⑥은 기존의 천기론을 검토하면서, 천기론을 재도론과의 대립적 관점으로만 보거나, 성정론과 분리시켜 보았던 관점을 비판하고, 천기의 개념 파악에 몰두한 글이다. 그러나 이들 글은 사상사의 전개과정을 고려하지 못하고, 천기란 용어가 쓰인 시 논의의 전체적 문맥을 읽어내지 못하고 있는 한계가 있다. ⑦의 글은 시의 천기론을 부분적으로 다루고 있지만, 시의 천기론이 새로운 시의식을 보여주는 중요한 준거가 된다는 점을 18세기 한시의 전체적 전개과정 속에서 폭넓고도 명료하게 고찰하고 있다.

다. 그런데 여기서 주목할 사실은 한시를 중심으로 한 독자적인 시세계의 구축 노력이 '민요의식'을 근간으로 하고 있다는 점이다.[2] 멀리는 시경의 국풍(國風)을, 가까이로는 당대에 민간에서 불리는 민요 자체를 새롭게 인식함으로써 중세의 주자주의적 시관과 중화주의의 시관을 벗어나고자 했다. 조선 후기에 들어 사대부 한시의 형식과 내용에 새로움과 독창성을 불어넣기 위해 민요를 새롭게 인식하여 민요 자료를 한역하거나, 민요를 바탕으로 독창적인 시(한시) 세계를 구축하려는 노력이 폭넓게 일어났던 사정이 민요의식을 근간으로 한 한시의 변화를 구체적으로 증명하고 있다. 조선 후기의 천기론은 물론 한시에만 국한하여 시의식의 변화를 꾀한 것은 아니었다. 그것은 멀리 시경의 국풍을 새롭게 인식하거나 가까이는 당시의 민요를 새롭게 인식함으로써 민족시가에 대한 주체적인 시의식을 정립, 고양하는 방향으로 나아가기도 했다. 따라서 천기론의 시학은 가사, 시조(특히 사설시조), 민요(잡가를 포함하여)와 같은 국문시가를 한시와 대등한, 또는 그 이상의 위치에 올려놓고, 이를 주체적으로 인식하려는 논의로 확장되었다는 점에서 무엇보다도 큰 의의를 찾을 수 있다.

이 글은 조선 후기 천기론의 관점에 의한 시학의 대체적인 논의 방향이 위에서 간략하게 언급한 바에 따라 이루어졌다는 점을 전제로 하여, 특히 민요의식과 직접, 간접으로 연관된 천기론을 구체적으로 검토함으로써 이들 시학의 특성과 의의를 밝히고자 한다. 이를 위해 먼저 몇 가지 중요한 논의 사항을 제시하면 다음과 같다.

첫째, 조선 후기의 천기론이 시의식의 근대적 전환을 이룩하는 데 기

2) 이 부분에 관해서 이미 이루어진 중요한 논의를 들면 다음과 같다.
이동환, 「조선 후기 한시에 있어서의 민요취향의 대두」, 『한국한문학』 제3~4집, 한국한문학연구회, 1979. 12; 윤기홍, 「조선 후기 민요의식과 장르 변천에 관한 연구」, 『윤기홍전집 I』, 도서출팥 글밭, 1991.

여되었다면, 그것은 구체적으로 어떠한 시학적 특성을 지니고 있기 때문인가? 여기서 '천기'의 일반적 개념은 무엇이며, 또한 천기와 연관된 개별적인 논의 과정에서 천기란 용어가 어떠한 시학적 의미를 가지는지 파악할 필요가 있다. 그리고 천기론의 논의를 오늘날의 시학적 관심사와 가능한 연결지어 보기 위하여, 자연인식, 시인의식, 그리고 시의식의 근대성이란 관점에서 차례대로 논의하고자 한다.

둘째, 조선 후기의 천기론이 민요의식을 근간으로 하고 있는 경우, 민요의식이 구체적으로 어떻게 나타나면서 천기론과 관련을 맺고 있는지, 그리고 천기론에 입각한 민요의식이 문학사상사에서 어떠한 맥락을 이루고 있는지를 파악하고자 한다.

셋째, 민요의식을 근간으로 한 조선 후기의 천기론이 결과적으로 주체적 관점에서 민족시가에 대한 정체성(identity)을 인식하는 데 기여했다는 점을 강조하고자 한다. 이 점은 조선 후기 문학의 일반적 경향 변화와 깊이 연결되어 있다는 사실에서 매우 주목할 사항이다.

이상의 논의 사항은 사실 새삼스러운 것은 아니다. 조선 후기의 시문학과 관련된 기존의 논의에서 이미 대강의 사실이 지적되어 왔기 때문이다. 그럼에도 이 글을 별도로 마련하는 까닭은 조선 후기의 시론에서 민요의식의 문제를 좀 더 예각화하여 논의할 필요가 있다고 생각했기 때문이다.

Ⅱ. 조선 후기 천기론의 시학적 특성

1. '천기'의 개념과 자연인식

천기란 용어는 『장자(莊子)』에서 처음 사용된 것으로 알려져 있다. 잘 알다시피, 『장자』는 만물일원론에 입각하여 무위자연(無爲自然)의 자연철학을 설파한 책이다. 따라서 이 책에 천기란 용어가 거론되고 있다는 사실 자체만으로도 이 용어가 자연철학의 어떠한 문제의식과 연결되어 있음을 짐작할 수 있다. 먼저 『장자』의 「대종사편(大宗師篇)」에서 "욕망이 깊은 자는 천기가 얕다"(其耆欲深者 天機淺也)라고 했다. 여기서 천기는 기욕(耆欲=嗜欲) 즉 세속의 물욕이나 입신양명과 같은 욕망과는 대립되는 뜻으로 사용되고 있다. 그리고 「천운편(天運篇)」에서 "천기란 겉으로 드러나지 아니 하나 오관이 모두 갖추어져 있다"(天機不張 而五官皆備)라고 해서, 천기 자체가 스스로 운동해서 밖으로 드러나는 것은 아니나, 자연의 기관으로 이미 그 성질이 갖추어져 있다고 했다. 또한 「추수편(秋水篇)」에서는 "지금 나는 천기를 따라 움직이지만, 그것이 왜 그렇게 움직이는지 그 까닭을 알지 못한다. …대저 천기가 움직이는 바를 어찌 바꿀 수 있겠는가"(今予動吾天機 而不知所以然 … 夫天機之所動 何可易耶)라고 했다.[3] 이는 천기의 작용이 대자연의 신비하고 현묘한 현상으로서 명확하게 그 근원을 해명하기 어려울 뿐만 아니라 그 작용 또한 인위적으로 결코 바꿀 수 없다는 뜻으로 새겨진다. 이상에서 천기는 첫째, 어떠한 세속적인 욕망이나 인위적인 작용과도 상반된다는 점, 둘째 자연의 만물에 이미 갖추어져 있는 본래의 품성이나 성질, 또는 그 작용을 일컫는다는 점, 셋째 천기의 성질과 작용은 자연의 신비하고 현묘함을 이룬다는 점으로 요약할 수 있다.

이 세 가지 사항을 기초로 천기의 뜻을 좀더 명확히 파악해 보자. 천기란 용어에서 우선 '천(天)'은 『장자』에서 포괄적으로 내재하는 대자연, 즉 자연계를 뜻하거나, 자연히 그러함(自然而然) 즉 천연(天然)을 의미한다. 여기서 자연계와 천연의 의미는 서로 다르지만 또한 서로 통한다. 천은

---

3) 이상 안동림 역주, 『莊子』, 현암사, 1993. 1, 177~178쪽, 376~378쪽, 432~434쪽.

곧 자연(天卽自然)인데, 그것은 무위(無爲)와 무정(無情)의 비의지적이고 무목적적이란 점에서 그렇다.[4] 그리고 천기에서 '기(機)'는 본바탕이나 작용을 지칭하는 것이니, 천기는 대자연이 지닌 본래의 성질이나 작용, 또는 천연의 속성을 의미하는 것으로 파악되는 것이다. 그런데 장자는 천과 인(人)을 대립시켜 비의지적인 속성과 인위적인 속성을 구별하기도 하지만, 궁극적으로는 천일합일(天人合一)의 경지를 추구하고 있는 것이다.

이와 같이 『장자』에서 사용된 천기란 용어는 사전에서도 대동소이한 뜻을 나타내는 것으로 중요 항목으로 올라 있다.[5] 그렇지만 천기의 용어는 장자적 개념에 반드시 한정된다고 말할 수 없다. 조선 후기 천기의 논의가 천기에 관한 장자적 개념에 기초하면서도, 개인의 세계관과 관심의 차이에 따라 다양한 문맥에서 천기를 논의하고 있기 때문이다. 다만 그럼에도 불구하고 천기의 논의가 천기란 용어가 함의하듯 천(天) 즉 자연을 포함한 세계인식의 문제와 기본적으로 연결되어 있다는 점은 주목할 필요가 있다.

우리 문학의 경우, 천기란 용어는 성현(成俔: 1439~1504)의 『용재총화(慵齋叢話)』와 16세기 초 기일원론(氣一元論)의 주장을 펴면서도 노장사상에 심취했던 서경덕(徐敬德: 1489~1546)의 글과 시에서 단편적으로 거론되기 시작했다.[6] 이 중 특히 서경덕은 시 「천기(天機)」에서 "음양과 오행은

---

4) 劉笑敢, 최진석 옮김, 『莊子哲學』, 소나무, 1990. 9, 82~89쪽.

5) 『중문대사전(이)』(중화학술원인행, 1971. 8), 1579쪽에 천기를 여러 가지 뜻으로 풀이하고 있는데, 그 중요한 개념은 "①天之機密也 猶言天意, ②自然之機關 天然之機關也 猶言天性"이라고 하여 어원과 함께 정리되어 있다. 즉 천기란 천지자연의 기밀스러움을 말하는 것으로 천의(天意)와 같은 뜻이거나, 자연이 본래 갖추고 있는 자연스러운 작용이나 성질로서의 천성(天性)과 같은 뜻이라고 되어 있다. 장삼식, 『한화대사전』(삼성출판사, 1990. 6), 501쪽에도 『중문대사전』에서 말한 뜻을 그대로 풀이하고 있다.

6) 정연봉, 「조선 후기 자연관과 장유의 시론」, 국어국문학회 편, 『고전비평연구 1』, 태학사, 1997, 255~258쪽.

누가 움직이게 했을까?/이들이 상응하며 주고 받고 작용하는 곳에/환히 천기가 보인다"(二五誰發揮 惟應酬酌處 洞然見天機[7])라고 했는데, 여기서 천기는 자연의 오묘한 현상을 일컫는 것으로 나타난다. 이는 서경덕의 세계인식의 일단이 노장의 자연철학에 의거하고 있음을 보여주는 것이다.

그런데 서경덕의 시 「천기」는 천기론적 자연인식의 일단을 보여줄 뿐이다. 천기론이 세계관의 변화와 어떠한 관련을 맺는지, 그리고 시의 논의와 어떻게 연결될 수 있는지 등에 관한 구체적 인식을 서경덕은 미처 마련하지 못했다. 이런 점에서 장유(張維: 1587~1638)의 「와명부(蛙鳴賦)」는 주목할 만한 글이다.

> 심하도다. 그대의 미혹됨이여. 인간 이치의 변화와 만물의 성질의 마땅함에 통달하지 못한 사람이로다. 넓고 큰 우주는 크게 감싸 만물이 함께 생겨나니 형체와 기운을 부여받아 천기가 스스로 울려나네. 제각기 그 성질을 따라서 그 정을 나타내도다. …(중략)… 저 개구리는 음양이 그 기운을 부여하고 조물주가 그 바탕을 만들어 내어 진흙에서 태어나서 더러운 웅덩이에 살면서 우물 난간 위에도 뛰어다니고 깨진 벽돌 틈에 들어가 쉬기도 하네. …(중략)… 대개 사물과 내가 일치하면 각자는 그 처소를 편히 여기고 그 적합한 것을 즐기게 된다. 예전에 달자(達者)는 물고기의 즐거움을 알았고 또 장주(莊周)·주희(朱喜)는 당나귀 울음에 기뻐하고 매미소리를 듣고 귀가 트였다 하네. …(중략)… 지금 그대는 자기 몸만 근본하여 사물과 구별하고 근본에 머물러 세속을 싫어하니 저 천뢰(天籟)가 고르게 깃들어서 통하고 막힌 것이 한 근원임을 모르는도다. (甚矣 子之惑也 蓋未通乎人理之變 與夫物性之適者也 芒蕩大包 萬類並生 稟形受氣 天機自鳴 各率其性而宣其情 …(中略)… 若蛙者 陰陽賦其氣 造化成其質 生於泥淖處於汗澤 跳梁乎井幹之上 入休乎缺甃之隙 …(中略)… 盖物我之一致各自安其所而樂其適 在昔達者 知魚之樂 亦有先正若張朱氏 喜驢鳴而

7) 金學主 譯, 『花潭集』, 大洋書籍, 1978. 10, 47~48쪽.

愜心 聞蟬聲而醒耳 …(中略)… 今子本身而異物 滯根而厭塵 不知夫天籟之均寓 通塞之同源)[8]

장유는 장자의 자연철학에 많은 영향을 받은 가운데, 장자의 천기론을 시의 천기론으로 전환시켜 독자적인 시론을 전개한 시인으로 알려져 있다.[9] 위의 글 역시 장자의 자연철학에 근간을 두고 있는 글이다. 장유는 『장자』의 「제물론(齊物論)」에서 말한 천뢰(天籟)와 연결지어, 천기론의 관점에서 만물제동(萬物齊同)의 사상과 함께 궁극적으로 물아일치(物我一致)의 즐거움을 아는 달자(達者)의 경지를 설파하고 있다. 먼저 자연의 만물은 우주로부터 그 형체와 기운을 부여받으니 천기가 스스로 울려난다(天機自鳴)고 했는데, 여기서 천기는 자연의 만물이 본래부터 지닌 제각기의 성질이라는 일반적 의미에서 벗어나지 않는다. 그런데 중요한 점은 이러한 천기의 인식으로부터 장유는 자연의 만물이 제각기의 존재 의의를 지닌 개별자이면서 동시에 서로 대등한 관계를 이루고 있다는 점을 말하는 근거로 삼고 있다는 사실이다. 이는 인간의 도의 함양을 중시하면서 인간중심적인 관점에서 자연을 생각하는 도학주의자의 입장과는 크게 다른 것이다. 이 점은 대표적인 도학주의자인 이황(李滉: 1501~1570)의 입장과 비교해 보면 한층 분명해진다.

> 옛날에 산림(山林)을 즐겼던 자들을 보건대 두 종류가 있다. 현허(玄虛)를 그리며 고상함을 섬기면서 즐기는 사람도 있고, 도의를 기뻐하며 심성을 기르면서 즐기는 사람도 있었다. 전자의 설을 따르면, 몸을 깨끗이 하느라고 윤리를 어지럽히는 데 흐를까 두렵고, 그것이 심하면 새와 짐승과 같은 무리를 지어도 잘못인 줄 모르게 된다. 후자의 설을 따르면, 즐기는 것은 성현이 남긴 찌꺼기의 글 뿐이고, 전

---

8) 張維, 「蛙鳴賦」, 『谿谷集』 권1, 『韓國文集叢刊』 92, 22~23쪽.

9) 정연봉, 앞의 글, 264~265쪽.

할 수 없는 미묘함에 이르러서는 구하고자 하면 할수록 더욱 더 얻을 수 없으니 즐거움이 어디에 있겠는가? 그러나 차라리 후자를 위해 스스로 힘쓸지언정 전자를 위해서 스스로를 속이지 않겠다. (觀古之有樂於山林者 亦二有焉 有慕玄虛事高尙而樂者 有悅道義頤心性而樂者 由前之說 則恐惑流於潔身亂倫 而其甚則與鳥獸同群 不以爲非矣 由後之說 則所嗜者糟粕耳 至其不可傳之妙 則愈求而愈不得 於樂何有 雖然 寧爲此而自勉 不爲彼而自誣矣)[10]

위에서 보듯이, 이황은 자연을 즐기는 두 부류로 "현허를 그리며 고상함을 섬기면서 즐기는 사람"과 "도의를 기뻐하며 심성을 기르면서 즐기는 사람"으로 구분하면서, 전자보다는 후자 쪽을 취하겠다고 했다. 전자가 노장적 입장에서, 후자가 유가적 입장에서 자연을 즐기는 태도를 나타낸다고 하겠는데, 이황은 후자 쪽을 긍정하면서 자연에서 도의와 심성을 함양하는 데에서 즐거움을 찾을 수 있다고 보았다. 그러나 그는 무위자연의 노장적 태도가 인간의 윤리를 어지럽히는 결과에 이르고, "새와 짐승과 같은 무리를 지어도 잘못인 줄 모르게 된다"고 비판했듯이, 만물제동의 입장 또한 인본주의의 관점에서 받아들일 수 없는 것이었다. 이는 앞서 살핀 장유의 생각과 크게 다른 것이다. 자연의 만물이 제각기의 천기를 받아 균등하게 존재하는 이치를 깨닫지 못하고 인간 중심적인 생각에서 자연의 사물을 한갓 미물로만 생각하는 것은 인간의 미혹됨에 지나지 않는다는 것이 장유의 생각이었다. 이런 점에서 장유의 천기론적 자연인식은 노장적 자연관을 재인식함으로써 인간 본위의 유가적 자연관을 비판적으로 성찰하고자 한 셈이다.

한편, 장유가 천기자명(天機自鳴)하다고 했는데, 이는 곧 하늘의 소리인 천뢰(天籟)에 다름 아닌 것으로 연결지어 생각할 수 있다. 천기가 자연 만

10) 李滉, 「陶山雜詠記」, 『退溪集』 권3, 『影印本 增補退溪全書』 1, 성균관대 대동문화연구원, 1971, 102쪽.

물에 내재하는 고유한 성질이라면, 천뢰는 이런 천기가 밖으로 외현화되어 드러나는 것으로 파악된다. 『장자』에서 물욕에 가림이 많은 세속의 인간은 이 천뢰의 즐거움을 누릴 수 없다고 했는데, 장유는 이런 주장을 그대로 따르면서 세속의 인간이 미혹됨에서 벗어나 물아일치의 즐거움을 누릴 수 있는 달자(達者)의 경지를 이상적으로 생각했다.

장유의 천기론적 시의식은 이상과 같은 천기론적 자연인식이 바탕으로 작용하고 있음을 알 수 있다.

> 시는 곧 천기이다. 성(聲)에서 울리고 색(色)의 윤택함에서 빛나니, 청탁(淸濁)이나 아속(雅俗)은 자연에서 나오는 것이다. 성이나 색은 만들어낼 수 있으나, 천기의 묘는 만들어낼 수 없으므로 성색만 같게 할 수 있을 뿐이다. …(중략)… 진실성은 어찌 천기를 일컫는 것이 아니겠는가? (詩天機也 鳴於聲 華於色澤 淸濁雅俗出乎自然 聲與色 可爲也 天機之妙 不可爲也 …(中略)… 眞者何非天機之謂乎)[11]

장유는 시는 곧 천기라고 하면서, 천기의 묘는 자연으로부터 비롯되는 것으로 인위적으로 결코 만들 수 없다고 했다. 먼저 "시는 곧 천기"라고 한 주장은 시를 인위적인 창작물로서 파악하는 것이 아니라, "자연에서 나오는 것"으로 시의 창작 근원을 자연에 둠으로써 시 창작의 자연발생설을 내세우는 결과가 된다. 대자연의 사물이 형체와 기운을 부여받아 천기자명하듯이, 시 또한 이러한 자연의 존재물과 한 가지로 우주로부터 천기를 부여받은 시인의 천성이 자연스럽게 발로된 것이라고 인식한다. 그런데 장유는 시의 자연발생설을 주장하면서도 시 창작의 주체로서 시인을 완전 배제하지는 않고 있다. "진실성이 어찌 천기를 일컫는 것이 아니겠는가?"라고 한 대목을 유념해서 보자. 천기가 자연에 대한 본체론적 인식에 따라 자연에 고유하게 내재된 성질 즉 천성을 일컫는

11) 張維, 「石洲集序」, 『谿谷集』 권6, 『韓國文集叢刊』 92, 113쪽.

다면, 시적 진실성으로서의 천기는 시인에게 고유한 내면적 진실성을 말하는 것으로 이해될 수 있다. 그런데 시인의 내면적 진실성은 근원적으로 자연의 천기와 동일시됨으로써 다분히 신비주의적 인식의 테두리에 머무를 수 있다. 이 점은 장유가 시는 곧 천기라고 한 다음, 궁극적으로는 시가 '천기의 묘'를 이루는 경지에 있음을 말한 데에서 뚜렷이 드러난다. 장유의 천기론적 시의식이 천기에 입각한 시적 진실성을 언급하였음에도 불구하고, 그것이 시인의 개성을 주창하는 쪽으로 진전되지 못하고 있는 까닭도 여기에서 찾아진다. 이는 그가 한편으로 심학(心學)으로 불리는 양명학(陽明學)에 심취하면서 보인 강한 주관주의적 태도와도 무관하지 않을 것이다.[12]

장유의 다음 세대 인물이면서, 삼연(三淵) 김창흡(金昌翕: 1653~1722)과 농암(農巖) 김창협(金昌協: 1711~1768) 형제의 부친이기도 한 김수항(金壽恒: 1629~1689)은 장유와 유사한 입장에서 천기론적 관점의 세계인식을 보여주었다. 그의 「청와설(聽蛙說)」을 보자.

> 대저 기품을 논하자면, 인간의 지각은 어떤 사물보다도 뛰어나다. 그러나 지각능력이 뛰어나다는 것은 물욕의 가림이 또한 많아서 능히 그 본성을 다하는 것이 드물다는 것을 의미한다. 능히 그 본성을 다하는 것은 도리어 치우치고 막힌 사물에서 발견할 수 있으니, 무슨 까닭인가? 천기가 저절로 움직여서 가식과 수식을 할 필요가 없기 때문이다. 개구리가 우는 것이 어찌 가르치고 배워서 그러한 것이겠는가? 본성의 자연스러움에서 그러한 것일 따름이다. (夫以氣稟論之 人之知覺 最多於物 而知覺多者 物欲之蔽亦多 鮮能盡其性 能盡其性者 反見於偏塞之物 何者 天機自動 不假修飾故也 若蛙之鳴 亦豈有敎之學之而然乎 出於性之自然而然耳)[13]

12) 조동일은 장유의 문학관이 갖는 특징을 양명학의 수용을 통한 사상적 전환이란 관점에서 검토한 바 있다. 조동일, 『한국문학사상사시론』, 지식산업사, 1978, 188~200쪽.

13) 金壽恒, 「聽蛙說」, 『文谷集』 권26 장36~37.

김수항은 장유와 기본적으로 같은 입장에서 인간중심적인 사유에 대한 비판적 인식을 보이고 있다. 장자가 말한 "욕심이 깊은 자는 천기가 얕다"라는 구절을 새롭게 해석해서 세속적 존재인 인간과 자연적 존재인 사물의 관계를 대비적으로 파악하는 근거로 삼으면서, 자연적 존재인 사물의 존재 의의와 가치를 새롭게 인식하고 있는 것이다. 물론 이의 근거는 천기론적 자연인식에 의한 것이다. 세속적 인간은 비록 지각능력은 뛰어나지만 물욕의 가림이 많고 가식을 일삼기 때문에 본성에 충실하기 어렵지만, 자연적 존재인 사물은 지각능력은 떨어지지만 물욕의 가림이 없고 가식이 불필요해서 오히려 본성에 충실하게 됨으로써 천기가 스스로 움직인다(天機自動)고 했다. 장유는 천기가 스스로 울린다(天機自鳴)고 하면서 사물의 개별적 존재 의의를 인정했는데, 김수항은 천기가 스스로 움직인다고 표현을 달리하면서 역시 같은 점을 이야기했다고 하겠다. 아울러 장유가 천기를 말하면서 궁극적으로 물아일치에 이르는 인간의 내면적 자기수양을 이상으로 제시했는데, 김수항은 그러한 장자적 이상을 제시하지는 않았지만, 인간도 자연적 존재인 사물과 같이 본성에 충실해야 함을 결과적으로 주장한 셈이다.

그런데 김수항의 천기론은 인간중심적 사고를 극복하고 자연적 존재의 가치를 새롭게 인식하는 데 기여했다고 하겠으나, 인간 대 자연, 또는 인간 대 사물을 대립적 관계로 인식하는 한계를 가지고 있으며, 문학에서 천기를 논의하는 단계에까지 나아가지 못했다. 그의 아들인 김창협에 이르러 김수항의 천기론은 시의 천기론으로 구체적인 정립을 보게 된다.

① 내가 이르기를, 시는 성정이 만들어진 것이다. 오직 천기에 깊은 자만이 이에 능하다라고 하였다. (余謂詩者 性情之物也 唯深於天機者能之)[14]

② 시가의 도는 문장과 다른 것으로 진정 허경(虛景)과 한사(閒事)를 말한 것이 많으니, 고인의 묘라는 것도 도리어 여기에 많이 있다. 비록 허경과 한사를 말하지만, 천기의 활발한 묘와 우리들 성정의 진실성이 실로 그 사이에 있는 것이다. (詩歌之道 與文章異者 正以其多道虛景 多道閒事 而古人之妙 却多在此 盖雖曰虛景閒事 而天機活潑之妙 吾人性情之眞 實寓於其間)[15]

김창협은 ①에서 시는 성정이 표현되어 이루어진 것이라고 하면서도, 천기에 깊은 자만이 이에 능하다고 했다. 이 말은 『장자』에서 "욕심이 깊은 자는 천기가 얕다"라고 말한 구절을 뒤집어서 달리 나타낸 것이다. 장자의 말을 빌리면, 천기에 깊은 자는 욕심이 없는 자인데, 이는 달리 진실된 성정을 가진 자를 일컫는 것으로 받아들일 수 있다. 김창협은 장자가 무욕의 무위자연(無爲自然)과 물아일체의 경지를 주장하기 위해 사용한 천기란 용어를 시인의 성정의 진실함을 말하는 근거로 삼았던 것이다. ②의 글은 이 점을 더욱 분명히 알게 한다. 시가의 도가 문장과 다르다고 전제한 다음, 허경(虛景)과 한사(閑事)를 말한 시를 긍정하면서, 이런 시가에 오히려 천기의 활발한 묘(天機活潑之妙)와 성정의 진실됨(性情之眞)이 있다고 했다. 이런 주장은 기존 장유의 주장과 비교해 볼 만하다. 앞서 살핀 바처럼, 장유는 김창협에 앞서 시의 천기를 말하면서 시의 진실성 곧 시인의 내면적 진실성을 강조했는데, 시인의 개성을 주장하는 데까지 나아가지 못했다. 여기서 장유가 다른 한편으로 시언지(詩言志)의 고전적인 이해를 따르면서 시는 반드시 실경(實境)과 진정(眞情)을 말해야 마땅하다고[16] 한 주장을 김창협의 경우와 덧보태어 생각할 필요

---

14) 金昌協, 「松潭集跋」, 『農巖全集』 권34(영인본), 景文社, 1976, 501쪽.

15) 金昌協, 「與趙成卿」, 『農巖全集』 권34(영인본), 景文社, 1976, 218쪽.

16) "余謂 詩所以言志 必道眞情實景然後 方謂可觀 若無是事 而强虛語則 雖工不足稱也". 張維, 『谿谷漫筆』 권1, 『韓國文集叢刊』 92, 589쪽.

가 있다. 장유가 말한 실경과 진정이 재도론적 관점의 효용론에 기대고 있음에 비하여, 허경과 한사의 시가 오히려 성정의 진실됨을 보여준다는 김창협의 천기론은 재도론적 관점의 획일적인 시관을 비판하면서 시인의 개성적인 시관을 긍정하는 언술이면서, 자신의 시가 놓인 입지를 정당화하는 것이기도 하다.

천기론의 관점에 의한 자연인식이 자연을 철저히 있는 그대로 보고 즐기면서, 자연과 대화적인 관계를 유지하고자 하는 입장으로 전개되기도 했다. 두기(杜機) 최성대(崔成大: 1691~1761)의 경우가 그렇다. 그가 친구인 신유한(申維翰)과 대화를 나누면서 남긴 시에 관한 생각을 보자.

> 나는 시에서 법칙과 격률(格律)을 따지지 않으며, 소리 · 모양새 · 색깔 · 윤택함 같은 겉모양을 중시하지 않습니다. 내가 견지하여 즐기는 바는 천기입니다. 하늘의 형상은 해, 달, 별, 바람, 비, 서리, 이슬로 나타나고, 땅의 형상은 산천초목, 조수, 물고기로 나타납니다. 누가 이러한 사물을 빚어냈으며, 누가 이를 갈고 닦아 빛나게 하였으며, 누가 아무 일없이 거하면서도 찬란하게 그 형상을 만들어 놓았겠습니까? 인간의 경우에는 학사, 일민(逸民), 임협(任俠), 승려, 기녀, 청상과부의 노래와 말, 웃음과 울음으로 때로는 맺히고 때로는 끊어지는 것 같지 않습니까? 대저 사물이 천만가지 빛깔로 화려하게 변화하면서 자연스럽게 기를 펴고, 자연스럽게 움직이는데, 색색이 자연이 낳은 것이요, 가지가지가 천연의 취향입니다. 이 모든 것이 감흥을 일으키게도 하고, 사물의 변천을 관찰하게도 하며, 무리지어 원망하게도 할 수 있습니다. (吾于詩 不以規矩 不以格律 不以聲容色澤 而所把翫者 天機也 天之象 一月星辰風雨霜露 地之象 山川草木鳥獸魚鼈 孰陶鑄是 孰磨光是 孰居無事粲然而成象 其在人而爲學士逸民任俠僧胡冶女孀姬之歌言笑泣 繹如班如者與 夫物之千紅萬碧爛漫低昻自然而舒 自然而動者 色色天生 種種天趣 是皆可以興 可以觀 可以群且怨乎哉)[17]

---

17) 申維翰, 「筆園夜話有述五十韻幷書」, 『青泉集』 권1 장27~28.

최성대는 시의 규범적인 법칙을 거부하면서 철저히 자연을 있는 그대로의 개체적 현상으로 보면서 그것을 완상하는 태도에서 시의 미학을 찾고 있다. 이런 자연의 완상 태도를 그는 천기를 즐길 따름이라고 했다. 그에게는 천지자연의 모든 형상과 그들의 조화로움, 그리고 온갖 인간의 희로애락이 모두 천생(天生)이요 천취(天趣)로서 천기가 발현된 것으로 받아들여진다. 이런 경지에서 눈에 보이고 체득되는 천지자연과 인간만사의 모든 현상이 시가 될 수 있는 것이다. 그가 하루도 시와 관계가 없는 날이 없다고 했듯이, 그는 시란 자연과의 자연스러운 정서적인 교감과 대화로 이루어진다고 보는 입장이다.

18세기 말의 시인 이옥(李鈺: 1760~1812)은 천기란 용어를 직접 사용하지 않았지만, 기존의 천기론과 연결되는 세계인식의 면모를 보여주면서, 이를 바탕으로 자신의 시에 대한 개성론을 강하게 피력했다.

> 천지만물에는 천지만물의 성(性)이 있고, 천지만물의 상(象)이 있고, 천지만물의 색(色)이 있고, 천자만물의 성(聲)이 있으니, 총괄하여 보면 천지만물은 하나이지만 나누어 말한다면 천지만물은 각각의 천지만물인 것이다. (天地萬物 有天地萬物之性 有天地萬物之象 有天地萬物之色 有天地萬物之聲 摠而察之 天地萬物 一天地萬物也 分而言之 天地萬物 各天地萬物也)[18]

천지만물 곧 자연계의 사물은 제각기의 성상색성(性象色聲)을 가진다고 한 것은, 앞에서 검토한 바처럼, 기존의 천기론자들이 자연계의 사물이 각자의 본성에 따라 천기를 누린다고 하면서 천지만물의 개별적인 존재성을 인정했던 점과 일맥상통한다. 그런데 이 천지만물은 하나이면서 또한 각각의 천지만물이 된다고 했다. 천지만물이 하나라고 한 것은 보편성의 측면에서 사물을 인식한 것이고, 천지만물이 각자의 천지만물

18) 李鈺, 「一難」, 「俚諺引」, 『藝林雜佩』.

이라고 한 것은 특수성의 측면에서 사물을 인식한 것이다. 여기까지만 보면 이옥은 보편성과 특수성의 양면에서 세계를 인식하고 있다. 그러나 그는 보편성보다는 특수성의 측면에 더욱 가치를 두면서 세계의 본질적 국면을 파악하고자 한다.

> 대개 논의해 보자면, 만물은 만물이라 진실로 한결같은 수 없다. 한 곳의 하늘은 하루도 같은 하늘이 없으며, 한 곳의 땅도 비슷한 땅이 한 곳도 없으니, 천만 사람이 각자 천만 사람의 이름을 가지는 것과 같다. (盖嘗論之 萬物者萬物也 固不可以一之 而一天之天 亦無一處相圓之天焉 一地之地 亦無一處相似之地焉 如千萬人 各自有千萬件姓名)[19]

이옥이 강조한 점은 "만물은 만물이라 진실로 한결같을 수 없다"는 것이다. 천지만물이 하나라고 보는 것은 이일원론(理一元論)에 의한 관념적인 인식이라면, 만물이 결코 한결같을 수 없다는 것은 주기론적 관점의 경험론적 인식에 의한 것이다. 이러한 경험론적 자연인식은 이옥의 경우 철저한 개성론으로 전개된다. 각 시대마다 각 나라마다 서로 다른 고유한 시를 가지듯이, 시는 시대와 장소에 따라 서로 다르고 또한 변화하기 마련이라고 하면서, 자신도 "대청 건륭의 해에 태어나서 조선 한양성에 살고 있다"는 개체적 인식에 따라 자신만의 개성적인 시를 짓는다고 했다.[20] 이처럼 이옥은 자연의 경험론적 인식에 따라 시인의 개성적 자각은 물론 주체적 민족문학론의 제시로 나아가게 되는 것이다.[21]

이상에서 조선 후기의 천기론은 장자로부터 출발된 자연인식, 즉 자

---

19) 李鈺, 위의 글, 「一難」.

20) "一代不如一代 各自有一代之詩焉 …(中略)… 一國不如一國 各自有一國之詩焉 三十年而世變矣 百里而風不同矣 奈之何生於大淸乾隆之年 居於朝鮮漢陽之城 而乃敢伸張短頸 瞋大細目 妄欲談國 風樂府詞曲之作者乎". 李鈺, 같은 글, 「一難」.

21) 金均泰, 『李鈺의 文學理論과 作品世界의 硏究』, 創學社, 1986. 7, 46~59쪽.

연의 오묘함을 말하는 천의와 자연에 내재된 고유한 성질로서의 천성이란 인식을 근간으로 하고 있음을 파악했다. 그런데 이 천기론적 자연인식은 자연의 자연스러운 속성과 자연에 대한 개체적 인식으로부터 시인의 내면적 진실성을 강조는 시인의 개성에 대한 자각으로 연결되기도 했고, 다른 한편으로 시인의 의식적 창작 노력을 배제하고 자연과의 자연스러운 교감과 대화를 강조하거나, 시의 자연발생설을 주장하는 쪽으로 전개되기도 했다. 여기서 특히 시의 자연발생설을 주장하는 후자의 논리는 자연의 생활 속에서 자연스럽게 배태되는 민요를 긍정하는 한편 독창적인 시세계의 구축을 위해 민요를 시 창작의 새로운 활력으로 삼게 되는 논리적 기반이 될 수 있음은 물론이다.

2. 시인의식의 변화와 위항시의 긍정

천기론의 자연인식은 세속의 인간 대 자연의 대립적 관계 인식에서 궁극적으로는 물아일치의 경지를 추구하거나, 다른 한편으로는 자연의 사물에 대한 개체적인 인식과 함께 모든 사물이 평등하게 존재한다는 만물제동의 사상을 보여주었다. 조선 후기에 천기론을 펼쳤던 문학인들은 이러한 자연인식을 바탕으로 세속적 인간에 대한 반성과 함께 인간 존재의 평등성에 대한 자각을 나타내기도 하면서, 시인의 시적 개성을 강하게 주장하기에 이른다.

허균(許筠: 1569~1618)은 일찍이 「유재론(遺才論)」에서 하늘이 인간에게 재능을 고루 부여했음에도 불구하고 신분의 차이에 따라 차별을 두는 일을 '역천(逆天)'의 행위라고 말하면서[22] 신분차별의 제도에 대하여 강한 불만을 제기했다. 물론 허균의 이러한 발언은 직접적으로 천기론의

---

22) "天之賦才爾均也 而以世冑科目限之宜乎 常病其才也 ··(中略)··· 天之生也 而人棄之 是逆天也". 許筠, 「遺才論」, 『惺叟詩話』 권11, 123쪽.

관점에서 제기된 것은 아니다. 그러나 하늘이 인간에 부여한 재능(天之賦才)이란 천성으로서의 천기에 상응하는 것이라고 보아도 무방할 것이다. 여하튼 허균과 같은 인간평등론의 입장은 특히 17세기 후반 이후의 위항문학인들에 오면 천기론의 주장과 연결되어 한층 적극적으로 제시된다.

유하(柳下) 홍세태(洪世泰: 1653~1725)의 경우를 보자. 그는 최초의 위항시집이라 할 『해동유주(海東遺珠)』를 편찬한 위항시인인데, 이 시집의 서문에서 주목할 발언을 했다. 즉 "대저 사람은 천지의 중(中)을 얻어서 태어나니, 그 정에 느낀 바가 말로써 나타나 시가 됨은 신분의 귀천이 없는 것과 한 가지이다."[23]라고 해서, 신분의 귀천을 떠나 모든 사람이 평등하게 태어났음을 주장하면서 시 또한 이와 마찬가지라고 했다. 이는 미천한 신분에 있었던 자신의 시와 같은 처지에 있었던 위항시인들의 시를 정당화하는 동시에 위항시집의 편찬을 정당화하는 것이기도 하다. 홍세태의 천기론에 입각한 인간평등론의 주장은 단순히 위항시인들의 시를 옹호하는 수준에 그치지 않는다. 위항인들의 시가 부귀와 세리를 누리는 사대부의 시보다 오히려 더 좋은 시라는 주장을 펴는 데까지 이른다. 그 이유는 무엇인가?

> 시는 하나의 소기이다. 그러나 명리를 벗어나 마음에 얽매인 바가 없는 사람이 아니면 할 수 없다. 장자가 말하기를 욕심이 많은 사람은 천기가 얕다고 했다. 옛부터 대대로 살펴보면 시를 잘 짓는 사람들은 대부분 산림과 초택의 아래에서 나왔으니, 부귀와 세리(勢利)를 누리는 자들은 시에 능하지 못했다. (詩者一小技也 然而非脫略名利無所累於心者 不能也 蒙莊氏有言曰 嗜欲深者 其天機淺 歷觀自古以來 工詩之士 多出於山林草澤之下 而富貴勢利者 未必能焉)[24]

23) "夫人得天地之中以生 而其情之感而發於言者爲詩 則無貴賤一也". 洪世泰, 「海東遺珠序」, 『柳下集』 권9 장8.

장자의 주장을 빌어서 욕심이 많은 자, 즉 부귀와 세리를 누리는 자는 천기가 얕아서 시를 잘 쓰지 못하지만, 초야에서 미천한 신분에 있는 사람들은 오히려 명리에 얽매이지 않고 욕심이 없기 때문에 천기에 깊어서 시를 잘 지을 수 있다는 것이다. 장자의 천기론을 자신의 입장에서 재해석해서, 천기의 심천에 따라 위항시인의 시와 사대부의 시를 구분한 다음, 전자가 후자보다 상대적인 비교 우위를 가진다는 적극적인 주장을 펴고 있는 것이다.

> 미천한 신분의 선비(초모갈의의 선비)가 아래에서 고무되어 시가를 지어 스스로 울리니, 비록 그 학식이 넓지 못하고 자료를 취함이 멀지 못하지만, 이를 하늘에서 얻은 까닭에 저절로 초절(超絶)하여 맑디맑은 풍조가 당시(唐詩)에 가깝다. …(중략)… 오직 그 느끼게 된 바로써 노래하는 것은 천기 가운데에서 자연스럽게 흘러나오지 않는 것이 없으니, 이것이 이른바 진시(眞詩)이다(草茅衣褐之士 鼓舞於下 作爲歌詩以自鳴 雖其爲學不博 取資不遠 而其所得於天者 故自超絶 瀏瀏乎風調近唐 …(中略)… 唯其所以爲感而鳴之者 無非天機中自然流出 則此所謂眞詩也).[25]

천기는 부귀나 권세, 학식과 상관없이 존재한다. 오히려 부귀와 권세, 학식은 천기를 가리게 하거나 잃게 한다. 천기는 하늘 즉 자연이 지닌 본래의 품성인데, 부귀와 권세와 학식은 천기를 덮어서 도리어 보지 못하게 하는 까닭에 천기가 발현되지 못한다고 했다. 따라서 미천한 신분의 선비는 마음에 얽매인 바가 없기 때문에 자연스럽게 천기 가운데 들어서 성정의 진실성을 표현할 수 있다고 보았다. 진시(眞詩)는 이렇게 천기 가운데서 성정이 자연스럽게 표현된 시인데, 홍세태의 논리 대로라면

---

24) 洪世泰, 「雪蕉詩集序」, 『柳下集』권9 장5(영인본), 民族文化社, 1981.

25) 洪世泰, 「海東遺珠序」, 『柳下集』권9 장8~9(영인본), 民族文化社, 1981.

위항시인들의 시야말로 바로 진시인 셈이다.

위항시인들의 시에 대한 긍정적 인식은 위항시인들과 교유하며 지냈던 사대부 시인들의 경우에도 나타난다. 이천보(李天輔: 1698~1761)와 조두순(趙斗淳: 1796~1870)이 그들이다.

> ① 무른 시란 천기이다. 천기가 사람에게 깃듦에 일찍이 그 지위를 가리지 않았으니, 물(物)에 얽매임이 없으면 능히 얻을 수 있다. 위항의 선비는 오직 궁하고 천할 따름이다. 그러므로 세상에서 말하는 공명과 영리가 그 밖을 어지럽히고, 안을 잠기게 하는 바가 없으니 쉽게 그 천성을 보존한다. 그리고 시업(詩業)에만 즐기고 또한 전심을 기울이니 그 형세가 그러한 것이다. (夫詩者 天機也 天機之寓於人 未嘗擇其地 而澹於物累者 能得之 委巷之士 唯其窮而賤焉 故世所謂功名榮利 無所撓其外 而汨其中 易乎全其天 而於所業 嗜而且專 其勢然也)[26]
>
> ② 무릇 시는 천기이며 성정이다. 기뻐하고 근심하며 원망하는 것이 모두 자연의 천(天)을 얻고 성정의 바름에서 발하는 것이니, 어찌 벌열의 세가만이 홀로 그 사이를 경계지어 독차지하겠는가? (夫詩 天機也 性情也 愉悅憂怨 皆得夫自然之天 而發於性情之正 則豈閥閱家世 所獨塼而區以域乎其間者哉)[27]

위에서 ①은 이천보의 글이고, ②는 조두순의 글이다. ①은 시를 천기라고 정의하면서, "천기가 사람에게 깃듦에 일찍이 그 지위를 가리지 않았"다고 하여 천기를 들어서 인간평등론을 제시하는 듯하다. 그러나 자세히 읽으면 신분과 지위의 차이를 인정하는 것을 전제로 천기에 관한 한 "궁하고 천할 따름"인 위항의 선비들에게도 천기가 그 신분을 가리지 않고 깃들 수 있다고 한 것이다. 이 점은 위항시인들이 천기를 말한 입장과 크게 다른 것이다. 위항시인들은 천기를 자연이 인간에게 균등하게

---

26) 李天輔, 「浣巖稿序」, 『晉庵集』 권6, 장27.

27) 趙斗淳, 「風謠三選序」, 『風謠三選』, 亞細亞文化社, 1980, 21쪽.

부여한 천성이기도 하고 재능으로 보면서, 천기를 인간이 본래부터 평등하게 태어났다는 근거로 삼거나, 아니면 그들이 천기를 더욱 잘 보존한다고 해서 자신들의 시를 옹호하고 사대부 시인들과 맞서는 기준으로 삼았다. 그러나 사대부 시인의 입장에서는 천기를 자연이 인간에게 부여한 특별한 재능으로 보면서, 천기를 신분과 지위의 차별을 부정하는 근거로 삼지 않고, 다만 위항시인들도 천기를 받아 좋은 시를 쓸 수 있다는 사실을 인정하는 정도에 그치고 있는 것이다. 위항시집의 한 가지인 『풍요삼선(風謠三選)』의 서문을 쓰기도 한 조두순의 글 ②도 이런 입장에서 벗어나 있지 않다. “시는 천기이고 성정이다”라고 정의한 데서부터 이미 위항시인들과 인식의 차이를 드러낸다. 시를 천기라고만 하면 시란 시인의 천부적 기질이 자연스럽게 표현된 것이라는 생각으로 충분하게 되는데, 시는 성정이라고 하는 주장을 보태면, 시는 모름지기 성정지정의 도를 실어 나타내야 한다는 재도론의 입장이 더해지게 되는 것이다. 이런 점에서 “시가 사대부의 전유물이 될 수 없다”고 한 주장도 새겨보면, 우선적으로 사대부의 시를 긍정한 다음 위항시인들의 시도 사대부의 시와 견줄 수 있다는 인정론이 개입되어 있는 것이다. 그렇지만 사대부 시인들도 시를 천기론의 관점에서 재인식하고 위항시인들의 시도 자신들의 시와 동등한 반열에 들 수 있다고 인정하는 것 자체가 중요한 시 의식의 변화를 보여주는 것이라 하겠다.

> 시를 지음에 호탕하고 자유로우니 시인의 태도를 얻었다. 그러나 왕왕 성조가 강개하니 연(燕) · 조(趙)의 비애를 노래하는 선비와 위아래를 다투는 것이다. 대개 그 연원이 도장(道長: 洪世泰를 말함)에게서 나온 바이나, 천기에서 얻은 바가 많다(其爲詩也 疎宕演漾 得詩人之態度 而往往聲調慵慨 有若與燕趙擊筑之士 上下而馳逐 盖其淵源所自出於道長 而其得之天機者多).[28]

이천보는 정래교의 시를 천기론 관점에서 긍정하고 있는데, 호탕하고 자유로운 성정에 따라 비분강개한 시를 지으니 천기를 얻었다고 했다. 이는 사대부 시인들이 성정의 바름과 순화를 강조하면서 평담(平淡)한 시를 모범으로 생각했던 것과는 사정이 다르다. 성정의 호탕함과 자유로움이 시인다운 태도를 보여주는 것이며, 그에 따른 비분강개한 시도 천기를 얻어 마땅한 경지를 이루고 있다는 것이다.

한편 천기론은 시인의 존재를 특별한 존재로 격상시키는 근거가 되기도 한다. 앞서 검토했듯이, 장유는 천지만물이 넓고 큰 우주로부터 형체와 기운을 부여받음으로써 천기가 스스로 울려난다(天機自鳴)고 하면서, 달인(達人)은 물아일치(物我一致)의 경지에서 이 천기를 즐길 수 있다고 했다.[29] 그런데 그는 장자가 말한 달인, 진인이란 용어를 시인을 지칭하는 개념으로 전환시켜 사용했다. 시는 "성정의 미묘함(性情之微)을 창달하고 조화의 오묘함(造化之奧)을 탐색하는 것"[30]이라고 하면서, 자연의 이치에 통달한 달인(達乎天者, 達人)을 이상적인 시인으로 제시한 것이다. 그러면서 그는 시는 궁한 사람이 잘 쓴다고 하지만, 사실은 시는 사람을 통달하게 하는 것이니 달인이 오히려 시에 능하다고 했다.[31] 이는 장유 스스로 시인됨의 위치를 달인의 경지로 격상시키고 있는 셈인데, 사대부 시인으로서 위항시인들과 다른 시각에서 시인의 존재를 말하고 있는 점이 주목된다. 위항시인들은 자신들이 궁한 처지에 있기 때문에 오히려 명리와 물욕에 천기를 가리지 않아서 시를 잘 쓸 수 있다고 했는데, 장유의 주장은 이들의 주장과는 배치된다고 할 수 있다. 장유가 물아

28) 李天輔, 「浣巖稿序」, 『晉庵集』 권6, 장28.

29) 張維, 「蛙鳴賦」, 『谿谷集』권1, 『韓國文集叢刊』 92, 20~21쪽.

30) 張維, 「詩能窮人辨」, 『鷄谷集』권3, 『韓國文集叢刊』 92, 63쪽.

31) "古人以窮者多工詩 工詩者多窮 乃曰詩能窮人 余獨以爲不然 …(中略)… 謂詩能窮人可乎 能達人可乎 詩猶足以達人". 張維, 「詩能窮人辯」, 『鷄谷集』 권3, 『韓國文集叢刊』 92, 62~63쪽.

일치의 이상적 경지를 추구하는 입장에서 천기를 보고자 한 반면, 위항 시인들은 자연의 천기를 개체적 인식의 자질로써 파악하고 아울러 이 천기를 물욕과 대립되는 인간적 자질로 받아들이고자 했기 때문이다. 장자가 여러 갈래로 말한 천기를 각자의 입장에서 유리한 쪽을 선택적으로 해석하여 자신들의 시를 옹호하고 또한 정당화하는 논리로 삼았던 셈이다.

시의 천기 논의는, 앞의 장에서 간략히 논의한 바 있듯이, 시의 자연 발생설을 주장하면서 시인을 자연과 시를 연결하는 매개적 존재로 보는 입장으로 나타나기도 한다. 이옥의 경우가 특히 그러하다. 그는 "시란 자연 가운데서 나온 것으로 팔괘(八卦)와 서계(書契) 이전에 이미 있는 것이다"[32]라고 했다. 시가 자연 가운데서 나왔다고 하는 것은 이미 이옥 이전에 장유, 홍대용, 최성대 등 여러 시인들이 천기론의 관점에서 이미 말한 바인데, 이옥도 이들과 마찬가지로 시의 발생 근원을 자연에 두고 있다. 그러면 이 경우 시인은 어떤 존재인가? 이옥은 "천지만물이 시를 짓는 자와의 관계에 있어서 시인의 꿈에 의탁하여 그 상을 드러내고 악기에다 정을 통하게 한 것에 불과하다. 그러므로 만물이 사람에게 가탁하여 바야흐로 시가 되게 한다"[33]라고 했다. 여기서 시인은 천지만물과의 관계에서 단지 "꿈에 의탁하여 그 상을 드러내"는 매개적인 존재에 지나지 않는다. 그렇지만 "꿈에 의탁하여 그 상을 드러내고"라고 한 표현은 좀더 새겨볼 필요가 있다. 꿈은 분명 축자적 의미를 지니지 않고, 무의식적이며 신비한 정신현상으로서 서구 낭만주의 시인들이 말했던 상상력, 직관, 영감 등과 연결지어 볼 수 있는 여지가 있다. 그리고 "악기에 정이 통하게 한 것"이란 비유적 표현에서도, 악기에 정을 통하도록

32) "詩出稿於自然之中 而已具於畵八卦造書契之前矣". 李鈺, 앞의 글, 「一難」.

33) "天地萬物之於作之者 不過托夢而現相 赴箕而通情也 故其假於人而將爲之詩也". 李鈺, 앞의 글, 「一難」.

하는 근원적인 주체로 자연을 말하고 있지만, 정 자체는 인간에게 고유한 감정이요 의식인 만큼, 이옥이 보인 시의 자연발생설은 한편으로 '꿈'과 '정', 시적 상상력과 감정의 주체로서 시인을 상정하고 있는 역설을 지니고 있다고 말할 수 있다.

3. 시 의식의 근대성

먼저 천기론의 시 의식이 '묘오(妙悟)의 시경(詩境)'을 탐구하는 방향으로 전개되었다는 점이다. 비교적 초기에 시의 천기론을 주장했던 허균, 장유의 경우에 이런 점이 두드러지게 나타난다.

허균의 경우를 보자. 그는 문장의 도(道)를 성리학적 개념에 한정시키지 않고, 불가사상, 노장사상 등 여러 사상을 섭렵하는 가운데 독자적인 생각으로 정립하고자 했다. 다음의 「석주소고서(石洲少稿序)」는 이런 생각의 일단을 보여주는 글이다.

> 시에는 특별한 홍취가 있는데, 이(理)와 관련된 것은 아니다. 시에는 특별한 재능이 있는데, 서책과 관련된 것은 아니다. 오직 시는 천기를 희롱하여 현묘한 조화(玄造)를 빼앗을 때, 정신이 빼어나고, 음향이 맑고, 격조가 높으며, 생각이 깊어지는 것이 으뜸이 되는 것이다(詩有別趣 非關理也 詩有別材 非關書也 唯其於弄天機 奪玄造之際 神逸響亮格越思淵爲最上).34)

허균은 송대 엄우(嚴羽)가 『창랑시화(滄浪詩話)』의 「시변(詩辨)」에서 "詩有別材 非關書也 詩有別趣 非關理也"라고 말한 구절을 따와서 시의 천기를 논의하고 있다. 엄우는 시가 묘오(妙悟)의 경지를 보여준다고 했는데, 허균 또한 시의 특별한 홍취를 말하면서 이와 유사한 현조(玄造)의 경지

34) 許筠, 「石洲少稿序」, 『許筠全書』(영인본), 亞細亞文化社, 1972, 76쪽.

를 말했다. 허균이 엄우의 불가적 입장을 그대로 수용하고 있다고 보기는 어렵지만, 시의 묘오론을 시의 천기론에 연결시키고 있음을 알 수 있다.

시의 특별한 홍취가 이(理)와 관련되지 않는다는 말은 시의 홍취가 논리적인 이치와 관련되지 않는다는 뜻이다. 이 점에서 허균은 시의 본질이 논리의 문제가 아니라 감정에 기본을 두고 있음을 말한 셈이다. 그리고 시의 재능이 서책과 무관하다는 것도 서책의 지식을 통해 시의 재능을 인위적으로 구할 수 없다는 생각을 나타낸 것이다. 여기에는 이치를 따지거나 전고를 중시했던 송시풍의 경향을 비판하는 허균의 생각이 개입되어 있는 것이면서, 다른 한편으로 학이시습(學而時習)의 궁리를 통한 인심수양을 중시했던 도학파의 고정관념에 대해서도 비판적인 입장을 개진하고 있는 셈이다. 그러면서 허균은 시는 오직 천기를 희롱하여 현조의 경지를 이룰 때 으뜸이 된다고 했다. 장자가 달인(達人) 또는 진인(眞人)만이 자연의 천기와 내통하여 즐길 수 있다고 한 주장을 허균은 시와 관련지어 시의 특성을 말하는 근거로 삼고 있는 것이다. 그는 시의 홍취와 시적 재능이 특별하다는 것을 전제하고, 달인 또는 진인과 같이 특별한 경지에 이른 시인만이 자연의 현묘한 조화를 이루는 천기를 희롱할 수 있다고 보았다. 이런 현묘의 시경(詩境)은 물론 당위적인 도덕률의 이치나 인위적인 지식과 무관하다는 것이 허균의 입장인데, 시적 구경(究竟)의 대상이 천기인 만큼 그것은 윤리와 지식 이전에 자연의 현묘한 기밀로서 존재하는 것이기 때문이다. 따라서 현묘한 시경의 탐구를 위한 시인의 재능이 특별하게 필요하다면, 그것은 논리와 지식의 문제가 아니라 자연의 천기를 희롱할 수 있는 특별한 시적 감각이나 자연과 교감할 수 있는 진실한 감정일 것이다.

장유 역시 허균과 유사한 입장에서 『장자』에서 말한 달인(達人), 진인(眞人)의 개념을 시인을 지칭하는 용어로 사용하면서, 시를 "성정의 미묘함(性情之微)을 창달하고 조화의 오묘함(造化之奧)을 탐색하는 것"[35]이라고 말했다. 이 또한 시가 묘오의 시경을 탐구하는 데 중요한 특질이 있다는 것이다. 그런데 장유는 허균처럼 묘오의 시경 탐구에 특별한 시적 재능이 있다고 말하는 대신, 시인의 내면적 진실성을 시 창작의 가장 중요한 바탕으로 제시했다. 시를 천기라고 정의한 다음, 내면적 진실성이 없이 도연명이나 이백의 시를 아무리 잘 본뜬다고 해도 그것은 거짓에 지나지 않는다고 하면서, "진실성은 어찌 천기를 일컫는 것이 아니겠는가?"라고 하였다.[36] 시의 천기는 인위적으로 모방한다고 해서 결코 얻을 수 없다고 본 때문이다. 여기에서 시의 천기론은 반모방론적 입장에서 인위적인 기교나 수사를 적극 배격하는 입장으로 나아가게 되는 것이다.

천기론의 관점에 의한 묘오의 시경이 실제비평의 입장에서도 중요하게 언급되고 있는 경우를 찾을 수 있다. 조선 후기의 위항시인인 정래교(鄭來僑: 1681~1757)는 이런 관점에서 그의 스승이기도 한 홍세태의 시를 높이 평가하고 있다.

> 더욱이 시에 오로지 뜻을 두어 신정(神情)이 이르는 바가 묘오(妙悟)에 깊이 스미고, 경우를 당하여 글을 짓는 것은 천기가 유출하는 것이다(尤專意於詩 神情所到 潛透妙悟 遇境摛藻 天機流出).[37]

홍세태의 시가 "신정(神情)이 이르는 바가 묘오(妙悟)에 깊이 스미고" 있다고 하면서, 이런 시적 경지에서 천기가 유출된다고 했다. 여기서 천기가 유출되는 신정과 묘오의 경지는 시인이 자연과 접신(接神)된 경지라고

35) 張維, 「詩能窮人辨」, 『谿谷集』 권3, 『韓國文集叢刊』 92, 61쪽.

36) 張維, 「石洲集序」, 『谿谷集』 권6, 111쪽.

37) 鄭來僑, 「滄浪洪公墓誌銘」, 『浣巖集』 권4, 장42.

할 만한데, 홍세태 시의 특출함을 이렇게 평가하면서 정래교 스스로 시의 이상을 묘오의 시경에서 찾고 있는 셈이다.

그런데 유의해야 할 점은 묘오의 시경 추구가 시에 대한 신비주의적 태도로 나아가지 않는다는 점이다. 자연의 천기가 오묘하다는 점에서 묘오의 시경을 말했을 따름이지, 장유의 주장처럼 시인은 오로지 '진실성'에 근거해야 천기를 제대로 체현할 수 있는 것이다. 물론 여기서 진실성은 시인의 내면적 진실성에 한정되는 간단한 문제는 아니다. 시적 대상에 대한 진실한 묘사의 문제도 천기론자들은 진실성의 기준에서 강조한다. 시적 대상을 왜곡시키지 않고 진실하게 묘사할 수 있는 바탕이 시인의 내면적 진실성에 있다고 보기 때문이다. 시의 천기론이 대부분 시인의 내면적 진실성을 내세우고 있는 표현론적 관점을 취하면서도, 다른 한편으로 시적 대상 묘사의 진실성을 강조하는 사실주의적 경향을 지향하고 있는 이유도 여기에 있다.

이런 점에서 조선 후기 천기론의 시학적 특징을 '진실성의 시학'이란 이름으로 규정할 수 있다. 조선 후기 천기론자들은 진실성의 관점에서 좋은 시의 요건을 찾았으며, 이와 상반되는 시로서 기존의 시를 모방한 시, 억지로 공교한 말로써 기교를 부린 시에 대해서는 매우 비판적인 입장을 취했다. 조선 후기 대표적인 벌열(閥閱)인 안동 김씨의 일원이면서 벼슬에 나아가지 않고 홍세태 등 위항시인들과 교유하며 지냈던 김창협의 다음 글은 진실성의 시학에 입각한 시 비평의 태도를 분명히 보여준다.

> 송인의 시는 전고와 의론을 위주로 한 까닭으로 시가의 병폐가 되었다. 명인이 이를 공격하는 것은 옳도다. 그러나 그들 스스로 한 것이 송인을 능가하지 못하고 도리어 송인에게 미치지 못하니 무슨 까닭인가? 송인은 비록 전고와 논의를 위주로 삼았지만, 학문의 축적된 바와 마음의 뜻이 쌓인 바가 감격 촉발되어 뿜어져 묘사되니 격조에 구속되지 아니하고 말의 조리가 궁색하지 않았다. 따라서 그 기상

이 호탕하고 원기가 넘쳐 흘러서 때로 천기의 발함에 가깝게 되어, 그 시를 읽으면 오히려 성정의 진실성을 볼 수 있는 것이다. 명인은 규범에 너무 얽매여 모방에 젖어서 배움의 걸음걸이까지 흉내내니 천진(天眞)을 회복할 수 없는 것이다. 이것이 도리어 송인의 아래에 있는 까닭이다(宋人之詩 以故實論議爲主 此詩家之病也 明人攻之 是矣 然其自爲也 未必勝之 而或反不及焉 何也 宋人雖主故實論議 然其學問之所蓄積 志意之所蘊結 感激觸發 噴薄輸寫 不爲格調所拘 不爲塗轍所窮 故其氣象豪蕩淋漓 時有近於天機之發 而讀之 猶可見性情之眞也 明人 太拘繩墨 動涉模擬 效顰學步 無復天眞 此其所以反出宋人下也歟).[38]

송시와 명시를 비교하여 논의하고 있는 위의 글에서, 김창협은 시의 중요한 평가 기준을 천기의 발함(天機之發)과 성정의 진실성(性情之眞) 표현에 두고 있다. 이에 따라 송시는 전고와 논의를 위주로 하는 폐단이 있으나, 격식에 구애됨이 없어서 오히려 천기의 발함에 가깝고 성정의 참모습을 볼 수 있다고 하여 긍정적으로 평가했다. 이와 반면에 명시는 규범에 지나치게 얽매여 당시를 모방하는 일을 주로 하니 천진(天眞)을 회복할 수 없기 때문에 도리어 송시보다 못하다고 평했다. 말하자면 좋은 시는 규범에 얽매이지 않고 성정의 진실성을 자연스럽게 표현한 것이며, 이 경우 천기도 자연스럽게 발하게 된다는 것이다.

다음의 글들도 기본적으로 같은 입장에서 참된 시(眞詩)와 좋은 시(好詩)의 요건을 말하고 있다.

① 참된 기쁨과 참된 슬픔만이 진시(眞詩)를 만들어낸다(夫眞喜眞悲 是生眞詩焉耳).[39]

② 시는 성조의 높고 낮음, 자구의 잘되고 못된 것을 논의할 필요가

38) 金昌協, 「雜識」, 『農巖全集』 권34(영인본), 景文社, 1976, 691쪽.

39) 李德懋, 「蘚書齋詩集書」, 尹光心 編, 『竝世集』.

없이 정경의 묘사가 참되고 정의 표현이 진실되면, 그것은 천하의 좋은 시라 할 만하다(詩無論聲調高下 字句工拙 其寫境也眞 道情也實 斯可謂之天下之好詩也).[40]

위에서 ①은 이덕무(李德懋: 1741~1793)의 글이고, ②는 이하곤(李夏坤: 1677~1741)의 글이다. 둘 다 감정의 진실성을 참된 시와 좋은 시의 기본 요건으로 내세우고 있다. 여기에 ②의 글은 성조와 자구의 여하를 떠나서 참된 정경 묘사와 진실한 정의 표현만으로도 좋은 시의 요건을 갖출 수 있다고 했다. 시의 이런 요건에는 의도적인 기교와 수식은 철저히 배제되는 것이다. 시의 천기는 가식 없는 감정의 진실한 표현과 진실한 대상 묘사에 기초하기 때문이다. 다음 홍량호(洪良浩: 1724~1802)의 글은 이 점에서 같은 생각을 보여주고 있다.

아아 천년이나 지난 뒤에 태어나 옛 사람의 소리를 좇아 가려고 하는 것은 어리석고도 미친 일이 아닌가? 그러나 사람의 마음이 지닌 신령함과 천기의 묘는 만세에 쉬지 않고 변함이 없으니 오직 스스로 얻는 것일 뿐이다(噫生乎天載之後 欲追古人之音 不易迂且狂乎 然人心之靈 天機之妙 恒萬世而不息不變 唯在自得之耳).[41]

"옛 사람의 소리를 좇아 가"는 모방적인 시의 창작 행위는 "어리석고도 미친 일"이라고 했다. 시인은 마땅히 스스로 천기의 묘를 얻어야 하는데, 모방적인 시의 창작은 진실성에 어긋날 뿐 아니라 개성을 버리는 행위라고 생각했다. 여기서 천기는 시인의 시가 가지는 독자성과 개성을 주장하는 중요한 준거가 되고 있음을 확인할 수 있다.

시의 천기론은 한편 시인의 내면적 진실성인 성정지진(性情之眞)을 참

---

40) 李夏坤, 「南行集序」, 『頭陀草』 하권(영인본), 麗江出版社, 1992, 654쪽.

41) 洪良浩, 「與宋德文論詩書」, 『耳溪集』 권17.

된 시의 요건으로 추구하는 만큼, 남녀의 정도 진실성의 관점에서 적극적으로 긍정되기도 한다. 일찍이 허균은 남녀의 정욕도 하늘이 준 본성(天稟之本性)이라 하여 성인의 가르침(聖人之教)보다 우위에 두면서, 성인의 가르침을 어길지언정 하늘이 준 본성은 감히 어길 수 없다고 했다.[42] 기존 도학주의자의 관점에서는 남녀의 정욕은 인욕(人欲)에 지나지 않는 것이며 성인의 가르침에 따라 삼가야 하는 사욕(邪慾)에 불과한데, 허균은 남녀의 정욕을 긍정하는 데 그치지 않고 성인의 가르침보다 우위에 둠으로써 엄청난 사상적 반역을 꾀한 셈이다. 그에게서 남녀의 정욕은 윤리적 판단 이전의 본질적 문제이며, 성정지정(性情之正)이 아닌 성정지진(性情之眞)으로서의 천성인 것이기 때문이다.

18세기 말의 시인 이옥에 이르러서는 허균이 긍정한 남녀의 정은 더욱 적극적으로 옹호되면서 자신의 시작품을 통해 실천적인 면모를 보여주게 된다.

> 천지만물을 보건대 사람에게 보는 것보다 더 큰 것이 없으며, 사람을 보건대 정만큼 묘한 것이 없고, 정을 보건대 남녀의 정만큼 진실된 것이 없다. …(중략)… 정의 진실함을 보건대 유독 남녀의 정에서 그러하니, 인생의 진실된 일은 천도(天道)요 자연의 이치인 것이다(天地萬物之觀 莫大乎觀於人 人之觀 莫妙於情 情之觀 莫眞乎觀於男女之情 …(中略)… 以觀乎其情之眞 而獨於男女之也 則卽人生固然之事 亦天道自然之理也).[43]

진실성의 기준에서 남녀의 정이 가장 진실하다고 말했다. 사람 사이의 다른 정은 가식될 수 있지만, 남녀의 정만은 결코 가식될 수 없다는

---

42) "許筠 ……倡言曰 男女情欲天也 分別倫紀聖人之教也 天尊於聖人 則寧違於聖人 不敢違天稟之本性". 安鼎福, 「天學問答」, 『順菴集』 권17.

43) 李鈺, 「二難」.

입장이다. 그래서 인생에서 가장 진실된 일이 남녀의 정이기 때문에, 그것은 거역할 수 없는 천도(天道)요 자연의 이치라고 말했다. 주자학적 도덕 관념에서는 삼강오륜(三綱五倫)에 입각해야 천도라고 말할 수 있는데, 남녀의 정은 천도의 예(禮)가 될 수 없는 것이다. 이런 점에서 이옥의 주장은 분명 파격적이고 이단적이다. 그렇지만 이옥은 스스로 이런 파격과 이단을 즐긴 시인이라 할 만하다. 그의 이언(俚諺) 시가 부녀자들의 진솔한 생활감정과 애정을 사실적으로 노래하고 있는 점이 시적 실천의 모습을 보인 것이라 하겠다.[44] 그러나 그렇다고 해서 이옥의 시가 남녀의 노골적인 애정을 노래하고 있는 것은 아니며, 낙이불음(樂而不淫)하는 『시경(詩經)』 시의 경지를 큰 테두리로 삼고 있다고 말할 수 있다.

시의 천기론은 진실성과 함께 감정 표현의 자발성과 자연스러움을 시의 중요한 요건으로 삼고자 한다. 천기가 천연의 자연스러움을 그 특질로 하듯이, 시는 당연히 진솔한 감정이 자발적이고도 자연스럽게 표현되었을 때 천기의 묘를 얻을 수 있기 때문이다. 이런 점에서 조선 후기 천기론은 시인의 내면의식인 감정의 진실성을 강조하는 진실성의 시학이면서 동시에 내면적 감정의 자발적인 표현 또한 자연스럽게 긍정하게 되는 '자발성의 시학'이라고 말할 수 있다. 물론 시론에서 감정의 진실성과 자발성이 엄격히 분리되어 나타나는 것은 아니지만, 천기론적 관점의 시 논의를 일단 자발성의 시학이란 점에 초점을 맞추어 보자. 이 경우 자발성의 시학은 시에서 인위적인 기교나 수사를 철저히 배제하며, 경우에 따라서는 시를 지으려는 의도가 없는 데도 시가 나오는 경지를 지향하는 것으로 나타난다. 이천보의 다음 발언을 보자.

> 시를 지으려는 의도가 없는 데도 시가 나오면, 그것은 천하의 참된 시(眞詩)이다(無意於詩而詩作者 天下之眞詩也).[45]

44) 金均泰, 앞의 책, 59~84쪽에서 이 점을 자세하게 논의했다.

시를 지으려는 의도가 없는 데도 저절로 시가 읊어질 때 가장 참된 시(眞詩)가 된다는 주장은 당연히 시는 의식적 노력에 의해 억지로 지어질 수 없다는 생각을 바탕에 깔고 있다. 대부분의 천기론자들은 시는 천지만물의 자연 속에 근원적으로 존재하며, 자연의 천기에 따라 시인은 단지 그 천기의 오묘함을 자신이 당한 처지에 따라 느낀 바대로 진솔한 감정을 자연스럽게 표현하면 된다는 생각을 가졌다. 장유, 최성대, 이옥 등이 이와 같은 생각에서 자연과의 교감 또는 시의 자연발생설을 주장했고, 특히 이옥은 시인의 존재는 단지 자연의 매개자일 뿐이라고까지 말했다. 이와 같은 입장에서 시는 지어지는 것이 아니라 천기에 따라 자연히 읊조려지는 것이다.

홍세태의 다음 글은 이런 생각을 좀 더 구체적으로 보여준다.

> 가만히 생각해 보면, 시는 성정에서 나와 소리로 표현되는 것이다. 이를 읊조리면 자연히 정신이 움직이고 천성이 따라가는 묘미가 있는 것이 지극한 것이다. 만약 누가 기이함과 교묘함에 힘쓰고 험하고 난삽한 말을 지어내 사람들이 해독하게 어렵게 한 것을 잘되었다 하면 시를 아는 자가 아니다(竊謂詩者出於性情 達乎聲音 諷之 自然有神動天隨之妙者 其爲至矣 若夫務奇巧 爲險澁語 以人所難解爲工 非知詩者也).46)

홍세태는 "자연히 정신이 움직이고 천성이 따라가는 묘미가 있는" 시와 "기이함과 교묘함에 힘쓰고 험하고 난삽한 말을 지어"낸 시로 구분하면서, 전자의 시를 긍정하고 후자의 시를 부정하고 있다. 전자의 시가 성정이 자발적이고 자연스럽게 표현된 지극하고 참된 시라면, 후자의 시는 인위적인 기교를 부려서 쓴 난삽하고 난해한 시인 것이다. 후자의 시

---

45) 李天補, 「題默窩詩券後」, 『晉庵集』 권7, 장1.

46) 洪世泰, 「自序」, 『柳下集』.

가 마땅히 배척되는 까닭이 천성의 묘미 즉 천기를 얻지 못하고 있기 때문이다.

그런데 천기론의 주장은 감정의 자발성을 지나치게 중시함으로써 시의 형식에 대한 미의식을 소홀히 할 우려를 안고 있다. 유만주(兪晩柱)는 시의 천기론을 긍정하면서도, 천기의 시가 가질 수 있는 폐단에 대해 정곡을 찌르는 지적을 했다.

> 천기에서 발하여 글을 짓는 것을 거짓되게 하지 않는 것은 진실로 시의 근본이다. 그러나 잘난 체하고 거만한 마음으로 시를 조급하게 짓고는 시가 지극히 잘 지어졌다고 하지만, 이는 횡설수설하고 방자하게 된 것인즉, 그것은 하나의 악시인 것이다(發乎天機 不假點撰 固詩之本也 然遽以此自大 以爲詩之極工 而橫豎放肆 則卽一惡詩).[47]

유만주는 천기에서 발하여 시를 진실되게 짓는 것을 시의 근본이라 했다. 그러나 천기를 빌미로 시를 조급하게 지으면 말이 횡설수설하고 방자하게 되는 까닭에 악시(惡詩)가 될 수 있다는 것이다. 사실 유만주의 이런 지적은 매우 온당하며, 시의 천기론이 가질 수 있는 한계를 잘 파악하고 있다고 하겠다. 시의 진실성이 감정의 자발성을 기초로 하지만, 즉흥적인 시작이 시의 진실성을 담보할 수 없으며, 시의 언어와 형식에 대한 기본적인 미의식이 동시에 확보되어야 하기 때문이다.

Ⅲ. 천기론에 나타난 민요의식과 주체적 시의식

조선 후기의 천기론자들은 천기를 얻은 참된 시 또는 좋은 시의 모범을 어떤 시 양식에 두고 있을까? 그들은 스스로 시의 모방적 태도를 배

---

47) 兪晩柱,『欽英』제8책 己亥年(1779) 十二月條.

척하고 있지만, 대부분의 시인들은 당시(唐詩)와 『시경』의 국풍(國風)을 천기 발현의 전범적인 시로 생각하고 있음을 보여준다.

먼저 당시를 천기 체득 또는 천기 발현의 전범적인 시 양식으로 보는 경우이다. 그런데 사실 당시를 시의 전범적인 시 양식으로 보고자 했던 태도는 천기론을 주장했던 시인들에 한정되지 않았다. 성정론의 재도론적 관점에 입각하든 천기론의 반제도론적 관점에 입각하든 조선조 대부분의 시인들은 당시를 전범으로 생각하고 있었다. 다만 당시를 천기론의 관점에서 시의 전범으로 떠올렸던 시인들은 성정시정으로서의 재도론이 아닌 성정지진으로서의 시적 진실성과 자발성, 그리고 시인의 개성을 무엇보다 중시하는 입장에서 당시를 시의 전범으로 생각했다는 차이를 지닌다. 이를테면 김창협은 시는 성정이 발하고 천기가 움직인 것이라고 하면서, 당시가 가장 자연에 가깝다(近自然)했다고 했으며,[48] 홍세태는 위항시인들의 시가 초절(超絶)하여 맑은 풍조를 지니는 것이 당시에 가깝다고 평가하기도 했다.[49]

다음으로 『시경』의 국풍(國風)을 긍정적으로 해석하면서 천기가 발현된 시의 전범으로 삼고 있는 경우이다. 잘 알다시피, 시경의 국품은 당시 민간가요로서의 민요가 채시되어 시경에 오른 것이다. 여기서 시경의 국풍에 대한 해석은 '사무사(思無邪)'로서의 교화론과 연결된 효용론적 시관에 따라 이루어질 수도 있고, 교화론의 시각에서 벗어나 그 정감의 자유분방함을 천기 발현에 의한 성정의 진실한 발로로 보고자 하는 입장으로 크게 구분할 수 있다. 이 글에서 갖는 관심은 물론 후자 쪽이다. 그

48) "詩者 性情之發 天機之動也 唐人詩 有得於此 故無論初盛中晚 大抵皆近自然". 金昌協, 「雜識」, 『農巖全集』 권34(영인본), 景文社, 1976, 691쪽.

49) "草茅衣褐之士 鼓舞於下 作爲歌詩以自鳴 雖其爲學不博 取資不遠 而其所得於天者 故自超絶 瀏瀏乎風調近唐 …(中略)… 唯其所以爲感而鳴之者 無非天機中自然流出 則此所謂眞詩也". 洪世泰, 「海東遺珠序」, 『柳下集』 권9 장8~9(영인본), 民族文化社, 1981.

러면서 시경의 국풍을 천기론의 관점에서 긍정적으로 해석하는 입장이 기본적으로 '민요의식'에 기초하면서, 점차 가사, 시조 등 국문시가에 대한 주체적 인식으로 진전되어 갔다는 점을 주목하고자 한다.

일찍이 허균은 시경의 시 중에 국풍을 으뜸으로 꼽으면서 그 우유돈후(優遊敦厚)함이 감발(感發)·징창(懲創)하기에 족한 반면, 아송(雅頌)은 이(理)의 길에 들어선 까닭에 성정의 진실성으로부터 멀어졌다고 하여 국풍에 미치지 못한다고 했다.[50] 허균이 국풍을 긍정하는 주장에는 감발·징창의 교화론적 시각이 배여 있기는 하지만, 다른 한편으로 아송보다 국풍을 높이 평가하는 데에서 성정의 진실성을 무엇보다 중시하는 그의 진보적 시관이 개입되어 있는 것이다.

성정의 진실성을 중시하는 허균의 문학관을 이으면서 좀 더 구체적으로 민요의식을 보여주고 있는 글이 김만중(金萬重; 1637~1692)이 『서포만필(西浦漫筆)』(1625)에서 송강(松江) 정철(鄭澈; 1536~1593)의 가사를 격찬한 글이다. 그는 송강의 「관동별곡」, 「사미인곡」, 「속미인곡」을 초나라 시인 굴원(屈原)의 「이소(離騷)」에 비견될 수 있다는 주장을 펴는 가운데 천기론의 관점에 의한 민요의식을 송강가사 격찬의 한 논리저 근거로 제시하고 있다.

> 지금 우리나라 시문은 우리말을 버리고 다른 나라의 말을 배우니, 설령 십분 비슷하다고 해도 다만 이것은 앵무새가 사람 말을 하는 것이다. 여항간에 나무하는 아이와 물 긷는 아낙네가 웅얼거리며 서로 화답하는 것은 비록 비루하고 속되다고 하나, 만약 참과 거짓을 따진다면 참으로 학사(學士)·대부(大夫)들의 이른바 시부(詩賦)라 하는 것과는 함께 논할 수 없다. 하물며 이 세 별곡(주: 송강의 「관동별곡」,

50) "嘗謂詩道大備於三百篇 而其優遊敦厚足以感發懲創者 國風爲最盛 雅頌則涉於理路 去性情爲稍遠矣". 許筠, 「題唐絶選刪序」, 『惺所覆瓿藁』 권5. 『許筠全書』(영인본), 아세아문화사, 1980, 86쪽.

「사미인곡」, 「속미인곡」을 말함)은 천기가 발동하여 이속(夷俗)의 천박함이 없으니, 옛날부터 우리나라의 진문장(眞文章)은 다만 이 세 편이다.[51]

위의 글은 주체적 관점에서 국문문학을 옹호 내지 예찬하는 것으로 일찍부터 학계에서 주목받아 온 글이다.[52] 그런데 글을 자세히 살펴보면, 국문문학 전체를 한문학에 대응시키며 옹호 · 격찬하고 있지는 않다. 굴원의 「이소」에 버금갈 수 있는 진문장(眞文章)의 한 본보기로 국문시가 중에서도 송강의 가사 작품을 들되, '이속의 천박함'이 없어야 한다는 교화론적 시각을 중요하게 내세우고 있다. 이 점은 당시 사대부 문학인으로 김만중이 지니고 있었던 진보적 문학의식의 한 한계라면 한계로 지적될 수 있다.[53] 그러나 이런 한계의 지적에도 불구하고, 이 글이 우리 시문학에 대한 주체적이고 진보적인 문학의식을 보이고 있다는 점은 여전히 높이 평가할 수 있다. 그것은 그의 송강가사 격찬론 속에 우리의 언어에 대한 주체적 의식과 함께 천기론의 관점에 의한 민요의식을 중요한 논리적 기반으로 제시하고 있기 때문이다.

이 글에서 관심의 대상은 물론 천기론의 관점에 의한 민요의식의 측면이다. 김만중은 "학사 · 대부들의 이른바 시부"와 "여항간에 나무 하는 아이와 물 긷는 아낙네가 웅얼거리며 서로 화합하는 것"을 대비하여 말하고 있다. 여기서 후자는 다름 아닌 민요를 지칭한다고 하겠는데, 그것이 비록 비루하고 속됨이 있으나 학사 · 대부들의 시부에 비해 우리의 언어를 취하면서 또한 천기가 자연히 발동한 시적 진실성을 담고 있기 때문에 오히려 본받을 바가 있다고 말했다. 김만중이 민요 자체를 전폭

51) 金萬重, 홍인표 역주, 『서포만필』, 일지사, 1987; 389쪽.

52) 조동일, 『한국문학사상사시론』, 지식산업사, 1978.
윤호진, 「김만중 문학론 연구」, 한국학대학원 석사학위논문, 1982.

53) 김성규, 「서포의 국문문학 예찬론의 성격」, 『수선론집』 제11집, 성균관대학교, 1986.

적으로 옹호하고 있는 것은 아니지만, 우리 언어에 대한 주체적 의식과 천기론의 관점에 의한 시적 진실성을 무엇보다 중요시하고 있는 점은 높이 평가할 만하다. 천기론의 관점에 의한 민족시가의 옹호 논리는 이 글이 한 교두보가 되어 다음 단계로 진전될 수 있었다고 말할 수 있다.

천기론의 관점에 의한 민족시가의 옹호 논리가 한층 구체화되면서 진전된 면모를 보여주는 글이 『청구영언(青丘永言)』에 실린, 필명이 마악노초(摩嶽老樵)인 이정섭(李廷燮: 1688～1744)[54]의 발문이다.

> 시는 풍(風)·아(雅) 이래로 나날이 옛것과 멀어졌고, 한(漢)·위(魏) 이후로는 시를 배우는 자들이 다만 말을 꾸미는 데만 몰두하는 것을 해박하다고 여기고 경물을 아름답게 수놓은 것을 솜씨 있다고 여겨서, 심지어 성률을 까다로이 따지고 자구를 심하게 연마하는 법을 내놓기에 이르렀으니, 성정은 숨어버렸다. 우리나라에 이르러서는 그 폐단이 더욱 심하게 되었다. 오직 가요의 한 길만이 풍인의 남긴 뜻에 거의 가까워서 정에 따라서 솟아나는 것을 이어(俚語)로써 읊조리거나 노래하는 사이에 유연히 사람을 감동시킨다. 이항(里巷)의 노래에 이르러서는 곡조가 비록 우아하게 다듬어지지 못하였으나, 무릇 그 즐거움과 원망, 자유롭고 넓은 감정과 옹졸함의 감정이 지닌 모습과 색깔은 각기 자연의 진기로부터 나온 것이다(詩者風雅以降 日與古背馳 而漢魏以後 學詩者 徒馳騁事辭以爲博 藻繢景物以爲工 甚至於轎聲病鍊字句之法出 而性情隱矣 下逮吾東 其弊滋甚 獨歌謠一路 差近風人之遺旨 率情而發 然以俚語 吟諷之間 油然感人 至於里巷謳歈之音 腔調雖不雅馴 凡其愉佚怨歎猖狂粗莽之情狀態色 各出於自然之眞機).[55]

위 발문은 김천택이 『청구영언』을 가지고 찾아와 작품들 가운데 음

54) 마악노초(摩嶽老樵)가 이정섭(李廷燮)임을 김윤조(金允朝)가 처음 밝힌 바 있다. 김윤조, 「저촌 이정섭의 생애와 문학」, 『한국한문학연구』 제14집, 한국한문학회, 1991, 312쪽.

55) 마악노초(摩嶽老樵), 「청구영언후발(青丘永言 後跋)」, 심재완 편, 『교본역대시조전서』, 세종문화사, 1972, 1228쪽.

란한 이야기(淫哇之談)와 비속한 가사(卑褻之詞)가 들어 있음이 잘못되지 않았는가를 묻자, 이정섭이 이에 대답한 것이다. 그는 음란하고 비속한 노래라도 마땅한 바가 있음을 시경의 국풍을 예로 들어 정당화 논리를 제시한 다음, 위와 같이 말했다. 그가 가장 중요시한 것은 바로 성정의 진솔함이다. 국풍이 민요에서 산시된 이상 남녀의 애정을 노래한 작품이 있을 수밖에 없는데, 그 참모습을 멀리 하거나 억지로 숨기고자 하는 데에서 시의 폐단이 심각하게 되었다고 하고, "오직 가요의 한 길만이 풍인의 남긴 뜻에 가까워서 정에 따라서 솟아나는 것을 이어(俚語)로써 읊조리거나 노래하는 사이에 유연히 사람을 감동시킨다"고 했다. 여기에 성정의 진실성과 그 자발적 표현을 무엇보다 중시하는 민요의식이 근저에 놓여 있다고 말할 수 있다. 이항의 노래가 "즐거움과 원망, 자유롭고 넓은 감정과 옹졸함의 감정이 지닌 모습과 색깔은 각기 자연의 진기로부터 나"왔다고 한 대목도 바로 이와 연관된다. 그는 이러한 민요의식을 토대로 성정의 다양하고 자발적인 표현으로 이루어진 국문시가가 모두 자연의 진기(眞機)로부터 나왔다고 하면서, 고아(高雅)한 성정을 중시하는 사대부의 도학주의적 입장과는 배치되는 주장을 하게 된 것이다. 조선 후기의 천기론은 이 지점에서 민요의 본질적 존재 의의를 새롭게 인식하는 중요한 이론적 토대를 마련하면서, 민족시가의 주체적 인식을 위한 논리적 기반을 강화해 갔다고 말할 수 있다.

18세기의 대표적 기일원론자이자 북학파의 선구적 인물인 홍대용(洪大容: 1731~1783)도 시경의 국풍을 천기론의 관점에서 긍정하면서, 위항시의 정당한 존재 의의를 부각시키고자 했다.

> 노래란 정을 말로써 표현한 것이다. 정이 움직여 말로 나타나고, 말이 곡조를 이룬 것을 일컬어 노래라 한다. 교졸(巧拙)을 따지지 않고 선악을 잊으며 자연에 의거하여 천기로부터 나오는 것이 좋은 노

래이다. 그러므로 시경의 국풍은 대부분 이항(里巷)의 노래로부터 나왔는데, 덕성을 함양하는 교화를 담기도 하고 풍자의 뜻을 지니기도 했다(歌者 言其情也 情動於言 言成於文 謂之歌 舍巧拙 忘善惡 依乎自然 發乎天機 歌之善也 故詩之國風多從里歌巷謠 或囿涵泳之化 亦有諷刺之意).56)

홍대용은 시경의 국풍을 시라 하지 않고 노래라고 말했다. 시언지(詩言志)란 전통적인 이해에 따라 국풍을 보지 않고, 노래로 명명하고 있다는 점에서 국풍이 갖는 민요로서의 본질적 성격에 한층 다가서는 인식을 보여주고 있다. 그는 노래란 기본적으로 정을 말로써 표현한 것이라고 하면서, 좋은 노래는 교졸과 선악을 따지지 않고 자연에 의거하여 천기로부터 나오는 것이라 했다. 말하자면 좋은 노래란 교졸과 선악의 기준에 따라 판가름될 수 없으며, 시적 대상인 자연에 의거하면서 천기가 발하는 데 따라 정을 자연스럽게 표현한 것이라고 보았다. 그러면 이들 노래는 자연스럽게 교화의 뜻이나 풍자의 뜻을 담게 된다는 것이다. 이항(里巷)의 노래인 시경의 국풍은 이런 관점에서 좋은 노래의 모범이며, 이항의 시인들인 위항시 역시 이런 국풍과 마찬가지로 충분히 볼 만한 가치가 있다는 것이 위항시집인 『대동풍요(大東風謠)』의 서문에 붙인 홍대용의 생각이다. 홍대용의 이러한 시관은 시란 마땅히 성정지정을 나타내야 한다는 도학파의 입장과 시의 체격과 성률을 중시하는 사장파의 입장과도 상반되는 것이다. 홍대용의 계속되는 주장을 보자.

입에서 부르는 대로 노래해도 말은 곡진한 마음에서 나오고, 알맞게 꾸미어 배열하지 않아도 천진(天眞)이 드러나니, 나뭇군과 농부들의 노래 또한 자연에서 나온 것이다. 이는 문장의 자구(字句)를 뜯고 다듬어 고치면서 말인즉 옛것을 들먹이면서 천기를 손상시킨 사대

56) 洪大容, 「大東風謠序」, 『湛軒書』上(영인본), 景仁文化社, 1969, 260쪽.

부들의 시보다 도리어 낫다(唯其信口成腔 而言出衷曲 不容安排 而天眞露呈 則樵歌農謳亦出於自然者 反復勝於士大夫之點竄敲推 言則古昔 而適足以斲喪其天機也).[57]

위의 글에서 주목할 사항은 천기나 천진을 드러내는 좋은 시의 모범으로 '나무꾼과 농부의 노래' 즉 민요를 내세우고 있다는 사실이다. 앞서 시경의 국풍을 시의 전범으로 생각했던 데에서 한 걸음 더 나아가 민요를 준거로 삼으면서, 민요가 가진 일반적 특질을 비교적 구체적으로 이해하고 있다. 즉 "입에서 부르는 대로 노래하"는 것, "곡진한 마음"을 표현하는 것, "알맞게 꾸미어 배열하지 않아도 천진이 드러나"는 것이야말로 바로 민요의 구비성, 진솔성, 자유로운 표현 양식의 특징을 일컫는 것이기 때문이다. 이러한 민요의식에 근거하면 민간에서 자연스럽게 불리는 모든 노래와 시도 긍정적으로 넓게 포용될 수 있는 것이다. 아마도 홍대용은 이런 점을 염두에 두고 민요의식에 기초한 천기론을 펼치면서 동시에 위항시를 긍정했던 것으로 생각된다.

시에서 천기나 천진(天眞)을 중시하는 입장은 한시에 대한 시조 등의 국문시가나 민간의 노래인 민요를 긍정하는 중요한 논리적 기반이 될 수 있다. 천기나 천진이 시의 기교적 수식이나 모방을 배제하면서 성정의 자발적 표현에 의한 시적 개성을 강조하는 핵심적 준거가 되기 때문에, 당연히 시조 등의 국문시가나 민요도 나름의 존재 의의를 가지는 시가로 포용되는 것이다. 홍대용은 물론 시조 등의 국문시가와 민요를 단순히 긍정하는 단계에 머물지 않고 사대부의 한시가 지닌 폐단과 관련지어 이들 시가의 존재 의의에 대한 새로운 인식을 제기했다. 그것은 이들 시가, 특히 민요의 경우 어떤 인위적인 조작도 가해지지 않고, 곡진한 마음에서 저절로 말과 곡조가 이루어졌기 때문에 자연의 천기를 손상시

57) 洪大容, 「大東風謠序」, 『湛軒書』 上(영인본), 景仁文化社, 1969, 261쪽.

키지 않고 천진을 드러내고 있다고 인식했기 때문이다. 이런 경우 참다운 시가는 인위적으로 만들어지는 것이 아니라 자연스럽게 이루어지는 것이다. 민요의식에 근간을 둔 이러한 시가의 인식은 따라서 전고를 일삼고 격률을 따지고 체격을 모방해서 지은 사대부들의 한시가 갖는 한계를 뚜렷이 부각시킬 수 있는 것이다.

홍대용에 이은 북학파의 주기론자인 박지원(朴趾源: 1737~1805)이 이른바 조선시를 주장한 「영처고서(嬰處稿序)」도 위와 같은 맥락에서 주목되는 글이다.

> 지금 무관 이덕무(李德懋)는 조선 사람이다. 산천, 풍기의 지리가 중국과 다르고, 언어, 노래하는 습속의 시대가 한 · 당(漢唐)이 아니다. … 방언을 문자로 옮기고, 민요를 운율에 맞추기만 하면 자연히 문장이 이루어지고, 진기(眞機)가 발현된다. 답습을 일삼지 않고, 남의 것을 빌어오지 않고, 현재 있는 그대로를 가지고 온갖 것들을 표현해 낼 수가 있다. 오로지 그의 시가 그러하다.[58]

박지원은 같은 북학파의 일원인 이덕무의 문집에 서문을 쓰면서, 이덕무의 시적 개성과 주체성을 이렇게 말했다. 물론 그의 주장이 한시의 테두리를 벗어나지 못한 한계가 있지만, "방언을 문자로 옮기고 민요를 운율에 맞추기만 하면 자연히 문장이 이루어지고, 진기(眞機)가 발현된다"고 한 대목은 매우 주목되는 발언이다. 기존에 시의 천기론을 주장한 이들이 사대부의 한시가 갖는 병폐를 극복하기 위해서 위항시를 옹호하거나 상대적으로 국문시가의 의의를 인정하는 태도와는 달리 한시 자체의 혁신을 민족시가의 주체적 인식의 바탕 위에서 꾀하고자 했다. 여기

58) "今懋官朝鮮人也 山川風氣地異中華 言語謠俗世非漢唐 ……(중략)…… 字其方言 韻其民謠 自然成章 眞機發現 不事沿襲 無相假貸 從容現在 則事森羅 惟此詩爲然". 朴趾源, 「嬰處稿序」, 『燕巖集』 권7 별집(영인본), 경인문화사, 1982, 107쪽.

서 민족시가의 주체적 인식은 조선인으로서의 민족적 개아(個我)를 각성하는 것이면서 동시에 민족적 개아가 처한 지리, 환경, 시대, 풍속에 따라 자연스럽게 성장해 온 민요에 토대를 두는 것이었다. 박지원의 이러한 조선시 주장과 맥락을 같이 하면서 이덕무, 정약용, 이옥 등이 유사한 주장을 펴면서 일련의 민요취향 한시를 창작했던 사정은 이런 점에서 매우 가치 있는 문학적 고민과 실천의 모습을 보여준 것이었다.

Ⅳ. 결론

조선 후기의 천기론은 『장자』의 천기론에 근원을 두고 전개된 것으로, 자연의 오묘한 성질이나 그 작용을 말하는 천의(天意)와 자연으로부터 부여받은 고유한 성질로서의 천성(天性)을 일컫는 데에서부터 출발되었다. 이처럼 조선 후기의 천기론은 자연에 대한 각별한 인식을 바탕으로 전개되었는데, 시인에 따라 그 구체적인 인식의 방향은 달랐다. 장유나 김수항의 경우에는 천기의 인식을 통해 자연에 대한 인간중심적 관점을 벗어나 자연의 개체적 존재를 긍정하면서, 인간이 세속적 욕망을 버리고 자연에 합일되는 물아일치의 경지를 궁구하고자 했다. 그리고 김창협은 김수항의 천기론을 이어 받으면서 특히 성정의 진실성을 강조하는 가운데 시인의 시적 진실성과 함께 개성적인 시관을 피력하는 데까지 나아갔다. 최성대와 이옥의 경우는 자연의 천기를 관념론적 인식의 테두리에서 벗어나 철저한 경험론적 인식을 기반으로 자연과의 직접적인 대화와 교감을 주장하거나, 구체적으로 경험되는 현실 가운데서 자연스러운 감정의 표현을 추구하고자 했다.

한편 천기론은 인간과 시인에 대하여 각별하게 인식하는 계기로도 작용했다. 자연에 대한 천기론적 인식이 자연의 개체적 존재성과 만물의 평등성을 자각하는 데 이르렀다면, 이러한 자연적 존재의 자각은 쉽게 인간 존재에 대한 새로운 인식의 계기가 되었던 것이다. 홍세태와 같은 위항시인들은 모든 사람은 신분의 귀천을 떠나 평등하게 태어났다고 주장하는 한편, 사대부들보다 위항시인들 자신이 세속적 명리와 욕망에 얽매이지 않기 때문에 천기에 더욱 능통하여 좋은 시를 쓸 수 있다고 했다. 그리고 이천보나 조두순 같은 사대부 시인들은 위항시인들처럼 비교 우위의 입장에서 위항시인들의 시를 긍정한 것은 아니지만, 위항시인들의 시를 사대부 시인들의 시와 동등한 반열에서 인정하고자 했다.

천기론에 입각한 시인의 의식은 다른 한편으로 시인의 존재를 특별한 존재로 격상시키는 근거가 되기도 했다. 장유는 특히 자연의 천기에 통달한 자가 시에 능하다고 하면서, 장자가 말한 달인(達人)과 동일시하여 이상적인 시인의 존재를 상정하기도 했다. 시의 천기 논의는 또한 시의 발생 근원을 자연에 두는 만큼 시인의 인위적인 노력을 배제하면서, 시인의 존재를 자연과 시를 연결하는 매개적인 존재로 보고자 하는 입장으로 나타나기도 했다. 이 경우 시인은 단지 자연에 의탁하여 자연의 상을 드러내고 정을 통하게 하는 매개적인 존재로 기능하게 된다.

천기론의 시 의식은 시인에 따라 차이가 있지만, 크게 보면 규범적이고 보편적인 도덕률과 형식을 배격하면서 시적 개성을 추구하는 시학으로 전개되었다고 말할 수 있다. 그것은 첫째로 시적 탐구의 본질을 논리적인 이치와 지식의 차원에 두는 것을 거부하고 자연의 오묘한 천기에 접할 수 있는 자연스러운 감정으로서의 시인의 내면적 진실성을 표현하는 데 두었다. 둘째로는 그러한 시인의 내면적 진실성이 어떠한 의도나 인위적인 노력이 배제된 가운데 자발적으로 표현되는 것을 무엇보다 중요한 요건으로 삼는 것이었다. 따라서 참된 시와 좋은 시는 당연히 이러한 요건에 따라 개성적인 시세계를 펼쳐 보인 작품들이 될 수밖에 없었다. 반면에 이러한 시적 탐구의 본질적 요건과는 상반되는 기존의 시를 모방한 시, 공교한 말로 기교를 부린 시는 철저히 비판되고 배격되었다.

조선 후기 천기론을 주장한 시인들은 이상과 같은 시의 본질적 요건에 따라 그들 시의 전범을 대부분 당시(唐詩)에 두거나, 『시경(詩經)』의 시 중에서도 민요적 성격을 지닌 국풍(國風)을 각별하게 긍정적으로 인식하고자 했다. 그것은 이들 시가 자연에 의거하여 천기가 발하는 데 따라 그 정을 가장 자연스럽게 표현하고 있다고 본 때문이었다. 이 가운데 특히 민요의식에 토대를 둔 시의 천기론은 민요의 언어적 속성, 구비성, 감정 표현의 진솔성과 자발성, 그리고 그 다양성을 새롭게 인식하면서 궁극적으로 주체적인 시각에서 민족시의 바람직한 정립 방향을 모색하는 것이었다. 따라서 조선 후기의 천기론은 민족시가의 참모습과 존재 의의를 주체적인 관점에서 새롭게 인식하게 된 중요한 이론적 토대가 되었음을 무엇보다 강조할 수 있다.

천기론의 관점에서 본 김소월 시학의 전통성과 근대성

Ⅰ. 서론

이 글은 우리의 전통시론 중에서 근대적 시 의식 내지 미의식의 형성과 관련하여 집중적인 조명과 평가를 받아왔던 조선 후기의 '천기론(天機論)'을 김소월 시학의 전통성과 근대성을 이해하기 위한 새로운 관점으로 끌어들이면서, 궁극적으로 천기론의 맥락 속에서 김소월 시학의 특성을 재조명하기 위한 것이다.

그런데 본론을 전개하기에 앞서 김소월 시학의 특징적 면모를 파악하기 위한 방법적 통로로 왜 천기론이란 전통시론을 끌어들이게 되었는가에 대한 해명이 필요하다. 사실 전통시론의 한 가지인 천기론은 조선 중기에서 후기로 넘어가는 17C 이후부터 본격 등장한 것으로, 김소월 시대에서도 한참이나 시대를 거슬러 올라가야 만날 수 있는 시론이다. 여기다 천기론은, 중세의 전통시론이 대체로 그렇듯이, '천기'란 개념의 선명성을 바탕으로 체계적으로 정립된 시론이 아니다. 따라서 21C에 접어든 오늘날, 김소월의 시를 말하는 새로운 관점으로 천기론을 들먹인다는 것 자체가 과거 퇴행적인 일로 보일 수 있다. 특히 천기론이 중세의 시대적 배경에서 형성된 만큼 전근대적인 시 의식에서 별로 진전되지 않은 모호한 시론 정도로 생각하여, 김소월의 시는 물론이고 오늘날의 시를 이해하는 데 별로 소용되는 바가 없을 것이라고 여길 수 있다. 그러나 이런 생각에는 천기론에 관한 잘못된 선입견이나 오해가 깊이 개입되어 있다.

우선 천기론은 17C 이후 중세에서 근대로 전환되는 시점에서 형성된 전통시론으로 무엇보다 근대적인 시 의식을 담고 있다는 점에서 주목된다. 비록 천기론이 중세적 배경에서 형성된 한시 중심의 시론임에는 틀림없지만, 그것이 포괄하는 근대적인 시 의식은 오늘날의 근대적인 시론과도 쉽게 대화하고 조응할 수 있다고 판단된다. 그런데 천기론의 핵심적 용어인 '천기'는 그것이 놓은 문맥의 다양성 때문에 선명한 개념을 붙들기 어려울 정도로 다양한 개념을 방사하고 있는 것이 사실이다. 이 점은 그동안 천기론에 관한 논의가 다양하게 이루어져 온 요인이 되기도 하지만, 오히려 천기의 개념이 다양한 의미 영역을 포괄함으로써 근대적인 시학으로 정립될 수 있는 유용한 입각점을 제공한다고 말할 수 있다. 필자의 다소 성급하고 선부른 논의의 결과이긴 하지만, 조선 후기의 천기론은 개체적 자연인식, 정서와 욕망 표현의 자발성과 진솔성, 주체적 인간으로서의 개성과 평등의식, 민요의식을 근간으로 한 주체적 시 의식을 보여주고 있다는 점에서, 근대적인 시학으로 재조명될 필요가 있는 전통시론임을 확인할 수 있었다.[1)]

1) 박경수, 「조선 후기 천기론의 시학과 낭만주의 시론의 비교」, 『현대문학이론연구』 제12집, 현대문학이론학회, 1999, 261~310쪽.
최근 들어 천기론은 여러 분에 의해 계속 천착, 조명되었다. 이동환, 「조선 후기 '천기론'의 또한 천기론이 특별히 김소월의 시를 이해하는 유용한 준거로 활용될 수 있는 까닭은 무엇인가? 이는 천기론으로 포괄되는 인식론적 특성과 시의식의 다양한 국면들이 김소월의 시가 갖는 여러 일반적 특질들을 드러내는 데에 매우 유용하다고 판단되기 때문이다. 이에 관한 구체적인 논의는 본론에서 이루어질 것이지만, 특히 김소월의 시세계를 이해하는 데 중요한 길잡이가 되기도 하는 「시혼(詩魂)」은 천기론의 시학적 관심을 부활시키면서 시인 특유의 근대 낭만주의 시학을 보여주고 있다고 말할 수 있다. 이 글은 바로 이러한 생각을 전제로 김소월 시학의 두드러진 성격들을 천기론의 관점에서 새삼 드러내면서, 그것들이 지닌 시학적 의미들을 재검토해보고자 하는 것이다. 그러면 김소월의 시학과 천기론이 만남으로써 빚어지는 세계인식과 시 의식의 공통된 인자들과 변별적 인자들이 추출될 수 있을 것이며, 이를 통해 궁극적으로 김소월 시학이 갖는 전통성[2]의 맥락과 함께 근대성을 추동해내는 특질을 찾을 수 있을 것으로 기대한다.

개념 및 미학이념과 그 문예 · 사상적 연관」, 『한국한문학연구』 제28집, 한국한문학회, 2001, 123~143쪽; 안대회, 「여항시인과 천기론」, 『문헌과 해석』 제14호, 문헌과 해석사, 2001; 고미숙, 「천기론의 '수사학적 배치'와 그 담론적 특이성」, 『민족문학사연구』 제19호, 민족문학사학회, 2001, 149~173쪽 등의 글이 주목된다.

2) 여기서 '전통성'(the tradition)의 올바른 해명은 현재와 단절된 과거 속에서만 의미를 찾는 복고주의나 회고주의적 태도, 그리고 '근대성(the modernity)'과 대립되는 배타적 자기 통일성으로 보는 국수주의적 태도에서 벗어나야 한다. '전통성'은 과거와 현재의 시간적 영속성의 토대 위에서 언제나 현재적 시점에서 의미화되는 것이며, 그 자체 고정 불변하는 어떤 요소나 성질이 아니라 시대의 변화에 따라 유동하는 요소와 성질인 것이다. 그리고 '전통성'이 갖는 현재적 의미화가 미래의 바람직한 전망과 연결될 때 '근대성'에 관한 이런 생각을 약간 다른 시각에서 정리한 다음 글을 참고할 수 있다. 문혜원, 「전통론의 특징과 시적인 형상화 양상」, 『한국 현대시와 전통』, 태학사, 2003, 15~21쪽.

Ⅱ. 자연인식의 맥락 : 자연과의 대화와 개체적 인식

1. 천기론의 자연인식

천기(天機)란 용어는 천(天) 즉 자연인식의 문제와 기본적으로 연결되어 있다. 무위자연(無爲自然)을 설파했던 『장자(莊子)』에서 이 용어가 처음 사용되었다는 사실 자체가 이 점을 충분히 암시한다. 그러나 천기란 용어는 장자적 개념에 결코 한정되지 않는다. 특히 조선 중기에서 후기로 가면서 '천기'란 용어는 여러 유가들의 인식론적 논의 속에 수용되어 다양한 문맥에서 사용됨으로써 자연인식 곧 세계인식에 관한 새로운 패러다임을 형성하는 계기를 마련했다는 점에서 주목된다.

여기서 우선 천기의 의미는 자연이 본래 갖추고 있는 자연스러운 품성이나 성질, 또는 그 작용을 지칭하면서 인간의 세속적 욕망이나 인위적인 작용과 구별되는 것으로 나타난다. 따라서 천기론은 자연과 세계의 인식에 있어 인간 중심적인 사유의 한계를 극복하는 데 매우 요긴하게 쓰인다. 즉 천기론에 의한 자연인식은 자연의 모든 대상들과 현상들이 그 고유한 성질에 따라서 자연스럽게 존재하는 개별자인 동시에, 그것들이 각자의 처소에 따라 존재하면서 서로 평등한 관계를 이룬다는 만물제동(萬物齊同)의 사상으로 나타나게 된다. 이러한 생각을 잘 보여주는 글이 장유(張維: 1587~1638)의 「와명부(蛙鳴賦)」이다.

> 심하도다. 그대의 미혹됨이여. 인간 이치의 변화와 만물의 성질의 마땅함에 통달하지 못한 사람이로다. 넓고 큰 우주는 크게 감싸 만물이 함께 생겨나니 형체와 기운을 부여받아 천기가 스스로 울려나네. 제각기 그 성질을 따라서 그 정을 나타내도다. …(중략)… 저 개구리는 음양이 그 기운을 부여하고 조물주가 그 바탕을 만들어 내어 진흙에서 태어나서 더러운 웅덩이에 살면서 우물 난간 위에도 뛰어다니고 깨진 벽돌 틈에 들어가 쉬기도 하네. …(중략)… 대개 사물과 내가

일치하면 각자는 그 처소를 편히 여기고 그 적합한 것을 즐기게 된다. …(중략)… 지금 그대는 자기 몸만 근본하여 사물과 구별하고 근본에 머물러 세속을 싫어하니 저 천뢰(天籟)가 고르게 깃들어서 통하고 막힌 것이 한 근원임을 모르도다.[3)]

장유는 장자의 자연철학에 많은 영향을 받은 가운데, 장자의 천기론을 시의 천기론으로 전환시켜 독자적인 시론을 전개한 시인으로 알려져 있다.[4)] 위의 글 역시 장자의 자연철학에 근간을 두고 있는 글이다. 장유는 자연의 만물은 우주로부터 그 형체와 기운을 부여받으니 천기가 스스로 울려난다(天機自鳴)고 했는데, 여기서 천기는 자연의 만물이 본래부터 지닌 제각기의 성질이라는 일반적 의미에서 벗어나지 않는다. 그런데 중요한 점은 이러한 천기의 인식으로부터 장유는 자연의 만물이 제각기의 존재 의의를 지닌 개별자이면서 동시에 서로 대등한 관계를 이루고 있다는 점을 말하는 근거로 삼고 있다는 사실이다. 이는 인간의 도의(道義) 함양을 중시하면서 인간 중심적인 관점에서 자연을 생각하는 도학주의자의 입장과는 크게 다른 것이다.

천기론의 관점에서 인간의 세속적 욕망을 중시하는 입장이나 인간을 세계의 중심으로 보거나 우월적인 존재로 보는 입장은 비판적으로 성찰된다. 이런 점을 잘 보여주는 글이 김수항(金壽恒: 1653~1722)의 「청와설(聽蛙設)」이다.

대저 기품을 논의자면, 인간의 지각은 어떤 사물보다도 뛰어나다. 그러나 지각능력이 뛰어나다는 것은 물욕의 가림이 또한 많아서 능히 그 본성을 다하는 것이 드물다는 것을 의미한다. 능히 그 본성을

3) 장유(張維), 「와명부(蛙鳴賦)」, 『계곡집(谿谷集)』 권1, 『한국문집총간 92』, 22~23쪽.

4) 정연봉, 「조선 후기 자연관과 장유의 시론」, 국어국문학회 편, 『고전비평연구 1』(태학사, 1997), 264~265쪽.

다하는 것은 도리어 치우치고 막힌 사물에서 발견할 수 있으니, 무슨 까닭인가? 천기가 저절로 움직여서 가식과 수식을 할 필요가 없기 때문이다. 개구리가 우는 것이 어찌 가르치고 배워서 그러한 것이겠는가? 본성의 자연스러움에서 그러한 것일 따름이다.[5)]

김수항은 장유의 다음 세대 인물이면서, 삼연(三淵) 김창흡(金昌翕: 1653~1722)과 농암(農巖) 김창협(金昌協: 1711~1768) 형제의 부친이기도 하다. 그는 장자가 말한 "욕심이 깊은 자는 천기가 얕다(其者欲深者 天機淺也)"라는 구절을 새롭게 해석해서 세속적 존재인 인간과 자연적 존재인 사물의 관계를 대비적으로 파악하는 근거로 삼으면서, 자연적 존재인 사물의 존재 의의와 가치를 새롭게 인식하고자 했다. 물론 이의 근거는 천기론적 자연인식에 의한 것이다. 세속적 인간은 비록 지각능력은 뛰어나지만 물욕의 가림이 많고 가식을 일삼기 때문에 본성에 충실하기 어렵지만, 자연적 존재인 사물은 지각능력은 떨어지지만 물욕의 가림이 없고 가식이 불필요해서 오히려 본성에 충실하게 됨으로써 천기가 스스로 움직인다(天機自動)고 했다. 장유는 천기가 스스로 울린다(天機自鳴)고 하면서 자연의 모든 사물은 고유한 성질을 지닌 개체적 존재임을 강조했으며, 김수항은 천기가 스스로 움직인다고 표현을 달리하면서 본성에 충실한 자연, 즉 자연 자체의 자연스러움이 갖는 의의를 중시했다. 그러면서 김수항은 인간도 자연적 존재인 사물과 같이 본성에 충실해야 함을 결과적으로 주장했는데, 이 경우 인간과 자연의 본성은 다른 아닌 제각기 지닌 성정의 진실됨(性情之眞)을 일컫는 것이다.

천기론의 관점은 자연적 존재의 개체성과 그 자연스러운 본성을 중시하는 만큼, 한갓 미물로 보았던 사물도 제각기 진실된 성정을 지닌 존재일 뿐만 아니라 각자의 처소를 가진 존재로 존중된다. 그리고 이런 입장

---

5) 김수항(金壽恒), 「청와설(靑蛙說)」, 『문곡집(文谷集)』 권26 장36~37.

에서 자연적 존재의 모든 사물들은 비로소 개체적 존재 사이에 평등한 대화적 관계를 마련할 수 있는 것이다.

조선 후기 두기(杜機) 최성대(崔成大: 1691~1761)는 바로 이러한 천기론적 자연인식을 토대로 그의 시 세계를 추구한 위항시인(委巷詩人)이다. 그가 친구인 신유한(申維翰)과 대화를 나누면서 남긴 시에 관한 생각을 보자.

> 내가 견지하여 즐기는 바는 천기입니다. 하늘의 형상은 해, 달, 별, 바람, 비, 서리, 이슬로 나타나고, 땅의 형상은 산천초목, 조수, 물고기로 나타납니다. 누가 이러한 사물을 빚어냈으며, 누가 이를 갈고 닦아 빛나게 하였으며, 누가 아무 일없이 거하면서도 찬란하게 그 형상을 만들어 놓았겠습니까? …(중략)… 대저 사물이 천만 가지 빛깔로 화려하게 변화하면서 자연스럽게 기를 펴고, 자연스럽게 움직이는데, 색색이 자연이 낳은 것이요, 가지가지가 천연의 취향입니다. 이모든 것이 감흥을 일으키게도 하고, 사물의 변천을 관찰하게도 하며, 무리지어 원망하게도 할 수 있습니다.[6]

최성대는 시의 규범적인 법칙을 거부하면서 철저히 자연을 있는 그대로의 개체적 현상으로 보면서 그것을 완상(玩賞)하는 태도에서 시의 미학을 찾고 있다. 이런 자연의 완상 태도를 그는 천기를 즐길 따름이라고 했다. 그에게는 천지자연의 모든 형상과 그들의 조화로움, 그리고 온갖 인간의 희로애락이 모두 천생(天生)이요 천취(天趣)로서 천기가 발현된 것으로 받아들여진다. 따라서 그의 눈에 보이고 체득되는 모든 천지자연과 인간만사의 현상들은 제각기 고유한 자연의 성질과 모습을 가지며, 이 모든 것들이 시적 감흥과 정서를 불러일으키는 시적 소재가 될 수 있는 것이다. 그가 하루도 시와 관계가 없는 날이 없다고 했듯이, 그는 끊임없

---

6) 신유한, 「필원야화유술오십운병서(筆園夜話有述五十韻并書)」, 『청천집(靑泉集)』 권1 장 27~28.

이 생성하고 변화하는 자연과 언제나 자연스러운 정서적인 교감과 대화가 이루어질 수 있다고 보았다. 여기서 자연은 더 이상 규범화된 윤리적 가치로 단순히 치환될 수 없다. 중요한 것은 자연의 개별적 사물들과 만나고 대화하는 일상적 순간, 그 순간의 정서적 경험들이 바로 심미적 차원으로 승화되는 것이다.

2. 김소월 시학에서의 자연인식의 맥락

이제 김소월로 돌아가 보자. 김소월의 각별한 자연인식은 그가 남긴 유일한 시론인 「시혼」을 통해 구체적으로 확인할 수 있다.

> 적어도 平凡한 가운데서는 物의 正體를 보지 못하며, 習慣的 行爲에서는 眞理를 보다 더 發見할 수 업다는 것이 가장 어질다고 하는 우리 사람의 일입니다.
>
> 그러나, 여보십시오. 무엇보다도 밤에 깨여서 한울을 우럴어 보십시오. 우리는 나제 보지 못하든 아름다움을, 그 곳에서 볼 수도 잇고 늣길 수도 잇습니다. …(중략)…
>
> 다시 한번, 都會의 밝음과 짓거림이 그의 文明으로써 光輝와 勢力을 다투며 자랑할 때에도, 저 깁고 어둡은 山과 숲의 그늘진 곳에서의 외롭은 버러지 한 마리가 그 무슨 슬음에 겨웟는지 수임업시 울지고 잇습니다. 여러분 그 버러지 한 마리가 더 만히 우리 사람의 情操답지 안으며 난들에 말라 벌바람에 여위는 갈대 하나가 오히려 아직도 더 갓갑은, 우리 사람의 無常과 變轉을 설워하여 주는 살틀한 노래의 동무가 안이며, 저 넓고 아득한 난바다의 뛰노는 물결들이 오히려 더 조흔, 우리 사람의 自由를 사랑한다는 啓示가 안입닛가.[7]

위의 글은 「시혼」의 첫머리 부분이다. 시에 관한 생각의 단초를 자연인식으로부터 마련하고 있다는 점부터 예사롭지 않다. 수식이 많은 글

---

7) 김소월, 「시혼」, 『개벽』 제59호(1925. 5), 11~12쪽.

이지만, 위의 글을 통해 자연인식의 중요한 특징들을 찾을 수 있다.

첫째, 반문명주의의 태도로부터 도회와 문명의 대응적 개념으로 자연을 내세우고 있다. 김소월은 도회와 문명이 화려한 삶과 그 권력을 상징하지만, 거기에 인간적 진실이 내재한다고 보지 않았다. 따라서 그는 도회와 문명을 벗어난 자연 속에서 자연이 지닌 참다운 가치와 진실을 보고자 한다. 그래서 숲 속 그늘진 곳에 있는 벌레의 울음소리가 오히려 인간의 정조답게 느껴지고, 야윈 갈대가 인간의 무상과 변전을 말해 주며, 아득한 바다의 거친 물결이 인간의 자유를 계시한다고 했다. 여기서 자연은 인간과 정서적으로 연결될 수 있는 동일성(identity)을 확보하게 된다.

둘째, 김소월에게 자연은 어떤 윤리적 · 사회적 관념의 표상이 아니라, 개별적인 존재로서 인간의 정서를 환기하는 미적 인식의 대상으로 나타난다. 이는 김소월이 자연을 통해 인간의 정신적 가치를 추구하되, 그 정신적 가치가 인간의 본원적 정서와 긴밀히 연결되어 있다고 보았기 때문이다. 김소월이 벌레의 울음소리를 통해 인간의 정조를, 갈대를 통해 인간의 무상과 변전을, 그리고 바다의 거친 물결을 통해 인간의 자유를 느낀다고 한 것이 바로 그것이다.

김소월은 자연의 모든 존재는 그 고유한 '음영(陰影)'이 있기 마련이며, 그 음영의 여하에 따라 고유한 가치가 드러난다고 했다. 다음 글을 보자.

> 달밤에는 달밤에뿐 固有한 陰影이 잇고, 淸麗한 꾀꼬리의 노래에는, 亦是 그에뿐 切當한 陰影이 잇는 것입니다. 陰影 업는 物體가 어듸 잇겟습닛가. 나는 存在에는 반드시 陰影이 따른다고 합니다.[8)]

위의 글을 보면, 천기론자들이 자연적 존재의 개별성을 말하는 근거로 사용한 '천기'란 용어가 김소월의 경우 '음영'에 상응한다는 것을 금

---

8) 김소월, 위의 글, 14쪽.

방 알 수 있다. 김소월이 직접적으로 '천기'란 용어를 사용하지 않았지만, 그가 말한 '음영'은 바로 사물의 고유한 성질이면서, 각 사물이나 현상들이 개별자로서 독자적인 가치를 갖는 근거가 되는 셈이다. 이런 점에서 김소월은 자연적 존재의 개별성과 그 본성을 중시하는 천기론적 관점의 자연인식을 계승하고 있다고 말할 수 있다. 물론 이 경우 '음영'을 통한 자연의 개체적 인식과 심미적 정서의 교감은 천기론보다는 직접적으로 근대 낭만주의의 자연관과 연결되어 있다고 보는 편이 적절할 것이다. 근대 낭만주의자들 역시 이성적 판단에 입각한 합리적 준거로서의 자연을 인식하는 데 반기를 들면서, 모든 자연적 대상은 고유한 '정신'을 내재하고 있다고 보았으며, 그것은 시인의 창조적 상상력에 의해 자유롭게 상호 소통할 수 있는 대상으로 인식[9]되는 것으로 생각했기 때문이다. 그렇지만 김소월의 낭만주의적 자연인식은 천기론의 자연인식과 쉽게 조우할 수 있는 측면을 지닌 것은 분명하다.

김소월은 분명 반문명주의의 태도로부터 평범하고 일상적인 자연 속에서 정서적 동일성을 확보하면서 개체적 자연의 인식과 연결된 인간적 삶의 진실을 찾고자 했다. 이러한 자연인식의 태도는 앞서 시기 최남선, 이광수 등이 앞장서서 문명주의를 예찬했던 태도를 부정, 비판하는 셈이 되며, 새로운 세계인식의 지평을 확보하면서 자신의 문학적 입지를 분명히 하고자 한 것으로 받아들일 수 있다. 그렇다면 김소월이 확보하고자 한 문학적 입지는 자연에 대한 각별한 인식에 토대를 두고 있다고 말할 수 있다. 김소월 시의 주된 제재와 배경이 토속적이고 일상적인 삶의 세계에 놓여 있으면서, '산, 강(물), 꽃, 풀, 나무'등의 자연적 대상들이 정서적 상관물을 이루고 있는 것들이 모두 이와 관련된다. 그러면서 이들 자연적 대상들이 항구적 불변성을 지니는 어떤 이상적 가치의 표상

9) James Engell, *The Creative Imagination*, Cambridge: Harvard Univ. Press, 1981, 341쪽.

들이 아니라, 끊임없이 생성 · 변화하는 속성을 지닌 것으로 일상적이고 평범한 가치의 표상들임을 유념할 필요가 있다. 시 「산유화(山有花)」를 보자.

山에는 꽃 피네
꽃이 피네.
갈 봄 여름 없이
꽃이 피네.

山에
山에
피는 꽃은
저만치 혼자서 피어 있네.

山에서 우는 작은 새여.
꽃이 좋아
山에서
사노라네.

山에는 꽃 지네
꽃이 지네.
갈 봄 여름 없이
꽃이 지네.

—「山有花」 전문

이 시는 '산, 꽃, 새'의 자연적 대상을 제재로 삼으면서도, 특히 '꽃'의 생태 변화를 노래하고 있는 작품이다. 어찌 보면 너무나 평범하게 경험되는 일상적 현실을 노래하고 있다. 그러나 『시혼』의 첫머리에 제시된, 평범한 가운데 사물의 정체가 있고 습관적 행위에서 진리를 발견할 수 있다는, 역설을 여기서 새겨볼 필요가 있다. 즉, 꽃의 개화에서 낙화에 이르는 생태 변화는 자연의 모든 생명체가 겪는 생성과 소멸의 순환 원리를 가장 평범한 일상적 경험의 수준에서 말하고 있는 것이다. 물론 이 작품의 묘미는 자연 생태의 순환 원리가 제1연에서 제4연까지 걸쳐진 3음보 리듬의 변화 있는 배치와 서로 맞물리고 있다는 점, 그리고 제2연의 "저만치 혼자서 피어 있네"라는 구절에서 드러나는 자연과 시적 자아 사이에 개재될 수 있는 존재론적 고독감 같은 것에 있다. 특히 후자의 경우, 일찍이 김동리가 '저만치'가 내포하는 의미를 인간과 청산과의 거리[10]라고 풀이했는데, '저만치'의 거리를 인식하는 주체가 시적 자아임을 유의한다면, 자연의 일상적 질서에 쉽게 순응하지 못하고 '저만치' 벗어나 있는 시적 자아의 모습을 상정할 수 있는 것이다.

김소월 시에서 시적 자아는 생성 · 변화의 자연적 대상이나 현상 속에서 대체로 갈등하고 방황하는 모습을 보여준다.

잔디,
잔디,
금잔디.
深深山川에 붙는 불은
가신 님 무덤가에 금잔디.
봄이 왔네, 봄빛이 왔네.
버드나무 끝에도 실가지에.
봄빛이 왔네, 봄날이 왔네.
深深山川에도 금잔디에.

—「金잔디」 전문

위의 시 「金잔디」는 봄날을 맞이하여 생명이 움트는 환희의 정서를 담아내고 있다고 단순히 보아 넘길 우려가 있는 작품이다. 그러나 봄빛

10) 김동리, 「청산과의 거리」, 『문학과 인간』, 청춘사, 1952, 57쪽.

과 무덤, 금잔디와 가신 님 사이에 생성과 소멸의 날카로운 대조가 놓여 있음을 간파한다면, 생성과 소멸의 대조 사이에서 고뇌하는 시적 자아가 은밀히 숨어 있음을 알게 된다. 이러한 시적 자아의 모습은 「님의 말씀」에서 "봄풀은 봄이 되면 돋아나지만/ 나무는 밑거루를 꺾은 셈이요/ 새라면 두 죽지가 傷한 셈이라/ 내 몸에 꽃필 날은 다시 없구나"에서처럼 현상적으로 나타나면서, 생성과 소멸의 순환론적 자연 질서와 어긋나 있는 상황 속에서 심각한 갈등을 표출하고 있다. 여기서 자연의 생성과 소멸의 이미지는 나와 임 사이의 만남과 헤어짐 또는 사랑과 이별(또는 죽음)의 이미지로 쉽게 변주될 수 있는 것이다.

봄 가을 없이 밤마다 돋는 달도
「예전엔 미처 몰랐어요.」

이렇게 사무치게 그리울 줄도
「예전엔 미처 몰랐어요.」

달이 암만 밝아도 쳐다볼 줄을
「예전엔 미처 몰랐어요.」

이제금 저 달이 설움인 줄은
「예전엔 미처 몰랐어요.」

—「예전엔 미처 몰랐어요」 전문

'달'은 현상적으로 생성과 소멸을 되풀이하면서 스스로의 모습을 끊임없이 변화시키는 자연적 대상이다. 김소월에 의하면, 이런 달의 현상적 모습은 달의 '음영(陰影)' 즉 그림자이다. 그런데 『시혼』에는 "나는 存在에는 반드시 陰影이 따른다고 합니다. 다만 같은 物體일지라도 空間과 時間의 如何에 依하여, 그 陰影에 光度의 强弱만은 있을 것입니다."라고 하여 각 사물은 음영에 따라 그때마다의 존재 의의를 지닌다고 보았다. 위의 시에서도 수시로 변하는 달의 형상 즉 음영을 그려내고 있는데, 중요한 것은 달의 음영에 상응하는 시적 자아의 정서적 변화가 어떻게 나타나고 있는가 하는 점이다. 달과 시적 자아는 정서적으로 연결되어 있기 때문에 달의 음영 변화는 곧 달을 바라보는 시적 자아의 지향의식의 변화를 보여주는 것이다. 여기서 시적 자아는 그리움에서 서러움으로의 감정적 변화와 그 갈등을 통해 지향 대상에 대한 의식의 변화를 나타내고 있다.

이처럼 김소월의 시는 평범한 일상의 체험적 현실 속에 존재하는 자연적 대상들에 대해 각별한 인식을 보이면서, 특히 생성 · 변화하는 자연의 표상을 통해 인간의 본원적 감정을 노래하면서 정서적인 동일성을 확보하고 있다는 점에서 천기론적 관점의 자연인식을 계승하고 있다고 말할 수 있다.

Ⅲ. 시와 시인 의식 : 진실성과 자발성의 시학

1. 천기론에서의 시와 시인 의식

천기론의 시 의식이 '묘오(妙悟)의 시경(詩境)'을 탐구하는 방향으로 나아가기도 했는데, 그것은 자연의 오묘함을 이루는 천기와 내통하고 즐기는 경지에 이르는 방법이었다. 여기에 허균(許筠: 1569~1618)은 시의 특별한 홍취를 이루는 시인의 시적 재능을 중시하기도 하고,[11] 장유는 "진

11) "시에는 특별한 홍취가 있는데, 이(理)와 관련된 것은 아니다. 시에는 특별한 재능이 있는데, 서책과 관련된 것은 아니다. 오직 시는 천기를 희롱하여 현묘한 조화(玄造)를 빼앗을 때, 정신이 빼어나고, 음향이 맑고, 격조가 높으며, 생각이 깊어지는 것이 으뜸이 되는 것이다." 허균(許筠), 「석주소고서(石洲少稿序)」, 『허균전서(許筠全書)』(영인본), 아세아문

실성이 어찌 천기를 일컫는 것이 아니겠는가(眞者何非天機之謂乎)"[12]라고 하며, 시인은 오로지 '진실성'에 근거해야 천기를 체현할 수 있다고 보았다.

여기서 문제는 '진실성'이다. 천기론에서 진실성은 시인의 내면적 진실성에 한정되는 간단한 문제는 아니다. 이미 천기론의 자연인식에서 논의했듯이, 시적 대상이 되는 자연이나 사물 자체의 참된 성질 곧 자연의 천기가 다름 아닌 진실성을 일컫기도 한다. 그리고 진실성은 시인의 내면적 진실성 곧 성정의 진실성을 말하는 차원에 있기도 하고, 그것을 드러내는 표현론적 차원을 포괄하기도 하며, 때로는 시적 대상에 관한 진실한 묘사의 차원에서도 문제로 부각된다. 이는 시적 대상을 왜곡시키지 않고 진실하게 묘사할 수 있는 바탕이 시인의 내면적 진실성에 있다고 보기 때문이다. 따라서 시의 천기론은 대부분 시인의 내면적 진실성과 그것의 표현을 포괄하는 표현론적 관점을 취하면서도, 다른 한편으로 시적 대상 묘사의 진실성을 강조하는 사실주의적 태도를 중시하는 입장을 취하게 된다.

> ① 참된 기쁨과 참된 슬픔만이 진시(眞詩)를 만들어낸다.[13]
>
> ② 시는 성조의 높고 낮음, 자구의 잘되고 못된 것을 논의할 필요가 없이 정경의 묘사가 참되고 정의 표현이 진실되면, 그것은 천하의 좋은 시라 할 만하다.[14]

위에서 ①은 이덕무(李德懋: 1741~1793)의 글이고, ②는 이하곤(李夏坤:

화사, 1972, 76쪽.

12) 장유(張維), 「석주집서(石洲集序)」, 『계곡집(谿谷集)』 권6, 한국문집총간 92, 113쪽.

13) 이덕무(李德懋), 「소서재시집서(蘇書齋詩集書)」,윤광심(尹光心) 편, 『병세집(竝世集)』.

14) 이하곤(李夏坤), 「남행집서(南行集序)」, 『두타초(頭陀草)』 하권(영인본), 여강출판사, 1992, 654쪽.

1677~1741)의 글이다. 둘 다 감정의 진실성은 참된 시와 좋은 시의 기본 요건으로 내세우고 있다. 여기에 ②의 글은 성조와 자구의 여하를 떠나서 참된 정경 묘사와 진실한 정의 표현만으로도 좋은 시의 요건을 갖출 수 있다고 했다. 시의 이런 요건에는 의도적인 기교와 수식은 철저히 배제되는 것이다. 시의 천기는 가식 없는 감정의 진실한 표현과 진실한 대상 묘사에 기초하기 때문이다.

시의 천기론은 이처럼 시인의 내면적 진실성인 성정지진(性情之眞)을 참된 시의 요건으로 추구하는 만큼, 남녀간의 정도 진실성의 관점에서 적극 긍정하고 옹호한다.

> 천지만물을 보건대 사람에게 보는 것보다 더 큰 것이 없으며, 사람을 보건대 정만큼 묘한 것이 없고, 정을 보건대 남녀의 정만큼 진실된 것이 없다. …(중략)… 정의 진실함을 보건대 유독 남녀의 정에서 그러하니, 인생의 진실된 일은 천도(天道)요 자연의 이치인 것이다.[15)]

위의 글은 18C 말의 시인인 이옥(李鈺: 1760~1812)의 것이다. 그는 이 글에서 진실성의 기준에서 남녀의 정이 가장 진실하다고 말했다. 사람 사이의 다른 정은 가식될 수 있지만, 남녀의 정만은 결코 가식될 수 없다는 입장이다. 그래서 인생에서 가장 진실한 일이 남녀의 정이기 때문에, 그것은 거역할 수 없는 천도(天道)요 자연의 이치라고 말했다. 주자학적 도덕 관념에서는 삼강오륜(三綱五倫)에 입각해야 천도라고 말할 수 있는데, 남녀의 정은 천도의 예(禮)가 될 수 없는 것이다. 그리고 철저한 도학주의자의 관점에서 보면 남녀의 정욕은 삼가야 할 사욕(邪慾)에 불과한 것이다. 이런 점에서 이옥의 주장은 분명 파격적이고 이단적이다. 그렇지만

---

15) 이 옥, 「이난(二難)」, 『예림잡패(藝林雜佩)』.

이옥은 스스로 이런 파격과 이단을 즐긴 시인이라 할 만하다. 자신의 파격적인 생각을 주장하는 데 그치지 않고 스스로 '이언(理諺)'이라 하여 남녀의 진솔한 생활 감정과 애정을 사실적으로 노래하는 작품들을 창작함으로써 주장과 실천이 일원화된 모습을 보여주었다.16)

그리고 18C 말의 실학문인인 이덕무(李德懋: 1741~1793)는 참된 정(眞情)은 봄날에 죽순이 성난 듯이 땅을 박차고 나오는 것과 같다고 하면서, 특히 칠정(七情) 중에서도 슬픔(哀)은 가장 참된 정으로 결코 속일 수 없다고 했다.17) 이처럼 천기론의 관점을 지닌 시인들은 도학주의의 윤리관을 넘어서서 남녀의 정이나 칠정을 인간의 가장 진실된 정으로 긍정하고 옹호하면서 자신들의 독자적인 문학세계를 구축했다.

한편 시의 천기론은 진실성과 함께 감정 표현의 자발성과 자연스러움을 시의 중요한 요건으로 삼고자 한다. 천기가 천연의 자연스러움을 그 특질로 하듯이, 시는 당연히 진솔한 감정을 자발적이고도 자연스럽게 표현했을 때 천기의 묘를 얻을 수 있기 때문이다. 이런 점에서 조선 후기 천기론은 시인의 내면의식인 감정의 진실성을 강조하는 진실성의 시학이면서 동시에 내면적 감정의 자발적인 표현 또한 자연스럽게 긍정하게 되는 '자발성의 시학'이라고 말할 수 있다. 물론 시론에서 감정의 진실성과 자발성이 엄격히 분리되어 나타나는 것은 아니지만, 천기론의 관점에 의한 시의 논의를 일단 자발성의 시학이란 점에 초점을 맞추어 보자. 이 경우 자발성의 시학은 시에서 인위적인 기교나 수사를 철저히 배제하며, 경우에 따라서는 시를 지으려는 의도가 없는 데도 시가 나오는 경

16) 김균태, 『이옥의 문학이론과 작품세계의 연구』(창학사, 1986), 59~84쪽에서 이 점을 자세하게 논의했다. 그런데 이옥의 시는 '남녀 진정', 특히 여성의 생활과 심리를 문학의 소재로 채택했지만, 그것이 오늘날 말하는 여성주의의 관점과는 거리가 멀다는 지적이 있다. 이지양, 「이옥의 문학에서 '남녀 진정'과 '열절'의 문제」, 『한국한문학연구』 제29집, 한국한문학회, 2002, 457쪽.

17) 이덕무, 「이목구심서(耳目口心書)」, 윤광심 편, 『병세집(竝世集)』.

지를 지향하는 것으로 나타난다. 이천보(李天輔: 1698~1761)의 다음 발언을 보자.

> 시를 지으려는 의도가 없는 데도 시가 나오면, 그것은 천하의 참된 시(眞詩)이다.[18]

시를 지으려는 의도가 없는 데도 저절로 시가 읊어질 때 가장 참된 시(眞詩)가 된다는 주장은 당연히 시는 의식적 노력에 의해 억지로 지어질 수 없다는 생각을 바탕에 깔고 있다. 대부분의 천기론자들은 시는 천지만물의 자연 속에 근원적으로 존재하며, 자연의 천기에 따라 시인은 단지 그 천기의 오묘함을 자신이 당한 처지에 따라 느낀 바대로 진술한 감정을 자연스럽게 표현하면 된다는 생각을 가졌다. 장유, 최성대, 이옥 등이 이와 같은 생각에서 자연과의 교감 또는 시의 자연발생설을 주장했고, 특히 이옥은 시인의 존재는 단지 자연의 매개자일 뿐이라고까지 말했다. 이와 같은 입장에서 시는 지어지는 것이 아니라 천기에 따라 자연히 읊조려지는 것이다.

홍세태(洪世泰: 1653~1725)의 다음 글은 이런 생각을 좀더 구체적으로 보여준다.

> 가만히 생각해 보면, 시는 성정에서 나와 소리로 표현되는 것이다. 이를 읊조리면 자연히 정신이 움직이고 천성이 따라가는 묘미가 있는 것이 지극한 것이다. 만약 누가 기이함과 교묘함에 힘쓰고 험하고 난삽한 말을 지어내 사람들이 해독하게 어렵게 한 것을 잘되었다 하면 시를 아는 자가 아니다.[19]

---

18) 이천보(李天輔), 「제묵와시권후(題默窩詩券後)」, 『진암집(晉庵集)』 권7, 장1.

19) 홍세태(洪世泰), 「자서(自序)」, 『유하집(柳下集)』.

홍세태는 "자연히 정신이 움직이고 천성이 따라가는 묘미가 있는" 시와 "기이함과 교묘함에 힘쓰고 험하고 난삽한 말을 지어"낸 시로 구분하면서, 전자의 시를 긍정하고 후자의 시를 부정하고 있다. 전자의 시가 성정이 자발적이고 자연스럽게 표현된 지극하고 참된 시라면, 후자의 시는 인위적인 기교를 부려서 쓴 난삽하고 난해한 시인 것이다. 후자의 시가 마땅히 배척되는 까닭이 천성의 묘미 즉 천기를 얻지 못하고 있기 때문이다.

그런데 천기론의 주장은 감정의 자발성을 지나치게 중시함으로써 시의 형식에 대한 미의식을 소홀히 할 우려를 안고 있다. 유만주(兪晩柱)는 시의 천기론을 긍정하면서도, 천기의 시가 가질 수 있는 폐단에 대해 정곡을 찌르는 지적을 했다.

> 천기에서 발하여 글을 짓는 것을 거짓되게 하지 않는 것은 진실로 시의 근본이다. 그러나 잘난 체하고 거만한 마음으로 시를 조급하게 짓고는 시가 지극히 잘 지어졌다고 하지만, 이는 횡설수설하고 방자하게 된 것인즉, 그것은 하나의 악시인 것이다.[20]

유만주는 천기에서 발하여 시를 진실되게 짓는 것을 시의 근본이라 했다. 그러나 천기를 빌미로 시를 조급하게 지으면 말이 횡설수설하고 방자하게 되는 까닭에 악시(惡詩)가 될 수 있다는 것이다. 사실 유만주의 이런 지적은 매우 온당하며, 시의 천기론이 가질 수 있는 한계를 잘 파악하고 있다고 하겠다. 시의 진실성이 감정의 자발성을 기초로 하지만, 즉흥적인 시작이 시의 진실성을 담보할 수 없으며, 시의 언어와 형식에 대한 기본적인 미의식이 동시에 확보되어야 하기 때문이다.

---

20) 유만주(兪晩柱), 『흠영(欽英)』 제8책 「기해년(己亥年, 1779) 십이월조(十二月條)」.

2. 김소월의 시와 시인 의식

그러면 김소월의 경우는 어떠한가? 이미 김소월의 자연인식을 살펴보았듯이, 그는 평범한 일상 속에 존재하는 자연적 존재나 현상들이 개별자로서의 의의를 가지며, 그것들이 인간과 자연스러운 심미적 교감을 가진다고 보았다. 그의 시에 대한 생각도 이와 같은 자연인식과 깊이 연관되어 있다. 「시혼」에서 시의 표현 과정을 설명하고 있는 다음 부분을 보자.

> 우리의 靈魂이 우리의 가장 理想的인 美의 옷을 닙고, 완전한 韻律의 발거름으로 微물한 節操의 風景 만흔 길 우흘, 情調의 불 붓는 山마루로 向하야, 或은 말의 아름답은 샘물에 心想의 적은 배를 젓기도 하며, 잇기 도든 慣習의 崎嶇한 돌무덕이 새로 追憶의 수레를 몰기도 하야, 或은 洞口楊柳에 春光은 아리땁고 十二曲坊에 風流는 繁華하면 風飄萬點이 散亂한 碧桃花 꽃입만 저흣는 움물 속에 卽興의 드레박을 느놋키도 할 때에는, 이 곳, 니르는 바 詩魂으로 그 瞬間에 우리에게 顯現되는 것입니다.[21]

위의 글은 시가 표현되는 과정을 자연의 다양한 심미적 현상과 결부시켜 말하고 있다. 이런 점에서 장유 등 천기론적 관점을 지닌 초기 시인들이 자연의 오묘함을 체현하고 궁구하는 것을 이상으로 삼아, 궁극적으로 '묘오의 시경'을 말하고자 한 생각과 상통하는 일면이 있다. 물론 김소월이 보여주는 시론의 수준은 조선조의 천기론자들이 피상적으로 언급했던 시론과는 엄청난 거리에 있다. 비록 수식이 많은 글이지만, 위의 글은 시정신에 해당하는 시혼은 물론이고, 시적 언어, 운율, 심상, 정서 등에 관한 개념적 인식뿐만 아니라, 그것들의 상호 관련과 작용 과정에 대한 구체적 생각을 보여주고 있기 때문이다.

---

21) 김소월, 앞의 글, 12쪽.

여기에서 우리는 김소월이 시에 대한 생각이 어떠한가를 좀더 구체적으로 파악할 필요가 있다.

김소월은 시인의 시정신이 자연의 다양한 현상들을 심미적으로 교감되는 과정을 거치면서, 거기에 적합한 운율, 언어, 심상을 얻어서 순간적으로 우리에게 표현된다는 생각을 보여주고 있다. 이는 시를 자기표현이나 시인의 사상과 감정의 산물로 보는 표현론적 시관을 그대로 보여주는 것이다. 그러면서도 김소월은 또한 시를 관습과 추억의 회상에서 자발적 흥이 순간적으로 발현되는 것이라 하여, 마치 워드워즈(W. Wordsworth)가 시를 "고요 속에 회상되는 강력한 감정의 자발적 유로"라고 정의한 것과 유사한 생각을 나타냈다.

이는 또한 천기론에서 참된 시란 시인의 진솔한 감정이 가장 자연스럽게 표현되는 것이란 관점과도 일맥상통한다. 감정의 진실성과 자발성을 중시하는 천기론의 시관을 김소월이 근대란 새로운 역사적 배경에서 새롭게 떠올리고 있다고 말할 수 있다. 물론 김소월의 시관은 당시 천기론의 시관과 여러모로 구별되는 측면을 지니고 있다. 이를테면 인간의 영혼이 "이상적인 미의 옷"을 입고, "완전한 운율", 그리고 "아름다운 말과 심상"으로 연결될 때 시가 탄생된다는 김소월의 생각에는 자연과 시에 대한 심미주의적 인식을 추구하는 근대 낭만주의의 시정신이 결부되어 있는 것이다.

한편, 김소월의 「시혼」은 시인의 개성론을 강하게 주장하는 글이기도 하다. 그것은 바로 시의 표현 요체가 되는 '시혼'에 대한 생각에서 뚜렷이 드러난다. 그는 시혼이 "山과도 가트며는 가름과도 가트며, 달 또는 별과도 갓다고 할 수 잇스나, 詩魂 亦是本體는 靈魂 그것이기 때문에, 그들보다도 오히려 그는 永遠의 存在며 不變의 成形[22]이라 하고, 한 사

22) 김소월, 앞의 글, 13쪽.

람의 시혼은 결코 변하지 않는다고 했다. 그러면서 시 작품에 직접 이식되면서, 작품의 다양한 형상을 가능하게 하는 '음영'과 시혼을 뚜렷이 구별해야 한다고 했다. 말하자면 한 시인의 시정신이면서 시적 개성을 뜻하는 '시혼'과 시 작품의 개별성을 말하는 '음영'을 구별할 것을 주장한 것이다.

시인의 시적 개성을 주장하는 관점은 천기론에서도 뚜렷이 드러난다. 천기가 자연적 존재의 개별성을 긍정하는 근거가 되었듯이, 시인의 시적 개성을 말하는 근거가 되기도 하기 때문이다. 물론 천기가 인간의 세속적 욕망과 구별되는 인간 성정의 진실성을 말함으로써 위항시인들이나 초야의 시인들은 사대부 시인들과 견주거나 아니면 그들을 넘어설 수 있다는 논리적 근거로 이야기하기도 하지만, 그 근본에는 시인의 개성을 들어 시인으로서의 자신의 입지와 정당성을 확보하려는 의도가 깔려 있는 것으로 보인다. 김소월 역시 시에서 '시혼'을 강조한 저변에는 자신의 시적 개성을 강조하며 시인으로서의 독자적 입지를 마련하고자 한 뜻이 숨어 있다.[23]

그러면 김소월 시인의 시혼, 즉 시적 개성은 어떻게 파악될 수 있는가? 이에 대해 다각적인 측면에서의 접근이 가능한 것은 물론이지만, 여기서는 천기론의 관점과 관련하여 '진실성의 시학'이라는 측면에서 남녀의 연정을 읊은 그의 수많은 시작품들을 주목하고자 한다.

김소월의 많은 시작품들이 이별의 정한과 그리움을 노래한 작품들이라는 점은 너무나 잘 알려진 사실이지만, 기생 채란이가 불렀다는 「팔벼개노래調」에 붙인 글에서, "이 노래 野卑한 世俗의 浮輕 一端을 稱道함에 지나지 못한다는 비난에 맞출지라도", "스스로 禁치 못한 何燐한 느낌이 있음"을 취한다고 하였다. 그리고 열한 편으로 지은 「대수풀 노래」

23) 박경수, 「<시혼>에 나타난 김소월의 시학」, 『한국 근대문학의 정신사론』, 삼지원, 1993, 216~217쪽.

의 앞머리에서 “그 말에 가다가다 野한 點이 있을는지는 몰라도 이 또한 제게 매운 格이라” 했다. 이처럼 김소월은 인간의 본원적 감정에 충실한 연정의 노래를 긍정하면서, 시 「초혼(招魂)」의 경우처럼, 님을 이별하고 남은 자의 애절한 심정을 숨김없이 토로하기도 했다.

산산히 부서진 이름이어!
虛空中에 헤어진 이름이어!
불러도 主人 없는 이름이어!
부르다가 내가 죽을 이름이어!

心中에 남아 있는 말 한마디는
끝끝내 마저 하지 못하였구나.
사랑하던 그 사람이어!
사랑하던 그 사람이어!

붉은 해는 西山 마루에 걸리었다.
사슴의 무리도 슬피 운다.
떨어져 나가 앉은 山 위에서
나는 그대의 이름을 부르노라.

—「招魂」의 1~3연

그리고 다음 시 「자나 깨나 앉으나 서나」를 두고,

오늘은 또다시, 당신의 가슴속, 속모를 곳을
울면서 나는 휘저어 버리고 떠납니다 그려.

허수한 맘, 둘 곳 없는 심사에 쓰라린 가슴은
그것이 사랑, 사랑이던 줄이 아니도 잊힙니다.

김소월은 그의 스승이기도 한 김억이 자신의 다른 시 「님의 노래」와 함께 비평한 것에 대하여, 각 작품 특유의 심미적 가치가 '시혼'이 아니라, '음영'에서 말미암는다는 것을 주장하면서, 참된 정을 노래한 것이 "사람의 구슬픈 心思를 자아내기도 하고 외롭게 또는 하염없이 흐느껴 숨어서는 이름조차 잊어버린 눈물이 守臣節婦의 열두 마디 肝腸을 끊어 도지게 하는" 귀뚜라미의 울음소리를 듣는 것과 같은 경지라고 비유적으로 표현하기도 했다.24) 이처럼 김소월은 자신의 많은 작품에서 임에 대한 강렬한 연모의 정을 읊거나 임을 이별한 슬픔을 숨김없이 노래했다. 이는 조선 후기 천기론의 관점을 계승하고 있는 시인으로 주목받은 바 있는 이옥이 남녀의 연정을 긍정하며 여성의 생활과 정서를 노래한 많은 작품을 남긴 경우에 비견될 수 있다.

그런데 내면적 진실성의 차원에서 남녀의 연정을 긍정하고, 그것을 노래할 때 많은 작품들이 감정의 진솔한 토로에 따른 파토스(pathos, 격정)를 이루기 쉽다. 앞에서 든 「초혼」이나 「님의 노래」가 이런 작품들이라는 것은 두말할 나위가 없다. 그렇지만 김소월의 시작품들 중에서도 뛰어난 작품으로 논의되는 여러 작품들은 파토스의 감정이 거침없이 토로되기보다는 반어(irony)나 역설(paradox)에 의한 감정적 제어를 보여주고 있는 작품들이다. 그의 대표작 「진달래꽃」이 그렇고, 다음의 「먼 후일(後日)」도 이 점에서 마찬가지이다.

> 먼 훗날 당신이 찾으시면
> 그 때에 내 말이 「잊었노라」
>
> 당신이 속으로 나무리면
> 「무척 그리다가 잊었노라」
> 그래도 당신이 나무리면
> 「믿기지 않아서 잊었노라」

---

24) 김소월, 앞의 글, 17쪽.

오늘도 어제도 아니 잊고
먼 훗날 그 때에 「잊었노라」

위의 시에서 거듭 반복되는 "잊었노라"는 사실 모순된 발언이다. 어제도 오늘도 잊지 않고 있던 '나'의 상황에서 보면, '그리워했노라'라고 표현해야 합당하고 자연스럽다. 그러나 이 시의 화자인 '나'는 진심과는 달리 '잊었노라'고 함으로써 '당신'에 대한 야속하고 섭섭한 심정을 은근히 내재시키는 결과를 빚는다. 그러면서 이런 반어와 역설의 대답을 통해 사실은 '당신'에 대한 그리움의 정도를 더욱 강하게 피력하는 이중의 효과를 거두게 된다. 김소월 시의 매력이 한편으로 '님'에 대한 정한을 숨김없이 토로하는, 파토스의 감정적 진실에도 있지만, 다른 한편으로 이처럼 이중적 문맥을 형성하는 반어와 역설이 시적 효과를 통해 일정한 감정적 제어를 보이고 있는 점에서도 찾아질 수 있는 것이다. 그리고 이 점은 천기론적 관점의 시인들과 김소월이 다 같이 '진실성과 자발성의 시학'을 추구하면서도, 김소월의 시가 미적 형상화를 이루는 근대적 미학에 충실한 까닭을 밝히는 요인이 되기도 한다.

Ⅳ. 민요의식과 정체성(identity)의 시학

1. 천기론의 민요의식과 주체적 시 의식

시에서 천기나 천진(天眞)을 중시하는 입장은 한시에 대응하여 시조 등의 국문시가와 민간의 노래인 민요를 긍정하는 중요한 논리적 기반이 될 수 있다.[25] 천기나 천진이 시의 기교적 수식이나 모방을 배제하면서

25) 박경수, 「조선 후기의 천기론과 민요의식」, 『한국민속학보』 제11호, 한국민속학회, 2000, 227~234쪽.

성정의 자발적 표현을 강조하는 핵심적 준거가 되기 때문이다. 천기론의 관점에서 민요의식에 근간을 둔 시는 어떤 인위적인 조작도 가해지지 않고, 곡진(曲盡)한 마음에서 저절로 말과 곡조가 이루어졌기 때문에 자연의 천기를 손상시키지 않고 천진을 드러내고 있는 것으로 인식되었다. 특히 김만중, 이정섭, 홍대용 등 조선 후기 천기론을 주장한 시인들은 이러한 민요의식에 기초하여 사대부의 한시가 지닌 폐단을 비판하는 한편 위항시나 국문시가의 존재 의의에 대한 새로운 인식을 제기했다.

천기론의 관점에 의한 민족시가의 옹호 논리가 한층 구체화되면서 진전된 면모를 보여주는 글이 『청구영언(靑丘永言)』에 실린, 필명이 마악노초(摩嶽老樵)인 이정섭(李廷燮: 1688~1744)[26]의 발문이다.

> 오직 가요의 한 길만이 풍인의 남긴 뜻에 거의 가까워서 정에 따라서 솟아나는 것을 이어(俚語)로써 읊조리거나 노래하는 사이에 유연히 사람을 감동시킨다. 이항(里巷)의 노래에 이르러서는 곡조가 비록 우아하게 다듬어지지 못하였으나, 무릇 그 즐거움과 원망, 자유롭고 넓은 감정과 옹졸함의 감정이 지는 모습과 색깔은 각기 자연의 진기로부터 나온 것이다.[27]

위 발문은 김천택이 『청구영언』을 가지고 찾아와 작품들 가운데 음란한 이야기(淫哇之談)와 비속한 가사(卑褻之詞)가 들어 있음이 잘못되지 않았는가를 묻자, 이정섭이 이에 대답한 것이다. 그는 음란하고 비속한 노래라도 마땅한 바가 있음을 시경의 국풍을 예로 들어 정당화 논리를 제시한 다음, 위와 같이 말했다. 그가 가장 중요시한 것은 바로 성정의

---

26) 마악노초(摩嶽老樵)가 이정섭(李廷燮)임을 김윤조(金允朝)가 처음 밝힌 바 있다. 김윤조, 「저촌 이정섭의 생애와 문학」, 『한국한문학연구』 제14집, 한국한문학회, 1991, 312쪽.

27) 마악노초(摩嶽老樵), 「청구영언후발(靑丘永言 後跋)」, 심재완 편, 『교본역대시조전서』, 세종문화사, 1972, 1228쪽.

진솔함이었다. 국풍이 민요에서 산시된 이상 남녀의 애정을 노래한 작품이 있을 수밖에 없는데, 그 참모습을 멀리 하거나 억지로 숨기고자 하는 데에서 시의 폐단이 심각하게 되었다고 하고, "오직 가요의 한 길만이 풍인의 남긴 뜻에 가까워서 정에 따라서 솟아나는 것을 이어(이)로써 읊조리거나 노래하는 사이에 유연히 사람을 감동시킨다"고 했다. 여기에 성정의 진실성과 그 자발적 표현을 무엇보다 중시하는 민요의식이 근처에 놓여 있다고 말할 수 있다. 이항의 노래가 "즐거움과 원망, 자유롭고 넓은 감정과 옹졸함의 감정이 지닌 모습과 색깔은 각기 자연의 진기로부터 나"왔다고 한 대목도 바로 이와 연관된다. 그는 이러한 민요의식을 토대로 성정의 다양하고 자발적인 표현으로 이루어진 국문시가가 모두 자연의 진기(眞機)로부터 나왔다고 하면서, 고아(高雅)한 성정을 중시하는 사대부의 도학주의적 입장과는 배치되는 주장을 하게 된 것이다. 조선 후기의 천기론은 이 지점에서 민요의 본질적 존재 의의를 새롭게 인식하는 중요한 이론적 토대를 마련하면서, 민족시가의 주체적 인식을 위한 논리적 기반을 강화해 갔다고 말할 수 있다.

18세기의 대표적 기일원론자이자 북학파의 선구적 인물인 홍대용(洪大容: 1731~1783) 역시 시경의 국풍을 천기론의 관점에서 긍정하면서, 위항시의 정당한 존재 의의를 부각시키고자 했다. 여기에 당연히 민요의식이 깊이 작용하고 있다. 다음 글을 보자.

> 입에서 부르는 대로 노래해도 말은 곡진한 마음에서 나오고, 알맞게 꾸미어 배열하지 않아도 천진(天眞)이 드러나니, 나뭇군과 농부들의 노래 또한 자연에서 나온 것이다. 이는 문자의 자구(字句)를 뜯고 다듬어 고치면서 말인즉 옛것을 들먹이면서 천기를 손상시킨 사대부들의 시보다 도리어 낫다.[28]

---

28) 홍대용(洪大容), 「대동풍요서(大東風謠序)」, 『담헌서(湛軒書)』 상(영인본), 경인문화사, 1969, 261쪽.

위의 글에서 주목할 사항은 천기나 천진을 드러내는 좋은 시의 모범으로 '나뭇군과 농부의 노래' 즉 민요를 준거로 삼고 있다는 사실이다. 그는 시경의 국풍을 시의 전범으로 생각했던 데에서 한 걸음 더 나아가 민요를 준거로 삼으면서, 민요가 가진 일반적 특질을 비교적 구체적으로 이해하고 있다. 즉, "입에서 부르는 대로 노래하"는 것, "곡진한 마음"을 표현하는 것, "알맞게 꾸미어 배열하지 않아도 천진이 드러나"는 것이야말로 바로 민요의 구비성, 진솔성, 자유로운 표현양식의 특징을 일컫는 것이기 때문이다. 이러한 민요의식에 근거하면 민간에서 자연스럽게 불려지는 모든 노래와 시도 긍정적으로 넓게 포용될 수 있는 것이다. 아마도 홍대용은 이런 점을 염두에 두고 민요의식에 기초한 천기론을 펼치면서 동시에 위항시를 긍정했던 것으로 생각된다.

홍대용은 민요의식에 기초하여 위항시를 단순히 긍정하는 단계에 머물지 않고 사대부의 한시가 지닌 폐단과 관련지어 이들 시가의 존재 의의에 대한 새로운 인식을 제기했다. 그것은 이들 시가, 특히 민요의 경우 어떤 인위적인 조작도 가해지지 않고, 곡진한 마음에서 저절로 말과 곡조가 이루어졌기 때문에 자연의 천기를 손상시키지 않고 천진을 드러내고 있다고 인식했기 때문이다. 이런 경우 참다운 시가는 인위적으로 만들어지는 것이 아니라 자연스럽게 이루어지는 것이다. 민요의식에 근간을 둔 이러한 시가의 인식은 따라서 전고를 일삼고 격률을 따지고 체격을 모방해서 지은 사대부들의 한시가 갖는 한계를 뚜렷이 부각시킬 수 있는 것이다. 홍대용은 방언과 속어로 이루어지는 민요의 언어적 속성, 구비성, 감정 표현의 진솔성과 다양성, 자발성 등을 천기가 발현된 시의 본질적 요소로 인식했다. 이런 민요의식을 토대로 주체적 시각에서, 민족시의 정립 방향을 모색하는 논의가 이어질 수 있다.

박지원(朴趾源: 1737~1805)이 「영처고서(嬰處稿序)」에서 피력한 조선시의 주장은 이런 맥락에서 매우 주목할 만한 글이다.

> 지금 무관 이덕무(李德懋)는 조선 사람이다. 산천, 풍기의 지리가 중국과 다르고, 언어, 노래하는 습속의 시대가 한 · 당(漢黨)이 아니다. …방언을 문자로 옮기고, 민요를 운율에 맞추기만 하면 자연히 문장이 이루어지고, 진기(眞機)가 발현된다. 답습을 일삼지 않고, 남의 것을 빌어오지 않고, 현재 잇는 그대로를 가지고 온갖 것들을 표현해 낼 수가 있다. 오로지 그의 시가 그러하다.[29]

박지원은 같은 북학파의 일원인 이덕무의 문집에 서문을 쓰면서, 이덕무의 시적 개성과 주체성을 이렇게 말했다. 물론 그의 주장이 한시의 테두리를 완전히 벗어나지 못한 한계가 있지만, "방언을 문자로 옮기고 민요를 운율에 맞추기만 하면 자연히 문장이 이루어지고, 진기(眞機)가 발현된다"고 한 대목은 매우 주목되는 발언이다. 기존에 시의 천기론을 주장한 이들이 사대부의 한시가 갖는 병폐를 극복하기 위해서 위항시를 옹호하거나 상대적으로 국문시가의 의의를 인정하는 태도와는 달리 한시 자체의 혁신을 민족시가의 주체적 인식의 바탕 위에서 꾀하고자 했다. 여기서 민족시가의 주체적 인식의 바탕은 조선인으로서의 민족적 개아(個我)를 각성하는 것이면서 동시에 민족적 개아가 처한 지리, 환경, 시대 , 풍속의 현재적 자리에 대한 올바른 인식을 갖는 것이었다. 그리고 이를 문학에 관한 주체적 인식으로 전환시킬 때, 그것은 우리의 언어로, 우리의 지리, 환경, 시대, 풍속에 따라 자연스럽게 성장해 온 민요에 토대를 두는 것이었다. 박지원의 이러한 조선시 주장과 맥락을 같이 하면서 이덕무, 정약용, 이옥 등이 유사한 주장을 펴면서 일련의 민요취향 한시를 창작했던 사정은 이런 점에서 매우 가치 있는 문학적 고민과 실천

---

29) 박지원, 「영처고서(嬰處稿序)」, 『연암집(燕巖集)』 권7 별집(영인본), 경인문화사, 1982, 107쪽.

의 모습을 보여준 것이었다.

2. 김소월의 민요의식과 시의 정체성

김소월의 시로 다시 돌아가 보자. 이미 『시혼』에서 검토했듯이, 반문명주의에 의한 평범하고 일상적인 세계의 추구, 그리고 개체적 자연인식과 동반된 자연과의 정서적 동일성의 추구는 그의 민요시 지향과 자연스럽게 연결될 수 있다. 사실 민요의 세계가 일상적이고 관습적인 삶의 세계에서 겪는 민중들의 진솔한 생활감정을 표현해 왔다면, 김소월 시의 상당수는 언어, 리듬, 정서 등 여러 가지 측면에서 민요의 세계와 긴밀하게 연결되어 있는 모습을 보여주고 있다. 물론 김소월은 스스로 민요시인이라 불려지는 것을 싫어했다는 기록이[30] 있지만, 이는 자신의 시가 갖는 다양한 색깔을 민요시에만 한정시켜 이해하려는 일반적인 태도에 대해 일정한 거리를 두고자 했던 것으로 받아들여진다. 사실 김소월의 시에는 민요시와 자유시 등 여러 형식이 공존하고 있다. 그러나 그럼에도 불구하고 민요시의 창작이 지속적으로 이루어진 데다 그의 잘 알려진 작품들의 대부분이 민요시라는 점에서, 김소월이 선택했던 지배적 시의 양식은 민요시라고 말해도 무리가 없다.

앞서 언급했지만, 김소월은 채란이란 기생에게서 들은 「팔벼개노래調」의 앞 말에서 "스스로 禁치 못할 何憐한 느낌"이 있어 옛날 일을 끌어 내어 다시 한번 생각해 보고자 한다고 했다.[31] 그리고 그는 직접 지은 「대수풀 노래」를 서도민요의 가락에 맞추어 대중 앞에서 독창했다고 한다.[32] 이러한 사실은 비록 단편적이지만, 김소월이 평소 민요에 깊

---

30) 김억, 「요절한 박행시인 김소월의 추억」, 『소월시초』, 박문서관, 1939, 39쪽.

31) 김억, 위의 글, 93쪽.

32) 이 기록은 『문예공론』 제1호(1924.4)의 '문단방송국'에 나온다.

이 공감하고 있었음을 알려준다.

김소월이 민요의식을 기반으로 시를 창작했다는 것은 자신의 시를 통해서도 드러난다. 이를테면, 「넝쿨타령」과 「항전애창 명주딸기」는 제목에서부터 민요의식을 드러내고 있으며, 「옷과 밥과 자유」, 「배」의 2편은 발표 당시 '서도여운'이란 큰 제목 아래 발표될 정도로 서도민요와 관련성을 짐작하게 한다. 그리고 '민요시'란 명칭이 처음으로 부기된[33] 그의 대표적인 시 「진달래꽃」도 여기서 예외일 수 없다. 시 「진달래꽃」을 보자.

나 보기가 역겨워
가실 째에는
말없이 고히 보내드리우리다

寧邊에藥山
진달래쏫
아름 짜다 가실 길에 뿌리오리다
가시는 거름거름
노흰그쏫츨
삽분히즈 밟고 가시옵소서

나 보기가 역겨워
가실때에는
죽어도아니 눈물흘니우리다

—「진달내쏫」 전문[34]

사실 김소월 시에서 민요의식의 근간이 되었던 민요는 노동요 등 생

---

33) '민요시'란 명칭이 처음 사용된 작품은 김소월의 시 「진달래꽃」(『개벽』제25호,1922.7)으로 확인된다. 「진달래꽃」 이외에 '민요시'란 명칭으로 발표된 시로 「往十里」(『신천지』 제9호, 1923. 8)를 더 찾을 수 있다.

34) 김소월, 『진달래꽃』, 매문사, 1925, 190~191쪽.

활의 현장에서 불렸던 전통민요가 아니라 당대에 크게 유행했던 잡가라고 할 수 있다. 이 잡가 중에서도 김소월의 시와 깊이 관련된 잡가는 서도잡가이다. 시 「진달래꽃」도 시의 배경과 주제에서 서도잡가인 「영변가」와 비교해 볼 만하다. 「영변가」는 "아셔라 말아라 네가그리를말아/ 사람에게 인정의괄세를 네그리말아"[35]라고 하여 임과의 이별에 대한 정한을 주제로 삼으면서, 이별이 이루어지는 시적 배경이 진달래꽃이 만발한 영변의 약산동대로 되어 있다. 이 점에서 「진달래꽃」은 「영변가」와 일맥상통한다 하겠으며, 「진달래꽃」이 「영변가」에서 착상을 얻어 창작한 민요시라고도 할 수 있다. 그러나 두 작품의 형상화는 현저히 다르다. 「영변가」는 임과의 이별에 대해서 직설적인 원망으로 일관했다면, 「진달래꽃」은 이별의 심정에 대한 자기제어와 존재의 역설적 성찰을 통한 극복의 정신을 형상화하고 있다. 「진달래꽃」의 시적 화자인 '나'는 임과의 이별에 대해 결코 원망하거나 비탄에 젖지 않는다. "나보기가 역겨워/ 가실때에는/죽어도아니 눈물흘니우리다"의 반어적 표현에서 보듯이, 실제로는 떠나는 임이 원망스럽고 이별의 슬픔에 가슴이 미어지게 하지만, '나'는 스스로를 인내하고 성찰하는 자세를 갖는다. 김소월의 시가 비극적 사랑을 주제로 하면서도 '존재론의 시'[36]로 해석될 수 있는 까닭이 여기에 있다.

민요의식을 바탕으로 창작된 김소월의 시, 즉 그의 민요시 중 여러 작품들은 현실의 불합리한 조건이나 사람에 대한 진지한 자기성찰을 보여주고 있다. 김소월 시에 흔히 나타나는 '님'도 자연인식의 한 대상이라 하겠는데, 임의 부재로 인한 상실감과 소외의식은 근본적으로 현실과 쉽게 조화되지 못하는 시적 자아의 심리를 반영한다. 말하자면 임의 부

35) 남궁설, 『특별대증보신구잡가』, 유일서관, 1916, 22쪽.

36) 김재홍, 「소월 김정식」, 『한국현대시인연구』, 일지사, 1986, 37~38쪽.

재로 인한 자아의 모습은 식민지 상황에서의 주권과 자유를 박탈당한 민족 공동체의 현실적 모습으로 확대되는 것이다.

다음 시 「옷과 밥과 自由」는 이러한 현실의 암담한 상황을 우회적으로 묘사하고 있는 작품이다.

> 공중에 써다니는
> 저기저새요
> 네몸에는 털이고 깃치잇지
>
> 밧테는 밧곡석
> 논에 물베
> 눌하게 닉어서 숙으러젓네!
>
> 楚山지나 狄踰嶺
> 넘어선다
> 짐실은 저나귀는 너왜넘늬?
>
> —「옷과 밥과 自由」 전문[37]

3음보, 3행, 3연으로 된 짧은 이 서정시에서 김소월은 현실의 모순된 삶에 대한 아이러니를 단순한 듯한 상황 묘사에서 그 이면적 의미를 통해 의미심장하게 제시하고 있다.[38] 이 시의 화자는 먼저 '털과 깃'이 있어 공중을 마음대로 떠다니는 새와 풍성하게 익어 숙어진 논밭의 곡식을 통해 '옷과 밥과 자유'의 의미를 상기시키고 있다. 그런 다음, 마지막 연에서 "짐실은 저나귀는 너 왜넘늬?"라는 반문을 통해 '옷과 밥과 자유'가 없는 현실적 상황을 간접적으로 제시하고 있다. 다시 말하면, 나귀에

37) 『동아일보』(1925. 1. 1).

38) 이 점에 관해 유종호, 「임과 집과 길」, 『동시대의 시와 진실』(민음사, 1982), 그리고 김재홍, 「한국 현대시와 민중의식의 전개」, 『현대시와 역사의식』(인하대 출판부, 1988), 79쪽에서 지적한 바 있다.

짐을 싣고 정든 터전을 떠나야만 하는 사람들의 이유가 정든 터전으로서의 이 땅이 새처럼 자유를 누릴 수 없는 곳이며, 논밭에 있는 곡식의 풍성함에도 그것은 더 이상 그들의 것이 될 수 없고, 입을 옷조차 없다는 현실인식에서 말미암는다. 이 시는 이처럼 일제에 의해 민족의 생존권과 자유를 강탈당한 암담한 현실을 암시적 표현을 통해 제시하고 있다.

김소월의 시에서 일제의 강점과 약탈에 의해 삶의 터전을 잃은 민족적 비애감을 형상화한 작품들이 여럿이 있다. 「옷과 밥과 自由」 외에 「바라건대는 우리에게 우리의 보섭 대일 땅이 잇섯드면」, 「남의 나라 땅」, 「나무리벌 노래」, 「물마름」 등의 작품들이 그것이다. 이들 작품 중에서 「나무리벌 노래」는 일제 강점기 민족의 유랑현실을 다분히 민요적 가락과 정서를 바탕으로 노래하고 있다.

新載寧에도 나무리벌
물도 만코
짱조흔곳
滿洲나 奉天은 못살고쟝.

왜왓드냐
왜왓드냐
故鄕山川이 어듸매냐.

黃海道
新載寧
나무리벌
두몸이김매며사랏지요

올벼논에 다은물은
츠렁츠렁
벼자란다

新載寧에도 나무리벌

—「나무리벌 노래」 전문[39]

「나무리벌 노래」는 사설의 일절과 율격 구성에서 민요 「닐니리야」를 연상시키는 민요시 작품이면서, 당시 유랑민의 참상을 보여주는 유민시의 하나이다. "물도만코/쌍조흔곳"인 고향을 떠나와서 살길을 찾아 이역 간도나, 만주, 시베리아 등지로 유랑의 길에 들어서야 했던 당시 민족의 참상을 이렇게 노래했다. 일제는 식민지화 정책을 실제화하는 과정에서, 전국에 걸쳐 '토지조사사업'을 실시하고, 광대한 토지를 빼앗는 한편 대부분의 농민을 소작농으로 전락시켰다. 그러자 농토를 빼앗긴 농민들의 이농현상이 속출했고, 소작농으로 있던 농민들도 애써 곡식을 지어 보아야 소작료로 대부분 거출을 당하는 처지가 되어 역시 살길을 찾아 북간도 등지로 유랑하거나 도시의 값싼 노동자로 전락했던 것이다.[40] 그런데 이렇게 고향을 떠난 유랑민들은 대부분 위의 시에서 "자곡자곡이 피땀이라" 했듯, 심한 고난과 역경을 거쳐야 했던 것이다. 「나무리벌 노래」는 이러한 사정을 제 1, 2연의 현재 시점과 제 3, 4연의 과거 시점을 대조적으로 보여줌으로써 상대적으로 현재 시점의 불합리성을 제시하고 있는 것이다. "黃海道/新載寧/나무리벌"은 과거와 현재의 아이러니를 보여주는 식민지 현실의 공간이면서, 전민족적 고난과 역경을 집약해서 보여주는 삶의 모순된 현장인 것이다.

김소월은 서구편향의 자유시가 시단을 주도하다시피 했던 1920년대 초기부터 유별나게 민요의 전통적 율격과 정서를 바탕으로 한 민요시 창작을 해왔다. 이 과정에서 김소월은 시의 언어와 율격을 거듭 다듬는

39) 『동아일보』(1924. 11. 24).

40) 윤영천, 『한국의 유민시』, 실천문학사, 1987. 이 책에서 이와 관련된 문제인식을 당대 시를 통해 전반적으로 검토했다.

한편 인간의 본원적 감정과 정서를 바탕으로 대중적 친화력에 호소하는 작품들을 상당수 발표하여 민요시인으로서의 한 경지를 보여 주었다. 아울러 그의 시는 임과 자아와의 상호관계에 대한 존재론적 성찰을 보여주는 동시에 현실의 모순되고 불합리한 삶의 모습들을 누구나 친근하게 느낄 수 있는 서정적 목소리와 형식, 그리고 향토적 배경과 자연심상을 통해 적절히 형상화하고 있다. 이런 점에서 김소월의 시는 천기론의 민요의식과 주체적 시 의식을 근대적인 맥락에서 새롭게 이으려고 했다고 말할 수 있다.

Ⅴ. 결론

이 글은 조선 후기의 '천기론(天機論)'을 김소월 시학의 전통성과 근대성을 이해하기 위한 새로운 관점으로 끌어들이면서, 궁극적으로 천기론의 맥락 속에서 김소월 시학의 특성을 재조명하고자 했다. 이는 천기론으로 포괄되는 세계인식의 특성과 시 의식의 다양한 국면들이 17C 이후 근대적 세계인식과 미의식을 추동하고 있는 시학적 특징을 가지고 있을 뿐만 아니라, 그것들이 김소월 시학의 여러 특질들을 밝히는 데에도 매우 유효한 인식론적 기반을 제공한다고 보았기 때문이다. 그 결과, 천기론의 관점에서 본 김소월 시학의 특징은 크게 다음 세 가지로 정리할 수 있다.

첫째, 자연인식의 측면에서이다. 천기론에 의한 자연인식은 자연의 모든 대상들과 현상들이 그 고유한 성질에 따라서 자연스럽게 존재하는 개별자인 동시에, 그것들이 각자의 처소에 따라 존재하면서 서로 평등한 관계를 이룬다는 만물제동(萬物齊同)의 사상으로 나타났다. 김소월 역시 그의 유일한 시론인 「시혼」을 통해, 반문명주의의 태도로부터 평범하고 일상적인 자연 속에서 인간적 삶의 진실을 찾고자 했으며, '음영'을 통한 자연의 개체적 인식과 함께 자연과의 정서적 교감을 이루고자 했다. 이런 점에서 김소월의 자연인식은 천기론의 자연인식에 닿아 있음을 알 수 있었다. 그렇지만 김소월의 자연인식은 보다 직접적으로는 근대 낭만주의의 자연인식과 연결되어 있으면서, 한층 심미적인 차원에서 자연과의 교감을 이루고자 했다.

김소월의 자연인식과 관련하여 그의 시의 주된 제재와 배경이 토속적이고 일상적인 삶의 세계에 놓여 있으면서, '산, 강(물), 꽃, 풀, 나무' 등 자연적 대상들이 시의 정서적 상관물을 이루고 있는 점을 주목했다. 그런데 이들 자연적 대상들이 항구적 불변성을 지닌 이상적 가치의 표상들이 아니라, 끊임없이 생성 · 변화하는 속성을 지닌 것으로 일상적이고 평범한 가치의 표상들로 나타났다.

둘째, 시와 시인 의식의 측면에서이다. 천기론의 관점에서 시인의 내면적 진실성인 성정지진(性情之眞)을 참된 시의 요건으로 추구하는 만큼, 남녀 간의 정도 진실성의 관점에서 적극 긍정되었다. 이런 점에서 천기론은 진실성의 시학이면서 동시에 내면적 감정의 자발적인 표현을 긍정하는 '자발성의 시학'이기도 했다.

김소월 역시 진실성의 관점에서 임에 대한 강렬한 연모의 정을 읊거나 임을 이별한 슬픔을 숨김없이 노래한 작품들을 긍정하고, 또한 그러한 작품을 발표했다. 이는 그의 시학이 인간 성정의 자발적 표현을 긍정하며 연정의 세계를 추구했던 천기론의 시학과 맞물리고 있음을 보여주었다. 그런데 김소월의 시는 '님'에 대한 정한을 숨김없이 토로하는, 파토스적 감동을 주는 작품들이 있는 한편, 반어와 역설의 시적 장치를 통해 일정한 감정적 제어를 보이고 있는 작품들도 있다. 후자의 김소월 시에서 한층 진전된 근대적 미학을 찾을 수 있었음은 물론이다.

셋째, 민요의식과 정체성(identity)의 시학이란 측면에서이다. 천기론의 관점은 민요의식을 근간으로 주체적 시 의식을 가꾸어갔음을 밝히면서, 이의 연장선에서 김소월 주된 시적 지향 역시 민요의식을 바탕으로 하고 있음을 여러 모로 밝혔다. 그러면서 특히 그의 시가 임과 자아와의 상호관계에 대한 존재론적 성찰을 보여주는 동시에 현실의 모순되고 불합리한 삶의 모습들을 누구나 친근하게 느낄 수 있는 여성적 목소리와 형식, 그리고 향토적 배경과 자연심상을 통해 적절히 형상화하고 있음을 주목했다.

이상에서 김소월의 시학이 갖는 특성들을 천기론과 연결지어 재조명해봄으로써 그의 시학이 갖는 전통성의 맥락을 한층 뚜렷이 밝힐 수 있었으며, 그의 시가 갖는 근대적 미학을 거듭 확인해 보는 성과를 거두었다. 앞으로 김소월 이외에도 다른 현대시인들의 시나 시론으로 폭을 넓혀 천기론의 시학적 관점을 확대해 보는 작업이 이루어진다면, 전통시학과 현대시학이 만나서 이루어지는 대화의 의미는 한층 의미심장한 것이 될 것이라 생각한다.

제4부

현대시의 컨텍스트와 상호텍스트성

현해탄 체험의 시적 형상화 양상과 의미

Ⅰ. 서론

근대 계몽기 이후에 바다를 제재로 한 시작품들이 그 이전에 비해 크게 늘어났다. 고전문학에서도 바다를 제재로 한 작품들을 여러 장르에 걸쳐 찾을 수는 있으나, 대부분 설화나 각종 「표해록(漂海錄)」류의 실기문학에 집중되어 있고, 시가로 창작된 작품들은 매우 제한되어 있는 편이다.[1)] 윤선도의 「어부사시사」, 박인로의 「선상탄」, 김진형의 「북천가」,

1) 조규익, 「고전문학과 바다」, 『지평의 문학』 통권 2호(1994. 3), 20~40쪽 참조. 조규익은 고전문학에서 바다 제재의 작품이 폭넓고도 다양하게 나타났다고 하면서도, 시가문학에서는 대체로 부진했다고 파악했다.

조규익과 달리 오세영은 고전문학에서 바다에 관한 관심이 후기로 갈수록 부진했다고 보았다. 그것은 예와 중용, 그리고 금욕적 성윤리를 중시하는 유교가 반규율적이며 모험과 도전이 충일된 세계의 바다와 조화되지 못하고, 성과 관련된 여성을 상징하는 바다에 자연 소홀했기 때문이라고 그 원인을 파악한 바 있다. 오세영, 「한국문학과 바다」, 『20세기 한국시의 표정』(새미, 2001. 12), 321쪽. 그런데 오세영이 검토한 바다 제재의 작품들이 매우 제한되어 있으면서, 바다를 성 상징으로 보는 관점과 유교의 금욕주의를 대비한 것은 상호 배타적 관점에 의한 합리화의 측면이 강하기 때문에 일반화할 수 있는 견해로 받아들이기 어렵다.

김인겸의 「일동장유가」 등이 비교적 잘 알려진 바다 제재의 시조나 가사 작품들이다. 그런데 이들 고전시가 작품들은 바다 자체에 대한 형상화를 추구했다기보다 작자의 심회를 일시적으로 나타내기 위한 소재로, 바다를 관조적으로 바라본 경우가 대부분이다.

근대 계몽기 이후 바다는 다양한 감각과 정서, 그리고 세계인식의 토대 위에서 형상화되었다. 고전시가와 달리 바다에 대한 직접적이고 구체적인 경험을 바탕으로 시적 형상화의 폭을 넓히면서 이른바 '바다시'의 한 계보를 형성할 정도가 되었다고 말할 수 있다. 최남선을 필두로 정지용, 신석정, 김기림, 임화, 서정주 등의 바다 제재 시작품들로 이어진 흐름이 그것이다.[2] 여기에 현해탄(玄海灘)은 바다에 대한 다양한 체험적 인식을 바탕으로 한 형상화의 중요한 대상 공간이 되었다는 것이 이 글의 전제이다.

현해탄은 1905년 9월 부산과 시모노세키(下關)를 연결하는 관부연락선이 처음 취항한 이후 1945년 광복을 맞이할 때까지, 근 40년 동안 식민지 조선과 일본, 나아가서 세계와 연결되는 중심적인 통로로 숱한 사연을 가진 사람들이 오고 갔던 뱃길이었다. 특히 식민지 조선의 많은 청년 지식인들은 새로운 세계나 근대 체험을 위한 도정으로 현해탄을 건너게 되었고, 이런 과정에서 현해탄 체험은 청년 문학인들에게 각별한 생각과 느낌을 갖게 했던 것으로 보인다.

그런데 현해탄(玄海灘)이란 용어는 안타깝게도 불행한 역사 속에서 생겨난 명칭이다. 본래 현해탄은 일본 큐슈(九州)의 북서부에 펼쳐진 해역

---

2) 오세영, 「한국문학과 바다」, 위의 책, 327~333쪽에서 최남선, 신석정, 김기림, 서정주의 일부 시작품을 중심으로 미학적 관점에서 바다시의 흐름을 짚어보았으며, 양왕용은 「한국 현대 해양시와 현해탄 · 대양 · 연근해 체험」, 『한국시문학』 제15집(한국시문학회, 2004. 12), 48~76쪽에서 최남선, 정지용, 임화로 이어진 일제 강점기의 '해양시'와 박인환, 김성식, 김보한, 이충호, 진경옥, 송유미 등 광복 이후 현대 시인들의 시작품들에서 해양시의 새로운 양상을 검토한 바 있다.

으로, 쿠로시오해류(黑潮)가 지나면서 바다색이 검으면서도 수심이 비교적 얕다 하여, 일본인들이 겐카이나다(玄界灘) 또는 겐카이(玄海)라고 부르는 곳이다. 현해탄이란 우리가 이 명칭을 한자로 바꾸어 부르면서 일반화된 용어[3]로, 우리가 주체적으로 명명한 명칭이 아니다. 더구나 현해탄이라 불리는 해역은 엄밀히 말하면 일본 시모노세키(下關)와 대마도를 연결하는 스시마해협의 동남쪽에 위치한 일정 해역에 한정되며, 지리학상 부산과 대마도 사이를 지칭하는 대한해협과는 구별되는 해역에 위치한다. 그럼에도 우리는 현해탄이란 용어를 분별력을 가지고 사용하지 못함으로써 부산과 시모노세키, 즉 한국과 일본 사이에 당시 관부연락선이 오고 갔던 해역 전체를 지칭하는 용어로 인식하게 되었다.

현해탄이란 명칭과 그 지리학적 위치에 관한 정확한 인식도 중요하지만, 이보다 더 중요한 관심사는 역사적 이해와 연관되어 있다고 본다. 그것은 현해탄이 일제 강점기를 포함한 40년의 역사에서 숱한 희비가 교차되었던 역사의 현장이기도 했기 때문이다. 즉, 현해탄은 근대의 문물이 수용되었던 공간이기도 했지만, 일제의 조선 경제 침탈로부터 동북아로의 군국주의 확장을 위한 전진 통로로 기능했다. 이뿐만이 아니다. 현해탄은 식민지 조선의 숱한 젊은이들이 근대적 지식과 학문을 동경하여 유학을 떠나고 또 돌아왔던 뱃길이었으며, 조선의 수많은 노동이민자들이 일본에서 새로운 삶을 개척하기 위해 떠났던, 즉 민족 이산(離散, Diaspora)의 비극적 행로가 되기도 했다. 그리고 이 뱃길에서 더러는 민족해방의 의지로 반제국주의를 위한 결의를 다지거나 실천적 투쟁을 도모하기도 했을 것이며, 더러는 제국주의의 거대한 벽과 민족차별의 현실에 부딪쳐 좌절하거나 또는 분노하기도 했을 것이다. 이처럼 현해탄은 근대와 전근대, 민족과 친일, 침략과 투쟁, 제국주의와 반제국주의, 이상

---

3) 『학원세계대백과사전(2)』(학원출판공사, 1994. 5), 138~139쪽에 있는 「겐카이나다」 항목 참조.

과 현실 등 여러 이항 대립적 가치들이 분기되거나 상호 교차하는 지점에 놓여 있는 역사적 공간이었던 셈이다. 이 글에서 현해탄에 관해 갖는 문학적 관심은 바로 이러한 역사적 공간에 대한 이해로부터 출발되는 것임은 물론이다.

현해탄을 문학적 제재나 배경으로 삼은 작품들은 시, 소설, 희곡, 시나리오(또는 영화) 등 다양한 문학예술 장르에 걸쳐 있다.[4] 이들 다양한 문학예술 작품들을 전체적으로 고찰하는 일이 필요하겠지만, 이 글은 일제 강점기에 발표된 시작품들에 한정하여 현해탄 체험의 시적 형상화 양상과 그 의미를 파악하는 데 목적을 둔다. 여기서 역사적 공간에 대한 체험적 인식이 주체에 따라 다양할 수 있듯이, 문학작품에서 현해탄 체험의 문학적 수용 역시 다양한 세계인식을 투영하는 언어의 코드(code)로 문맥을 형성한다는 점을 전제로 한다. 물론 현해탄은 역사적 공간으로서의 세계인식의 대상 공간이기 이전에 '물'에 대한 원형적 이미지로서 다양한 형상적 인식[5]을 보여주는 것으로 파악할 수도 있다. 그러나 이 글은 이런 관점을 근본적으로 부인하고자 하는 것이 아니라, 현해탄 체험을 바탕으로 한 시작품의 맥락을 기본적으로 세계인식의 투영이란 관점에서 접근하되, 그것이 시인에 따라 또는 시의 유형적 성격에 따라 어

4) 『문학도시』 통권 64호(부산문인협회, 2006.5)에서 '한국 현대문학과 지리지 —현해탄'이란 기획주제를 설정하고, 시, 소설, 희곡, 영화 분야에서 현해탄을 제재로 한 작품들을 검토한 바 있다.

시 장르 외에 이병주의 소설 「관부연락선」(1995), 김우진의 희곡 「난파」(1926), 한운사의 시나리오 「현해탄은 알고 있다」(1960, 김기영 감독에 의해 1961년 영화화됨), 박기채 감독의 영화 「조선해협」(1943) 등이 현해탄을 제재로 한 주요 문학예술 작품들로 파악된다. 국내에서 발표된 작품 외에도 '재일(在日)'이라는 특수한 상황에서 발표한 문학작품들도 상당수 찾을 수 있다. 광복 이후에 일본어로 발표된 김달수의 소설 『현해탄』(1954)과 허남기의 국문 시집인 「조선해협」(1959)이 특별히 관심을 끄는 작품들이다.

5) 아지자 · 올리비에리 · 스크트릭 공저, 장영수 옮김, 『문학의 상징 · 주제 사전』(청하, 1989.7), 147~158쪽에서 물은 시간, 재생, 죽음 등을 상징하는 다양한 이미지로 형상화된다는 점을 밝히고 있다.

떻게 변주되어 나타나는지 그 양상과 의미를 구체적으로 파악하고자 한다. 이를 위해, 그동안 많이 논의된 바 있지만, 정지용과 임화의 바다시 중에서 현해탄 관련 시작품들을 연구목적에 따라 다시 꼼꼼하게 읽어보고자 한다. 그리고 지금까지 제대로 논의되지 못했던 '도일(渡日)' 노동이민자들의 현실을 반영한 김석송, 정노풍, 심훈 등 이른바 유민시[6] 작품들과 당시 재일 한국인에 의해 일본문단에서 발표된 시작품들 중에서 현해탄 체험을 반영한 김병호, 백철, 김용제의 일어시 작품들을 주목해서 검토하고자 한다. 특히 이들 시작품들을 통해 현해탄이 민족 이산(離散, Diaspora)의 비극적 행로를 형상화한 중심적 대상 공간이었다는 점을 강조해서 새롭게 부각시키고자 한다.

Ⅱ. 지식인의 주체 성찰과 세계인식의 두 양상

1. 주체 긍정의 내면풍경과 낙관적 세계인식 : 정지용의 시

정지용(鄭芝溶: 1902~1950)에게 현해탄의 체험은 여느 시인들과 달랐다. 그가 유달리 바다시편을 많이 남겼다는 사실만으로도 바다 체험이 그에게 각별했음을 알 수 있다. 내륙지방인 충북 옥천 태생인 그가 휘문고보를 졸업하고 일본 동지사대학으로의 유학길에 오른 이후 여러 차례 넘나들어야 했던 현해탄은 그에게 특별한 느낌과 생각을 갖게 했을 것이며, 그에 따라 상당수의 바다시편을 창작했을 것으로 짐작하는 일은 어렵지 않다.

정지용은 일본 유학기간인 1923년 5월부터 1929년 6월까지 10편의

6) 윤영천, 『한국의 유민시』, 실천문학사, 1987, 12쪽. 이 책의 158~172쪽에서 일본 유이민의 현실을 시적 소재로 끌어들인 시 작품들을 한 항목으로 잡아 별도로 논의했다.

바다시를 썼고, 유학 이후에도 9편의 바다시를 남겼다.[7] 이들 19편의 바다시 작품들이 모두 현해탄의 체험과 관련된 것이라 보기는 어렵지만, 현해탄의 체험을 직접적으로 알 수 있는 표지를 남기고 있거나 작품의 문맥에서 그런 점을 충분히 짐작할 수 있는 작품을 여럿 찾을 수 있다. 그런 작품이 「갑판(甲板) 우」, 「선취(船醉)」란 제목의 두 작품, 「해협(海峽)의 오전 두시(午前 二時)」, 「다시 해협(海峽)」 등이다. 먼저 유학시절에 씌어진 다음 작품을 보자.

> ① 나지익한 하늘은 白金빛으로 빛나고
> 물결은 유리판처럼 부서지며 끓어오른다.
> 동글동글 굴러오는 짠 바람에 뺨마다 고흔 피가 고이고
> 배는 華麗한 짐승처럼 짓으며 달려나간다.
> 문득 앞을 가리는 검은 海賊같은 외딴섬이
> 흩어져 날으는 갈매기떼 날개 뒤로 문짓 문짓 물러나가고,
> 어디로 돌아다보든지 하이얀 큰 팔구비에 안기여
> 地球덩이가 동그랐타는 것이 길겁구나.
> 넥타이는 시언스럽게 날리고 서로 기대슨 어깨에 六月볕이 시며들고
> 한없이 나가는 눈ㅅ길은 水平線 저쪽까지 旗폭처럼 퍼덕인다.
>
> ―「갑판(甲板) 우」[8]

---

7) 정지용이 유학기간에 쓴 바다시로 「갑판 우」(『문예시대』 2호, 1927. 1), 「바다 1」, 「바다 2」, 「바다 3」, 「바다 4」(이상 『조선지광』 64호, 1927. 2), 「바다 5」(『조선지광』 65호, 1927. 3), 「선취」(『학조』 2호, 1927. 7), 「풍랑몽」(『조선지광』 69호, 1927. 7), 「갈매기」(『조선지광』 80호, 1928. 9), 이외 일어로 발표된 「해(海) 2」(『근대풍경(近代風景)』 제2권 2호, 1927. 2)가 있으며, 유학 이후 쓴 바다시로 「바다 1」(『시문학』 2호, 1930. 5), 「바다 1 · 2」(『신소설』 5호, 1930. 9), 「바람은 부옵는데」(『시문학』 3호, 1931. 10, *『정지용시집』에는 「풍랑몽 2」로 수록됨), 「해협의 오전 두시」(『가돌닉청년』 1호, 1933. 6, *『정지용시집』에는 「해협」으로 수록됨), 「갈닐레아 바다」(『가톨닉청년』 4호, 1933. 9), 「다시 해협」(『조선문단』 24호, 1935. 7), 「바다 2」(『시원』 5호, 1935. 12), 「선취」(시집 『백록담』, 1941. 9) 등이 있다.

8) 『문예시대』 2호(1927. 1). 인용 시는 최종본인 『정지용시집』(시문학사, 1935. 10), 42쪽에 수록된 작품임.

② 배 난간에 기대 서서 회파람을 날리나니
새까만 등솔기에 八月달 해ㅅ살이 따가워라.

金단초 다섯 개 달은 자랑스러움, 내처 시달품.
아리랑 쪼라도 찾어 볼가, 그전날 불으던,

아리랑 쪼 그도 저도 다 닞었읍네, 인제는 버얼서,
금단초 다섯 개를 삐우고 가쟈, 파아란 바다 우에.

담배도 못 피우는, 숳닭같은 머언 사랑을
홀로 피우며 가노니, 늬긋 늬긋 흔들 흔들리면서.

—「선취(船醉)」 전문[9)]

위에서 시 ①은 발표 당시 작품 끝에 "1926. 6 현해탄(玄海灘) 우에서"라고 밝히고 있다. 부산에서 연락선을 타고 현해탄을 건너면서 느끼는 소회를 밝고 긍정적인 감각으로 노래하고 있다. 백금빛으로 감각화된 하늘, 유리판처럼 부서지는 물결, 피부를 자극하는 "동글동글 굴러오는 짠 바람"의 묘사가 모두 갑판 위에 서 있는 화자의 명랑한 마음을 표상한다. 여기에 배는 "화려한 짐승"처럼 달려 나간다고 해서, 관능적인 감각도 덧붙인다. 화자를 둘러싼 주위의 모든 세계도 화자와 정서적 동일화를 보여준다. "해적같은" 외딴섬이 비켜가고, 갈매기들도 날개짓을 하다 물러가는 정황의 묘사에서 화자의 즐겁고 들뜬 마음이 투사되어 있다. 그리고 시원스럽게 바람에 날리는 넥타이, 유월의 따듯한 햇빛을 받는 어깨의 묘사도 화자의 밝고 명랑한 마음을 환유하는 이미지들이다.

②의 시 「선취」도 제목처럼 배를 타고 가는 홍겨운 마음을 노래하고 있다는 점에서 ①과 같은 맥락을 보이는 작품이다. "배 난간에 기대 서서 회파람을 날리"고, "새까만 등솔기에 八月달 해ㅅ살"을 따갑게 받고

9) 『학조』 2호(1927. 7). 인용 시는 『정지용시집』, 58쪽에 수록된 작품임.

있는 화자의 모습은 ①에서 바람에 시원스럽게 넥타이를 날리며 유월의 따듯한 햇빛을 받고 있는 화자의 모습과 다르지 않다. 이 시에서 시의 화자는 "금단추 다섯 개 달은 자랑스러움"을 느낀다. 현해탄의 뱃길에서 일본 동지사대학 영문과에 유학하고 있던 정지용이 자신에 대해 강한 자긍심을 나타내고 있는 대목이다. 이 시의 화자는 다시 내처 아리랑조의 노래를 찾아본다고 했다. 아리랑조의 노래가 무의식에 잠복된 자기 정체성과 연결되어 있는 것으로 본다면, 유학길에 오른 화자의 들뜬 감정과 자긍심을 타고 자기 정체성에 대한 감정이 무의식 속에서 자연스럽게 분출된 셈이다. 그렇지만 이내 "아리랑 쪼 그도 저도 다 닞었읍네, 인제는 버얼서"라고 변덕스럽게 너스레를 친다. 고향을 멀리 떠나온 화자의 들뜬 감정과 기대가 지나친 나머지 일본에 먼저 닿아 있기 때문이다. 그러니 "숭닭같은 머언 사랑"이나 꿈꾸고 있는 화자의 동요된 마음이 "늬긋 늬긋 흔들 흔들리"는 선취의 감정에 빠지게 된다. 여기서 화자의 자기 정체성에 대한 자각은 분명 둔화되어 보인다.

다음 시는 일본 유학 이후에 쓴 현해탄 체험의 시이다. 처음 발표 때는 「해협(海峽)의 오전 두시(午前 二時)」였는데, 『정지용시집』(1935. 10)에서는 「해협(海峽)」으로 제목을 바꾸어 실었다. 한밤에 현해탄을 건너오는 화자의 시선이 여전히 낙관적인 세계인식에 기초하고 있다.

> 砲彈으로 뚫은듯 동그란 船窓으로
> 눈썹까지 부풀어 오른 水平이 엿보고,
>
> 하늘이 함폭 나려 앉어
> 큰악한 암탉처럼 품고 있다.
>
> 透明한 魚族이 行列하는 位置에
> 홋하게 차지한 나의 자리여!

망토 깃에 솟은 귀는 소라ㅅ속 같이
소란한 無人島의 角笛을 불고

海峽午前二時의 고독은 오롯한 圓光을 쓰다.
설어울리 없는 눈물을 少女처럼 짓쟈.

나의 靑春은 나의 祖國!
다음날 港口의 개인 날세여!

航海는 정히 戀愛처럼 沸騰하고
이제 어드메쯤 한밤의 太陽이 피여오른다.

—「해협(海峽)」 전문[10]

이 시는 처음부터 "동그란 船窓으로", "水平이 엿보고"라고 해서, 선창 밖에서 선실의 내부를 들여다보는 시선에 의해 자아를 투시하고 있다는 점에서 특별하다. 그러니까 이 시는 자아가 바라보는 외부세계의 모습을 묘사하는 데 중점을 둔 작품이 아니다. 마치 거울에 자아를 비추어봄으로써 자아의 정체성을 인식하듯이, 이 시는 외부세계의 시선으로 자아의 내면풍경을 그려내 보이고자 한다. 그런데 자아를 바라보는 외부세계의 시선이 따로 있는 듯하지만, 자아의 내면에서 상상된 풍경과 외부세계가 분리되어 있지 않다는 점을 유의할 필요가 있다. 자아와 세계가 정서적으로 연결되어 있는 것이 서정시의 본질이듯이, 이 시에서도 자아는 세계와 동일화된 상태, 오히려 거대한 외부세계에 자아가 감싸여 있는 모습을 보여준다.

그래서 "오전 두시"인 한밤의 시간에 자아가 위치하고 있음에도 어떤 두려움이나 공포감을 느끼지 않는다. "하늘이 함폭 나려 앉어/큰악한 암탉처럼 품고 있"는 바다가 자아를 아늑하게 감싸고 있기 때문에 오히려

10) 『정지용시집』, 22~23쪽.

정서적 포근함과 안정감을 자아에게 부여한다. 그래서 이 시의 자아는 '홋하게', 즉 마음이 홀가분하게 앉아 있다. 이 시를 두고 선창 안에 갇힌 고독감을 표출하고 있다고 하거나,[11] "절망적인 chaos의 자기 인식"[12]을 보여주는 것으로 해석하기도 했지만, 이런 해석은 시의 화자가 위치한 선실의 정황을 지나치게 폐쇄적인 것으로 확대 해석한 데서 기인한 오독으로 보인다.

이 시의 자아는 한밤의 깨어있는 정신을 통해 "무인도의 각적(角笛)" 소리가 들리는 듯이 민감한 감각을 발산한다. 그리고 "해협의 오전 두 시"라고 했지만, "한밤의 태양"으로 비유된 밝은 달이 "오롯한 원광(圓光)"으로 자아를 감싸고 있다. 이런 분위기에 자아는 "설어울리 없는 눈물을 少女처럼 짓쟈"고 했다. 실제로는 서럽지도 않지만 달무리가 환하게 감싸는 낭만적인 정경에 소녀처럼 서러운 분위기에 젖어본다는 것이다.

그런데 이 시에서 눈여겨 볼 대목이 "나의 靑春은 나의 祖國!"이라는 언술이다. 이 언술은 소녀같이 낭만적 분위기에 휩싸인 화자의 감정이 고조되면서 급작스럽지만 진지한 자기 인식의 전환을 보여주는 것으로 파악할 수 있다. 나의 청춘이 곧 조국이라는 동일성의 인식은 젊은 시절 꿈을 품고 현해탄을 건너간 시인의 내면에 잠복되어 있던 자기 정체성의 인식이 겉으로 표출된 것으로 볼 수 있기 때문이다. 그런데 청춘과 조국의 동일성 인식이 다음 행에서 "다음날 港口의 개인 날씨여!"라고 하며, 엉뚱하게 날씨에 관한 진술로 변화되어 있다. 그렇지만, '청춘=조국=다음날의 개인 날씨'의 언어 연쇄가 미래지향적이고 희망적인 기대를 담고 있다는 공통점을 찾을 수 있다. 정지용이 청년시절 희망을 품고 현해탄을 건너면서 가졌던 낙관적 세계인식이 조국의 미래에 대한 희망적

---

11) 문덕수, 『한국 현대 모더니즘시 연구』, 시문학사, 1981, 80쪽.

12) 이사라, 「정지용 시의 기호론적 연구」, 오세영 외, 『구조와 분석 I』, 도서출판 창, 1993, 259쪽.

인 기대와 연결되어 있음을 보게 된다. 이 시의 화자는 그래서 현해탄을 항해하면서 연애처럼 들뜬 감정으로 충만하고, "한밤의 太陽이 피여오르는" 상승적 에너지의 세계를 경험하게 되는 것이다.

이상의 시에서 보았듯이, 정지용의 시에서 현해탄은 청년시절 유학의 길에 오른 지식인의 뿌듯한 자긍심과 연결되면서 낙관적 세계인식과 주체 긍정의 내면의식을 표출하는 공간으로 형상화되어 있다는 점에서 특징을 찾을 수 있다.

2. 주체의 자기성찰과 비판적 세계인식 : 임화의 시

임화(林和: 1908~1953)에게 현해탄은 특별한 의미를 지닌다. 1938년에 낸 첫 시집 이름을 『현해탄』으로 붙였을 정도이니, 현해탄과 관련된 시인의 의식을 남달리 나타내고자 했음을 쉽게 알 수 있다. 이 시집에는 1934년부터 1937년 사이에 창작된 시작품들이 실려 있는데, 현해탄 체험의 시편들이 집중적으로 들어 있다.

그런데 임화는 정지용처럼 현해탄을 오고갔던 경험이 그렇게 많지 않았다. 1929년 7월에 그는 김기진과 박영희의 도움으로 연극과 영화를 배우기 위해 도일했다가, 1년여 동안 카프(KAPF) 동경지부에 속한 이북만, 김두용, 김남천, 안막 등과 어울려 지내다가 1931년 초에 귀국했다.[13] 도일 후 귀국하기까지 임화가 현해탄을 얼마나 자주 넘나들었는지 알 수는 없다. 그리고 1931년 귀국 이후에 그가 다시 도일했다는 기

---

13) 김용직, 「간추린 임화의 생애」, 『임화문학연구』, 새미, 1999, 282~284쪽. 임화의 정확한 도일 시기가 1929년 7월임은 그의 수필 「현해탄(玄海灘)의 백일몽(白日夢) (9)」(『조선일보』, 1934. 7. 13)에 "일천구백이십구년, 내가 아즉 나이 스물두 살 때 지금으로부터 여섯해 전 七월 어느 몹시 더운 날 아침에 나는 이천돈짜리 관부연락선 우에 삼등손님이 되엿든 일이 잇다"고 한 것에서 알 수 있다. 그리고 그는 김기진과 박영희가 마련해준 비용으로 도일하게 되었음을 김팔봉, 「카프문학시대」, 강진호 편, 『한국문단이면사』(깊은샘, 1999), 107쪽에서 확인할 수 있다.

록을 찾아보기 어렵다. 이처럼 임화는 현해탄을 자주 넘나들지는 않았지만, 시 「눈물의 해협(海峽)」에서 나오는 표현처럼, 현해탄은 임화에게 "바다의 이상한 운명"으로 심중과 뇌리에 깊이 새겨져 있었음을 시집을 통해 분명히 파악할 수 있다. 먼저 시집 『현해탄』의 「후서(後書)」를 보자.

> 현해탄이란 제(題) 아래 근대 조선의 역사적 생활과 인연 깊은 그 바다를 중심으로 한 생각, 느낌 등을 약 이삼십 편 되는 작품으로 써서 한 책을 만들어볼가 하였다.
>
> 이 가운데 맨 뒤에 실린 바다가 많이 나오는 일련의 작품이 그것이다.

임화는 현해탄이 "근대 조선의 역사적 생활과 인연 깊은 그 바다"라고 했다. 현해탄을 일본 유학을 위한 뱃길로서 단순히 인식하고 있는 것이 아니다. 그는 근대 식민지 "조선의 역사적 생활" 즉 역사현실의 차원에서 갖는 문제의식을 현해탄 체험을 통해 진지하게 생각하고 또한 느꼈던 바를 시 작품으로 남겼다는 것이다.

그런데 김윤식은 일찍이 임화의 시집 『현해탄』을 대상으로 현해탄 제재의 시작품들을 논의하는 자리에서, "당시 한국 지식인의 서구편향과 그것이 일본을 통한 왜곡을 포함하면서 이 양자의 한계와 독소적 요소를 판별할 능력을 스스로 잃고 있었음을 증거하는 것"[14]으로 '현해탄 complex'라는 용어를 사용하면서 임화의 현해탄 시편들을 매우 비판적으로 읽은 바 있다. 말하자면 김윤식은 임화가 식민지 지식인이 당면했던 조선의 근대화 내지 진보적 개혁의 표준을 서구로부터 일본에 유입된 지식, 즉 사회주의 사상에 두고 이를 무비판적으로 추종함으로써 "한국문학에 서구취향의 너울을 쓰고 소박 건강한 자연적 의식을 압살함"에 공헌했다는 것이다.[15] 당시 김윤식이 서구와 일본편향의 추종적 태

14) 김윤식, 「임화연구」, 『한국근대문예비평사연구』, 일지사, 1973, 558~559쪽.

도뿐만 아니라 좌편향의 사회주의 문학에 대해서도 일정한 비판을 가하면서 그 중심에 임화의 문학, 특히 현해탄의 시편을 두었던 것이다. 물론 '현해탄 complex'는 임화에게 한정되는 것이 아니었다. 정지용, 김기림의 경우, "현해탄 연락선과 바다의 이미지를 부각시킨 시풍"도 서구편향과 일본을 통한 왜곡을 포함한다는 점에서 임화의 '현해탄 complex'와 동질적인 것으로 보았다. 이처럼 '현해탄 complex'는 일제하 지식인의 올바른 역사의식이 '대륙적 이미지'로 현실에 맞서 치열하게 투쟁하는 의식이나 '국내적 심상구조'로서 순수하게 고양된 민족의식, 또는 민족문학의 전통과 연결되어야 바람직하다[16]는 전제에서 일정한 한계와 문제점을 지닌다고 본 것은 타당한 일면을 지닌다.

그러나 임화의 현해탄 시편들을 대상으로 김윤식이 명명한 '현해탄 complex'는 카프 해체 이후 임화가 취했던 현실 타협적 태도와 상황을 그의 시에 덧씌움으로써 비판적 독서를 이끌어가고자 했다고 본다. 여기에 시 텍스트에 대한 해석 주체자의 선입견이나 독단이 작용하기 쉽고, 상황 논리로 본 연역적 해석의 오류가 내포될 개연성이 많다. 아울러 이 '현해탄 complex'는 1970년대 초반 김윤식 자신의 학문적 방향성과 연결되어 있는 것으로, 임화의 이식사관에 대한 비판과 극복이라는 문제의식을 드러내는 것으로 파악[17]될 수 있다. 임화의 현해탄 시편은 해석 주체자의 선입견이나 상황 논리를 덧씌워 연역적으로 해석함으로써 빚어질 수 있는 오류를 가능한 배제하면서 작품 자체에 대한 좀 더 면밀한 검토와 해석을 요청한다.

---

15) 김윤식, 위의 책, 561쪽.

16) 김윤식, 위의 책, 560쪽.

17) 김윤식 비평에 나타난 '현해탄 complex'가 1970년대 이래 축적된 '내재적 발전론'을 고려한 토대 위에서 주체의 정립을 위한 타자와의 대결의식을 보여주지 못한 임화의 이식사관의 한계를 지적하는 용어라는 지적이 있다. 이명원, 「김윤식 비평에 나타난 '현해탄 콤플렉스' 비판」, 『전농어문연구』 제11집, 서울시립대 국어국문학과, 1999, 247~274쪽.

그러면 임화의 시집 『현해탄』에서 현해탄 시편의 첫 자리에 있는 작품인 「해협(海峽)의 로맨티시즘」을 보자.

바다는 잘 육착한 몸을 뒤척인다.
海峽 밑 잠자리는 꽤 거친 모양이다.

맑게 갠 새파란 하늘
높다란 해가 어느새 한낮의 카브를 꺾는다.
물새가 멀리 날아가는 곳,
釜山 埠頭는 벌써 아득한 故鄕의 浦口인가!

그의 발 밑,
하늘보다도 푸른 바다,
太陽이 기름처럼 풀려,
뱃전을 치고 뒤로 흘러 가니,
옷깃이 머리칼처럼 바람에 흩날린다.

아마 그는
日本列島의 긴 그림자를 바라보는게다.
흰 얼굴에는 분명히
가슴의 「로맨티시즘」이 물결치고 있다.

藝術, 學問, 움직일 수 없는 眞理……
그의 꿈꾸는 思想이 높다랗게 굽이치는 東京,
모든 것을 배워 모든 것을 익혀,
다시 이 바다 물결 위에 올았을 때,
나는 슬픈 故鄕의 한 밤,
해보다도 밝게 타는 별이 되리라.
靑年의 가슴은 바다보다 더 설레었다.

—「해협(海峽)의 로맨티시즘」에서

위의 시는 처음 '현해탄(玄海灘)'이란 이름으로 『중앙』(1936. 3)에 발표되었으나, 시집에 수록되면서 제목이 바뀌었다. 특별히 '로맨티시즘'이란 용어를 붙인 까닭을 작품을 통해 알 수 있다. 이 작품이 부산 부두에서 연락선을 타고 일본열도를 향해 가는 청년의 부푼 기대와 희망을 노래하고 있기 때문이다. 이런 점에서 정지용의 시 「선취」와 흡사한 낭만적 세계인식을 읽을 수 있다. 맑게 갠 새파란 하늘, "한낮의 카브를 꺾는" 즉 정오를 지나는 높은 태양, 멀리 날아가는 물새의 풍경이 명랑한 분위기를 형성하듯이, 시적 화자의 마음 역시 명랑함에 기대가 부풀어 있다. 그래서 일본 열도를 바라보는 "흰 얼굴"의 지식인 화자는 "가슴의 「로맨티시즘」이 물결치고 있다"고 하며, 3인칭의 전지적 시점에서 스스로를 객체처럼 대상화시키고 있다.[18)]

그런데 이 시에서 말하는 "가슴의 「로맨티시즘」"은 정지용의 시 「선취」의 화자가 가졌던 낙관적 세계인식과 그에 따른 들뜬 감정과는 분명히 구별되는 것이다. 이 시의 화자는 「선취」에서 금단추를 자랑스럽게 생각하고 연애의 감정에 젖는 화자와는 본질적으로 다르기 때문이다. "가슴의 「로맨티시즘」"은 식민지 조선의 한 청년 지식인이 분명한 자기 정체성과 목적의식을 가지고 있는 것을 전제로 한다. 임화가 현해탄의 뱃길에 올랐던 당시 꿈꾸었던 사상, 그것은 "움직일 수 없는 眞理"를 찾는 학문과 예술로 표명된 것이지만, 식민지 조선의 암담한 현실을 벗어날 수 있는 진리의 표적이 바로 사회주의의 이념과 이상에 있다고 믿었다. 그래서 이 시의 화자는 "슬픈 故鄕의 한 밤"으로 표현된 식민지 조선의 어두운 현실에서 그 현실을 비추는 "해보다 밝게 타는 별"이 되겠다는 다짐을 하며 부푼 기대감으로 현해탄 뱃길에 올랐던 것이다. "靑年의

---

18) 김정훈은 임화의 현해탄 시에서 시의 화자가 전지적 시점에서 서정적 주인공의 생각을 들려주는 형식을 취하고 있음을 주목하는 한편 현해탄의 공간인식이 이중적으로 드러난다고 파악한 바 있다. 김정훈, 『임화 시 연구』, 국학자료원, 2001, 176~182쪽.

가슴은 바다보다 더 설레었다"고 표현한 부분은 바로 기대와 설렘에 부풀어 있던 청년 지식인, 곧 임화 자신의 모습을 그대로 보여주는 것에 다름 아니다.

다음 시 「현해탄」은 앞의 작품처럼 청년 지식인을 화자로 삼되, 기대와 희망을 가지고 현해탄을 건너는 청년의 당시 심정이 아니라, 과거의 현해탄 체험을 생생한 기억을 통해 재생시키면서 현재의 심정을 표명하고 있는 작품이다. 길이가 긴 작품이지만 중요한 대목을 중심으로 보자.

이 바다 물결은
예부터 높다.

그렇지만 우리 靑年들은
두려움보다 勇氣가 앞섰다.
山불이
어린 사슴들을
거친 들로 내몰은게다.

對馬島를 지나면
한 가닥 水平線 밖엔 티끌 한 점 안 보인다.
이곳에 太平洋 바다 거센 물결과
南進해온 大陸의 北風이 마주친다.

몬프랑보다 더 높은 파도,
비와 바람과 안개와 구름과 번개와,
亞細亞의 하늘엔 별빛마저 흐리고,
가끔 半島엔 붉은 信號燈이 내어걸린다.

아무러기로 靑年들이
平安이나 幸福을 求하여,
이 바다 險한 물결 위에 올랐겠는가?

……(중략)……

청년들은 늘
希望을 안고 건너가,
결의를 가지고 돌아왔다.
……(중략)……

그러나 인제
낯선 물과 바람과 빗발에
흰 얼굴은 찌들고
무거운 任務는
고든 잔등을 농군처럼 굽혓다.

나는 이 바다 위
꽃잎처럼 흩어진
몇 사람의 가여운 이름을 안다.
어떤 사람은 건너간채 돌아오지 않았다.
어떤 사람은 돌아오자 죽어갔다.
어떤 사람은 永永 生死도 모른다.
어떤 사람은 아픈 패북(敗北)에 울었다.
—그中에 希望과 결의와 자랑을 욕되게도 내어판 이가 있다면,
나는 그것을 지금 기억코 싶지는 않다.

오로지 바다보다도 모진
大陸의 삭풍 가운데
한결같이 사내다웁던
모든 靑年들의 名譽와 더불어
이 바다를 노래하고 싶다.

비록 靑春의 즐거움과 希望을
모두다 땅속 깊이 파묻는
悲痛한 埋葬의 날일지라도,
한번 玄海灘은 靑年들의 눈앞에,

검은 喪帳을 내린 일은 없었다.

……(중략)……

三等船室 밑 깊은 속
찌든 寢床에도 어머니들 눈물이 배었고,
흐린 불빛에도 아버지들 한숨이 어리었다.
어버이를 잃은 어린 아이들의
아프고 쓰린 우름에
대체 어떤 罪가 있었는가?
나는 울음 소리를 무찌른
외방 말을 歷歷히 기억하고 있다.

오오! 玄海灘은, 玄海灘은,
우리들의 運命과 더불어
永久히 잊을 수 없는 바다이다.

—「현해탄」에서

시 「해협의 로맨티시즘」이 "움직일 수 없는 진리"로 믿었던 사회주의의 학문과 예술을 배우고자 현해탄의 뱃길에 오른 화자 자신의 내면의식에 초점을 맞추고 있다면, 이 시는 화자를 둘러싸고 있었던 외부세계의 현실, 즉 당대의 식민지 현실과 현해탄을 건너는 연락선과 그 뱃길의 광경에 더 비중을 두면서 그에 대한 화자의 심정을 드러내고 있다.

이 시는 처음부터 "이 바다 물결은/예부터 높다"고 하여 현해탄이 역사의 거친 격랑을 이루어왔음을 강조하고 있다. 말하자면 현해탄에 대한 역사적 관심이 처음부터 부각되어 있는 셈이다. 그런데 이런 현해탄에 대한 역사적 인식은 "두려움보다 용기"로 헤쳐 나가고자 하는 청년들의 행동이 사실은 자의적인 판단보다 타의적인 상황인 당대 식민지의 현실에 대한 불안의식에서 기인되었음을 말하는 대목에서 한층 뚜렷이 드러난다. 그것은 "山불이/어린 사슴들을/거친 들로 내몰은 게다"라고 비유적으로 표현된 부분인데, 여기서 식민지의 암담하고 불안한 현실에 대한 화자의 비판적 성찰을 읽을 수 있다.

식민지 현실에 대한 화자의 불안의식은 "가끔 반도엔 붉은 신호등이 내어걸린다"란 구절에서도 드러나지만, 그렇다고 청년들의 현해탄 행이 결코 개인적 평안과 행복을 위한 것이 아니었음을 강조한다. "靑年들은 늘/希望을 안고 건너가/결의를 가지고 돌아왔다"고 했다. 이때의 희망과 결의는 식민지 현실의 모순과 불안을 제거하기 위한 사회주의적 개혁의지와 연결된 것이었겠지만, "무거운 任務는/고든 잔등을 농군처럼 굽혓다"고 했듯이, 현실의 장벽은 너무나 높고 가혹한 것이기도 했다. 이런 현실의 가혹한 정황이 "어떤 사람은"으로 시작되는 구절의 연속을 통해 언술되고 있다. "어떤 사람은 건너간채 돌아오지 않았다./어떤 사람은 돌아오자 죽어갔다./어떤 사람은 永永 生死도 모른다./어떤 사람은 아픈 패북(敗北)에 울었다."는 구절들이 그것이다. 현해탄의 행로가 삶의 희망만을 좇아가는 길이 아니라 이별과 죽음, 그리고 패배의 쓰라린 고통을 동반하는 길임을 냉정하게 성찰하고 있다. 그런데 현해탄의 행로가 다다르게 되는 현실의 냉혹함에 대한 성찰은 현실에 대한 강력한 저항의 태도로 연결되지 못하고 있다. "그中에 希望과 결의와 자랑을 욕되게도 내어판 이가 있다면,/나는 그것을 지금 기억코 싶지는 않다." 고 덧붙이는 말이 이점을 반증한다. 시의 화자가 기억하고 싶지 않은 현실로 말하는, 사회주의에 대한 희망과 결의와 자랑을 가졌던 이들이 하나 둘 변절해가는 현실, 이런 현실에 대한 망각의 욕망은 일종의 자포자기적, 현실도피적 태도를 드러내는 것으로 볼 수 있기 때문이다. 1935년 카프 해산계를 제출한 이후 임화의 정신적 충격이 자칫 정신적 공황 상태로 비약될 수 있는 소지가 내재되어 있는 셈이다.

그렇지만 임화는 바로 이 지점에서 정신적으로 재무장하는 쪽으로 방향을 선회한다. 이 시에서 현해탄을 건너는 청년들의 임무가 결코 중단될 수 없다고 최종적으로 선언하고 있기 때문이다. “한번 玄海灘은 靑年들의 눈앞에/검은 喪帳을 내린 일은 없었다”고 한 구절에서 청년의 희망과 기대가 아무리 암담한 상황에 놓일지라도 중단 없이 결의를 다져야 한다고 애써 의지적인 면모를 드러내고 있다. 이제 시의 화자는 현해탄을 피할 수 없는 ‘운명’처럼 대면할 수박에 없다. 여기서 화자가 대면하는 운명적 관계의 현해탄은 “바다란 이상한 운명”으로 표명되기도 했지만, 그 “이상한 운명”이란 우리 민족 전체가 대면해서 이겨나가야 할 식민지의 암담한 현실과 그대로 대응되는 것이다. 그런데 식민지 현실에 대한 운명적 대응의 태도에는 표면적 명분과 대의로 사회주의를 내세우고 있지만, 그 저변에 놓인 현실인식은 계급 모순보다 민족 모순의 현실에 더 강하게 반응하는 것으로 나타난다.[19] “三等船室 밑 깊은 속/……(중략)……/나는 울음 소리를 무찌른/외방 말을 歷歷히 기억하고 있다.”에서 보듯이, 현해탄의 뱃길에서 인식되는 모순의 현실은 조선인 대 일본인, 조선어 대 일본어의 대립적 상황으로 드러나고 있기 때문이다. 현해탄이 “우리들의 運命과 더불어/永久히 잊을 수 없는 바다”라고 표명한 것도 이러한 민족 모순의 현실에 대한 임화의 성찰이 작용한 결과라고 말할 수 있다.

이상 임화의 현해탄 시편에서 현해탄은 식민지 지식인이 암담한 현실을 성찰하면서 운명처럼 마주할 수박에 없는 공간으로 설정되어 있다. 시의 화자는 이 현해탄의 뱃길에 오르며 식민지 현실의 비극을 벗어날 수 있는 진보적 지식을 사회주의에서 구하고자 했던 한편, 또 다른 측면에서 식민지 현실의 문제를 민족 모순에서 파악하면서 이를 극복하기

19) 김정훈, 앞의 책, 180쪽.

위한 역사의 주체자로 서고자 하는 결의를 보이기도 했다. 이런 점에서 임화 시에서 현해탄은 역사적 현실에 대한 구체적 인식을 바탕으로 주체의 자기성찰을 진지하게 도모했던 공간이었다고 말할 수 있다.

Ⅲ. 민족 이산(離散, Diaspora)의 경험적 현실과 역사의식

1. 노동이민의 비극적 행로와 민족 파탄의 현실 : 김석송 등의 유민시

일제 강점기에 부산과 시모노세키를 잇는 관부연락선에는 근대적 지식과 학문에 대한 갈증을 풀고자 유학을 떠나는 조선의 젊은 청년들도 있었지만, 이 땅에서 궁핍한 삶을 이기지 못하고 일본으로 살 길을 찾아 노동이민을 떠나는 숱한 조선인들도 있었다. 이런 점에서 현해탄은 민족 이산의 비극적 행로였다.

그런데 현해탄을 건너 일본으로 떠나는 조선의 노동이민자들은 대부분 농촌의 농민 출신이었다. 이들은 이 땅에서 농사를 짓다 동양척식회사를 앞세운 일제의 토지조사사업의 마수에 걸려 농토를 빼앗긴 농민들이거나, 지주의 착취와 횡포를 견디지 못하고 곤경에서 신음하던 소작농민들이었다. 이들은 농촌의 궁핍한 현실 때문에 일본인 노무알선업자의 감언이설에 쉽게 빠져서 막연한 희망을 가지고 일본으로 가는 연락선에 몸을 실었던 것이다.

동아일보 사회부 기자로 동경특파원(1923. 5~1924. 5)[20]을 지낸 바 있는 김석송[金石松: 본명 김형원(金炯元), 1900~?]은 현해탄을 건너가는 이들 노동이민자들의 비참한 처지를 들추는 시 「연락선(連絡船)에서」를 다음과 같이 썼다.

---

20) 주근옥, 『석송 김형원 연구』, 도서출판 월인, 2001, 24~38쪽 참조.

連絡船의 三等室
한구석에 모여안즌
흰옷입은 사람들아

머리에는 手巾쓰고
동저고리 바람으로
말도쓰도 못하면서
맨손쥐고 어대가나

궤딱지의 집이나마
倭債로 빼앗겻나
薄土나마 논밧떼기
移民에게 빼앗겻나

너의고장 네땅에서
이것저것 다빼앗긴
네身勢도 可憐하나
가는곳이 어듸메뇨

—「연락선(連絡船)에서」에서[21]

위의 시는 2음보의 규칙적인 리듬에 따라 노래조로 부르기 쉬운 민요시의 형태로 창작된 작품이다. 시적 형상화의 측면에서 부족한 점이 있지만, 일제 강점기의 비극적 현실을 담고 있다는 점에서 예사로 볼 작품이 아니다. 당시 관부연락선의 삼등실에 실려 현해탄을 건너 일본으로 떠나는 노동이민자들의 모습이 처참하게 그려지고 있기 때문이다. "말도쓰도 못하면서/맨손쥐고 어대가나"에서처럼 일본어를 말하지도 쓰지도 못하면서 삶에 대한 막연한 기대만 가지고 부관연락선을 타고 가는 조선인 노동이민자들의 모습은 일제의 식민지 수탈로부터 비롯된 궁핍의 현실을 구체적으로 담고 있다. "궤딱지의 집이나마/倭債로 빼앗겻나/

21) 『동아일보』(1923. 6. 17).

薄土나마 논밧떼기/移民에게 빼앗겼나"라고 하여, 노동이민자들의 궁핍이 일본인 이민자를 위한 동양척식회사의 농지 강탈과 일본인 지주의 수탈로부터 비롯되었음을 드러내고 있다. 이런 점에서 이 시는 민족사의 아이러니를 보여준다. 일제에게 집과 논밭을 빼앗기고도 생존을 위해 도리어 일본으로 떠나는 노동이민자들의 행로 자체가 민족사의 비극적 아이러니이기 때문이다.

일본 교토(京都)제국대학에 유학하여 사회과학을 전공한 바 있는 정노풍[鄭蘆風: 본명 정철(鄭哲), 1903~?][22]은 특히 현해탄을 건너는 노동이민자들의 비극적 행로를 집중적으로 포착하여 시에 올렸다. 「연락선(連絡船) 레뷰」란 큰 제목 아래 발표된 다음 두 작품을 보자.

①
련락선 배깐에다 몸을던진채
정처업시 떠나는 집일흔아이
玄海灘 험한물결 배ㅅ장을칠때
외로이 흔들리는 의지업는몸
눈물이 흘릅니다 고향그립어

오래서 가는길은 차저나가고
정한곳 가는길은 맘이나편치
오라는 길아니오 갈길아닌데
목숨이 원수라서 떠나가는길
눈물이 흘릅니다 고향그립어

—「고향 그립어」에서

②
昌慶丸 잡아타고 외고장갈땐

22) 박경수, 「정노풍의 계급적 민족의식의 문학론」, 『정노풍 문학의 재인식』, 도서출판 역락, 2004, 531~535쪽.

원수놈의 돈돈 돈벌러갓지
내오늘날 또다시 이배를타고
집차저서 오건만 돈못벌엇네

떠갈때도 빈빈손 올때도빈손
열열번 또펴본들 힘업는빈손
무엇하러 외고장 내떠낫든고
후회한들 무어리 살려고간걸

천대라니 말마소 눈물이라니
이내힌 고이적삼 얼룽에찻네
외거랑이 이신세로 또쫓겨온들
내집인들 잇스랴 이놈의살이

—「돈 못 벌엇네」 전문[23)]

두 작품 모두 7 · 5조를 중심으로 한 3음보 리듬과 4행 또는 5행의 반복 구문을 취하고 있어 형태적 탄력성을 제대로 확보하지 못하고 있다. 그런데 이런 한계에도 불구하고 두 작품에 형상화된 시적 현실은 현해탄을 배경으로 매우 심각한 민족 현실을 담고 있다. ①의 시는 연락선에 몸을 싣고 일본을 떠나는 노동이민자를 화자로 삼고, ②는 일본으로 갔다가 다시 연락선을 타고 고향으로 돌아오는 귀향노동자를 화자로 했다. 이처럼 두 시의 화자는 노동이민과 귀향노동이란 서로 다른 처지에 놓여 있다. 그렇지만, 현해탄을 건너가든 건너오든 두 화자의 행로가 비극적이란 점에서 공통적이다. 집을 잃고 정처 없이 일본으로 떠나는 ①의 화자는 "목숨이 원수라서 떠나는 길"에서 막연한 삶에 대한 불안감과 함께 이향에 대한 슬픔의 심정을 그대로 표출하고 있다. ②의 화자 역시 돈을 벌기 위해 일본으로 떠나 노동으로 품팔이를 했지만, "떠갈때도 빈

23) ①, ②는 『동아일보』(1929. 11. 5).

빈손 올때도 빈손"이라 했듯, 천대와 멸시를 받고 걸인 신세가 된 처지에 한탄의 눈물만 흘리다 도리어 고향으로 돌아온다는 하소연을 하고 있다. 일본으로 떠난 노동이민자들이 차별적 학대와 저임금 등으로 '산지옥'과 같은 노동조건에서 시달리다 다시 빈털터리로 귀환하는 뼈아픈 현실을 그대로 담고 있는 것이다. 이처럼 현해탄은 노동이민자나 귀향이민자에게 앞길이 막막한 비극적 행로인 점에서는 마찬가지이다. 다음 시 「집 일흔 아이」는 현해탄의 비극적 행로를 한층 사실적으로 보여준다.

> 미칠듯 슬어질듯 업푸러질듯
> 물결따라 지향업시 떠도는아희
> 젓먹든 힘다쏘다 쌍고동뛰뛰
> 트는비명 이내비명 이결에비명
>
> 지향일흔 이배마지 조와라할이
> 이천지 넓다한들 그누굴런가
> 외고장 떠나본들 북간도간들
> 천대박대 눈물인저 집일흔아희
>
> ……(중략)……
>
> 풍랑비고 외엇치는 저고동소리
> 뛰뛰뛰 그리소리뿐 우리군호가
> 눈물짓는 동포네야 손마조잡소
> 슬어진들 살아난들 한목슴인걸
>
> —「집 일흔 아희」 중에서[24]

시의 형태상 앞의 작품들과 동일한 모습을 띤 이 작품은 현해탄의 험한 물결에 "미칠듯 슬어질듯 업푸러질듯" 하는 뱃멀미로 고통을 받고 있

24) 『조선일보』(1929. 11. 15).

는 '집 잃은 아이'의 처지를 드러내고 있다. 그런데 이 '집 잃은 아이'의 처지는 곧 민족 전체의 처지와 동일시되어 있다. "물결따라 지향업시 떠도는아회"는 민족 이산의 모습을 전형화해서 보여주는 것이기 때문이다. 그래서 뱃멀미로 내지르는 "이내비명"은 "이결에비명"으로 확대되면서 공동운명체로서 같은 처지에 놓이게 된다. 그런데 이 시는 민족 이산의 고통스런 현실을 비극적 상황으로만 몰아가지 않는다. "눈물짓는 동포네야 손마조잡소/슬어진들 살아난들 한목슴인걸"이라 했듯이, 민족공동체로서의 일체감과 연대감을 상호 확인하면서 비극적 현실을 극복하고자 하는 의지를 보여주고 있다.

관부연락선을 타고 현해탄을 건너갔던 사람들의 여러 사연과 심정을 복합적으로 담아내고 있는 시 작품이 심훈[沈熏: 본명 심대섭(沈大燮), 1901~1936]의 「현해탄(玄海灘)」이다. 그는 1927년 초부터 약 6개월간 영화공부를 위해 도일한 것으로 알려져 있는데,[25] 이 작품은 바로 당시 현해탄을 건너며 관부연락선에 몸을 실었던 사람들의 여러 사연과 함께 특별히 자신이 경험했던 민족 이산의 비참한 광경과 조국 상실의 현실을 착잡한 심경으로 묘사하고 있다.[26] 우선 작품을 보자.

> 달밤에 玄海灘을 건느며
> 甲板위에서 바다를 내려다보니

---

25) 이어령, 『한국작가전기연구(상)』, 동화출판공사, 1975, 197쪽 참조.

26) 이 작품의 끝에 창작시기를 "一九二六. 二"라고 부기하고 있으나, 이는 1928년 2월의 오류일 가능성이 높다. 왜냐하면 이 작품의 1연에서 "몇해 전 이 바다 어복(魚腹)에 생목숨을 던진/青春 男女의 얼굴이 환등(幻燈) 같이 떠오른다."고 했는데, 이 구절은 전후 문맥으로 볼 때 1926년 8월 4일 김우진과 윤심덕이 현해탄에 투신한 사건을 떠올리는 표현으로 파악되기 때문이다. 따라서 김우진과 윤심덕의 현해탄 투신 사건이 일어나기 전인 1926년 2월에 이 작품을 썼다는 것은 명백한 모순이며, 이 사건이 일어난 1926년으로부터 햇수로 2년이 되는 1928년에 이 시를 쓰면서 "몇해 전"이라고 당시의 사건을 떠올려 말할 수 있는 것이다.

몇해 전 이 바다 어복(魚腹)에 생목숨을 던진
靑春 男女의 얼굴이 환등(幻燈) 같이 떠오른다.
값 비싼 오뇌(懊惱)에 백랍(白蠟) 같이 蒼白한 인테리의 얼굴
虛榮에 찌들은 女流藝術家의 풀어 헤친 머리털,
서로 얼싸안고 물우에서 소용도리를 한다.

바다우에 바람이 일고 물결은 거칠어진다,
憂國志士의 한숨은 저 바람에 몇 번이나 스치고
그들의 불타는 가슴 속에서 졸아 붙는 눈물은
몇 번이나 비에 섞여 이 바다우에 뿌렷던가
그 동안에 얼마나 數 많은 물건너 사람들은
「人生到處有靑山」을 부르며 새땅으로 건너 왔던가.

甲板위에 섰자니 시름이 겨워
船室로 내려가니 「漫然渡航」의 白衣群이다,
발가락을 억지로 째여 다비를 꾀고
상투 잘른 자리에 벙거지를 뒤집어 쓴 꼴
먹다가 버린 벤또밥을 엉금엉금 기어다니며
강아지처럼 핥아 먹는 어린것들!

同胞의 꼴을 똑바루 볼수 없어
다시금 甲板위로 뛰어 올라서
물속에 視線을 잠그고 脉 없이 섰자니
달빛에 明鏡 같은 玄海灘 우에
朝鮮의 얼굴이 떠오른다!
너무나 또렷하게 朝鮮의 얼굴이 떠오른다.
눈 둘곳없어 마음 붙일곳 없어
이슥도록 하늘의 별數만 세노라.

—「현해탄(玄海灘)」 전문[27)]

위의 시에서 시적 화자는 현해탄을 건너며 가장 먼저 김우진과 윤심

27) 심훈, 『그날이 오면』, 한성도서주식회사, 1949, 133~135쪽.

덕이 1926년 8월 4일 현해탄에 함께 투신자살한 사건을 떠올린다. 촉망받던 극작가이지만 유부남이었던 김우진과 「사의 찬미」를 부른 조선 최초의 소프라노 가수이자 배우로 활달한 성격을 가진 윤심덕이 사랑을 이루지 못하고 현해탄에 목숨을 던진 사건을 매우 비판적으로 그려내고 있다. 두 연인을 "값 비싼 오뇌(懊惱)에 백랍(白蠟) 같이 蒼白한 인테리"와 "虛榮에 찌들은 *女流藝術家*"로 묘사한 대목에서 비판적 시선이 분명히 드러난다.

이 시의 2연부터 시적 화자는 부정적 잔상과 연결된 잡념을 정리하고 진지한 현실인식의 태도로 전환한다. 현해탄의 바람과 물결을 우국지사의 '한숨'과 '눈물'로 동일시하며, 그 한숨과 눈물이 그칠 사이도 없이 당시 조선의 수많은 이민자들이 새 땅인 일본으로 살길을 찾아 현해탄을 건너고 있는 현실을 생각한다. 그런데 이들 연락선에 몸을 실은 조선 이민자들의 모습은 비참하기 그지없다. "발가락을 억지로 째여 다비를 꾀고/상투 잘른 자리에 벙거지를 뒤집어 쓴 꼴"과 "먹다가 버린 벤또밥을 엉금엉금 기어다니며/강아지처럼 핥아 먹는 어린것들"을 통해 극한의 가난과 궁핍 때문에 인간 이하의 행동도 서슴지 않는 참담한 현실로 내몰려 있음을 보게 된다. 여기서 시인이 목도하고 있는 연락선 선실의 비참한 모습이 "同胞의 꼴" 곧 한민족의 모습이며, 그것이 또한 '조선의 얼굴'임을 분명이 인식한다.

이상 김석송, 정노풍, 심훈의 유민시 작품들에서 보듯, 이들 시는 당시 조선 노동이민자들의 도일과 귀향을 목도하는 도정으로서 현해탄을 설정하고, 이 현해탄을 오가는 연락선의 현장으로부터 민족 이산의 비참한 현실을 직접 생생하게 경험함으로써 민족 파탄의 역사현실에 대한 진지한 자각과 성찰을 보여주었다. 현해탄 체험의 시편들이 이렇듯 경험적 현실에 대한 리얼리티와 민족적 정체성을 확보함으로써 문학사적 측면에서 민족시의 중요한 맥락을 형성했다고 말할 수 있으며, 사회사적 측면에서는 이들 시가 당대 역사현실에 대한 증언을 진지한 목소리로 들려주고 있다고 평가할 수 있다.

2. 재일 노동이민의 비극적 삶과 민족 차별의 현실 : 재일 한국인의 일어시

민족 이산의 비극과 그 고통스런 현실은 현해탄의 뱃길 위에서만 목도되었던 것이 아니다. 일제 강점기 일본 문단에서 일본어로 발표된 재일 한국인의 시 작품들 중에서 현해탄 체험을 반영한 김병호, 백철, 김용제 등의 시는 현해탄을 건너간 조선인 노동이민자들이 겪는 민족 차별과 생활의 고통을 구체적으로 형상화하고 있다는 점에서 이미 논의한 시작품들과는 또 다른 양상을 보여준다.[28]

먼저 1925년부터 일본의 시전문지인 『일본시인(日本詩人)』에 여러 편의 시를 발표하기도 했던 김병호(金炳昊: 1904~1959)는 1929년 3월 『전기(戰旗)』에 그의 대표작이라 할 수 있는 일어시인 「나는야 조선인이다(おりやあ朝鮮人だ)」를 발표했다.[29] 작품을 보자.

> 나는야— 조선인이다!/나라도 없으면 돈도 없다/즐거운 일이라곤 물론 없지만/애처로운 눈물도 없애버렸다//도덕이란 도대체 무엇인가!/일조융화(日朝融和)란 어떤 것인가!/우리들은 너무나 속고 있다/조상 대대로 살아온 집은 누군가가/조상 대대로 전해온 논밭은 누군가가/걸신들린 듯이 앗아가 버렸다/지금은 몸뚱아리 하나뿐인 이 몸

---

28) 안용만의 시 「강동의 품 —생활의 강 '아라가와' 여」(『조선중앙일보』, 1935. 1. 1)는 재일 한국인의 일어시 작품은 아니지만, 현해탄을 건너간 재일 한국인 노동자의 비참한 현실을 동경의 강동지구에 위치한 당시 조선인 특수부락의 힘든 삶의 현실을 통해 서정적으로 포착하고 있는 작품이다. 논지의 전개상 안용만의 시는 제외하고 재일 한국인 일어시만을 대상으로 논의하기로 한다.

29) 박경수 편, 『잊혀진 시인, 김병호의 시와 시세계』(국학자료원, 2004)에서 김병호의 생애와 문학을 전체적으로 조사하여 논의하고, 관련 작품을 모아 공개했다.

이 남아있을 뿐이다//너희들은 일하라고만 말하는 것인가!/너희들은 우리들이 게으름이라도 피우고 있다는 것인가/도대체 일할 곳이 없는데 어떻게 하는가!//그리운 고향의 산천을 뒤로하고/북으로는 남만주 동으로는 일본으로/밀려가는 여보들은 어떻게 하라는 것인가/나조차 몸을 적국(敵國)에 옮겨갈 수밖에 없는 마음을/너희들은 알 수 없을 것이다!//어디로 갈 곳도 없고/그저 행복을 염원하는 마음이/영주할 땅이 있다고 기어이 믿고야 마는 마음이/오늘도 오늘도 수백의 백의인(白衣人)을 태웠다/관부연락선(關釜連絡船)이 뿌－ 소리를 낸다!/마지막이 막장 끝인가 탄광에서 종말을 맞이하더라도

－「나는야 조선인이다(おりやあ朝鮮人だ)」에서30)

이 시는 "나는－ 조선인이다"라는 선언으로부터 시작된다. 시적 화자가 민족 정체성에 대한 인식을 처음부터 확고하게 보여주고 있는 셈이다. 그러나 이 확고한 자기 정체성의 선언은 곧 바로 일제 강점기의 현실에 대해 비판과 분노의 목소리로 바뀐다. "나라도 없으면 돈도 없고/즐거운 일이라곤 물론 없지만/애처로운 눈물까지 없애버렸다"고 함으로써 일제에 의해 무산계급의 상황으로 내몰린 현실을 비장한 어조(tone)로

30) 『戰旗』(1929. 3). 전체 원문은 다음과 같다. "おりや—朝鮮人だ!/國もなければ金もない/樂しい事つてもちろんないのだが/哀れをこふ涙もかたづけてしまつたんだ//道德がなんだ!/日鮮融和つて 何物だ/おれらはあまりにだまされすぎてゐるんだ//先代から住みなれた家は何者が/祖先からつたへてきた田畑は何者が/むさぼり取つてしまつたんだ!/今は裸一本の此の身が殘つてゐるばかりだ/君等は働けといふのか!/君等はわしらが怠けてゐるとでもいふのか/だいたい働く所がないのをどうするんだ!//なつかしい故鄕の山川を後にして/北は南滿州東は日本へと/押流されるヨボたちをどうせうといふのか/我と我が身を敵國に運び行く心持を/君等は知る事が出來ないであらう!/何處へ行くとてあてもなく/たゞたゞ幸あれかしと願ふ心が/永住の地好しとあせる心が/今日も今日とて數百の白衣人たちを乘せた/關釜聯絡船がボーとなる!/末は場末が　炭坑で果てるのぢやけれど//日本人はおれたちのXぢや/しかし全日本の無産者はおれらの味方ぢや/おれら いつくしみ助けてくれるのも/全日本のプロレタリヤぢや/君等の思つてゐることを我等も思つてゐるし/君等のなさんとすることを/わし等もなし通すであらう!/同志たち手を握つてくれたまへ/そして一仕事しつかり賴むぜ!"

말하고 있다. 그리고 "도덕이란 도대체 무엇인가!"부터 "도대체 일할 곳이 없는데 어떻게 하는가!"까지의 구절에서 보듯, 일제의 속임수로 집과 논밭을 모두 빼앗기고 빈털터리의 신세로 전락하여 일도 없이 유랑민으로 떠도는 식민지 조선의 비참한 현실을 이 시는 구체적으로 묘사하면서 비판의 화살을 일제를 향해 바로 겨냥한다.

문제의 심각성은 여기서 그치지 않는다. '적국(敵國)'으로 표명된 일제에 의해 무산계급의 상황으로 전락하면서도 살기 위해 도리어 적국인 일본으로 떠나는 민족사의 비극적 아이러니를 만나게 된다. "나조차 몸을 적국(敵國)에 옮겨갈 수밖에 없는 마음을/너희들은 알 수 없을 것이다!"의 대목에서 드러나듯이, 적국 일본으로의 도일이 생존을 위한 극단의 불가피한 선택이었음을 고백한다. 그러나 관부연락선을 타고 떠나는 노동이민자들의 뱃길은 행복을 염원하는 기대만 있을 뿐, 암담한 미래만 놓인 길이다. 그래서 "마지막이 막장 끝인가 탄광에서 종말을 맞이하더라도"라는 구절은 삶에 대한 비장한 결의를 보여주는 것이기도 하지만, 여전히 일제의 비인간적 착취와 수탈이 이민지 일본에서도 자행될 것이라는 탄식과 비감의 목소리로 들린다. 오히려 이 시가 일본문단에 발표됨으로써 일제의 식민지 정책의 모순을 직접적으로 비판하면서 피압박 민족으로서 느끼는 분노와 저항의 감정을 더욱 호소력 있게 표현할 수 있었던 것이다. 현해탄 체험을 반영한 이 일어시 작품을 통해 우리는 이민지 일본에서 겪는 노동이민자들의 고통을 한층 생생하게 떠올릴 수 있다고 본다.

1927년 일본 동경으로 떠나 동경고등사범학교에 유학하여 졸업을 할 무렵부터 1931년 10월 귀국하기까지 상당한 일어시 작품을 발표한 백철(白鐵: 1908~1985)[31]의 일어시 중에서도 현해탄 체험을 형상화한 작품

31) 박경수, 「백철의 일본에서의 문학활동 연구」, 『한국 시가의 사상적 모색』, 실헌이동영박사정년기념논총간행위원회, 1998, 582~583쪽.

을 찾을 수 있다. 그의 시 「그들이라도 ……(彼等だって……)」가 해당 작품인데, 이 시는 현해탄을 건너간 도일 노동이민자들이 겪는 일제의 민족 차별과 폭력, 착취와 탄압, 강제 송환 등 온갖 만행을 고발하고 있다. 작품을 보자.

> 매일—/저 저주받은 부산항에서 연락선의 기적이 뽀—하고 울린다/그때마다 백 명도 넘는 흰옷 입은 노동자들이 배에 올라타고 있다/그들은 9시간 후에 시모노세키에 줄줄이 상륙한다./그래서 너희들은 곤란하다고 말하는가./그들을 멈추게 할 무슨 방법이 없을까 하고 초조해 한다./아니, 사실, 너희들은 온갖 수단을 써서 그것을 방해하고 있다./——그래 여행권이다, 증찰증명서다 …… 하고,/하나라도 조건이 구비되지 않으면, 고함치고, 때리고, 발로 찬다./(실제 저 부산부두에 서 있는 ××만큼 사람 아닌 사람은 아무도 없다)/하지만, 그들은 결코 그 정도로 포기하지 않는다/(포기하기에는 그들은 너무나 굶주려 있다)/몇 번이고 베어도 묵묵히 무성하게 자라나는 잡초처럼/어떠한 방법을 써서라도 현해탄을 넘는다./그것이 지금에는/가는 곳마다 길가에 보이는 잡초처럼/일본의 어느 시골에서도 삼삼오오 몰려 있는 때묻은 흰옷이 눈에 띈다./그래서 더 어떻게 할 방책이 없노라고 너희들은 씩씩거리며 화를 내고 있다./그렇게 되면 너희들은 할 수 있는 모든 비열한 수단을 다 사용한다/2천명의 조선 노동자들을 조선으로 돌려보냈다……고/당당하게 위협을 주듯이 너희들의 신문에 실려 있다.//××의 정치가들이여/일찍이 너희들의 동료들은 잘도 ××을 둥그렇게 말아 두었다/그 이후 그들의 손에 의해 그곳에서는 무슨 일이 일어났는가/문화통치이니 산업진흥이니 입으로 떠들었지만/그 모두가 착취와 탄압의 수단이 아니었던가/온갖 속임수를 다 부려서 모든 것을 다 빨아들인 것이다/그들은 말린 정어리처럼 졸라맨 채로 짜내어 국물이 되었다/지금 이미 그들의 손에는 경작해야 할 논밭이 남아있지 않다/정말 모든 농촌이 빈궁화되어 있는 것이다/그들은 중농에서 소작농으로 그리고 자유노동자로/급격한 비탈길을 밟을 여유도 없이 곤두박질해 떨어졌다/그들 일부는 만주로, 일부는 일본으로 떠나갔다/꾹 참고 지내려고 했지만 어쩔 수 없다./그런데

그들은 너희들을 되돌려 보내려고 하는 것이다/이천 명이나 되는 수많은 노동자들을.//아아 ××의 정치가들이여/너희들에게도 눈물이 있고 피가 있을 것이다/강제로 되돌려 보내는 너희들 쪽은 사정이 통할지 모르지만/강제로 되돌아가는 쪽에서는 도대체 어떻게 해야 할 것인가라고 말하는 것이다/굶주림과 죽음!/그것은 눈에 보이는 사실이 아닌가/너희들은 그들로부터 토지를 빼앗고 양식과 옷까지도 빼앗은 후에/그들의 생생한 생명까지도 빼앗으려 한다/하지만, 기억하는가/아무리 물고기같이 순종하는 그들이라도/그렇다, 아무리 무지한 그들이라도 그렇게 쉽게 죽어가겠는가—/그들도 여차하면 땅을 박차고 뛰어오른다/이제 두고 보라/그들의 분노와 복수에 타오르는 주먹이/너희들의 거만한 모습 앞에 들이닥칠 날이 올 것이다.

—「그들이라도 ……(彼等だって……)」 전문[32)]

---

32) 『地上樂園』(1930. 1). 인용 시의 원문은 다음과 같다. "毎日一/あの呪はれた釜山港で連絡船の汽笛がボート鳴る/その度ごとに百名も以上の白衣の勞働者が乘込むのだ/それが九時間の後には下關でゾロゾロと上陸する/それで君等は困ると云ふのだらう/何んとかせき止めてやる方法はなきかとあせつてる/いや、事實、君等はあらゆる手段でそれを防禦しつつある/一それ旅行券だ、證察證明書だ .... と/一つでも條件が備らないと、ドナル、ナグル、ケル。/(實際あの釜山埠頭に立つてるXXほど人非人はない)/だが、彼等は決してそれ位であきらめやしないのだ/(あきらめるためには彼等はあまり飢え過ぎてゐる)/幾度刈りとつても黙々と茂げ行く雜草のやうに/あらゆる防禦の栅をぬけ出て玄海灘を越えるのだ/それが今となると/到る所の道端に見えてる雜草のやうに/日本のどんな田舍にも三三五五のよごれた白衣が目につく/だから愈々策に窮したものだと君等はブンブンと怒つてる/さうなると君等のやりがちな卑劣極まる手段を使ひ出す/二千名の朝鮮勞働者を朝鮮へ返す........と/堂々とおびやかすやうに君等の新聞にかゝれてた//XXのセイ治家たちよ/嘗て君等の仲間はうまいぐあいにXXを丸めて置いた/それ以來 彼等の手によつてそこではナニが行はれたか/文化統治とか 産業ショーレイとか 口では云つてたが/それ孰れもがサクシュとダンアツの手段でないものがあつた/あらゆるギマンを盡してアリツタケのものを吸ひとつたのだ/被等はカツオブシのやうにしめるがまゝにしぼられダシにな/つた/今はもう彼等の手には耕すべき田も畑も殘つてはゐない/ほんとうに、どこの農村も如何に貧窮化されてることだらう/彼等は中農より小作人へそれから自由勞働者へ/急激なる坂を踏み止るいとまもなくころび落ちた/それが一部分は滿洲へ、他は日本へと溢れだす/ぢつとしてゐようともしてゐようがなくて。/だのに、それを君等は又あべこべに抑し返すと云ふのだ/二千名と云ふ多數の勞働者を。//あゝXXのセイ治家たちよ/君等にも涙があり、血があるハズだ/抑し返す君等の方は都合がいいかも知らないが/抑し返される方ではイツタイどうなると云ふのだ/ウエジニ!/それは目に見えてる事實ではないか/君等は彼等から土地を奪ひ食と服とを奪つた後に/彼等のナマナマしい生命迄も奪ひとらうとするのだ/だが、オボエテゐる

위의 시는 일제가 일본 내지인의 실업을 줄인다는 명목으로, 일본에 와서 온갖 고초를 겪으며 살아가고 있는 조선인 노동이민자 2천명을 강제로 송환한 사건을 취재한 작품으로 매우 사실적인 서술 맥락을 보이고 있다. 그런데 위 작품에서 주목되는 바는 당시 조선인 노동자의 강제 송환사건을 시인이 어떤 서술의 관점에서 형상화하고 있는가 하는 점이다. 당연히 시인의 서술 관점은 재일 조선인 노동이민자의 편에 있으면서 일본 제국주의의 비인간적 행위를 고발하고, 식민지 지배정책의 허위와 모순을 예리하게 들추는 한편 이를 신랄하게 비판하고 있다.

위의 시는 크게 3연으로 구성되어 있는 만큼, 서술의 맥락도 이에 따라 3부분으로 나누어 볼 수 있다. 첫째 부분은 일제 강점기에 가난을 벗어나기 위해 저임금 노동자로 현해탄을 건너온 조선인 노동이민자들이 인간 이하의 온갖 대접과 고초를 겪는 상황과 이들이 다시 강제 송환되는 내용을 서술하고 있는 부분이며, 둘째 부분은 조선인 노동자들의 일본 이민이 근본적으로 일본 제국주의의 식민지 수탈과 착취의 결과로 비롯되었음을 이야기하는 부분이다. 그리고 마지막 셋째 부분은 재일 조선인 노동이민자들이 핍박과 착취를 일삼는 일본 제국주의자들에 대한 저항과 분노의 심경을 나타내고 있는 부분이다. 이 3부분에서 첫째 부분은 조선인 노동이민자들이 도항을 위해 겪는 처절한 상황과 강제송환의 상황을 현재적 시점에서 사실적으로 묘사하고 있다면, 둘째 부분은 그 근원적 원인이 되는 식민지 수탈과 착취의 과거 행위를, 그리고 셋째 부분은 그럼에도 현실의 질곡을 넘어서기 위한 전망을 제시하고자 한 것으로 파악할 수 있다.

のがいゝ/幾らメジカのやうに従順なる彼等だつて/さうだ、幾ら無智なる彼等たつてそんなにやすやすと死んで/行くものか/彼等だつて　いざとなれば地を蹴つてはね起きるんだ/今に見ろ/彼等のフンヌとフクシューに燃えあがるこぶしが/君等の太つぱらにヂリヂリと迫る日が來るのだ."

시인은 이처럼 위의 시를 통해 재일 한국인 노동이민자들의 현해탄 도항 현실과 강제송환사건을 연쇄적 고리로 삼아 일본 제국주의의 비인간적 행위와 식민지 지배정책이 갖는 허위와 모순을 강경하게 비판하고, 일제에 맞서는 민족적 대립과 저항이 기본적으로 계급적 착취와 탄압으로부터 비롯되었음을 분명하게 드러내고자 했다. 이를테면 "문화통치이니 산업진흥이니 입으로 떠들었지만/그 모두가 착취와 탄압의 수단이 아니었던가"라거나, "너희들은 그들로부터 토지를 빼앗고 양식과 옷까지도 빼앗은 후에/그들의 생생한 생명까지도 빼앗으려 한다"라고 하여, 일본 제국주의 정책의 허위와 비인간적 착취를 매우 노골적으로 비판하고 있다. 그리고 일제의 비인간적 착취에 대하여 "아무리 물고기 같이 순종하는 그들이라도/그렇다, 아무리 무지한 그들이라도 그렇게 쉽게 죽어가겠는가―/그들도 여차하면 땅을 박차고 뛰어오른다/이제 두고 보라/그들의 분노와 복수에 타오르는 주먹이/너희들의 거만한 모습 앞에 들이닥칠 날이 올 것이다."라고 하여, 재일 조선인 노동이민자들이 일제의 정책에 대하여 갖는 불만과 분노를 매우 강경한 어조로 말하면서, 혁명적 세계에 대한 전망을 제시하고자 했다.

현해탄을 민족 이산의 비극이 놓인 체험적 공간이면서 동시에 일제의 감시와 탄압, 그리고 이에 맞서는 민족적 투쟁의 상징적 현장으로 형상화하고 있는 또 다른 작품이 김용제(金龍濟: 1909~1994)의 시 「현해탄(玄海灘)」이다. 그런데 앞의 백철의 시가 서술적 맥락의 구체성을 확보하고 있는 장점이 있는 대신 서정적 형상화에 실패한 결점을 안고 있다면, 김용제의 「현해탄」은 서술적 맥락과 서정성을 조화롭게 결합하고 있다는 점에서 한층 진전된 시적 수완을 보여준다.

> 오오 현해탄의 거친 파도는/오늘밤도 차가운 비에 해면이 후드득 거리면서/무겁고 괴로운 감정과 같이/어둠 속에서 넘실거리며/망해

> 가는 고국의 곶(岬)을 깨물며/어슴푸레 하얀 물안개를 뿜으며 소리치고/멀리서 관부연락선이 뿌— 하고 신음하는데/바쁘게 경적을 울리며 달리는 순시함의 순경이 든 붉은 전등이/미친개의 눈동자같이 빛나고 있다/…(중 략)…/오오 수만의 동포가 이산의 눈물을 흘리며/지난해 조방(朝紡)의 스트라이크가 실패한/애처로운 투쟁에서 자매들의 상처투성이 노래가 울려 퍼졌다/우리들의 바다! 현해탄은 출렁인다/오오 언제 저녁 바람이 잠잘지 모르는 현해탄의 거친 파도여!/우리들의 고통스러운 투쟁의 노래도/이 바다처럼 퍼져가며 파도처럼 높아가고 있는 것을 알고 있는가?/ —「3월 1일」을 ×××날로써 기념하라!
>
> —「현해탄(玄海灘)」에서33)

위의 시는 암담한 민족현실과 '조선방직공장'의 파업 실패라는 구체적 현실을 거친 파도가 몰아치는 현해탄의 어두운 밤의 상황과 적절하게 연결시킴으로써 시적 형상화에 비교적 성공하고 있다. 그런데 시적 자아가 고국을 떠나 현해탄을 건너오는 관부연락선을 바라보는 시선은 대단히 무겁고 착잡한 감정에 휩싸여 있다. "현해탄의 거친 파도"는 "망해가는 고국"의 상황을 더욱 암담하게 고조시키는 것으로 파악되고, 관부연락선의 기적소리마저 '신음'으로 들리게 된다. 이와 같이 현해탄은 고국의 막막한 미래와 동일시되는 공간으로 표상된다. 여기에 일경 순시선의 경적과 "미친개의 눈동자"같은 감시의 눈초리가 극도로 불안한 상황을 조성한다. 그런데 이 시는 암담하고 숨 막히는 민족의 현실에 좌

33)『プロレタリア詩』(1931. 3). 인용 시의 원문은 다음과 같다. "おお 玄海灘の荒波は/今夜も氷雨に海づらを叩かれながら/重つ苦しい感情のやうに/闇の中に黒くうねり/亡び行く故國の岬を嚙んでは/囚白い水煙を吐いてざわめく/遠く關釜連絡船のポ—が唸ねり/せわしいポンポン汽艇の巡警の赤電燈が/狂犬の瞳みたいにチラついてゐる// …(中略)… /おお 數萬の同胞が離散の涙をそそぎ/去年「朝紡」のストライキに敗れた/いとしい戰ひの妹たちの傷だれけの歌がひびいた/俺たちの海! 玄海灘はざわめく/おお 何時も夕凪を知らない玄海灘の荒波よ!/俺たちの苦しい戰ひの歌も/この海のやうに擴がり この波のやうに高まるのを/知つてるか?/—「三・一」をXXXイキで記念せよ!"

절하지 않는다. 오히려 수많은 민족 이산의 '눈물'과 조선방직공장의 파업에 실패한 여직공들의 '노래'가 현해탄의 높은 파도를 이룬다고 하면서 일제에 대한 투쟁의 의지를 높이고 있다.

물론 시적 자아는 민족 이산과 파업 실패로 이어지는 고국의 현실과 일제의 탄압 현실을 대립시키면서도 이를 민족 대 민족의 대립의 관점보다는 계급적 차별에 의한 대립의 관점으로 인식하고 있다. 여기서 고국의 파멸과 민족 이산으로 이어지는 역사현실을 경직된 이념으로 파악하는 한계를 보여주고 있으나, 현해탄의 시적 형상화가 역사현실을 거시적으로 인식하는 관점에 토대를 두면서 당대 역사현실의 중요한 현장과 매개의 공간적 상징으로 나타난다는 점에서는 이의를 달기 어렵다.

Ⅳ. 결론

이 글은 일제 강점기에 발표된 시작품들 중에서 현해탄 체험을 중요한 제재로 삼아 형상화한 작품들을 조사하여, 이들 작품에서 현해탄 체험이 형상화되는 양상과 그 의미를 파악하고자 했다. 그런데 현해탄이란 지리적 공간이 여러 다양한 개인적, 역사적 경험과 조우되면서 다양한 경험적 공간으로 시작품에 형상화되어 나타났음을 파악했다.

먼저 정지용의 시에서 현해탄은 청년시절 유학의 길에 오른 지식인이 낙관적 세계인식을 바탕으로 자신에 대한 강한 자긍심을 표출하는 공간으로 형상화되어 있는 있었다. 이와 달리 임화의 현해탄 시편에서 현해탄은 식민지 지식인이 암담한 역사현실을 구체적으로 인식하는 계기적 공간이면서 역사의 주체자로 이를 극복하기 위한 결의를 보이는 공간으로 형상화되어 있었다. 즉, 정지용의 시에서 현해탄은 주체 긍정의 내면 풍경을 보여주었다면, 임화의 시에서 현해탄은 주체의 자기성찰을 진지하게 도모했던 공간이었던 것이다.

한편 김석송, 정노풍, 심훈의 시에서 현해탄 체험을 형상화한 작품들은 당시 조선 노동이민자들의 도일과 귀향을 목도하는 도정으로서 현해탄을 설정하고, 이 현해탄을 오가는 연락선의 현장으로부터 민족 이산의 비참한 현실을 직접 생생하게 경험함으로써 민족 파탄의 역사현실에 대한 진지한 자각과 성찰을 보여주었다.

일제 강점기에 일본에서 발표된 김병호, 백철, 김용제 등 재일 한국인의 일어시 작품들에서도 민족 이산의 비극적 공간으로 현해탄을 형상화하고 있었다. 그런데 이들 작품들은 일본 내지에서 겪는 재일 한국인 이민자들에 대한 일제의 감시와 탄압, 그리고 비인간적 착취와 민족 차별의 현실을 직접적으로 폭로하는 데 중점을 두면서, 일제에 맞선 민족적 저항과 계급적 투쟁의식을 강하게 표명하는 상징적 공간으로서 현해탄을 그려내고자 했다.

사실 현해탄의 시편들을 역사적 문맥에서 검토하는 일은 일제 강점기의 역사현실에 대한 반성적 성찰을 진지하게 도모하는 일이다. 이는 과거의 불행한 역사를 또다시 반복해서는 안 된다는 교훈과도 연결되어 있는 문제이다. 하지만 오늘날 현해탄이란 용어는 이런 역사적 성찰을 동반하지 않은 채 너무나 쉽게 사용되고 있는 것은 아닌지 짚어볼 일이다. 물론 현해탄의 의미를 과거적 상황과 관련된 의미로 고착시킬 필요는 없다. 한일 관계의 발전적 미래를 구축하는 일이 중요한 과제로 부여되어 있지만, 그렇다고 과거의 역사에 대한 회피나 방관적 태도를 보이는 것은 오히려 한일 관계를 어렵게 할 것이다. 역사 발전의 주체로서 자아를 정립하면서 역사현실에 대한 진지한 자기반성과 비판적 성찰을 이끌어야 바람직할 관계 진전의 토대가 구축될 것이다. 따라서 현해탄 체험의 시적 형상화에 대한 문학적 관심도 과거의 역사에 대한 단순한 반추를 위해서가 아니라 현해탄의 역사적 의미를 발전적인 차원에서 재인식하려는 노력이 필요한 것이다.

현대시의 상호텍스트성과 교수 · 학습 방법

Ⅰ. 서론

문학교육에서 상호텍스트성(또는 텍스트상호성; intertextuality)이란 용어가 등장하게 된 배경에는 문학교육의 패러다임 변화가 놓여 있다. 그것은 문학교육이 수동적인 이해와 감상에 머물러서는 안 되며, 학습자의 적극적인 참여를 통한 해석과 비평의 차원으로 전환되어야 한다는 것이다. 상호텍스트성이란 용어는 문학 텍스트에 대한 단선적 이해를 거부하면서, 교사와 학습자의 상호 작용을 매개하는 용어로 기능하기도 하는 한편, 가장 보편적인 경우이지만, 다른 문학 텍스트와 상호 비교 관계뿐만 아니라 해당 문학 텍스트와 연관된 여러 가지 문화적 현상들과의 상호 작용 등에 관한 비평적 사고와 상상력의 활동을 강조한다. 이런 까닭에 상호텍스트성이란 용어는 문학교육에서 이제 매우 익숙한 용어로 사용되고 있다.

그런데 상호텍스트성이란 용어는 간단하게 정의될 수 있는 것이 아니다. 이 용어를 문학비평에서 처음 사용한 크리스테바(Julia Kristeva)[1]는 바흐찐(Mikhail Bakhtin)이 사용한 다성성의 개념을 상호텍스트성이란 용어로 변화시키면서, 텍스트를 매개로 화자(작가)와 청자(독자) 사이에 이루어지는 '수평적 관계'와 텍스트(발화)와 다른 텍스트 사이에 맺어지는 '수직적 관계'로 구분되는 것으로 파악했다.[2] 이 이후 상호텍스트성은 구조주의와 탈구조주의를 거치면서 점차 적용 범위를 넓혀 갔다. 대체로 좁은 범위에 걸쳐서 이 용어가 사용될 때는 문학 텍스트들 사이의 상호 영향 관계를 이론화하기 위한 것으로 개념화되지만, 탈구조주의 이후에는 문학 텍스트와 그것의 사회문화적 배경 또는 현상들과 맺는 상호 관계로 그 개념을 확대해 갔던 것이다.[3] 여기서 전통적인 상호텍스트성의 개념은 전자에 제한되지만, 그것이 데리다(Jacques Derrida)와 같은 해체주의자를 만나면서 "모든 텍스트는 상호텍스트적이다"라고 할 정도로 어떤 텍스트도 완전한 현존은 없이 단지 그물망처럼 얽힌 텍스트들 사이의 관계로만 존재한다고 보는 관점에 이르게 된다.

이처럼 문학이론에서 사용되는 상호텍스트성이 점차 그 함의를 넓혀 가고 있듯이, 문학교육에서도 이 용어는 다양하게 적용되고 있는 것이 사실이다. 오늘날 문학교육에서 문학 텍스트는 단순히 예술 텍스트로만 기능한다고 보지 않는다. 문학 텍스트는 예술 텍스트를 넘어서 문화 텍스트로서 역할과 기능을 한다고 보는 관점을 마련하면서, 문학 텍스트를 통한 문화적 의미를 적극적으로 탐색하는 방향으로 나아가고 있다.

---

1) 크리스테바는 1967년 발표한 「바흐친, 언어, 대화, 그리고 로망」이란 논문에서 처음 상호텍스트성이란 용어를 사용한 것으로 알려져 있다. 이에 대해서는 빅토르 츠메가치 · 디터 보르흐마이어 편, 류종영 외 공역, 『현대문학의 근본 개념』(현암사, 1993), 196쪽.

2) 김욱동, 『모더니즘과 포스트모더니즘』, 솔, 1996, 209~212쪽 참조.

3) 김도남, 「상호텍스트성의 개념과 국어교육적 함의」, 『한국어문교육』 제9호(한국교원대학교 한국어문교육연구소, 2000), 98~106쪽에서 상호텍스트의 개념과 그 확장의 내용을 살핀 바 있다.

이런 상황에서 상호텍스트성은 문학 텍스트들 사이의 상호 관계나 체계뿐만 아니라 음악, 미술, 연극, 영화 등과의 관련은 물론 사회, 역사적 맥락의 컨텍스트(context)를 포괄하는 비문학 텍스트들과의 상호 관계와 작용까지 복합적으로 파악할 수 있는 용어로 그 개념을 정립할 필요가 있다.

이 글은 바로 이러한 상호텍스트성에 대한 이해를 기초로, 고등학교 문학교육의 일환으로 현대시에서 상호텍스트성을 파악하는 교수 · 학습 방법을 제시하기 위한 것이다. 이를 위해 특히 시 텍스트의 생산-수용의 과정과 연관된 문학 텍스트들 사이의 상호텍스트성과 시 텍스트와 비문학적 텍스트라 할 수 있는 사회문화적 컨텍스트와 관련된 상호텍스트성을 어떻게 교수-학습할 것인지에 관하여 그 구체적인 방법과 내용을 제시하고자 한다. 여기서 전자를 시 텍스트의 문학 내적 상호텍스트성이라 하고, 후자를 시 텍스트의 문학 외적 상호텍스트성이라 하여 변별하기로 한다.

Ⅱ. 시 텍스트의 문학 내적 상호텍스트성

1. 현대시와 민요의 상호텍스트성

민요를 바탕으로 창작된 시, 즉 민요시는 민요의 어법, 율격, 정서, 주제 등 여러 측면에서 상관성을 지니는 만큼 민요와 상호텍스트성에 관한 이해를 바탕으로 이루어져야 한다.

이런 관점에서 여러 시인들 중에서도 김소월은 대표적인 민요시인이라는 사실에 이의를 달 사람은 거의 없을 것이다. 김소월 시 중에서 민요의 영향이나 자취를 볼 수 있는 작품들은 매우 많다. 「넝쿨타령」 등 제목이 '~타령'으로 된 작품들이나 「항전애창(巷傳哀唱) 명주딸기」와 같은 작품은 그 자체 민요적 성격을 드러내고 있는 만큼 민요와의 직접적인 상호텍스트성을 보여준다. 이 외에도 민요 또는 민요시로 발표된 작품들, 그리고 민요와의 관련성을 직접 드러내고 있지 않지만 상당수의 시 작품들이 민요와의 친연성을 가지고 있는 작품들이란 점이 이미 여러 연구자에 의해 밝혀졌다.[4)]

그러면 김소월의 대표적인 작품이라 할 수 있는 「진달래꽃」을 상호텍스트성의 관점에서 어떻게 교수-학습하는 것이 적절한 것인지 논의하기로 하자. 이를 위해 「진달래꽃」의 원문을 먼저 들고, 다음으로 이와 직접적인 상호텍스트의 관계에 있다고 보는 「영변가」를 올려서 서로 비교해 보기로 하겠다.

(가)
나 보기가 역겨워
가실 때에는
말없이 고히 보내드리우리다

寧邊에 藥山
진달래꽃
아름 따다 가실 길에 뿌리우리다

가시는 걸음 걸음
놓인 그 꽃을
사뿐히 즈려 밟고 가시옵소서

나 보기가 역겨워
가실 때에는

4) 김소월의 민요시에 관한 구체적인 논의는 오세영, 박경수, 류철균 등으로 이어졌다. 오세영, 『한국낭만주의시연구』, 일지사, 1980, 302~337쪽; 박경수, 「한국 근대 민요시 연구」, 부산대학교 대학원 박사학위 논문, 1989; 류철균, 「1920년대 민요조 서정시 연구」, 서울대학교 대학원 석사학위논문, 1993.

죽어도 아니 눈물 흘리우리다

—「진달래꽃」 전문[5)]

(나)

아ᄉᆞ라 …… 말녀무나 … 네가그리 …… 이말이 … 사ᄅᆞᆷ에인졍의괄셰 … 를네그리말아

녕변에약산은동ᄃᆡ야네부디편안이히이에허이네잘잇가ᄅᆡ명년양츈은가졀노ᄯᅩ다시보ᄌᆞ

아ᄉᆞ라 …… 말녀무나 … 네가그리 …… 이말이 … 사ᄅᆞᆷ에인졍의괄셰 … 를네그리말아

오동에복판이로다 …… 이에에에거문고로다살가당지루당실소리가져졀누난다

……(중략)……

아ᄉᆞ라 …… 말녀무나 … 네가그리 …… 이말이 … 사ᄅᆞᆷ에인졍의괄셰 … 를네그리말아

남산을ᄇᆞ라보니 진달화초ᄂᆞᆫ다만발ᄒᆞ엿는데웃동달고아레아렛동팡파짐ᄒᆞᆫᄋᆞ희야날살녀라

아ᄉᆞ라 …… 말녀무나 … 네가그리 …… 이말이 … 사ᄅᆞᆷ에인졍의괄셰 … 를네그리말아

—「녕변가」에서[6)]

김소월의 「진달래꽃」은 학교 교육에서 흔히 고려가요인 「가시리」나 「서경별곡」, 또는 민요 「아리랑」과 비교되어 왔다. 그것은 이 시가 '이별의 정한'을 읊고 있다는 점에서, 그리고 그것이 우리의 전통적인 심성과 연결되어 있다는 점을 말하기 위해서, 또는 민요적 리듬을 담고 있는 서민의 노래라는 공통적 성격을 고려한다는 차원에서 「가시리」, 「서경별곡」, 또는 민요 「아리랑」과 상통하는 요소를 지니고 있다고 보았기

5) 김소월, 『진달내ᄭᅩᆺ』, 매문사, 1925, 190~191쪽. 원문을 현대어 표기 방식에 따라 다시 쓴 것이다.

6) 한인석, 『증정증보신구잡가전』, 광문사, 1914, 147~148쪽.

때문이다. 물론 이러한 관점은 적절하고, 교육적 차원에서 의미 있는 텍스트 이해와 감상에 이를 수 있다.

그런데 시 「진달래꽃」을 생산―수용의 측면에서 텍스트를 이해하고자 할 때, 상호텍스트성이 가장 강한 텍스트는 위에서 든 (나)의 「영변가」라 할 수 있다. 그것은 「영변가」가 평안도 정주 출신인 김소월이 어려서부터 익히 들어서 잘 알고 있었던 노래로, 당시에 평안도 지방에서 널리 불렸던 민요[7)]인데다, 시적 배경이나 정서, 주제 등 여러 면에서 「진달래꽃」과 서로 상통하는 바가 많기 때문이다. 이런 까닭으로 「진달래꽃」의 교수―학습 과정에서 「영변가」와의 비교를 통한 상호텍스트적 이해는 의미 있고 필요한 일이다.

「진달래꽃」의 교수―학습은 가능한 모둠 활동을 통한 협동학습으로 진행되는 것이 바람직하다. 모둠조를 5조 정도 편성하여, 제1조는 「가시리」, 제2조는 「서경별곡」, 제3조는 「아리랑」, 제4조는 「영변가」, 제5조는 한용운의 「님의 침묵」 등과 비교하여, 각각의 텍스트에 나타나는 '이별의 정서'가 어떻게 나타나고 또한 형상화되는지, 또는 시의 리듬이나 시의 화자와 청자의 관계 등 여러 측면에서 두 텍스트를 상호텍스트의 관점에서 비교하여 비평하게 하는 것이다. 이런 모둠조의 활동이 끝나면 교사는 학생들로 하여금 다른 모둠조의 발표 내용에 대해 의문이 있는 사항에 대해 질문과 답변을 하게 한 다음, 각 텍스트들 사이의 상관성을 한층 분명히 파악할 수 있도록 전체적으로 정리해줄 필요가 있다.

여기서는 모둠조의 활동을 전제하지 않고, 시 「진달래꽃」과 민요 「영변가」의 상호텍스트성을 교사가 어떻게 교수―학습하는 것이 적절한

7) 「영변가」는 일명 '약산동대가'라고도 하는 서도잡가로서, 엄격히 말하면 잡가 중에서도 민요계 잡가에 속한다. 그런데 김소월 당시에 잡가가 널리 유행하면서, 이들 잡가가 민요의 넓은 범주에서 이해되고 있었다. 이 「영변가」는 정재호에 의하면, 1910년대부터 1920년대까지 간행된 15종의 잡가집 중에 14종에 수록되어 있을 정도로 널리 불렸던 서도잡가이다. 정재호, 「잡가고」, 『민족문화연구』 제6호(고려대 민족문화연구소, 1972), 197쪽 도표 참고.

것인지 논의해 보기로 하겠다.

사실 「영변가」는 학생들에게 매우 생소한 텍스트일 것이다. 따라서 교사는 「영변가」의 텍스트에 대한 기본적인 이해를 돕기 위한 설명을 학생들에게 해주어야 한다. 여기에 김소월의 고향이 평안북도 정주군 곽산면이란 사실, 그리고 그 인근에 영변이 있고, 유명한 유원지로 약산 동대가 있다는 점도 이야기할 필요가 있다. 그런 다음 「영변가」가 당시에 널리 불렀던 서도민요로, 김소월이 어려서부터 익숙하게 들었을 개연성을 지니고 있다는 점도 덧붙여 말해준다.

「영변가」의 텍스트에 대한 기본적인 이해를 도왔다면, 이제 「영변가」가 어떤 노래인지 파악해볼 차례이다. 그런데 가능한 시 「진달래꽃」과의 연관성을 염두에 두고 읽어볼 필요가 있다는 점에서, 두 텍스트가 어떤 점에서 공통적인 요소를 지니는지 먼저 파악해보게 한다. 이를 위해 시의 배경과 제재, 정서, 시적 화자와 청자의 상황, 주제를 단계적이면서도 종합적으로 성찰해보도록 한다.

우선 두 텍스트의 시적 배경과 제재를 살펴보자. (가)의 「진달래꽃」은 "나보기가 역겨워/가실때에는"이란 미래에 있을 수도 있는 이별의 상황을 가정하고 있으면서, 그 시적 상황을 구체적인 현실로 나타내기 위해 "영변에 약산/진달래꽃"을 설정하고 있다. 그리고 (나)의 「영변가」는 이별의 상활을 처음부터 전제하고, 이별에 대한 아쉬움과 원망을 직접적으로 드러내고 있다. 그것이 반복되는 "아ㅅ라 말아라 네가 그리를 말아 사름에에 인정의 괄세를 네 그리 말아"라는 구절에 잘 나타나 있다. 그러면서 남녀가 이별하는 구체적인 배경을 진달래꽃이 만발한 영변의 약산동대로 노래하고 있다. 이런 점에서 (가)와 (나)의 텍스트는 서로 상통한다고 하겠는데, (가)의 텍스트가 (나)의 텍스트로부터 착상을 얻어 창작한 민요시 작품으로 볼 수 있다.[8)]

그렇지만 두 텍스트는 시적 제재의 형상화에서 현저한 차이를 보여준다. (나)의 텍스트가 님과의 이별에 대해서 직설적인 원망으로 일관했다면, (가)의 텍스트는 이별하는 님에 대한 자기 심정의 제어를 통해 슬픔의 감정을 내면으로 삭이면서 이별의 상황을 극복하는 정신을 형상화하고 있다. "나 보기가 역겨워/가실 때에는/죽어도 아니 눈물 흘리우리다"에서 보듯, 역설과 반어가 복합되어 있는 표현을 통해 실제로 떠나는 님이 원망스럽고 이별의 슬픔이 가슴을 메어지게 하지만, 시의 화자인 '나'는 애이불상(哀而不傷)과 원이불노(怨而不怒)의 중용(中庸)을 지키면서 스스로 인내하고 성찰하는 자세를 갖는다.[9] 김소월의 시가 비극적 사랑을 주제로 하면서도 '존재 탐구의 시'[10] 또는 '존재론의 시'[11]로 논의될 수 있는 까닭이 여기에 있다.

두 텍스트는 시적 화자와 청자의 측면에서도 차이를 갖는다. (가)는 대체로 "~우리다", "~옵소서"처럼 아어체 존대형의 어조로 보아 여성 화자의 지극한 마음을 나타내는데 비해, (나)응 "~으무나", "~말아"의 어조나 시적 상황으로 보아 남성 화자가 상대에 대한 원망의 감정을 직접적으로 드러내고 있다. 이런 점에서 두 텍스트가 이별의 상황을 전제로 하면서도, 이를 받아들이는 주체의 반응이 서로 다르다는 점을 학생들이 파악할 수 있도록 지도해야 한다. 그런 다음 학생들이 각자의 입장에서 두 텍스트의 상황과 시적 화자의 심정을 자신의 내면적인 문제로 삼아서 생각해보도록 함으로써, 시 텍스트의 내면화를 통한 주체적 이해에 이르게 할 필요가 있다.

---

8) 박경수, 『한국 근대 민요시 연구』, 한국문화사, 1998, 98~99쪽.

9) 노재찬, 「소월의 시와 전통의식」, 『한국근대문학론고』, 삼영사, 1981, 13쪽.

10) 오세영, 앞의 책, 352쪽.

11) 김재홍, 「소월 김정식」, 『한국현대시인연구』, 일지사, 1986, 37~38쪽.

2. 현대시와 설화의 상호텍스트성

이야기로서의 설화는 새로운 서사를 위한 좋은 제재가 되기도 하지만, 때로는 서정적인 장르로 전환되기도 한다. 현대시 중에서도 설화상의 인물이나 사건을 인유(allusion)하여 쓴 작품들이 많다. 춘향과 그에 얽힌 사건을 인유한 김소월의 「춘향과 이도령」, 김영랑의 「춘향」, 서정주의 「춘향유문」, 그리고 박재삼의 춘향 연작시를 묶은 『춘향이 마음』, 흥부를 인유한 박재삼의 「흥부부부상」과 박찬의 「신흥부가」 등이 이에 해당한다. 이 외에도 김소월의 「접동새」, 백석의 일련의 설화시, 서정주의 『신라초』, 『질마재 신화』에 수록된 작품들을 더 들 수 있다.

여기서는 김소월의 「접동새」를 구비전승되는 설화와 관련하여 그 상호텍스트성을 이해하는 교수—학습의 과정을 제시해 보기로 하겠다. 이를 위해 먼저 관련 설화를 들고, 그 다음 김소월의 「접동새」를 보이도록 한다.

(가)

아들 아홉에 딸 둘을 둔 어떤 사람이 후처를 얻었는데, 이 전실 자식을 다 죽이려고 하였다. 아홉 오라비는 누이가 시집갈 때 혼수감을 장만하러 출타를 하는 동안, 후처는 쥐를 잡아 껍질을 벗기고 자는 큰 딸 속곳에 넣고 화냥질을 하고 야기를 낳았다고 모함하여, 그만 그 딸은 누명을 벗을 길이 없어 뒷동산 큰 늪에 가서 물에 빠져 죽었다. 동생은 언니를 외가에 가보고 친구 집에 가보고 찾다가 그만 언니를 따라 늪에 빠져 죽었다.

그 후 아홉 오래비가 혼수를 장만해서 각기 한 바리씩 가지고 와 보니 없고, 파랑새 두 마리가 날라 와서 아홉 오래비 짐마다 앉고 날면서 "아홉 오래비 접동 아홉 오래비 접동"하며 슬피 울었다. 아홉 오래비는 뒷산 늪에 가서 오두막집에 누이를 둘 시신이 있는데, 하늘에서 선녀가 내려와 데리고 가고 후모는 벼락을 맞아 죽었다. 두 처녀는 죽어서 접동새가 되고 후모는 죽어서 까마귀가 되었다. 후모는 까마귀가 되어서도 접동새를 쫓아가서 물어 죽이려 하니 접동새는 까마귀 안 나오는 밤에 나와서 운다고 한다.

—「계모와 9형제와 누이」[12)]

(나)
접동
접동
아우래비 접동

津頭江 가람가에 살던 누나는
津頭江 앞마을에
와서 웁니다

옛날, 우리나라
먼 뒤쪽의
津頭江 가람가에 살던 누나는
의붓어미 시샘에 죽었습니다

누나라고 불러보랴
오오 불설워
시새움에 몸이 죽은 우리 누나는
죽어서 접동새가 되었습니다

아홉이나 남아 되든 오랍동생을
죽어서도 못잊어 참아 못잊어
야삼경 남 다 자는 밤이 깊으면
이 산 저 산 옮아가며 슬피 웁니다

—「접동새」 전문[13)]

---

12) 최래옥,「임석재 선생의 설화 조사와 연구에 관한 고찰」,『한국문화인류학』 제31집 2호, 한국문화인류학회, 1988, 63쪽.

13) 김소월, 앞의 책, 198~199쪽. 원문을 현대어 표기 방식에 따라 다시 쓴 것이다.

이상에서 (가)의 텍스트는 임석재가 평북 출신의 월남인을 대상으로 조사한 설화 자료이다.[14] 김소월은 (가)의 텍스트와 같거나 유사한 설화를 어렸을 때 숙모 계희영으로부터 들었다고 한다.[15] 김소월은 바로 이 설화를 들은 다음 기억 속에 저장해 두었다가, 그것을 다시 서정적인 텍스트, 즉 서정시로 재창조한 셈이다. 그런데 서정시임에도 그 문체적 특성이 이야기로 이루어져 있다는 점에서 서정적인 서술시(narrative poetry)에 해당한다.

(나)의 텍스트인 시 「접동새」는 (가)의 텍스트를 수용한 서정시로, (가)와는 강한 상호텍스트성을 이루고 있다. 여기서 (나)의 시 「접동새」가 (가)의 텍스트를 어떻게 수용하고 있는가를 구체적으로 확인하는 과정이 필요하다.

우선 (가)의 텍스트는 접동새에 얽힌 흥미로운 서사를 보여주고 있다. (가)의 텍스트에서 서사를 구성하고 있는 여러 정보 단위가 (나)의 텍스트에 있는 정보 단위와 일치하고 있다. 교사는 가능한 학생들이 스스로 두 텍스트에서 공통적인 정보를 찾아내도록 학습 활동을 지도해야 한다. 두 텍스트의 공통적인 정보란 의붓어미 시샘에 의해 누이가 죽게 되었다는 점, 손 아래 아홉 오라비가 있었다는 점, 죽어서 접동새가 되었다는 점, 접동새는 밤에만 나와서 "아홉 오래비 접동"하면서 운다는 점 등의 정보이다.

그런데 이런 정보를 두 텍스트가 공유하고 있음에도 두 텍스트의 성질이나 형상화에서 상당한 차이를 갖는다. (가)와 (나)가 각각 서사와 서

14) 유사한 설화가 평북 이외의 지역에서도 채록된 바 있다. 조희웅, 「접동새 설화」, 『한국구비문학대계 –경기도 남양주군』, 한국정신문화연구원, 1981, 863~864쪽. 서대석, 「접동새 설화」, 『한국구비문학대계 -강원도 횡성군』, 한국정신문화연구원, 1984, 568~570쪽. 이들 자료를 통해 「접동새 설화」는 상당히 넓은 지역에서 전승되어 왔음을 알 수 있다.

15) 계희영, 『내가 기른 소월』, 장문각, 1968, 60~70쪽 참조.

정으로 장르적인 변별성을 지닌다는 것은 두 말할 나위가 없다. 거기다 (가)에는 두 누이가 있었고, 둘 다 억울하게 죽는다는 화소가 들어 있으나, (나)에서는 이를 확인할 수 있는 단서가 없다. 그리고 아홉 오라비가 누이의 혼수감을 마련하기 위해 출타를 했다든가, 후처(의붓어미)가 쥐를 잡아 가죽을 벗겨서 이부자리에 넣은 다음 누이에게 누명을 쓰게 했다든가 하는 정보는 (나)에서 찾을 수 없다. 거기다 (가)의 시는 이야기의 사실성과 구체성을 높이기 위한 시적 장치를 별도로 마련하고 있다. 그것은 서술 대상으로서의 시적 주체를 "津頭江 가람가에 살던 누나"로 구체화하고 있다는 점이다. 진두강이 실재 지명인지 아니면 상상된 지명인지 모호하지만, 진두강의 지명은 그만큼 이야기의 구체성을 확보하는 중요한 요소로 작용한다. 또한 (나)는 전체적으로 3음보의 율격 속에서 시어를 통어하고 있는데, 특히 "접동/접동/아우래비 접동"과 같이 접동새 울음소리를 나타내는 의성어와 활음조(euphony)에 의한 "아우래비"의 결합은 서정적 리듬감과 언어적 압축의 묘미를 한층 느끼게 한다. 그리고 (나)의 텍스트는 (가)에서 접동새의 이야기에 나타나는 정한의 정서를 반복적 리듬을 통해 한층 서정적으로 고양하고 있다.

이처럼 김소월의 시 「접동새」는 접동새 설화와의 상호텍스트적 이해를 통해 한층 구체적인 작품 감상의 효과를 거둘 수 있는 것이다. 이런 과정에서 두 텍스트에 대한 비평적 읽기의 능력이 신장되는 것이다.

3. 현대시와 현대시의 상호텍스트성

현대시와 현대시가 상호텍스트성을 갖는 경우는 시 텍스트 사이의 영향 관계가 존재하는 경우이다. 그런데 텍스트 사이의 영향 관계는 반드시 긍정적인 방향으로만 작용하는 것은 아니다. 때로는 원전 텍스트를 모방하되, 그것을 비판적인 모델로 삼아 모방하기도 한다. 이런 경우 텍스트의 현상을 특별히 패러디(parody)라는 용어로 설명한다. 특히 1990년대를 전후로 한 시기에 포스트모더니즘의 경향이 나타나기 시작하면서 패러디는 포스트모더니즘의 미학을 설명하는 핵심적인 비평 용어로 자리 잡았다.16)

현대시 텍스트들 사이의 상호텍스트성이 이루어지는 경우는 허다하게 찾을 수 있다. 박목월의 「왕십리」와 오장환의 「붉은 산」이 서로 친연성이 강한 작품이면서 그 원전 텍스트로 김소월의 「왕십리」를 강하게 환기한다. 그리고 김수영의 「풀」과 정규화의 「풀잎1」, 신동엽의 「껍데기는 가라」와 박세현의 「신동엽 흉내내기 1987~1988」, 한용운의 「님의 침묵」과 이성복의 「앞날」, 김기림의 「바다와 나비」와 정한모의 「나비의 여행」 등이 패러디에 의한 상호텍스트성을 보여주는 작품들이다.17)

김춘수의 시 「꽃」은 가장 많이 패러디된 작품이기도 하다. 장정일의 「라디오와 같이 사랑을 끄고 켤 수 있다면」, 오규원의 「「꽃」의 패로디」와 「나는 부활할 이유가 도처에 없었다」, 장경린의 「김춘수의 꽃」 등은 모두 김춘수의 「꽃」을 패러디하고 있다. 여기서는 총 7종의 문학교과서에서 본문과 본문 외에 수록되어 있는 김춘수의 「꽃」과 역시 3종의 문학교과서 본문 외에 실려 있는 장정일의 「라디오와 같이 사랑을 끄고 켤 수 있다면」을18) 함께 들어서 패러디에 의한 작품의 형상화 차이와 의미 변화를 살펴보고자 한다.

---

16) 허천(Linda Hutcheon)은 포스트모더니즘의 문학 현상을 패러디로 규정하고, 이의 다양한 현상과 의미에 대해 천착한 바 있다. Linda Hutcheon, 김상구 · 윤여복 옮김, 『패러디 이론(A Theory of Parody)』, 문예출판사, 1992.

17) 정끝별, 『패러디시학』, 문학세계사, 1997, 291~310쪽에서 이들 작품들이 패러디 방식에 대하여 고찰한 바 있다.

18) 제7차 교육과정에 의해 발행된 문학교과서 중에 김춘수의 「꽃」은 4종의 문학교과서에서 본문, 3종의 문학교과서에서 본문 외에 수록되어 있다. 그리고 장정일의 「라디오와 같이 사랑을 끄고 켤 수 있다면」은 3종의 교과서에서 본문 외에 수록되어 있다.

(가)
내가 그의 이름을 불러주기 전에는
그는 다만
하나의 몸짓에 지나지 않았다.

내가 그의 이름을 불러주었을 때
그는 나에게로 와서
꽃이 되었다.

내가 그의 이름을 불러준 것처럼
나의 이 빛깔과 香氣에 알맞는
누가 나의 이름을 불러다오
그에게로 가서 나도
그의 꽃이 되고 싶다.

우리들은 모두
무엇이 되고 싶다.
너는 나에게 나는 너에게
잊혀지지 않는 하나의 눈짓이 되고 싶다.

—김춘수, 「꽃」 전문[19)]

(나)
내가 단추를 눌러주기 전에는
그는 다만
하나의 라디오에 지나지 않았다.

내가 그의 단추를 눌러주었을 때
그는 나에게로 와서
전파가 되었다.
내가 그의 단추를 눌러준 것처럼
누가 와서 나의 굳어버린 핏줄기와 황량한 가슴속 버튼을 눌러 다오.

---

19) 김춘수, 『처용』, 민음사, 1974, 40쪽.

그에게로 가서 나도
그의 전파가 되고 싶다.

우리들은 모두
사랑이 되고 싶다.
끄고 싶을 때 끄고 켜고 싶을 때 켤 수 있는
라디오가 되고 싶다.

—장정일, 「라디오와 같이 사랑을 끄고 켤 수 있다면」 전문

(가)의 김춘수의 시는 사람들 사이에 널리 알려지고 애송되는 작품으로, 가끔 연인들 사이에 교환되는 연시(戀詩)로 기능하기도 한다. 그만큼 대중에게 익숙하게 된 셈인데, 위에 든 (나)의 장정일의 시는 (가)의 시를 패러디한 작품이라는 점을 쉽게 알 수 있다. 이처럼 패러디되는 텍스트는 일반적으로 잘 알려진 작품인데, 이런 경우 패러디한 작품은 패러디되는 원전 텍스트의 명성에 의존하게 되며, 명시적으로 어떤 텍스트를 패러디하고 있는지 드러내게 된다. 그러면서 자연스럽게 두 텍스트 사이의 이중성을 의도적으로 드러내게 되는데, 이 텍스트의 이중성이 바로 상호텍스트성인 것이다.

(가)의 김춘수의 시 「꽃」은 이름을 불러주는 명명행위를 통해서 서로에게 존재의 의미를 부여하고 있는 작품으로, 그 의미를 진지하게 생각하도록 한다. 여기서 첫째 연의 '몸짓'은 명명행위 이전의 단계에 있는 현상으로서의 존재자에 불과한 꽃이라면, 마지막 연에서 나타나는 명명행위 이후의 '눈짓'은 상호 의미 부여가 된, 즉 존재의 진리[20] 또는 본질로 유추될 수 있다.

그런데 (가)의 시를 의도적으로 패러디한 (나)는 (가)의 시가 환기하는

20) 김준오, 『시론』(제4판), 삼지원, 2001, 74~75쪽.

존재 성찰의 진지성에 대해 비판적 거리를 유지하고자 하는 도전적 텍스트이다. 그것은 시적 화자가 사랑을 인식하는 태도에서 현저하게 드러난다. (가)의 시가 명명행위의 진지성에 의해 확보되는 상호적 인식을 동반하고 있는 데 비해, (나)의 시는 '사랑'의 행위를 물질적인 차원으로 바꾸고, 일회적이고 순간적인 행위로 희화시키고 있는 것이다. 이는 이름을 불러주는 행위를 라디오의 단추를 누르는 행위로 바꾸어버린 데에서 단적으로 드러난다. 사랑의 행위를 라디오처럼 단추를 끄고 켤 수 있는 행위로 전환함으로써 철저히 물화된 현대인의 세속적 사랑이 그만큼 가벼운 행위로 새겨진다. 일회적이고 순간적인 감각을 추구하는 사랑의 가벼움은 그만큼 사랑의 진지성에 대해 비판적 거리를 가지는 희극적 전환이며 패러디인 셈이다.

교사는 바로 이와 같은 현대시 텍스트들 사이의 상호텍스트성을 학생들이 시 텍스트의 문맥 비교를 통해 제대로 파악할 수 있도록 교수-학습 방안을 마련해야 하며, 특히 패러디의 방식과 패러디 시가 갖는 비평적 기능을 인지하도록 해야 할 것이다.

Ⅲ. 시 텍스트의 문학 외적 상호텍스트성

1. 현대시와 문화의 상호텍스트성

시 자체가 예술 텍스트이면서 문화 텍스트이기도 하지만, 현대시는 문학과 비문학의 경계를 쉽게 허물어버린다. 이를테면, 김춘수의 「샤갈의 마을에 내리는 눈」은 샤갈의 그림인 「나와 마을」과 상호텍스트의 관계를 이룬다고 하겠으며, 이상의 수와 도형이 혼합된 「오감도」 연작시는 수학이나 의학, 또는 건축학적 도형과 상관성을 보여준다고 할 수 있다. 이 외에도 현대시는 음악, 광고, 영화, TV, 컴퓨터, 유행가 등의 비문학 텍스트들과 조우하는 경우가 많다.

이처럼 현대시와 상관성을 이루는 음악, 회화, 광고 등의 대상을 범박하게 문화 텍스트들이라고 해두자. 이들 문화 텍스트들과 시 텍스트와의 상호성은 특히 포스트모더니즘의 경향이 대두한 1990년대 전후의 문단에서 매우 폭넓은 범위에서 다양한 양상으로 나타났다.[21] 이들 다양한 문화 텍스트들과 상호텍스트성을 이루는 현대시를 문화시[22]라 명명할 때, 이들 문화시가 오늘날 어떤 담론으로서의 의미를 지니는지 탐색하는 것은 교육적 차원에서도 유용한 의의를 지닌다.

다음 함민복의 시 「광고의 나라」의 일부를 보자.

제1의 더톰보이가 거리를 질주하오
천만번을 변해도 나는 나
제2의 아모레 마몽드가 거리를 질주하오
나의 삶은 나의 것
제3의 비제바노가 거리를 질주하오
그 소리가 내 마음을 두드린다
……(중 략)……
제11의 파드리느가 거리를 질주하오
지금 그 남자의 지배가 시작된다
제12의 르노와르 돈나가 거리를 질주하오
오늘, 이 도시가 그녀로 하여 흔들린다
제13의 피어리스 오베른이 거리를 질주하오
살아 있는 것은 아름답다

학생들에게 위의 시를 제시하면서 제일 먼저 떠오르는 것이 무엇인지

---

21) 문선영, 『현대시와 문화의식』, 청동거울, 2003, 97~131쪽.

22) 문선영, 위의 책, 100쪽.

질문해본다면, 아마도 이상의 시 「오감도 —시 제1호」를 보거나 학습한 적이 있는 학생들은 바로 그 작품을 이야기하거나 다른 학생들은 광고를 떠올려 대답할 것이다. 사실 위의 시는 이상의 시와 광고 카피(copy)를 이중으로 패러디하고 있는 시로, 이중적인 상호텍스트성을 이룬다.

교사는 위의 시를 두고 크게 2가지 차원에서 좀 더 깊이 생각하는 문제를 학생들에게 던질 수 있다. 그 하나는 이상의 시를 패러디하여 제1의 광고 상표부터 제13의 광고 상표까지 거리를 질주한다고 한 표현이 상기시키는 의미가 무엇인가 하는 것이다. 그리고 다른 한 가지는 이와 연관되어 있으면서 굵은 글씨로 인쇄된 부분의 광고 카피가 갖는 기능과 의미가 무엇인가 하는 것이다. 전자의 물음에 대체로 많은 학생들은 거리를 질주하는 13번까지의 광고가 그만큼 우리 사회에 외국 제품이 밀려들어 있고, 그러한 외국 제품의 광고에 마비되어 있는 우리의 문화적 상황을 암시한다고 이야기할 것이다. 그러나 후자의 물음에는 쉽게 답할 수 있는 학생은 적을 것이다.

이 시에서 패러디된 광고 카피는 사실 놀라운 시적 기능을 가지는 표현들이다. 물론 여기서 말하는 시적 기능이란 사람의 감각과 정신에 대한 감염 작용을 일컫는다. 광고 카피의 목적 자체가 상업적 판매의 극대화를 이루기 위한 것이기 때문에 소비자들의 구매를 자극하게 하거나 소비자들의 '행복의 획득'을 믿게 하도록 하는 비유적 표현들로 이루어진다. 말하자면 "일종의 소비 이데올로기로서 광고는 일면 '능동적인 인간의 이미지'를 지우고 대신 행복의 이유로서의 소비, 지고의 합리성으로서의 소비, 현실과 이상의 동일시로서의 소비를 담당하는 소비자의 이미지를 내세운다."[23]는 것이다.

위의 시는 이상 시와 광고 카피의 이중적인 패러디와 그 상호텍스트성을 교수—학습함으로써, 현대시 자체의 텍스트 이해를 넘어서 오늘날

23) 문선영, 위의 책, 114쪽.

우리가 처한 문화적 상황들을 주체적이면서 비판적으로 인식하게 하는 문화비평적 교육으로서의 의미를 또한 지닌다.

박남철의 「주기도문」과 「주기도문, 빌어먹을」은 또 다른 차원에서 문화 텍스트와 상호텍스트성을 이룬다. 여기서는 「주기도문」을 보기로 한다.

> 지금, 하늘에 계시지 않은 우리 아버지 이름을 거룩하게 하옵시며,
> 아버지의 나라이 말씀이 아니시며, 뜻이 하늘에서 이룬 것같이, 그러나 땅에서는 아직도 이루어지지 않았나이다
> 오늘날 우리에게 일용할 거시기는 단 한 방울도 내려주시지 않으셨으며
> 우리가 우리에게 죄짓고 있는 자들을 모르는 척하고 있듯이 우리의 모르는 척하는 죄를 눈 감아 주옵시고
> 우리가 우리 스스로의 힘으로 일어설 수 있을 때까지 몇 만 년이라도 우리의 시험이 계속되게 하여 주시고
> 다만 어느날 우연히 악에서 구하려 들지는 말아 주시옵소서
>
> 대개 나라와 권세와 영광이 아버지께 영원히 있다고 말해지고 있사옵니다,
> 언제나 출타중이신 아버지시여 아멘
>
> —박남철, 「주기도문」 전문

위의 「주기도문」은 기독교 신앙인이 아니더라도 듣고 알고 있을 「마태복음」 6장 9절부터 13절까지에 있는 주기도문을 패러디한 작품이라는 것을 알 수 있다. 「마태복음」에 전하는 주기도문을 보자.

> 하늘에 계신 우리 아버지여 이름을 거룩히 여김을 받으시오며
> 나라이 임하옵시며 뜻이 하늘에서 이룬 것 같ㅌ이 땅에서도 이루어지이다

오늘날 우리에게 일용할 양식을 주옵시고

우리가 우리에게 죄지은 자를 사하여 준 것같이 우리 죄를 사하여 주옵시고

우리를 시험에 들게 하지 마옵시고 다만 악에서 구하옵소서(대개 나라와 권세와 영광이 아버지께 영원히 있사옵니다 아멘)

—「마태복음」 6장 9절~13절

「마태복음」에 전하는 주기도문은 기도 시에 음영으로 외는 것으로, 하나님께 감사와 축복을 비는 내용의 종교적 메시지를 담고 있는 경건한 경전이다. 이런 점에서 이 주기도문은 그 자체 음영하는 종교문학의 텍스트로 볼 수 있으나, 궁극적인 관심이 기독교 신앙에 있는 만큼 종교문화의 텍스트라 말할 수 있다. 그런데 박남철의 「주기도문」은 종교문화의 텍스트를 패러디하면서 신앙적 믿음에 기초한 경건하고 진지한 목소리를 철저하게 뒤집어 놓고 있다. 이는 「마태복음」의 긍정적 서술어를 시 「주기도문」에서 부정적 서술어로 바꾸면서 전체적으로 주기도문에 대한 비판적인 재해석[24]을 하고 있는 점에서 분명히 확인된다.

그렇다면 시 「주기도문」은 기독교 신앙에 대해 비판하고 부정하는 입장인가? 어떤 점에서 「마태복음」에 전하는 절대적 로고스 또는 진리로서의 '말씀'에 대한 비판과 부정의 입장이 전혀 없는 것은 아니다. 그러나 이 시의 텍스트가 말하고자 하는 것은 신앙의 비판이나 부정이 아니라 하나님도 어찌하지 못할 정도로 타락한 '땅'과 '인간'의 현실에 대한 비판과 고발이다. 박남철의 또 다른 시 「주기도문, 빌어먹을」은 이런 현실비판의 태도를 좀 더 구체적이고 노골적으로 드러낸다는 점에서 문제적 작품이지만, 지나친 냉소주의적인 문제가 신앙적 반발심마저 불러일으킬 위험이 있다는 점에서 교육적 자료로서는 재고의 여지가 있다.

---

24) 정끝별, 앞의 책, 269쪽.

이상에서 현대시가 가장 대중적이고 감각적인 문화의 텍스트라 할 수 있는 광고와 상호텍스트성을 이루는 경우가 가장 진지하고 경건한 문화의 텍스트라 할 수 있는 성서와 상호텍스트성을 이루는 경우를 살펴보았다. 두 텍스트는 모두 오늘날의 사회문화적 상황의 모순을 비판하고 있었는데, 이러한 상호텍스트의 이해를 통해 주체적 문화비평의 능력을 함양할 수 있는 것이다.

2. 현대시와 역사 또는 현실의 상호텍스트성

시는 언제나 당대의 역사 또는 현실과 일정한 상관관계를 맺어왔다. 이 경우 시에 수용되는 역사나 현실은 시적 상상력을 통해 비유의 문맥을 형성하면서 변화 또는 변용되어 왔다. 그래서 역사와 현실은 그 자체로서 시에 고스란히 담기는 것이 아니라 특징적 국면을 이미지로 묘사하거나 서술적 형상화를 통해 시적 문맥에 융합된다. 일제 강점기에 발표된 이용악의 「낡은 집」, 백석의 「가즈랑집 할머니」 등의 작품들은 이런 관점에서 당대의 역사 또는 현실과 상호텍스트성을 이루는 작품들이라 할 수 있다.

그런데 1980년대 이후 포스트모더니즘의 해체주의적 사유가 수용되면서, 역사 또는 현실은 단순히 시적 제재로서만 기능하는 데 머물지 않고 제재 자체가 작품의 언어나 작품 자체가 되는 상황을 보여주게 되었다. 따라서 역사와 현실의 텍스트는 가공되거나 변형의 과정도 거칠 필요도 없이 그대로 시의 텍스트로 반영되었다. 말하자면 역사와 현실의 자기반영적 시 쓰기, 즉 메타시(meta-poetry)라는 독특한 유형이 등장하게 된 것이다.

메타시의 유형을 넓게 보면, 패러디의 모든 양상에 메타시가 대응될 정도로 폭넓게 볼 수 있으나,[25] 여기서는 역사나 현실의 자기반영적 텍스트에 한정해서 사용하면서, 특히 전자의 시 텍스트를 시 교육적 차원에서 논의하기로 한다.

> 25. 여동생 : 김정순(39) 찾음
> · 개성에서 정지 유치원에 다녔음
> · 1.4 후퇴 때 대구로 피난나와 살던 중 3남매가 엄마와 헤어졌음
> · 오빠 김우종, 여동생 인순, 정순, 셋이서 고아원에 있다가 정순이는 누가 수양딸로 데려 갔는데 나중에 찾아가니 오빠 찾아나갔다고 했음
> · 어머니는 갓난아이가 있었으며 집 앞에 기찻길이 있었음
> · 오빠 : 김우종(42) 424-7372
>
> 8617번 차원옥은 동생을 찾씁니다.
> 동생은 차원실 륙십칠세(67) 별명은 세채
> 고향은 평북 영변군 팔원면 석성동
> 해방 전에 고향을 떠낫씀
> 형은 차원목 칠십삼세(73)
> 소림면에 출가하였씀
> 현재는 서울에 거주함
> 형에 저화열락처는 714-1258
>
> ―황지우, 「벽 · 3」 중에서

현실이 시 텍스트에 그대로 짜집기되어 있는 경우이다. 이런 짜집기는 영화에서의 몽따쥬 수법과 같은 것으로, 현실을 변형시키지 않고 그대로 시 텍스트의 문맥에 옮겨놓음으로써 현실을 가감 없이 보여주고자 한다. 위 황지우의 「벽 · 3」은 1970년대 후반에 진행된 남북이산가족찾기운동을 기억하고 있는 사람이라면, 당시에 이산가족을 찾는 광고의 글이 고스란히 텍스트에 올라 있다는 사실을 알 것이다. 여기서 학습자

---

25) 박남훈, 「패러디와 메타성」, 김준오 편, 『한국 현대시와 패러디』, 현대미학사, 1996, 74쪽.

인 학생들이 당대의 상황을 경험하지 못했다고 한다면, 교사는 당시의 상황을 녹화한 영상자료를 짧은 시간 보여주거나 당시의 체험적 상황을 직접 설명할 필요가 있다. 간접 경험을 통해서라도 학습자로 하여금 당대의 현실을 인지하게 하여 시 텍스트와 현실의 상호텍스트적 접근을 할 수 있도록 통로를 만들어야 하기 때문이다. 그런 다음, 위의 시 텍스트가 '현실의 짜깁기' 방식을 통해 궁극적으로 말하고자 하는 메시지는 무엇인지 생각해보도록 해야 한다. 먼저 '현실의 짜깁기' 방식이 문학과 현실을 구분하지 않는 '미적 자유이론'의 시학을 통해 시가 더 이상 창조가 아니라 재생이라는 명제를 표명한다[26]는 점을 잘 설명할 필요가 있다. 그리고 이러한 짜깁기의 방식이 시인의 개입을 극소화시키고, 독자의 적극적 인식을 유도한다는 점을 강조한다. 여기서 독자의 학습자가 만나는 것은 「벽 · 3」이라는 제목의 울타리에 들어 있는 현실의 텍스트인데, 그만큼 이 텍스트는 시의 제목에 의해 규정됨으로써 '벽'의 문제를 진지하게 인식하게 한다는 점을 교수한다.

그러면 '벽'은 무엇을 상징하는가? 현실의 텍스트가 말하는 '벽'은 두 가지 차원에서 존재한다. 그것은 시간적인 차원과 공간적인 차원이다. 시간적인 차원에서 남북분단의 오랜 세월을, 공간적인 차원에서 남과 북 또는 가족의 이산이라는 문제를 역사 현실의 '벽'으로 실감하는 것이다. 이런 점에서 이 시는 현실의 환상을 벗기는 리얼리즘의 새로운 형식을 보여준다고 말할 수 있다.

1963년 4월 20일, 맑음, 18℃

토큰 5개 550원, 종이컵 커피 150원, 담배 솔 500원, 한국일보 130원, 짜장면 600원, 미쓰 리와 저녁식사하고 영화 한 편 8,600원, 올림

---

26) 김준오, 앞의 책, 115쪽.

픽복권 5장 2,500원

표를 주워 주인에게 돌려
준 청과물상 金正權(46)

령=얼핏 생각하면 요즘
세상에 趙世衡같이 그릇된

셨기 때문에 부모님들의 생
활 태도를 일찍부터 익혀 평

가하는 것이 더욱 중요한 것
이다. (李原柱군에게) 아

임감이 있고 용기가 있으니
공부를 하면 반드시 성공

—황지우, 「한국생명보험회사 송일환씨의 어느 날」에서

위의 시도 '현실의 짜집기'의 방식에 의한 현실 보여주기의 시 텍스트이다. 신문기사를 임의로 오려서 붙이고, 위 인용시에는 없지만, 산문의 만화를 그대로 다시 편집하고 있다. 전통적인 시학의 관점에서 보면 창조된 언어는 없고 편집된 언어만 놓여 있다. 일기에서나 쓸 수 있는 표현이나 가위질된 신문기사가 바로 시의 언어가 되고 있는 것이다. 말하자면 언어의 전시만 있는 이런 상태에서 독자나 학습자는 전시 언어를 통해 현실을 생각한다. 이 현실의 텍스트는 시의 제목에 들어 있는 송일환씨의 삶이고 현실이 되고 있다. 그리고 이 삶과 현실은 송일환씨가 만들어가는 것이 아니라 신문기사, 광고, 메뉴 등 현실에 의해 규정된다. 여기서 송일환씨는 철저히 몰주체적인 인간이 되며, 타자화된 현실의 일부로서 수동적으로 살아가는 현대의 소시민 모습을 보여준다.

이상에서 검토했듯이, 현실의 텍스트는 1980년대 이후의 시 텍스트에서 제재이면서 동시에 작품의 언어나 작품 자체로 편집되는 현상을 보여주었다. 그럼으로써 시 텍스트와 현실의 텍스트를 상호 구분하지 않고 연결함으로써 독자나 학습자로 하여금 현실의 환상에서 벗어나 현실의 구체적 리얼리티를 생생하게 느끼게 한다. 오늘날 시 교육이 시 텍스트의 수용과 비평을 통해 현실의 문제를 내면화하고, 주체적인 삶을 살아가는 데 필요한 현실인식과 문학적 문화 능력을 함양하는 데 목적을 두는 만큼, 현실과의 상호텍스트적 관계를 보여주는 이들 시 텍스트에 대한 비평적 학습도 유용한 의의를 지니는 것이다.

Ⅳ. 결론

문학교육에서 상호텍스트성이 교사와 학습자의 상호 작용이나 대화를 매개하는 용어로 기능하기도 하지만, 다른 문학 텍스트와 상호 비교 관계뿐만 아니라 해당 문학 텍스트와 연관된 여러 가지 문화적 현상들과의 상호 작용 등에 관한 비평적 사고와 상상력의 활동을 강조하는 데 매우 중요한 상호텍스트성의 관점에서 시의 교수－학습 방법을 논의했다.

이를 위해 시의 상호텍스트성을 텍스트의 생산－수용의 과정과 연관된 문학 텍스트들 사이의 상호텍스트성과 비문학적 텍스트라 할 수 있는 사회문화적 컨텍스트와 관련된 상호텍스트성을 크게 문학 내적 상호텍스트성과 문학 외적 상호텍스트성으로 구분한 다음, 시 텍스트를 대상으로 어떻게 교수－학습할 것인지에 관하여 그 구체적인 방법과 내용을 제시하고자 했다.

먼저 시 텍스트의 문학 내적 상호텍스트성을 파악하기 위해, 현대시와 민요, 현대시와 설화, 현대시와 현대시가 상호텍스트를 이루는 경우로 다시 나누어서 차례대로 대표적인 사례를 통해 교수－학습의 방법과 내용을 제시하고자 했다. 즉, 김소월의 시 「진달래꽃」과 민요 「영변가」의 비교를 통해 현대시와 민요이 상호텍스트성을, 김소월의 시 「접동새」와 접동새 설화를 대표적인 사례로 하여 현대시와 설화의 상호텍스트성을 살폈다. 그리고 김춘수의 시 「꽃」과 장정일의 「라디오와 같이 사랑을 끄고 켤 수 있다면」의 패러디 방식과 그 의미의 변화를 통해 현대시 텍스트들 사이에 이루어지는 상호텍스트성을 고찰했다.

다음으로 시 텍스트와 문학 외적 상호텍스트성의 문제는 비문학적 텍스트인 문화, 역사 또는 현실과의 비교를 통해 검토했다. 여기서 시 텍스트와 문화 텍스트와의 상호성은 함민복의 「광고의 나라」와 박남철의 「주기도문」을 대상으로 하여, 전자는 대중적이고 감각적인 문화의 텍스트라 할 수 있는 광고와의 상호텍스트성을, 후자는 진지하고 경건한 문화의 텍스트라 할 수 있는 성서와의 상호텍스트성을 파악함으로써 오늘날의 문화적 상황의 모순을 주체적 관점에서 비평하는 문화 능력을 함양할 수 있다는 점을 확인했다. 그리고 황지우의 「벽 · 3」 등의 시를 통해 '현실의 짜깁기'에 의한 메타시의 해체주의적 의미와 시학을 교수－학습하는 활동을 제시했다.

현대시의 상호텍스트적 이해는 이상의 논의로 결코 충분하다고 말할 수 없다. 앞으로 현대시의 좀 더 다양한 상호텍스트적 양상을 파악하는 노력이 필요하고, 텍스트 자체의 이해와 감상을 넘어서 교사와 학생의 상호 대화적 관계의 구축, 그리고 텍스트의 해석과 비평의 능력 신장을 위한 전략적 방안의 탐구 등을 위해 상호텍스트성의 문제는 한층 진지하고 깊이 있게 검토되어야 할 것이다.

■ 찾아보기

<용어 · 인명>

<작품 · 저서(작품집 포함)>

현대시의 고전 텍스트 수용과 변용

초판 1쇄 인쇄일 | 2011년 10월 5일
초판 1쇄 발행일 | 2011년 10월 7일

지은이 | 박경수
펴낸이 | 정구형
총괄 | 박지연
편집 · 디자인 | 김현경 이하나 정유진 정문희
마케팅 | 정찬용
관리 | 한미애 김정훈 안성민
인쇄처 | 월드문화사
펴낸곳 | **국학자료원**
등록일 2006 11 02 제2007-12호
서울시 강동구 성내동 447-11 현영빌딩 2층
Tel 442-4623 Fax 442-4625
www.kookhak.co.kr
kookhak2001@hanmail.net

ISBN | 978-89-279-0137-2 *93800
가격 | 26,000원